UM AMOR
DE VIGARISTA

LAURA LEE GUHRKE
UM AMOR
DE VIGARISTA

TRADUÇÃO DE
ALICE KLESK

Rio de Janeiro, 2021

Copyright © 2019 by Laura Lee Borial. All rights reserved.
Título original: Governess Gone Rogue

Todos os personagens neste livro são fictícios. Qualquer semelhança com pessoas vivas ou mortas é mera coincidência.

Direitos de edição da obra em língua portuguesa no Brasil adquiridos pela Editora HR LTDA. Todos os direitos reservados. Nenhuma parte desta obra pode ser apropriada e estocada em sistema de banco de dados ou processo similar, em qualquer forma ou meio, seja eletrônico, de fotocópia, gravação etc., sem a permissão do detentor do copyright.

Direitos exclusivos de publicação em língua portuguesa cedidos pela Harlequin Enterprises II B.V./S.À.R.L para Editora HR Ltda.

A Harlequin é um selo da HarperCollins Brasil.

Contatos: Rua da Quitanda, 86, sala 218 — Centro — 20091-005
Rio de Janeiro — RJ
Tel.: (21) 3175-1030

Diretora editorial: *Raquel Cozer*

Editor: *Julia Barreto*

Copidesque: *Mariana Rimoli*

Revisão: *Kátia Regina Silva*

Capa: *Osmane Garcia Filho*

Diagramação: *Abreu's System*

CIP-Brasil. Catalogação na Publicação
Sindicato Nacional dos Editores de Livros, RJ

G972a
    Guhrke, Laura Lee
      Um amor de vigarista / Laura Lee Guhrke ; tradução Alice Klesk. – 1. ed. – Rio de Janeiro : Harlequin, 2020.
      304 p.

      Tradução de: Governess gone rogue
      ISBN 9786586012453

      1. Romance americano. I. Klesk, Alice. II. Título.

20-64001
                    CDD: 813
                    CDU: 82-31(73)

Meri Gleice Rodrigues de Souza – Bibliotecária CRB-7/6439

Para minhas colegas escritoras, Sophie Jordan e Jennifer Ryan. Este livro não existiria sem vocês. Muito, muito obrigada. Também agradeço a Jacoby Smith, pela ajuda com o latim. Meus profundos agradecimentos.

Capítulo 1

Londres, 1893

— E LÁ SE VAI ela.

Owen St. Clair, de 10 anos, postou-se ao lado do irmão, apoiou os cotovelos no parapeito da janela e pousou o queixo nas mãos enquanto observava a mais recente ex-babá, uma viúva séria e trajada de preto, chamada sra. Hornsby, entrar no coche de aluguel parado junto à calçada lá embaixo.

— A culpa é nossa, você sabe.

— Besteira. — Colin, exatamente dezoito minutos mais velho que o irmão, balançou a cabeça num gesto decidido que desgrenhou ainda mais os cachos rebeldes da cabeleira ruiva. — Não é culpa nossa que Hornsby não goste de sapos.

— Bem, nós que colocamos eles dentro de sua chapeleira. — Owen suspirou enquanto o coche com a sra. Hornsby virava a esquina e sumia de vista. — Três babás em seis meses. Acho que agora acabou, Colin. O papai disse que mais uma babá e ele nos mandaria para Harrow.

Diante da possibilidade medonha de serem mandados para o colégio interno, os gêmeos se viraram, deslizando pela parede até se sentarem no chão, abaixo da janela, enquanto imaginavam o que poderia ser seu futuro imediato.

— Não podemos deixar que o papai nos mande para lá — disse Colin, finalmente. — Ele estaria perdido sem nós. E o que aconteceria com Oscar?

Os dois meninos olharam o gato cinzento sentado no braço de uma poltrona próxima. Eles haviam resgatado o animal de uma árvore do parque, um ano e meio antes. Sonolento, Oscar remexeu o rabo e piscou os olhos verdes, aparentemente alheio ao futuro terrível reservado a seus dois amigos humanos.

— Ele ficará solitário — disse Owen. — O papai está sempre viajando e os criados consideram Oscar inútil, porque não caça ratos. Não gostam dele. Podem se esquecer de alimentar Oscar. Podem até dar ele a alguém.

— Temos que fazer alguma coisa para impedir isso.

— Será que podemos levar ele conosco? Deve ser proibido ter um gato em Harrow, mas…

— Não estou falando de Oscar. — Colin se virou para o irmão. — Estou falando de sermos mandados para o colégio interno. Se convencermos o papai a nos deixar ficar aqui, Oscar não terá com o que se preocupar.

Houve um instante de silêncio, enquanto os dois meninos pensavam no problema.

— Talvez — disse Owen, por fim — nós mesmos possamos encontrar uma nova babá, antes que o papai saiba o que aconteceu. Uma que seja divertida, que a gente goste. E, quando a encontrarmos, apresentaremos a ele como um fato… um fato… como é que se diz?

— Fato consumado — disse Colin, orgulhoso.

— Isso. — Owen assentiu, determinado. — E, se nós já tivermos encontrado alguém, o papai não ficaria tão zangado pela partida da babá Hornsby, não é?

— Talvez não, mas a questão é que… — Colin fez uma pausa, franzindo o rosto sardento, contrariado, como se tivesse chupado limão. — Não queremos outra babá, queremos?

— Não, mas que outra opção nós temos?

— Talvez fosse melhor encontrar o que realmente queremos.

— Você quer dizer… — Owen ficou olhando o irmão com uma expressão ao mesmo tempo empolgada e reticente. — Você não está querendo dizer uma nova mãe, está?

— Por que não? Faz séculos que falamos disso.

— Eu sei, mas...

— Outra babá seria um tédio. A escola seria pior ainda.

— É verdade, mas...

— O papai certamente vai se casar de novo algum dia — interrompeu Colin. — E se ele escolher uma esposa que não goste de nós?

— Seríamos mandados para Harrow na mesma hora. Mas, mesmo assim...

— Se encontrarmos alguém que goste de nós, ela poderá convencer o papai a esquecer essa história de colégio interno.

— Pode ser — disse Owen, demonstrando claramente sua falta de otimismo com o êxito do plano. — Mas o papai nunca mais vai se casar. Ele já disse isso milhares de vezes.

— Teremos que encontrar uma moça que seja de arrebentar, a ponto de fazê-lo mudar de ideia. E bonita, claro.

— Alguém legal. Que não passe brilhantina em nosso cabelo ou nos dê sermão quando rasgarmos as calças.

Colin assentiu.

— Ela também tem que ser inteligente, como a mamãe era. E precisa gostar de gatos.

Oscar miou bem na hora, como se endossasse esse plano.

— Só tem um problema — apontou Owen. — Como vamos encontrá-la?

— É, essa é a parte complicada.

Os meninos ficaram novamente em silêncio, matutando.

— Poderíamos pôr um anúncio no jornal da tia Clara — disse Owen, depois de um momento. — Os homens estão sempre pondo anúncios no jornal, procurando esposas.

— Cavalheiros não fazem isso, e o papai é um cavalheiro. Espere... Já sei!

Colin se levantou num salto e foi até a escrivaninha, do outro lado da biblioteca. Enquanto o irmão o observava, ele abriu a gaveta do meio, pegou uma folha de papel e fechou novamente a gaveta.

— O que está fazendo? — Owen perguntou curioso, levantando-se e indo até a escrivaninha enquanto o irmão estendia a mão para a caneta-tinteiro que estava no suporte de prata. — Para quem você vai escrever?

— Para quem todos escrevem quando querem resolver um problema? — Colin perguntou, molhando o bico da caneta no tinteiro. — Vou escrever para a Lady Truelove.

⸛

Os mais educados chamariam Amanda Leighton de mulher vivida. Os menos inclinados à civilidade a chamariam de algo diferente, bem menos romântico.

De qualquer forma, fatos são fatos. Apesar de, aos 28 anos, Amanda já ter vivido em dois países, conquistado sua formação universitária, encontrado uma profissão, tido um amante e perdido sua reputação, ela não tivera a única experiência que a sociedade considerava valiosa para pessoas de seu gênero. Amanda nunca conseguira arranjar um marido.

A verdade, porém, é que nunca havia procurado um. Sua mãe morrera quando ainda era pequena e Amanda fora criada pelo pai, um professor universitário que desdenhava da visão tola e tradicional do casamento que era ensinada às meninas. Ele próprio dera à filha uma educação de primeira classe, digna de qualquer homem. Mais importante, ele a ensinara a tomar as rédeas de seu próprio destino, não por meio de seus dotes femininos, mas usando a inteligência.

Ela se tornara professora e, de lá para cá, durante sete anos, ganhara a vida com seu cérebro. Tristemente, nem todos os patrões compreendiam que o restante do corpo de Amanda não estava à venda.

Quando o sr. Oswald Bartlett colocou a mão nela, de uma forma que nenhum patrão deveria fazer, Amanda demonstrou seu conhecimento científico da anatomia masculina e desferiu uma joelhada certeira. Infelizmente, também perdeu o emprego.

Não que ser governanta das quatro filhas do sr. Bartlett tivesse sido uma função muito empolgante. Que empolgação poderia haver em ensinar quatro meninas a falar francês, dançar valsa e fazer reverências, principalmente quando nem elas nem o pai vislumbravam nada além daquilo? Ainda assim, sua função trabalhando para o viúvo lhe garantira um teto, duas refeições diárias e um ordenado minúsculo, mas constante.

Agora ela estava desempregada e, graças à joelhada, não tinha uma carta de recomendação.

Amanda recostou-se na cadeira, ergueu os olhos do chá já frio e percebeu que a garçonete que a servira de modo tão amistoso, meia hora antes, agora a olhava com impaciência. A solicitude, adquirida com uma xícara e um pãozinho na Casa de Chá da Senhora Mott, claramente já desaparecera. No entanto, Amanda continuava ali. Era cedo demais para encerrar o dia e voltar ao seu pequeno apartamento, mas para onde mais poderia ir?

Ela havia passado o último mês se apresentando a todas as agências de emprego de Londres, sem sucesso algum. Embora todos se impressionassem por sua formação universitária, ninguém a encaminhara a entrevistas para a função de governanta. Seu bacharelado pela Girton College, em Cambridge, causava uma impressão maravilhosa, até que as agências faziam as averiguações inevitáveis e descobriam o ocorrido após sua partida da instituição conceituada. Ao perceberem que ela era a mesma Amanda Leighton que havia lecionado na Academia Willowbank, cuja reputação fora maculada por escândalo, a avidez de lhe dar um emprego saía direto pela janela. E quem poderia culpá-los?

A Willowbank era a mais prestigiada academia para moças da Inglaterra, mas, quando uma de suas professoras assumiu ser amante do filho de um dos mais generosos e influentes provedores da escola, bem, foi um escândalo enorme, principalmente porque depois não houve casamento. Seus dias como professora chegaram ao fim, pois quem deixaria as filhas sob os cuidados de uma mulher maculada pela desonra? Somente o sr. Bartlett a aceitara, e agora, olhando em retrospectiva, seus motivos eram desanimadoramente claros.

Nos últimos tempos, Amanda se limitava a lecionar para algumas pessoas da vizinhança, mas o dinheiro não era suficiente para pagar o aluguel e comprar comida, e, se ela continuasse desempregada por muito tempo, suas poucas economias acabariam. Suas perspectivas para um emprego respeitável estavam cada vez mais escassas.

Todo o esforço de seu pai, os quatro anos de formação acadêmica, a aprovação com louvor, dois artigos publicados e sete anos lecionando em uma das mais prestigiadas escolas da Inglaterra, tudo destruído por um equívoco imbecil. E, embora fosse um alívio que o pai não tivesse vivido para ver aquilo, ela sabia que desonrava a memória dele. Também sabia que jamais poderia ter cometido aquele erro. Amanda era consciente, educada, com bom senso de sobra e experiência de vida, e, no entanto, se apaixonara por um homem apenas por ele ter dito que seus olhos pareciam a luz do sol capturada no abraço da floresta escura. Ela jamais imaginara que algum homem pudesse ser tão poético, mesmo um aristocrata. Ou que ela pudesse ser tão tola.

Amanda tomou o restinho de seu chá e olhou novamente pela janela. Tendo penhorado seu relógio alguns dias antes, não sabia que horas eram, mas parecia já ser tarde o bastante para que os jornais noturnos estivessem circulando, e decidiu verificar se alguma vaga para governanta tinha sido anunciada. Ler os jornais sem pagar não era lá muito honesto, mas Amanda não tinha condições de ser honesta no momento. Os doze centavos em sua bolsa e os quinze xelins escondidos embaixo do colchão eram tudo que lhe restava.

Se não encontrasse logo um emprego, ela teria que vender os livros do pai e os broches da mãe. Isso lhe garantiria recursos ao longo do outono, mas o que aconteceria quando o inverno chegasse?

O medo percorreu Amanda, fazendo-a se levantar. Afastando da cabeça os pensamentos sombrios sobre o futuro, vestiu a capa, pegou o pãozinho que seria sua refeição noturna, embrulhou-o no lenço e o pôs no bolso. Pagou a conta e deixou a loja da sra. Mott para encontrar um jornaleiro. Nem bem tinha percorrido uma quadra quando o nome pintado numa vitrine chamou sua atenção e fez ela parar.

Deverill Publishing Ltda., diziam as letras douradas. Editores do *London Daily Standard* e da *Weekly Gazette*.

Talvez ela estivesse procurando emprego do jeito errado, pensou, olhando o letreiro. E se, em lugar de procurar os anúncios publicados, Amanda pusesse o próprio anúncio, ressaltando suas habilidades e oferecendo seus serviços como governanta? Mencionar sua graduação em Girton renderia alguns pedidos de informação, talvez até algumas entrevistas e, se ela fosse capaz de esconder seu passado, talvez conseguisse uma colocação.

Tomar uma atitude lhe parecia mais atraente do que ficar passivamente à espera de um emprego. Outra olhada pela vidraça, porém, a fez duvidar da solidez de sua ideia, ao menos no que dizia respeito àqueles editores especificamente, pois a firma parecia estar fechando ou se mudando para um novo local. Havia caixotes de mudança empilhados na parede dos fundos, e a maior parte do mobiliário tinha sido retirada.

Ainda assim, ela notou que havia pelo menos uma última pessoa no local, um homem alto, de cabelo louro, que remexia num dos caixotes em cima da única escrivaninha da sala. Talvez ele pudesse ajudá-la.

Amanda abriu a porta, e o homem ergueu os olhos, revelando um semblante incrivelmente belo, mas ela não sentiu qualquer palpitação. Seu caso com lorde Halsbury e a desgraça resultante a tornaram imune a qualquer intenção romântica em relação aos homens, bonitos ou não. Além disso, ela tinha outras prioridades.

— Pois não, senhorita? — O homem contornou a mesa e veio em sua direção. — Posso ajudá-la?

— Não tenho certeza. Queria saber sobre a veiculação de um anúncio, mas... — Ela parou de falar e olhou em volta. — Essa empresa encerrou seu funcionamento?

— Não, não — ele garantiu. — Embora pareça, neste momento. Estamos nos mudando para um local maior.

— Estão? — ecoou Amanda, reparando no terno bem talhado de seu interlocutor quando ele parou diante dela. — O senhor não parece ser um recepcionista ou um jornalista.

Isso arrancou uma gargalhada dele.

— Imagino que não — concordou, fazendo uma reverência. — Sou o visconde Galbraith.

Amanda ficou ainda mais surpresa. Ao perceber isso, o visconde riu novamente, gesticulando para o nome na vitrine atrás dela.

— Minha esposa, Clara, era uma Deverill antes de se casar comigo. Ela e a irmã, a duquesa de Torquil, são as proprietárias dessa companhia editorial.

— Um negócio pertencente a mulheres? — murmurou Amanda, surpresa. — Que incomum.

— Elas têm uma equipe, claro, mas agora estão todos nas novas instalações, tentando arrumar as coisas, antes de minha esposa e eu seguirmos para o Continente, para nossa lua de mel. Só estou aqui porque perdi meu relógio de bolso e minha esposa acha que jogou numa dessas caixas, por isso vim procurar.

— Então não vou atrapalhá-lo, milorde.

Amanda fez uma reverência e foi saindo, mas a voz dele a fez parar.

— Se deseja colocar um anúncio, pode escrevê-lo e eu o entregarei a um membro da equipe com o maior prazer.

— Não quero lhe causar transtorno.

— Não é transtorno algum. Vou voltar à Fleet Street assim que encontrar meu relógio, e posso tranquilamente levar seu anúncio comigo. Talvez eu possa até lhe arranjar o material para escrevê-lo.

Ele voltou à escrivaninha, remexeu nas caixas e tirou uma folha amassada e um lápis.

— Aqui está — disse ele, virando-se para ela. — Receio que não seja o melhor material de escrita, mas deve atender a seu propósito.

— Obrigada — murmurou Amanda, pegando das mãos dele o papel e o lápis oferecidos. — É muita gentileza sua. Qual é... hum, quero dizer... — Ela parou de falar, o rosto corando, pois sabia ser vulgar discutir questões de dinheiro com um nobre, mas não via outra escolha. — Qual é o preço de um anúncio?

— Preço? — Por um instante, ele a olhou sem expressão, depois riu, deixando claro que ela não o ofendera. — Meu bom Deus, não faço a menor ideia — confessou. — O que acha que seria justo?

— Imagino que grátis não seria justo, não é? — gracejou ela, mas o orgulho fez com que ela se arrependesse das palavras meio brincalhonas. — Eu não estava tentando provocá-lo — acrescentou. — Claro que pagarei a tarifa adequada.

Ele a percorreu com os olhos azuis profundos, com certeza reparando nas bainhas puídas de sua capa e saia, mas, independentemente do que estivesse pensando, não expressou em voz alta.

— Que tal combinarmos meio centavo por palavra? — perguntou. — Com a publicação por três dias?

Até em sua situação financeira limitada, aquela quantia Amanda podia pagar, se fizesse um texto curto. Aliviada, assentiu concordando, e lorde Galbraith apontou para a longa mesa de trabalho ao lado da porta, puxando uma cadeira giratória para que ela se sentasse.

— Agora, com sua licença — disse ele, empurrando a cadeira para ela —, preciso continuar caçando meu relógio.

Ele voltou à escrivaninha, do outro lado da sala, mas mal tinha recomeçado a mexer na caixa quando a porta se abriu e outro homem entrou. Era um cavalheiro tão bem-apessoado como o visconde, mas de uma forma completamente diferente.

Lorde Galbraith tinha a fisionomia de alguém que desfrutava a vida, um homem de temperamento amistoso e sorriso fácil, cuja pele clara e as feições perfeitas pareciam quase angelicais.

Nada havia de angelical, no entanto, no homem que parara à porta. Se algum dia ele fora um anjo, tinha caído havia muito tempo, e com muita força.

Por baixo da aba do chapéu de feltro cinza, seus olhos tinham um tom verde-claro, quase transparente, como o verde de uma garrafa. Era um verde frio, translúcido e curiosamente isento de qualquer emoção aparente, suavizado apenas pelos cílios longos e grossos e pecaminosamente fartos que contornava seus olhos.

Não havia nada de suave no restante de seu rosto. Seus traços pareciam ter sido esculpidos em mármore, com o capricho e a inexpressividade de uma estátua. Havia uma letargia curiosa em sua postura e um ar inequívoco de alerta nos ombros largos. Para Amanda, aquele parecia mais um estado de alerta espiritual do que físico. Embora ele provavelmente fosse apenas alguns anos mais velho que ela, rugas claras marcavam o contorno de seus lábios e os cantos dos olhos. Apesar de Amanda não saber distinguir se eram rugas provenientes de libertinagem ou sofrimento, elas indicavam um homem que já vira e fizera de tudo e que não estava muito interessado em fazer nada disso de novo.

Os olhos verdes frios se viraram na direção dela e logo desviaram, depois de uma olhada isenta de interesse masculino. A maioria das mulheres ficaria insultada, pensou ela, com um toque de humor, mas depois de Kenneth Halsbury e do sr. Bartlett Amanda só podia considerar tal indiferença um alívio.

— Ah, Jamie. — Lorde Galbraith cumprimentou o homem parado à porta. — Imagino que você tenha recebido meu bilhete.

— Recebi, sim. E, quando liguei para o novo escritório, Clara me disse que você tinha vindo para cá e insistiu para que eu viesse o encontrar. Estou bastante curioso para saber o que pode ser tão urgente, então vim imediatamente.

Apesar de sua declaração, sua voz arrastada e bem articulada não demonstrava qualquer curiosidade.

— É sobre os meninos.

Um lampejo de vida oscilou naquele semblante petrificado e cauteloso. O homem seguiu na direção de lorde Galbraith, o corpo se movendo com uma súbita energia que contrastava profundamente com seu tédio anterior.

— O que houve com os meninos? — perguntou ele, com um novo tom urgente na voz. — Tenho até medo de perguntar — acrescentou, parando diante da escrivaninha do amigo. — O que você sabe que eu não sei?

— Eles escreveram uma carta ao jornal. Recebi esta manhã.

— Meus filhos estão escrevendo para jornais? — O homem chamado Jamie relaxou, dando uma risada. — É só isso?

— Só isso? — repetiu Galbraith. — Você nem sabe sobre o que eles estão escrevendo.

— Faz diferença? — Jamie encolheu os ombros largos, num gesto relaxado. — É uma das travessuras deles, obviamente. Uma das mais inofensivas, graças a Deus.

— Talvez você não mantenha essa opinião quando souber do que se trata. E eu não acho que tenha sido uma travessura.

— Meus filhos raramente levam alguma coisa a sério, Rex. Eles adoram pregar peças. Por que acha que botam as babás para correr com tanta frequência?

— Eles escreveram para a Lady Truelove, pedindo o conselho dela para encontrarem uma nova mãe.

— O quê? — Jamie se retesou e, mesmo de perfil, Amanda notou que o ar de divertimento sumiu de seu rosto, substituído pelo desânimo. — Mas eles sabem que jamais me casarei novamente. Nós já falamos sobre isso.

— Eles parecem ter esperanças de que você mude de ideia. — Lorde Galbraith enfiou a mão no bolso do peito do paletó e tirou um pedaço de papel dobrado. — Leia você mesmo.

— Como pode ter certeza de que foram meus filhos que escreveram? — perguntou Jamie, ao pegar a carta e desdobrá-la. — Eles assinaram?

— Somente com o pseudônimo "Os Sem-Mãe de Mayfair" — respondeu o visconde. — Mas eles colocaram o endereço do remetente, para que a Lady Truelove pudesse responder e, a menos que você tenha se mudado da casa do duque nos últimos dias ou os órfãos de outra pessoa tenham se mudado para lá, essa carta certamente foi escrita pelos seus filhos.

— De todas as tramas ridículas e tolas que eles já arranjaram... — Jamie parou de falar com um suspiro, baixou a cabeça e leu a carta. Quando terminou, ergueu os olhos mais uma vez. — É a gota d'água — disse ele, soltando a folha, obviamente exasperado. — Estou farto. Vou mandá-los para o colégio interno.

— Isso não é meio drástico? Escrever uma carta a uma conselheira amorosa não é a coisa mais absurda que eles já fizeram.

— Se você está se referindo àquela vez em que soltaram fogos de artifício na sala e atearam fogo nas cortinas — disse o pai, seco —, ou a quando puseram pó de mico nos lençóis do meu valete, imagino que eu tenha que concordar com seu ponto de vista.

Amanda cerrou os lábios com força, para conter o riso. Que dupla de garotos criativos, pensou ela. Embora parecessem meio levados.

— Ainda assim — prosseguiu o pai deles —, imagino que tenham feito uma boa escolha ao optarem pela Lady Truelove como confidente. Se eles tivessem escrito para uma colunista de algum outro jornal, você não teria visto, e isso teria sido publicado. — Ele tirou o chapéu, jogou-o na mesa e passou a mão no cabelo castanho. — Até estremeço só de pensar em qual seria a reação da sociedade diante disso. Os Sem-Mãe de Mayfair, garotos gêmeos que precisam de uma mãe, porque estão cansados de todas as babás... Todos saberiam na mesma hora que são os meus filhos.

— Os garotos têm uma fama e tanto com babás.

— Uma carta desse tipo publicada no jornal é algo impensável. Já sou um alvo das debutantes.

— Um destino pior que a morte — disse Galbraith.

Jamie nem deu atenção à réplica do amigo.

— Poucas se importavam comigo quando eu era apenas o segundo filho. Como um simples membro do Parlamento, de renda modesta, não impressionava ninguém, mas agora... — Ele parou de falar, dando uma risada seca. — É incrível como agora pareço tão atraente, sendo o próximo na linha de sucessão para ser o marquês de Rolleston. Não fazia nem um mês que o pobre Geoff havia partido, e as jovens já comentavam sobre a minha triste vida de viúvo solitário. A última coisa de que preciso é a pretensa preocupação com meus filhos órfãos, tão desesperados por afeição materna a ponto de escreverem para jornais.

— Não foi nada demais. Você certamente não está falando a sério quanto a mandá-los para o colégio interno por causa disso, não é?

— Por que eu não deveria mandá-los? — perguntou Jamie, em tom defensivo. — Deus sabe que eles já fizeram o bastante por merecer. E o momento é ideal, agora que a babá mais recente partiu.

— Outra babá? O que aconteceu dessa vez?

— O mesmo que sempre acontece. Eles transformaram a vida da pobre mulher num tormento e ela ficou farta.

Amanda ergueu uma sobrancelha. O que esses meninos teriam feito às babás? A julgar pelos fogos de artifício e o pó de mico, ela imaginava que qualquer coisa seria possível, mas não teve chance de especular, pois Galbraith falou novamente.

— O período em Harrow já começou.

— Eles ainda podem ser admitidos, se Torquil intervier.

— Pelo fato de nosso cunhado ser um duque, estou certo de que você tem razão, mas mandar os meninos no meio do semestre será muito difícil para eles. Por que simplesmente não arranja outra babá?

— Depois de ver uma dúzia de babás chegar e partir nos três últimos anos, sou obrigado a admitir que nenhuma mulher que eu contrate será capaz de lidar com meus filhos.

Amanda ficou ainda mais intrigada ao imaginar o que aquele homem faria se ela palpitasse, declarando que ele estava completamente errado e exigindo uma chance de provar, como a próxima babá dos meninos. Era uma ideia tentadora, mas, depois de pensar um momento, ela a descartou.

Embora estivesse desesperada por um emprego, parecia que os filhos malcomportados daquele homem logo partiriam para o colégio interno e não haveria necessidade de babá alguma. E, como Amanda recentemente descobrira, trabalhar na casa de um viúvo deixava a mulher em uma posição muito vulnerável. Ela deu uma olhada furtiva no porte vigoroso do homem junto à escrivaninha e concluiu que não seria fácil incapacitá-lo como fizera com o sr. Bartlett, que era um homem de meia-idade. Assim, decidiu que não estava tão desesperada a ponto de se arriscar novamente às investidas indesejadas de um patrão.

Amanda se forçou a se concentrar na própria tarefa, e as vozes dos dois homens se dissiparam enquanto ela olhava a folha em branco a sua frente. "Cargo pretendido", escreveu. "Mulher formada em Girton busca emprego de governanta. Sóbria e respeitável."

Ela parou diante da última palavra, mordendo o lábio. Respeitável? Que mentira! Mas o que mais poderia dizer?

Enquanto buscava uma ou duas palavras adicionais para apresentar-se melhor a potenciais empregadores, o tom insistente do visconde interrompeu os pensamentos de Amanda.

— Seja honesto, Jamie. Será que o colégio interno é a melhor solução? Ou simplesmente a mais conveniente?

— Cuidado, Rex — respondeu Jamie. E, embora seu tom de voz fosse leve, havia um alerta inegável em suas palavras.

Galbraith, no entanto, não deu atenção ao cunhado.

— Tenho consciência de que estar na Câmara dos Comuns ocupa a maior parte de seu tempo. E é compreensível que você queira se manter ocupado. A perda de Patricia deve ter sido um golpe devastador, mas também foi devastador para os meninos.

— Acha que não sei disso? — respondeu Jamie, com a voz raivosa de repente. — Mas que droga, Rex, eu sei que nos últimos tempos você tem adorado dar conselhos a todos...

Galbraith tossiu subitamente, interrompendo a fala irritada do amigo. Demorou um instante antes que Jamie prosseguisse e, quando falou, não foi para repreender o cunhado por oferecer conselhos.

— A essa altura, não vejo motivo para não os mandar ao colégio interno. Eles já têm idade suficiente para isso.

— Nem tanto. Tem certeza de que eles estão prontos para Harrow? Jamie deu uma risadinha sem humor.

— Melhor perguntar se Harrow está pronto para eles. Terei sorte se eles durarem um semestre sem serem expulsos.

— Você não entendeu o que eu quis dizer. Acha que eles estão prontos do ponto de vista acadêmico?

Amanda notou que essas palavras atingiram Jamie, pois ele murmurou algo e desviou o olhar.

— Acredito que não — admitiu ele, após um instante. — As babás conseguiram lhes ensinar o básico, claro. Ortografia, aritmética, caligrafia, um pouquinho de francês... — Ele fez uma pausa, franzindo a testa. — Não é muita coisa, eu sei.

— Não basta para prepará-los para Harrow e Cambridge, certamente.

— Não se pode esperar muito mais que isso de uma babá. E, de qualquer forma, nenhuma mulher pode preparar um menino para Harrow ou Cambridge.

Amanda mal conseguiu conter uma fungada zombeteira. Nossa, se ela acreditasse em tal balela jamais teria se candidatado a Girton, muito menos se formado com louvor. Sua vontade era informar a esse cavalheiro que Girton era, sim, uma instituição de ensino de Cambridge.

Antes que Amanda pudesse ceder ao impulso de dizer alguma coisa, no entanto, Jamie voltou a falar.

— O que eles precisam, suponho — disse ele, lentamente —, é de um tutor.

Diante dessas palavras, a indignação de Amanda desapareceu, e ela sentiu um aperto de anseio no peito. Se ao menos pudesse ser uma tutora.

Ao contrário das governantas, os tutores eram homens e, portanto, tinham permissão — até esperava-se que o fizessem — para lecionar matérias substanciais como matemática, ciência e história, não apenas francês, e valsas, e reverências.

Mas não fazia sentido almejar tal cargo. Portanto, Amanda forçou--se novamente a voltar sua atenção à tarefa a que vinha se dedicando. Ela releu seu anúncio, acrescentou o endereço de onde estava instalada e uma solicitação para que os interessados escrevessem para lá. Depois, satisfeita, pousou o lápis. Agora, só restava pagar pelo anúncio. Quando olhou para o outro lado da sala, porém, os dois homens ainda estavam profundamente envolvidos na conversa.

— Sim, Jamie, mas está claro que eles escreveram para a Lady Truelove porque *querem* uma mãe. E também precisam de uma, a julgar pelo comportamento deles.

— Eles tiveram uma mãe. E ela morreu. Qualquer madrasta não passaria de uma substituta de segunda categoria. Eles não precisam disso.

— Mas e quanto a você? Já parou para pensar que uma esposa pode ser algo de que *você* precisa?

— Ah, claro. Olhe quem fala, o solteiro mais cobiçado da última temporada.

— Mas agora sou o homem casado mais feliz desta temporada.

Jamie soltou um assobio de desdém.

— Faz uma semana que você está casado. Acho que isso não chega a contar.

— Mas conta, sim, Jamie, porque sei quão sortudo eu sou. Meu amigo — o visconde acrescentou, com a voz mais séria —, faz três anos que Patricia se foi e, desde que ela morreu, você tem vivido como um monge. E, agora que está na Câmara, também tem trabalhado como um cão. Será que voltar para casa, para uma esposa, não seria algo agradável, depois de seus longos e difíceis dias em Westminster? Certamente seria bom para os meninos.

— Já chega. — Jamie não elevou o tom de voz, mas, mesmo assim, as palavras soaram como uma chicotada na sala vazia. — Não vou me casar novamente. Jamais. Não quero nem preciso de uma esposa, e os meninos terão que aceitar isso.

Galbraith apenas sorriu diante daquela declaração inequívoca.

— Você tem andado bastante irritado nos últimos tempos. Pode não precisar de uma esposa, mas claramente precisa de uma mulher, meu amigo. Depressa.

— A menos que tal mulher esteja disposta a se oferecer por cerca de uma hora, em algum palácio de prazer, não estou nem um pouco interessado.

Ao ouvir essas palavras, as bochechas de Amanda coraram, fazendo-a reconhecer que, apesar de ser uma mulher vivida, com a inocência e a reputação perdidas pelo caminho, ela ainda era capaz de se constranger.

Amanda tossiu de leve, e os dois homens olharam em sua direção. Eles desviaram o olhar na mesma hora, mas, a julgar pela expressão passageira de surpresa, ficou claro que haviam se esquecido inteiramente de que ela estava na sala.

Houve um momento de silêncio constrangedor, então Jamie estendeu a mão para pegar o chapéu.

— A única coisa de que preciso é de um tutor que prepare meus filhos para Harrow. É melhor eu começar a procurar.

— Tenho certeza de que a Agência de Empregos Merrick poderá lhe fornecer alguns candidatos. Vou pedir à equipe da Clara para colocar um anúncio em nossos jornais e para ficar de olho em tutores disponíveis. E irão informá-lo assim que virem algo pertinente. Terça-feira seria conveniente para entrevistas?

— Sim, embora eu não consiga imaginar como os criados lidarão com os meninos nesse ínterim. Agora que o restante da família partiu para o campo, meu valete, o criado e a cozinheira são os únicos em casa. Até terça-feira, os gêmeos terão deixado os coitados em frangalhos.

— Você mesmo poderia tomar conta dos meninos, para variar. Agora que o Parlamento está em recesso.

— O que não significa que eu tenha tempo livre. — Jamie pegou a carta que os filhos haviam escrito e a enfiou no bolso do paletó. — Amanhã estarei de partida para o fim de semana com Windermere. Temos que acertar os detalhes de meu projeto de lei para educação. O coronel Forrester está insistindo para que façamos mudanças, ou não teremos seu apoio. Depois, tenho que passar algumas semanas em York...

— Você está sempre longe, em algum lugar, quando o Parlamento está em recesso. Esse já é meio motivo para que os meninos estejam sempre metidos em confusão.

— Já ouvi bastante de seus sermões, Rex. Portanto, faça algo útil antes que você e Clara partam em lua de mel e me ajude a encontrar um tutor, pode ser?

Com isso, Jamie pôs o chapéu, cumprimentou o amigo com um meneio de cabeça e se virou para sair.

Amanda rapidamente baixou os olhos para seu anúncio, fingindo grande interesse em lê-lo enquanto o homem passava por ela rumo à saída. *Eu poderia me candidatar a esse anúncio*, pensou ela, aborrecida, enquanto a porta se fechava atrás dele, *se ao menos fosse homem.*

Mulheres não podiam ser tutoras, não de meninos. Não era de bom tom. E, convenções sociais à parte, ela não estava disposta a se sujeitar ao risco de investidas inoportunas de um viúvo, mesmo que ele ainda estivesse enlutado e aparentemente não tivesse interesse nisso. De qualquer forma, o viúvo em questão parecia não acreditar que uma simples mulher pudesse lidar com seus filhos, então jamais a contrataria.

Os passos de Galbraith ecoaram pelo piso de madeira quando ele se aproximou de Amanda e a tirou de seus devaneios com um susto.

— Peço-lhe desculpas por ignorá-la, senhorita — disse ele, parando ao lado da cadeira onde ela estava enquanto Amanda se levantava.

— Não precisa se desculpar, milorde. — Ela entregou-lhe seu anúncio e o lápis emprestado, depois pegou a bolsa. — Meio centavo por palavra, foi o que o senhor disse, certo? Por três dias?

Quando ele assentiu, Amanda abriu a bolsa e tirou os nove centavos de pagamento por seu anúncio.

— Seria possível que fosse publicado nas três próximas edições do *London Daily Standard*? — perguntou ela, colocando as moedas na mão do visconde.

— É claro. — Ele olhou rapidamente para o papel em sua mão, depois de volta para ela. — Dada sua formação universitária, eu já teria um cargo para lhe indicar, se você fosse homem — disse ele, sorrindo, ao erguer os olhos. — É uma pena que mulheres não possam ser tutoras.

— Sim — concordou ela, aborrecida, e se virou. — É realmente uma pena.

Já estava quase escuro quando Amanda chegou a sua estalagem, em Bloomsbury. Sua rua era bem iluminada, o prédio respeitável e sua senhoria muito bondosa, mas, se ela não arranjasse logo um emprego, seria obrigada a se mudar para acomodações mais baratas, o que significaria uma rua mais escura e um bairro mais perigoso.

Tentando não pensar nisso, Amanda adentrou a hospedaria e parou ao lado da porta para cumprimentar a senhoria, a sra. Finch, com um boa-noite, depois subiu os cinco lances de escada até seu quarto, no sótão. Um restinho da claridade do dia ainda entrava pela única janela no cômodo, provendo iluminação suficiente para que ela encontrasse a lamparina e os fósforos. Quando a luz banhou o pequeno quarto, a visão do mobiliário esparso e dos tapetes gastos fez com que Amanda se sentisse ainda mais desanimada que antes.

Anos de estudo e trabalho duro para obter o bacharelado, pensou ela, ao tirar o chapéu e a capa, e o que fizera com isso? Tinha jogado tudo de lado pelo fervor de um aristocrata poético que, no fim, demonstrara que sua poesia era mais digna que seu caráter.

Seu pai ficaria tão envergonhado.

A dor apertou seu peito e Amanda afastou os pensamentos do pai, pois saber que jogara fora tudo o que ele fizera por ela doía demais. Pendurou o chapéu e a capa nos ganchos da parede perto da porta e tirou o casaco, percebendo, ao fazê-lo, que o botão do meio estava frouxo.

Decidida a consertar logo, foi até o lavatório, afastou a bacia e o jarro de louça e pousou a jaqueta na superfície de mármore verde. Curvou-se para pegar o cesto de costura que ficava no chão e, ao se levantar, parou olhando seu reflexo no espelho. Estudando seu semblante a encará-la, imaginou, aturdida, o que poderia ter inspirado as paixões ilícitas, tanto de um belo cavalheiro poético quanto de um banqueiro respeitável de meia-idade, quando não buscava a atenção de nenhum deles.

Bem, se ela fosse um tipo sedutor, aquilo com certeza não se devia a seu cabelo, concluiu Amanda, fazendo uma cara feia. A juba de cachos negros rebeldes fora temporariamente domada com grampos e pentes naquela manhã, mas, devido ao clima úmido, os cachos no alto da cabeça agora tinham uma textura que, aos olhos críticos de Amanda, faziam-na parecer um poodle malcuidado.

Ela suspirou e continuou estudando seu rosto.

Não era feia, mas não havia nada específico que inspirasse cobiça. Cílios curtos, nariz reto, queixo pontudo, maxilar quadrado — em outras palavras, nada fora do comum. Nada que sequer parecesse remotamente audacioso. Abaixo das sobrancelhas retas demais para serem delicadas, um par de olhos castanho-esverdeados olhava de volta para ela e, embora fossem pontilhados de dourado, não via neles raios de sol no abraço de uma floresta escura. Certamente não era o rosto de uma mulher sedutora cuja melhor oferta romântica incluíra uma casa num bairro discreto, dinheiro e joias, mas nenhuma aliança de casamento.

Amanda deixou o cesto de costura de lado e olhou para baixo, embora soubesse que sua silhueta não ofereceria nenhuma solução para aquele mistério. Para começar, ela era mais alta que muitos homens, incluindo o ex-amante e o ex-patrão. Sua cintura — se é que havia uma — teimava em se recusar ao molde do cobiçado formato de vespa, por mais que ela apertasse o cadarço de seu espartilho. E suas roupas não chegavam a inspirar a atenção masculina, pois eram simples, austeras e quase puritanamente modestas. Saia preta, blusa branca de gola alta e babados, broche de camafeu — todas os ornamentos habituais de uma mulher de classe média.

Ornamentos.

Refletindo sobre aquela palavra, Amanda voltou a encarar o reflexo. Seu cabelo, sua saia, o espartilho, o broche de camafeu eram apenas ornamentos e, no entanto, o próprio fato de ela os usar a tornava vulnerável a perigos que homens raramente enfrentavam. Se ela fosse homem, não teria perdido o emprego nem teria sido arruinada por um caso de amor. Não teria sido assediada por um patrão. Era esperado dos homens que tivessem desejos físicos, que tivessem amantes. Das mulheres, ela aprendera a duras penas, não.

Os adornos de sua vestimenta denotavam, numa olhada, não apenas seu gênero, mas também seu lugar no mundo. Um lugar que não podia ser alterado de nenhuma maneira significativa por suas ações ou por sua iniciativa. Seu caso com lorde Halsbury havia sido um equívoco tolo; porém, mesmo que ela não o tivesse cometido, suas escolhas na vida ainda seriam muito mais limitadas que as de qualquer homem. Por mais inteligente ou bem-educada que fosse, ou por mais arduamente que trabalhasse, Amanda não poderia mudar o fato de que era uma mulher, nem o fato de que o mundo achava as mulheres inferiores.

É uma pena que mulheres não possam ser tutoras.

As palavras do visconde Galbraith ecoaram em sua mente, enquanto Amanda continuava a se olhar no espelho. Só um homem podia lecionar matérias verdadeiramente desafiadoras. Só um homem, pensou ela, erguendo uma das mãos até o cabelo, estava a salvo das investidas de um patrão.

Só um homem...

De repente, Amanda se viu arrancando os grampos e pentes do cabelo, com as mãos trêmulas, enquanto os cachos como a noite caíam por cima de seus ombros. Quando todo o cabelo estava solto, ela empurrou os grampos e pentes de lado e, ao vê-los se espalhar pela superfície de mármore do lavatório, teve uma sensação estranha e empolgante de estar se livrando de grilhões.

Voltou a atenção ao espelho, projetou o queixo e estendeu a mão para o cesto de costura. Então, parou, hesitante, sua coragem falhando.

Esse cabelo é impossível, ela gritou silenciosamente para seu reflexo, tentando tomar coragem. *Nunca gostei dele.*

Amanda lembrou a si mesma que estava arruinada. Isso não era hora de sentimentos femininos tolos em relação ao cabelo.

Respirou fundo e pegou a tesoura.

Capítulo 2

Todos da sociedade sabiam que James St. Clair, o segundo filho do marquês de Rolleston, sempre fora a ovelha negra da família, sempre problemático, desde o dia em que nasceu. Quando menino, o pai lhe dizia, repetidamente, que ele nunca prestaria para nada, e Jamie havia passado toda a juventude provando que o velho estava certo. Antes dos 20 anos, ele conseguira ser mandado de volta de Harrow e de Cambridge e fora expulso dos clubes White's e da Boodle's, mas readmitido graças à influência do pai, que também o deserdara pelo menos meia dúzia de vezes. Após a universidade, ele passara a usar a formação da maneira que melhor lhe aprazia, brigando e bebendo em todos os pubs londrinos, de South Kensington a Spitalfields, e tornando-se perito nos jogos de carteado e dados em todos os inferninhos.

Aos 21 anos, porém, a despeito das previsões do pai para seu futuro, de alguma forma Jamie conquistou um grande feito. Ele ganhou a mão de lady Patricia Cavanaugh, irmã do duque de Torquil e o grande partido da temporada no ano em que debutou. Ao casar-se com ela, Jamie finalmente se redimiu aos olhos do marquês.

A ironia, claro, era que ele nunca dera a mínima para a opinião do pai, que era um completo filho da mãe. Verdade seja dita, se Jamie tivesse considerado os desejos de Rolleston ao escolher sua noiva, teria se casado com uma dançarina de cancã num cabaré e realmente acabado com o velho. Apaixonar-se pela irmã de um duque havia sido totalmente involuntário, mas, por Pat, ele havia entrado na linha. E, quando ela lhe dera dois filhos, Jamie jurou ser um pai muito diferente do homem cruel e odioso que fora seu progenitor.

Sua amada Pat havia morrido sete anos depois, e, mesmo depois de três anos sem ela, Jamie se sentia tão oco e vazio como antes de ela entrar em sua vida. E, apesar de seu juramento de ser um pai melhor que o que tivera, seus filhos estavam provando ser tão levados e incontroláveis quanto ele havia sido na mesma idade. Na verdade, ao inspecionar a bagunça que as crianças haviam feito no quarto, Jamie temia que eles fossem até pior.

— Mas onde eles foram arranjar tinta vermelha? — perguntou, virando-se para Samuel, que estava próximo, com um pano e uma lata de aguarrás nas mãos. — Depois do episódio com a babá Hornsby e o sapo, eles deveriam ter ficado de castigo no quarto por uma semana inteira e, pelo que sei, não tem tinta vermelha no quarto deles.

— Lamento muitíssimo, senhor — disse o criado. — Eu estava com eles, claro, mas a campainha tocou, e a sra. Richmond tinha ido ao açougue, então precisei descer. Era lady Tattinger à porta, perguntando pela duquesa. Eu disse que eles já haviam partido para o campo, mas o senhor sabe como a baronesa fala sem parar, e eu não conseguia me desvencilhar...

— Sim, sim. — Jamie o interrompeu e acenou para os borrões vermelhos espelhados pelas paredes brancas. — Mas e a tinta, Samuel? Onde foi que eles arranjaram a tinta?

— Receio que eu tenha dado a eles. Os meninos queriam jogar minigolfe. Quando o castigo terminasse — Samuel se apressou a dizer, antes que Jamie pudesse reclamar. — Mas, quando peguei o jogo, no sótão, percebi que os números estavam descascando e sugeri que eles passassem a tarde pintando. Era algo com que *ocupá-los*, o senhor entende, e eles ficam melhor quando estão ocupados. Mas mal tínhamos começado a pintar quando a campainha tocou, e eu desci... Só demorei alguns minutos... Jamais imaginei... Nunca poderia sonhar... — O criado fez mais uma pausa e ergueu o queixo, endireitando-se, parecendo subitamente mais jovem que seus 25 anos.

— Devo arrumar minhas malas e partir, senhor?

— Acha que tenho a intenção de dispensá-lo? — Jamie balançou a cabeça, perplexo diante daquela ideia. — Deus, não. Com esses meus filhos, preciso de toda ajuda que conseguir. Não, Samuel, seu emprego está seguro, pode ter certeza.

O criado não pareceu tão aliviado quanto deveria ficar.

— Obrigado, senhor.

— Quanto a essa bagunça, pare de tentar limpar. Devemos colocar os meninos para fazer isso. Uma punição adequada, creio.

— Perdoe-me, senhor, mas não estou certo se colocar aguarrás nas mãos deles é a melhor ideia. Depois dos fogos de artifício...

A voz de Samuel foi sumindo, e Jamie logo começou a imaginar um Segundo Grande Incêndio de Londres.

— Entendo seu ponto de vista — disse ele. — Encontre um pintor e providencie para que o trabalho seja feito de maneira apropriada.

— Sim, senhor. Obrigado, senhor.

— Onde estão os meninos agora? — Jamie deu uma olhada em direção à porta que levava ao quarto das crianças. — No quarto deles?

— Ah, não, senhor, eu não podia deixá-los aqui em cima — Samuel abanou o pano no ar. — Não com o cheiro forte.

— Certo — concordou Jamie, recuando, quando o forte odor da aguarrás entrou em suas narinas. — Imagino que estejam com o sr. Hoskins.

— Não, senhor. Veja, o sr. Hoskins está... É... É que ele...

O criado parou, e Jamie absorveu sua expressão lamentosa com um desânimo cada vez maior.

— Meu bom Deus, Samuel, não vá me dizer que o valete também foi embora!

O silêncio do criado foi a resposta.

— O que eles fizeram para ele, dessa vez? — Jamie perguntou. — Foi pó de mico novamente? Ou um vomitório em seu chá, talvez?

— Milorde, creio que não tenha sido nada que os meninos tenham feito. Qualquer coisa específica, quero dizer. Acredito que o sr. Hoskins tenha deixado um bilhete no qual explica seus motivos.

— Explicações que não interessam, suponho. Nós dois sabemos o verdadeiro motivo para que ele tenha partido. — Ele percebeu que Samuel não refutou a alegação. — Então os meninos estão com a sra. Richmond?

— Sim, milorde. Pedi a ela que lhes servisse o chá noturno na cozinha. Comer aqui em cima seria terrivelmente desagradável.

Jamie deu uma olhada nos borrões vermelhos horrendos espalhados pelas paredes e ficou aliviado que Torquil não estivesse ali para ver os danos mais recentes causados à residência ducal.

— Seria bem-merecido.

— Talvez, mas não seria saudável, senhor.

Devido ao cheiro de aguarrás permeando o ar, Jamie não pôde deixar de concordar.

— Imagino que eles não devam dormir aqui em cima esta noite. É melhor que você apronte outro quarto.

— Sim, senhor. O que pretende fazer? Digo, quanto aos meninos?

— Imagino que eu precise fazer algo — murmurou Jamie, pensando na perspectiva com a mesma alegria reservada às visitas ao dentista. — O que, eu não sei, pois nenhum tipo de punição parece eficaz. — Ele fez uma pausa, deixando o orgulho de lado e forçando-se a sorrir. — Você conhece meus filhos melhor do que qualquer pessoa, Samuel. Suas sugestões serão bem-vindas.

O criado ergueu as mãos e as deixou pender, num gesto impotente que falou mais que qualquer palavra.

Nada surpreso, Jamie suspirou.

— Vou deixá-lo limpar essa bagunça.

Jamie saiu do quarto das crianças e foi até a cozinha, onde encontrou os gêmeos devorando uma torta de presunto de vitela, ovos escoceses e biscoitos, com o entusiasmo faminto de sempre — sem demonstrar, para desespero de Jamie, a menor preocupação com a ruína das paredes ou com o fato de que conseguiram causar a partida de dois empregados em menos de vinte e quatro horas.

Ele entrou na cozinha com passos determinados, as botas ecoando pelo chão. Com o barulho, os filhos tiraram os olhos da refeição noturna. Ao mirarem o rosto do pai, largaram os talheres nos pratos, e animação com que comiam desapareceu.

— Boa noite, cavalheiros — disse Jamie, franzindo o rosto severamente e cruzando os braços. — Soube que tiveram um dia bastante movimentado, escrevendo cartas para jornais...

— Como sabe sobre o jornal, papai? — interrompeu Colin.

— Não me interrompa — ordenou ele, sem paciência para ser desviado do assunto. — Eu sei sobre a carta porque descubro tudo que vocês dois fazem, cavalheiros. Sei dos sapos que colocaram na chapeleira da sra. Hornsby, o que a levou a pedir as contas. Sei do estrago que fizeram nas paredes do quarto. E sei que suas palhaçadas agora me fizeram perder meu valete.

Os meninos baixaram a cabeça, mas, por mais que quisesse acreditar que aquela demonstração de arrependimento era verdadeira, Jamie já havia passado por aquilo muitas vezes para se iludir. Descruzando os braços, ele atravessou o ambiente em direção à mesa à qual os filhos estavam sentados.

Assentindo para a sra. Richmond, que estava junto ao fogão, ele puxou uma cadeira vazia, sentando-se de frente para os gêmeos. Não tinha a menor ideia do que dizer ou fazer e, ao observar as cabeças baixas dos meninos, só conseguia pensar em quanto o tom do cabelo dos dois se assemelhava à cor avermelhada do cabelo de Pat e em como ela sempre soubera lidar melhor com eles.

— Vocês dois sabem o que fizeram? — perguntou por fim, e a inutilidade da pergunta fez com que ele se retraísse. — Vocês sabem — prosseguiu, tentando outra vez — da enrascada em que se meteram?

Os dois assentiram, mas não ergueram os olhos nem responderam, e Jamie ficou novamente perdido.

Ele precisava impor algum tipo de punição. Pensou em sua época de menino e em todas as vezes que era chamado ao escritório do pai, em todas as vezes que ficara curvado, olhando para o chão com os dentes cerrados, e o único som na sala era o estalo do cinto em seu traseiro nu. Punição física era o único tipo de castigo que conhecera quando menino, e Jamie se recusava a recorrer a semelhante crueldade com seus filhos. No entanto, o que mais havia a fazer? O que ele poderia fazer que ainda não tivesse tentado?

Jamie foi subitamente tomado pelo constrangimento e pelo desespero.

Não consigo fazer isso sem você, Pat, pensou ele. *Não consigo fazer isso sem você.*

Mesmo enquanto o pensamento lhe ocorria, porém, sabia que não tinha escolha.

— Por quê? — perguntou, tentando ganhar tempo para que sua mente arranjasse alguma alternativa ao cinto do pai e a seus próprios métodos fracassados de disciplina. — O que vocês estavam pensando? Por que destruíram as paredes do quarto daquela maneira?

— Não queríamos destruir nada — murmurou Owen, olhando para o prato. — Só queríamos pintar as paredes.

— Mas por quê?

— É tinta vermelha, papai — disse Colin, como se isso explicasse algo, mas quando Jamie, perplexo, não respondeu, Colin ergueu os olhos azuis lacrimosos. — Vermelho era a cor predileta da mamãe.

Uma lembrança surgiu num lampejo na cabeça de Jamie antes que ele conseguisse afastá-la. A lembrança de ver Pat se arrumando para um baile. Devia ter sido uns seis anos antes, e não era um evento especial o suficiente para que ficasse marcado em sua lembrança, mas, ainda assim, ele se recordava de cada detalhe daquele momento — o vestido vermelho deslumbrante de Pat, seus cachos vermelho-claros reluzindo sob a luz das lamparinas, seu rosto sardento adorável quando ela olhou por cima do ombro e seu riso alegre diante do comentário azedo da criada de que ruivas não deveriam trajar vermelho.

Ora, Parker, a essa altura você ainda não sabe que não faço nada do que deveria?

A dor no coração de Jamie parecia uma facada, e ele se levantou, sentindo uma necessidade repentina de fugir.

— Bem, não voltem a fazer nada parecido — murmurou ele e se virou, antes que os gêmeos percebessem o que estava sentindo.

As crianças já haviam sofrido o suficiente; não precisavam ver a dor do pai.

Jamie caminhou até o fogão, onde a sra. Richmond estava colocando pedaços de torta de salsicha nos pratos, e se esforçou para se recompor.

— Samuel me disse que meu valete abandonou o emprego. Ele deixou uma carta de demissão?

— Deixou, sim, milorde.

Ela pousou a colher, tirou a carta do bolso do avental e a entregou a Jamie.

Ele deu uma olhada e, embora os gêmeos não fossem a razão alegada para que o valete partisse, Jamie desconfiava que o anseio de Hoskins por um cargo na Continental Viagens não passasse de desculpa.

— Como sabe, sra. Richmond — disse ele, dobrando a carta e colocando-a no bolso do peito —, estou partindo amanhã para o encontro na casa de lorde Windermere, em Kent. Com a saída da sra. Hornsby, espero que esteja disposta a auxiliar Samuel com os meninos em minha ausência.

— É claro, milorde — respondeu a cozinheira, mas somente um tolo acreditaria que ela parecia minimamente disposta.

Para Jamie, no entanto, qualquer resposta positiva bastava.

— Obrigado — disse ele, virando-se para sair, mas a voz da mulher o deteve antes que chegasse à porta.

— Milorde?

Ele parou, olhando para trás.

— Sim?

— Para quando... — A mulher robusta tossiu. — Para quando podemos esperar a chegada de uma nova babá, se me permite perguntar?

Jamie deu uma olhada para trás e viu que os filhos o observavam.

— Não vou contratar outra babá — disse ele, voltando a atenção à cozinheira, enquanto gritos de alegria irrompiam atrás dele.

A sra. Richmond, no entanto, não compartilhava da felicidade dos meninos diante da notícia.

— Não contratará outra babá? — murmurou ela, empalidecendo.

— Decidi que um tutor é mais indicado. Um homem sério — acrescentou ele, notando, com satisfação, que os gritos de euforia dos filhos haviam cessado, passando a um silêncio apreensivo. — Um disciplinador rigoroso, a quem darei carta branca. Ele fará com que esses meus filhos entrem na linha, sra. Richmond, pode ter certeza. Na terça-feira os candidatos ao cargo virão para entrevistas e até o final do dia alguém estará contratado.

— Terça-feira? — A cozinheira engoliu em seco. — Levará tanto tempo assim?

— Somente porque estarei em viagem. Mas serão apenas quatro dias.

— Quatro longos dias, milorde.

— Devemos seguir adiante da melhor maneira que pudermos.

Ele voltou a se virar para sair, mas não deixou de ouvir a resposta murmurada da sra. Richmond.

— É fácil para o senhor dizer, pois não estará aqui. Nunca está aqui.

A maioria dos homens dispensaria uma criada por tal impertinência, mas Jamie não podia se dar àquele luxo. Precisava de toda a ajuda possível. Além disso, nunca achara certo punir as pessoas por dizerem a verdade.

∞

Para Jamie, os dias que se seguiram provaram-se bastante produtivos. Na atmosfera tranquila do campo, entre a pesca de trutas e a caça de aves, o coronel Forrester concordara em apoiar o projeto de lei de Jamie para a educação quando a Câmara dos Comuns regressasse do recesso.

O coronel Forrester não fora o único a desfrutar da hospitalidade de Windermere. Para Jamie, o período tinha sido um intervalo bem-vindo de sua habitual carga exaustiva de trabalho, mas ele não tinha ilusões de que Samuel e a sra. Richmond tivessem aproveitado folga semelhante. Ficou aliviado ao ver que nenhum dos dois havia decidido partir durante sua ausência.

Jamie, no entanto, não queria abusar da sorte. Assim que regressou, começou a fazer ligações às inúmeras agências de emprego de Londres. Passou a terça-feira toda entrevistando candidatos, decidido a contratar um tutor antes do fim do dia, porém, ao final da tarde, receava que seu objetivo talvez estivesse ligeiramente fora da realidade.

Apesar do anúncio veiculado no jornal por Galbraith e do empenho das agências, somente doze homens apareceram para a entrevista, deixando claro que a fama de seus filhos havia se espalhado. Pior, depois de entrevistar quase todos eles, Jamie não encontrara um que desejasse contratar.

Alguns eram tão tímidos que mandá-los para as dependências dos meninos seria como mandar uma ovelha ao matadouro. Outros eram idosos e frágeis demais para acompanhar o ritmo vigoroso dos gêmeos; outros, dolorosamente ineptos; e outros, ainda, parecidos demais com seu próprio pai para o gosto de Jamie. Um, na verdade, descreveu métodos de ensino tão cruéis que Jamie teve calafrios ao pensar no homem algum dia a cargo dos filhos de alguém.

E havia, é claro, alguns tão tediosos que fariam um cadáver pegar no sono.

— Lorde Kenyon?

Jamie levou um susto ao som de seu nome e abriu os olhos para encontrar um homem imponente, lançando-lhe um olhar intrigado, do outro lado da escrivaninha.

— Sim, isso mesmo, sr. Partridge — concordou ele de imediato, embora não fizesse ideia de com que estivesse concordando. — Tenho certeza de que está certo.

— A repetição é a chave para o aprendizado do latim, milorde, como certamente sabe. *Adduco, adducere, adduxi...*

— É claro — interrompeu Jamie, as lembranças nítidas das lições do repugnante latim voltando a atormentá-lo. — E sua abordagem da matemática?

— Minha abordagem é a mesma, milorde, seja qual for a matéria. Memorização é a chave para o aprendizado. O que os meninos precisam é de treino. Treino — repetiu ele, enfaticamente, batendo o punho fechado na palma da outra mão. — Exaurir a mente até incutir o pensamento correto, por meio da repetição, é o que irá prepará-los para Harrow.

Tendo ele próprio frequentado a instituição, Jamie não tinha dúvidas de que o homem estava certo. No entanto, tais métodos de ensino o deixavam curiosamente insatisfeito.

— Sei que esse é o pensamento convencional — disse Jamie, e fez uma pausa.

Partridge era o melhor candidato que ele havia entrevistado naquele dia. Contudo, Jamie não conseguia ofertar-lhe o emprego. A formação do homem era de primeira linha, as cartas de referência eram louváveis e a situação de Jamie era desesperadora. O que, então, o fazia hesitar?

— Arregimentação e memorização são muito boas — continuou ele, depois de um momento. — Mas o senhor não deseja imbuir seus pupilos de algo mais?

— Mais, milorde? — O sr. Partridge piscou, claramente surpreso. — E o que mais haveria?

De fato, o quê? O próprio Jamie não sabia responder a essa pergunta. Refletindo, levantou-se e foi até a janela. Piscou algumas vezes diante da claridade da tarde ensolarada do lado de fora e, protegendo os olhos com uma das mãos, olhou para baixo. Colin e Owen brincavam no parque do outro lado da rua. Os gêmeos tentavam soltar pipa, sem muito sucesso, pois quase não havia vento.

Samuel estava sentado na grama perto deles, observando-os, mas sem se esforçar para ajudá-los. Jamie não podia condená-lo. O pobre sujeito provavelmente estava exausto.

Ele voltou a atenção aos filhos, observando Colin, que saíra correndo pelo gramado, com a pipa-caixa batendo no chão atrás dele. O brinquedo até se ergueu uns seis metros antes de cair novamente, bem em cima de um jovem sentado num banco do parque, obrigando o rapaz a jogar o sanduíche de lado e mergulhar para desviar do objeto.

A pipa atingiu o banco bem no lugar onde o jovem estava sentado. Com uma mão na cintura, ele empurrou o chapéu para trás e ficou olhando o emaranhado de varetas quebradas, papel de seda rasgado e linha, depois virou-se para Colin e disse alguma coisa.

Por um instante, Jamie receou que o homem talvez estivesse zangado, mas não pareceu ser o caso. Era verdade que estava apontando para a pipa e gesticulando com os braços, mas pelo visto não estava ralhando com o menino. Em vez disso, parecia estar explicando algo.

Independente do que fosse, parecia interessante, porque Colin estava de fato ouvindo. Owen também, porque havia parado de tentar empinar sua pipa e atravessava o gramado para se juntar ao irmão.

Igualmente intrigado, Jamie continuou a observar, enquanto o rapaz tirava o paletó de tweed e o chapéu e jogava as peças no banco. Ele passou a mão pelo cabelo escuro rebelde, virou-se para Samuel e apontou com a cabeça o caixote que estava próximo enquanto arregaçava as mangas da camisa.

Deve ter feito uma pergunta, pois o criado assentiu em resposta e o estranho se curvou para remexer na caixa. Depois de um instante, ele se endireitou, com uma pipa em formato de diamante, de papel de seda azul, em uma das mãos e o carretel de linha na outra. Dando uma rápida olhada para trás, o jovem soltou a pipa no chão e começou a andar para trás pela grama, com passos rápidos. Subitamente, como num passe de mágica, a pipa tomou impulso na brisa suave e deu um tranco para o alto, levantando do chão. O rapaz continuou a caminhar para trás, soltando a linha do carretel enquanto andava, fazendo a pipa subir ao céu.

Parecendo satisfeito por ela já estar bem alta, voltou até onde os meninos estavam. Ali, ele devolveu o controle da pipa a Colin e ajoelhou-se na grama a seu lado, para ajudá-lo a guiar o brinquedo e evitar que enganchasse no topo das árvores próximas.

— Lorde Kenyon?

A voz do sr. Partridge penetrou em sua consciência e Jamie se virou, lembrando-se da tarefa em curso e da decisão que tinha que tomar.

Quando olhou para o sr. Partridge do outro lado da mesa, porém, soube que, ao menos em relação àquele candidato, sua decisão estava tomada. Pat sempre fora fervorosa em relação ao conhecimento, à educação e ao aprendizado. Ela não ia querer que seus filhos fossem treinados como num regimento militar. Jamie continuaria procurando.

— Creio que o senhor tenha respondido a todas as minhas perguntas, sr. Partridge — disse ele, juntando todas as excelentes cartas de referência do homem e estendendo a mão para devolvê-las. — Obrigado por seu tempo.

O homem aceitou a dispensa cordialmente.

— Milorde — disse ele, pegando as cartas de volta e fazendo uma reverência. — Eu lhe desejo um bom dia.

Jamie contornou a escrivaninha.

— Eu o acompanho até a saída.

— Não, por favor — disse o sr. Partridge, fazendo Jamie parar. — Não se incomode, milorde. Tenho certeza de que o senhor está com uma equipe reduzida, com todos da família no campo. Posso descer sozinho.

Com outra reverência, ele saiu.

Jamie curvou-se sobre a mesa, mergulhou a caneta no tinteiro e rabiscou algumas anotações ao lado do nome do sr. Partridge. A experiência lhe ensinara a anotar suas impressões de todas as pessoas que entrevistara para cuidar dos meninos, pois, ao longo dos anos, haviam sido muitas babás, e ele não tinha como se lembrar de todas elas. Também sabia que, pelo fato de ninguém permanecer por muito tempo, talvez precisasse, no futuro, dar outra olhada nos candidatos que tinham sido entrevistados e rejeitados.

Finalmente deixando a caneta de lado, Jamie olhou o relógio e depois a lista de compromissos, notando, com algum desânimo, que só restava um candidato a entrevistar. Com pouca esperança, puxou a campainha na parede, indicando à sra. Richmond que trouxesse o último candidato até o escritório.

Enquanto esperava, Jamie virou-se novamente para a janela, mas viu que o jovem rapaz do parque havia sumido. Colin ainda estava empinando sua pipa e, provavelmente com mais sorte do que habilidade, estava conseguindo mantê-la longe das árvores. Owen tinha pegado outra pipa, uma em formato de delta, e estava correndo pela grama do jeito como o estranho havia demonstrado.

— Sr. Adam Seton, milorde.

O anúncio da sra. Richmond afastou a atenção de Jamie dos filhos. Ele logo se virou e piscou, surpreso, pois o homem de cabelo preto com o chapéu na mão que atravessava a sala em sua direção era o mesmo jovem que avistara do outro lado da rua.

Isso se ele fosse, de fato, um homem. Com uma observação mais atenta, mais parecia, aos olhos de Jamie, um menino — esguio, imberbe e necessitando de um corte de cabelo. Puxava a gola alta como fazem os adolescentes. Ao contrário da maioria dos jovens, no entanto, não tinha espinhas, mas uma pele clara como leite, exceto pelo leve rubor rosado nas bochechas causado pelo frio do lado de fora.

Devia ser uns seis anos mais velho que os meninos a quem aspirava lecionar, mas, quando Jamie olhou nos olhos do jovem, ele ficou intrigado.

Eram olhos estranhos, de um tom de verde-escuro pontilhado de âmbar, e pareciam bem mais velhos que o restante dele. Havia conhecimento e experiência naqueles olhos, e um fervor curiosamente intenso, mais compatível com um poeta ou um revolucionário político do que com um tutor. Garotas adolescentes sem dúvida achariam o sujeito incrivelmente atraente, e Jamie sabia que, se tivesse filhas, aquela entrevista já teria terminado.

Talvez terminasse logo, de qualquer forma, pensou ele, dando uma olhada no terno abominável de tweed marrom, todo desgastado, desgrenhado e grande demais. Jamie suspeitava de que seus próprios filhos fossem o motivo dos amassados nos cotovelos e das manchas verdes de grama nos joelhos, mas, de qualquer forma, a aparência desalinhada do sr. Seton ressaltava sua pouca idade e falta de sofisticação. Somente homens muito jovens demonstravam aquele desdém arrogante pela própria roupa.

Levando tudo em conta, o sr. Seton não parecia ser o tutor severo que a dupla mais traquinas de Londres exigia, mas Jamie imaginou que não faria mal realizar a entrevista.

Ele deu uma olhada para a criada que estava junto à porta, atrás de seu entrevistado.

— Obrigada, sra. Richmond. Pode ir.

Quando a cozinheira saiu e fechou a porta, Jamie voltou sua atenção ao jovem.

— Que idade tem, sr. Seton?

Houve uma pequena pausa.

— Dezenove.

Jamie cruzou os braços, ergueu uma sobrancelha e esperou.

— Dezessete — consertou o jovem, dando um suspiro.

Jamie deu uma risada ao confirmar sua primeira impressão.

— Não pode realmente achar que eu o escolheria como tutor de meus filhos. É jovem demais.

— Posso ser jovem, mas sou um professor muito bom.

— É mesmo? E onde lecionou?

O sr. Seton desviou os olhos, e o silêncio respondeu à pergunta.

— Entendo. — Jamie descruzou os braços. — E por que estava falando com meus meninos?

O jovem franziu a testa, intrigado.

— Como sabe... — Ele parou de falar e deu uma olhada além de Jamie, para a janela, depois o olhou de volta, com a compreensão abrandando o espanto. — Eu estava no parque, sim.

— E estava falando com meus filhos.

— Estava. — O canto da boca do jovem se curvou ligeiramente. — Quer dizer, se seus filhos têm cabelo ruivo e sardas, paixão por pipas e raiva de babás.

— Meus filhos lhe falaram sobre babás?

— Não, nós só conversamos sobre pipas. Mas a aversão deles por babás é vastamente conhecida.

Jamie se remexeu, sem gostar do lembrete.

— Sempre conversa em parques com crianças às quais não foi apresentado? — perguntou ele.

— Sempre observa seus filhos brincando de uma janela do outro lado da rua?

Jamie inspirou profundamente, sentindo a pergunta como uma flecha no meio do peito.

— Cuidado, sr. Seton — disse. — Atrevimento não lhe dará o cargo. Responda a minha pergunta, se puder.

— Gosto de crianças. Falar com elas é crime?

— Não é crime, mas não posso deixar de ficar curioso quanto a sua intenção.

Isso intrigou o rapaz.

— Minha intenção?

— Pretendia ganhar vantagem sobre os outros candidatos, brincando com meus filhos? Talvez na esperança de que eles influenciassem minha decisão quanto a quem contratar?

Jamie sabia que estava sendo injusto, mas a pergunta impertinente sobre a janela tocara um ponto sensível. Provavelmente por se tratar de algo tão perceptível.

Pelo visto, ele não era o único sensível. O queixo do sr. Seton se ergueu de leve, mostrando um ar de rebeldia inerente ao fervor que Jamie havia percebido.

— Em primeiro lugar, não pleiteio favores de ninguém, milorde. Posso assegurar-lhe que isso não é de minha natureza. Em segundo lugar, eu estava casualmente no parque, esperando meu horário para ser entrevistado. Comendo meu lanche, cuidando de minha vida, quando a pipa de seu filho despencou e quase aterrissou em minha cabeça. Concluí que, antes que alguém se ferisse, ele deveria ser ensinado a soltar uma pipa de maneira apropriada.

— Em um dia como o de hoje, ninguém consegue soltar uma pipa de maneira apropriada.

— Eu soltei.

Esse ponto, Jamie ficou um tanto desgostoso em notar, não podia ser refutado.

— Não imagino como. Quase não há vento.

— Não é preciso vento forte para a pipa certa. Uma pipa-caixa não é tão boa num dia como o de hoje. É pesada demais, motivo pelo qual seu filho não conseguia empiná-la. Quando há pouco vento, é preciso uma pipa em formato de diamante ou delta. Como expliquei a seus filhos, é uma questão de física.

Jamie ficou um pouco surpreso.

— Estava explicando física a meus filhos? Com uma pipa?

O rapaz olhou-o firmemente.

— Consegue pensar em uma forma melhor para explicar um dos fundamentos da física a duas crianças?

— Não. — Jamie deu uma breve risada, apreciando que havia acabado de perder uma discussão com um rapaz de 17 anos. — Na verdade, não.

Ele fez uma pausa, pensativo, então prosseguiu.

— Fora sua habilidade de soltar pipas e explicar às crianças como fazê-lo, o que o faz crer que é qualificado para lecionar a meus filhos? Eles precisam ser preparados para Harrow. Como alguém de sua idade pode ser capaz de fazer isso? Que escola preparatória o senhor cursou?

— Não cursei escola preparatória, milorde. Na verdade, não cursei nenhum tipo de escola. — O sr. Seton engoliu em seco, puxando a gola novamente, como se fosse uma admissão difícil de fazer. — Fui educado em casa, pelo meu pai. Eu era... bem... doente demais para ir à escola.

Devido à exuberância dos gêmeos, aquele não era um motivo atraente para contratar o sujeito e, no entanto, Jamie sentia-se estranhamente relutante em dispensá-lo.

— Então, seu pai foi um homem educado. Que escolas ele frequentou? Harrow? Eton?

— St. Andrews, em Cambridge. Massachusetts — acrescentou o rapaz, quando Jamie franziu o rosto diante do nome desconhecido.

— Seu pai era americano?

— Sim. Depois de St. Andrews, ele cursou Harvard, onde obteve seu bacharelado. Então, tornou-se tutor lá e, com o tempo, professor universitário.

— E onde está ele, agora? Ainda na América?

— Ele morreu.

— Minhas condolências. — Jamie fez uma pausa, pois não queria ser cruel após um anúncio como aquele, mas fatos eram fatos. — Se você nunca frequentou a escola, só posso presumir que não tem ninguém para respaldar sua capacidade como estudante, e você é claramente jovem demais para ter muita experiência como professor. Tem alguma referência a apresentar? — perguntou, imaginando por que estava se dando àquele trabalho.

Para sua surpresa, o sr. Seton assentiu.

— Tenho, sim — respondeu, e se curvou como se fosse pegar algo no chão, ao seu lado, atitude que Jamie achou estranha. Mas então ele parou, endireitou-se e enfiou a mão no bolso do peito do paletó. — Tenho duas.

O sr. Seton tirou duas folhas de papel dobradas e estendeu a Jamie, do outro lado da mesa.

Jamie pegou os papéis e deu uma olhada no primeiro.

— E quem é sra. Finch? — perguntou ele, erguendo os olhos quando Seton não respondeu. — É uma mulher conhecida?

— Receio que não. — Os lábios do jovem se torceram num sorriso de lado. — Ela é minha senhoria.

— Perdão?

— Na estalagem onde moro. É um lugar de respeito — acrescentou ele, quando Jamie deu uma risada incrédula. — Estou lecionando piano e…

— Nossa, muito útil para meninos que irão para Harrow… — interrompeu Jamie, jogando a carta de lado.

— Também estou lecionando francês e alemão.

— Isso impressiona um pouquinho mais que piano, pelo menos — murmurou Jamie, desdobrando a segunda carta e dando uma olhada no conteúdo. — E o sr. Hugh Mackenzie? Quem é ele?

— É o dono do pub no fim da minha rua. — As bochechas do jovem coraram quando Jamie riu de novo. — Estou lhe ensinando matemática.

— Você está lecionando matemática a um dono de bar? Por qual motivo?

— Talvez porque ele queira aprender? — Uma das sobrancelhas pretas retas do rapaz se ergueu numa curva sarcástica. — Ou o senhor é de opinião que somente a nobreza tem sede de conhecimento?

— Ao avaliar quem devo contratar, vou levar em consideração sua personalidade impertinente, sr. Seton.

O jovem mordeu o lábio, devidamente disciplinado, mas, se Jamie estava esperando um pedido de desculpas, ficaria desapontado.

— Primeiro — disse Seton, depois de um momento —, o sr. Mackenzie queria apenas saber se os comerciantes o estavam enganando. Então eu o ensinei a manter livros de contabilidade. Isso requer um conhecimento básico de aritmética. E a habilidade para utilizar o ábaco também é muito útil.

— Você sabe usar um ábaco?

— Sei, sim. E agora o sr. Mackenzie também sabe.

Mesmo sem querer, Jamie estava um tanto impressionado.

— Ainda assim — disse ele —, um gerente de bar não é uma grande referência, e meus filhos não precisam da educação que se dá a um balconista.

— Nós já passamos à álgebra e à geometria, se isso o faz sentir-se melhor.

Jamie franziu o rosto, mas, dessa vez, ignorou a impudência.

— Diga-me — disse Jamie —, a senhoria e um gerente de bar são as únicas referências que possui?

Seton se remexeu, inquieto, parecendo constrangido, dando uma resposta antes mesmo de falar.

— Bem... Só tenho 17 anos, afinal — disse ele.

— De fato. E meus filhos são netos de um marquês e sobrinhos de um duque. Eles necessitam de um tutor com muito mais experiência do que a que o senhor possui.

— Se conseguir encontrar alguém disposto a lecioná-los. Seus filhos são um tanto endiabrados, se as colunas de fofoca dizem a verdade.

Jamie não gostou do lembrete. Com um gesto brusco, juntou as cartas e estendeu a mão, devolvendo-as ao jovem.

— Obrigado, sr. Seton. Receio que o senhor não servirá, mas agradeço por seu tempo.

O rapaz hesitou, parecendo inclinado a dizer mais. Felizmente, porém, controlou o impulso.

— Eu resido na Red Lion Street, Bloomsbury, número doze — disse ele, pegando as cartas de referência de volta da mão estendida de Jamie. — Pode escrever para lá, milorde, se mudar de ideia.

— Não vou mudar de ideia. Por que mudaria?

O jovem hesitou por mais um momento, depois se virou para sair.

— Bem, eu não sei — disse ele, vagamente, ao caminhar até a porta e abri-la. — Afinal — acrescentou, olhando para Jamie por cima do ombro —, os criados só conseguem aguentar um tanto de pó de mico nas roupas íntimas e fogos de artifício pela casa antes de ficarem fartos.

Com aquela tirada e um sorriso provocador, Seton sumiu porta afora, deixando Jamie, de testa franzida, imaginando como as colunas de fofoca tinham descoberto sobre o pó de mico.

Capítulo 3

Três xelins pela roupa, pensou Amanda, exasperada, caminhando pela Park Lane em direção à New Oxford Street para pegar o bonde para casa. Dinheiro desperdiçado numa empreitada inútil. E havia sido tudo sua culpa, pois ela fora imperdoavelmente insolente.

Sempre observa seus filhos brincando de uma janela do outro lado da rua?

Ao se lembrar das palavras impudentes que dispararam de sua boca, Amanda fez uma careta. Empregadores, pelo visto, não viam críticas daquele tipo com bons olhos.

Mas que se dane, ele a deixara zangada com a acusação de que ela estaria bajulando seus filhos no parque para conseguir o cargo. E seu tom desdenhoso ao falar da sra. Finch e do sr. Mackenzie colocara mais lenha na fogueira. *Esnobe almofadinha*, pensou ela, com uma fungada de deboche. Quem era ele para falar como se as referências de pessoas comuns, de classe média, fossem de alguma forma indignas de consideração?

Amanda suspirou e parou de andar, depois se virou para se encostar na parede do prédio a seu lado. Quem era ele? Ele era um homem com um emprego incrível para oferecer, e ela era uma idiota em deixar que seu temperamento a prejudicasse.

Agora ela estava pior que antes. Havia sacrificado sua única renda atual para obter aquelas cartas de referência em nome de Adam Seton oferecendo futuras lições gratuitas. Embora tivesse perdido a entrevista, sua obrigação com a sra. Finch e o sr. Mackenzie permanecia.

Além do dinheiro que ela havia sacrificado, também tinha o desperdício de tempo — quatro dias ensaiando uma voz mais grave e um caminhar masculino, tentando se acostumar à sensação estranha e um tanto obscena de usar calça comprida. E, embora deixar de lado o espartilho tivesse parecido um tanto libertador no primeiro dia, após quatro dias sem ele suas costas doíam. Se tudo isso não bastasse para aborrecê-la, ela havia cortado todo o cabelo.

Amanda se endireitou, afastou-se da parede e tirou o chapéu para passar a mão no que havia sobrado de sua farta juba. Quando as mechas picotadas passaram por entre seus dedos, sentiu um desejo absurdo de chorar.

Ela abandonara qualquer resquício de sua feminilidade, e para quê? Para que seu gênio e sua língua lhe custassem o emprego. Por outro lado, será que ela realmente ia querer trabalhar para um homem como ele? Num lampejo, surgiu uma imagem dos olhos claros, gélidos e vagos de lorde Kenyon, e sua voz, refinada e desdenhosa, ecoou de volta até ela.

Meus filhos são netos de um marquês e sobrinhos de um duque.

— Ora essa, os sobrinhos de um duque — resmungou ela, a vontade de chorar dando lugar a uma irritação renovada. — Blá-blá-blá.

Aqueles garotos tinham uma linhagem muito boa, mas não passavam de baderneiros. Até o próprio pai admitia, e os relatos nos jornais que ela havia lido durante o fim de semana só reforçaram essa avaliação. As palhaçadas notórias dos filhos de lorde Kenyon, Amanda descobrira, eram amplamente conhecidas pelos colunistas de fofoca, que dedicavam um grande espaço das edições de sábado para especular alegremente sobre o que os gêmeos podiam ter feito para despachar não somente a mais recente babá, mas também o valete da casa.

O encontro com os meninos no parque dera a Amanda uma impressão diferente do entendimento geral, mas, por outro lado, ela tinha o auxílio de anos de experiência. Havia passado tempo suficiente perto de crianças para saber que bem poucas eram casos perdidos. Sentia que os gêmeos poderiam se endireitar, com ajuda, mas a tarefa se provaria quase impossível se algo não fosse feito antes que eles chegassem à adolescência.

De qualquer maneira, já que ela não conseguira o emprego, não precisava se preocupar com eles. Com aquele lembrete, Amanda pôs de lado suas inclinações à raiva e à autopiedade e escolheu olhar pelo lado bom. Vender os cachos de seu cabelo faria com que ela recuperasse parte do dinheiro gasto. Mais importante, seu disfarce tinha dado certo. Preparara-se para a possibilidade de que lorde Kenyon logo a descobrisse, e o fato de isso não ter acontecido mostrava que ela poderia se candidatar a outros cargos de tutor. Não nas agências, claro, pois já as procurara inúmeras vezes e não queria correr o risco de que alguém a reconhecesse. Mas Amanda poderia olhar os anúncios no jornal em busca de tutores. Ao contrário de governantas, bons professores eram raros e muito procurados. Uma oferta de emprego ainda poderia surgir, contanto que ninguém olhasse muito atentamente para as credenciais acadêmicas de seu pai.

Amanda recolocou o chapéu marrom na cabeça e retomou sua caminhada, com determinação renovada. Quando chegou à New Oxford Street, um bonde estava parando na esquina, mas ela não entrou na fila que aguardava para embarcar. Em vez disso, virou na direção oposta, rumo à entrada do parque e ao Mable Arch, onde dúzias de jornaleiros faziam seu comércio.

Ela parou diante do primeiro que encontrou.

— Quantas das edições noturnas o senhor tem para vender? — perguntou ela a um idoso do outro lado das pilhas.

— Deixe-me ver... — Ele olhou para baixo, esfregando as pontas dos dedos retorcidos no bigode grisalho e farto, e começou a contar. — Nove... dez... — Ele olhou para cima. — Doze, no total.

Amanda hesitou, fazendo a conta rapidamente e lembrando a si mesma que já havia gasto mais do que deveria. Se a ideia maluca de encontrar um emprego de tutor não desse certo, ela se tornaria uma desvalida muito antes do fim do ano.

O homem se remexeu, olhando além dela e, quando Amanda deu uma olhada para trás, viu que uma fila estava se formando.

— Quais o senhor vai querer?

A pergunta voltou sua atenção ao jornaleiro a sua frente, e ela teve o súbito desejo de rir.

Senhor.

Ora, se isso não fosse um sinal de incentivo do Céu, ela comeria seu chapéu marrom. E que diferença faria estar falida em janeiro ou setembro?

Amanda respirou fundo e enfiou a mão no bolso do peito do paletó.

— Vou levar todos.

<hr />

O sr. Partridge durou menos de três dias. Contratado na noite de terça-feira, já tinha ido embora na manhã de sexta. Apesar de o motivo alegado ter sido o súbito adoecimento de um parente, Jamie sentia que certos gêmeos endiabrados, com rostos angelicais e cabelos ruivos, tinham mais a ver com sua partida que algum primo distante acometido pela gripe espanhola.

Jamie ergueu os olhos da carta de demissão do homem e olhou os rostos melancólicos de Samuel e da sra. Richmond.

— Parece que teremos de recomeçar.

— Talvez… — A sra. Richmond deu uma tossida. — Talvez ele possa ser persuadido a voltar, quando o primo melhorar. Talvez sejam apenas alguns dias.

— Ou talvez sejam semanas — disse Samuel. — Se é que há algum primo doente.

De qualquer forma, Jamie sabia que aguardar semanas pelo regresso improvável do homem não era uma opção viável. E, mesmo que fosse, o que poderia ser feito com os gêmeos nesse ínterim? Ele deveria partir naquela noite para uma turnê de três semanas por Yorkshire.

Mandar os meninos para Ravenwood seria o ideal, pois havia muito mais para ocupar suas mentes traquinas na propriedade de Torquil do que ali em Londres. O duque, porém, recusara terminantemente a ideia de receber os sobrinhos em Hampshire sem ao menos a companhia de uma babá, e Jamie não podia culpá-lo. De seu lado, Jamie estava ocupado demais para ir até Hampshire. Ganhara seu lugar na Câmara por uma margem bem apertada e precisava aproveitar seu tempo antes da próxima sessão parlamentar para trabalhar, não para se divertir. Ele não podia adiar sua viagem ao norte, pois havia visitado seus eleitores de Yorkshire apenas uma vez desde a eleição, um ano antes, e certamente não tinha tempo de viajar com os meninos para passear de barco e jogar tênis em Ravenwood. Maldição, nem sequer conseguira arranjar tempo para encontrar um novo valete, que dirá começar outra caçada exaustiva em busca de alguém para cuidar dos meninos.

— Samuel está certo, sra. Richmond — disse ele, deixando de lado a carta do sr. Partridge. — Alguém tem que ser contratado imediatamente.

— Não haverá argumento de minha parte, milorde — respondeu a cozinheira. — Talvez outra visita às agências?

Mas Jamie sabia que era improvável encontrar alguém. Na manhã seguinte às entrevistas, voltara a ligar para as agências, mas eles não conseguiram ofertar candidatos adicionais para ele avaliar e, com suas opções limitadas, Jamie acabou contratando o pedante sr. Partridge.

— Farei mais uma ligação para as agências, antes de partir — prometeu, sem muita esperança. — Meu trem para Yorkshire só saí às dezessete horas.

— Então, ainda vai para o norte? — A sra. Richmond deu uma olhada para Samuel, depois olhou de volta para Jamie com óbvio desânimo. — Não acha que seria melhor adiar a viagem, devido às circunstâncias?

Jamie balançou a cabeça.

— Já adiei uma visita a meu distrito eleitoral por causa dos gêmeos. Não posso voltar a fazer isso. Tenho deveres com meus eleitores, sra. Richmond.

— Seus eleitores?

A frustração da cozinheira estava evidente, mas, antes que Jamie fosse obrigado a repreendê-la e recebesse sua provável demissão como resposta, Samuel interveio delicadamente.

— Que tal levar os meninos para York com o senhor? — sugeriu. — Os empregados de seu pai podem cuidar deles um pouco, não?

Só a ideia de ter os filhos perto de seu pai, sem que ele estivesse presente, deixava Jamie apreensivo.

— Isso não seria possível.

— E quanto aos outros candidatos que o senhor entrevistou na terça-feira? — perguntou a sra. Richmond. — Não houve ao menos um outro candidato aceitável, fora o sr. Partridge?

Um rosto claro com olhos intensos logo surgiu na cabeça de Jamie. *Posso ser jovem, mas sou um professor muito bom.*

— Não — respondeu ele. — Nenhum.

O rosto dos dois criados claramente mostrava que eles achavam que o patrão estava sendo excessivamente meticuloso.

— Talvez as agências tenham alguns candidatos novos — disse ele, levantando-se. — Mande que o condutor providencie a carruagem, Samuel, e desça minha bagagem, sim?

Algumas horas depois, contudo, ficou claro que a esperança de Jamie em encontrar um tutor antes de sua partida para o norte não se concretizaria. Segundo lhe disseram, os professores qualificados para a preparação de meninos para escolas públicas não somente eram raros, mas também muito procurados. As agências frisaram várias vezes que tais homens tinham a liberdade de escolher seus pupilos e, embora Jamie nunca tivesse ouvido diretamente que nenhum professor gostaria de lecionar a seus filhos, a conclusão era clara. No fim da tarde, ele teve que admitir a derrota.

Já sem tempo, mandou uma mensagem para casa, na Upper Brook Street, informando à sra. Richmond que não tivera sucesso e que ela e Samuel precisariam supervisionar os gêmeos até seu regresso de Yorkshire. Ele abrandou o golpe com um aumento de salário e a promessa de encurtar a viagem de três para duas semanas. Conforme sua carruagem o levava até a Victoria Station, porém, Jamie temia que nem mesmo uma semana teria se passado antes que recebesse um telegrama de Torquil informando que seus criados haviam se demitido, os gêmeos tinham sido levados para Ravenwood e ele era esperado em Hampshire para pegá-los, imediatamente.

Ele ficou olhando a rua pela janela da carruagem que seguia pelo longo caminho da Holborn Road, enquanto sua mente trabalhava para encontrar um meio de evitar aquela possibilidade.

Jamie poderia ligar para a Agência Merrick e pedir para que eles enviassem outra babá, é claro, mas ele ainda tinha a forte sensação de que contratar um tutor seria a melhor solução. E que babá competente concordaria em aceitar um cargo apenas temporário?

Ele poderia começar a olhar os anúncios de profissionais que se ofereciam nos jornais, embora duvidasse que candidatos meritórios precisassem de tal ajuda. Poderia escrever para vários conhecidos e perguntar se tinham alguma indicação ao cargo. Também poderia escrever para Harrow pedindo recomendações. E para Eton também, mas só se as coisas ficassem realmente desesperadoras. No entanto, tudo isso levava tempo, e Jamie precisava de alguém naquele momento, não dali a semanas.

Sua carruagem parou bruscamente. Perdido em seus pensamentos, Jamie prestou pouca atenção. Porém, conforme os minutos foram passando sem que o veículo se movesse, ele abriu a janela e pôs a cabeça para fora.

Só se via uma fila compacta de coches de aluguel, carruagens, bondes e outros veículos parados como o seu. Jamie não estava preocupado, pois seu trem só partiria em quarenta minutos. Recuou para dentro na cabine e fechou a janela. Enquanto se acomodava em seu assento, porém, a placa da esquina da rua chamou sua atenção.

Red Lion Street.

O nome era familiar, embora ele não tivesse certeza do motivo, pois estava em Bloomsbury, uma parte de Londres que raramente tinha motivo para visitar. Ali, artistas, imigrantes e boêmios conviviam com famílias respeitáveis de classe média, mas ninguém daquele lugar se misturava muito com os cavalheiros de sua área. Jamie duvidava de que alguma vez tivesse posto o pé na Red Lion Street em toda a sua vida. Então por que o nome parecia tão familiar?

As palavras de Adam Seton lhe ocorreram, como se em resposta à pergunta.

Resido na Red Lion Street, Bloomsbury.

A carruagem entrou novamente em movimento, passando pela esquina, mas a voz do sr. Seton continuou ecoando na mente de Jamie.

Número doze. Pode escrever para lá, se mudar de ideia.

Ele não estava mudando de ideia. Deixar seus meninos sob os cuidados de um garoto de 17 anos tão desqualificado que chegava a ser engraçado?

Matemática e geometria... Francês e alemão... Consegue pensar em uma forma melhor para explicar um dos fundamentos da física a duas crianças?

Praguejando, Jamie estendeu a mão e bateu no teto para que o condutor parasse a carruagem. Instantes depois, ele se viu caminhando por uma fileira de sobrados cujos degraus da frente eram pintados de cal. Desenhos em giz demarcavam as calçadas com jogos de amarelinha.

O número doze era uma casa alta e estreita de tijolinhos e persianas azuladas, com flores roxas e cortinas de renda branca. Contornando um grupo de meninas que pulavam corda, Jamie subiu os degraus da frente e bateu à porta, imaginando se estaria seguindo os ditames do destino ou se o desespero o estaria deixando de miolo mole.

A porta foi aberta por uma mulher magra, com cerca de 50 anos, de cabelo tingido com hena.

— Não tenho quartos disponíveis no momento — disse ela, então parou, arregalando os olhos de espanto conforme seu olhar descia lentamente pela roupa bem talhada de Jamie.

— Eu gostaria de falar com o sr. Seton — disse ele, estendendo a mão com um cartão. — Se ele puder me atender esta tarde.

— Sr. Seton? — A senhoria ergueu os olhos, franzindo o rosto, como se o nome não fosse familiar. — O senhor disse Sr. Seton?

— Sr. Adam Seton. Me foi dito que ele mora aqui...

Ela piscou várias vezes, mas bem na hora em que Jamie começou a achar que era tudo uma grande piada, talvez tramada por Rex, a expressão dela clareou.

— Ah, o sr. Seton!

— Então, ele mora aqui?

— Ora, mas é claro. — Ela riu, levando a mão à testa e pegando o cartão com a outra. — No momento, ele não está, senhor...

Ela parou de falar, dando uma olhada no cartão, depois olhou de volta para Jamie.

— Quer dizer, milorde — ela se corrigiu. — Lamento, mas, como eu disse, o sr. Seton saiu.

Jamie puxou o relógio, pensativo. Dez minutos até Victoria, cinco para arranjar um carregador, mais cinco para encontrar sua poltrona. Ele poderia ficar mais alguns minutos.

— Posso esperar, imagino?

— Ah, milorde, não sei quando o sr. Seton estará de volta. Ele pode demorar horas.

— Tudo bem.

Com uma risadinha e uma sacudida de ombros, a senhora deu um passo para trás para deixá-lo entrar, depois o conduziu a uma porta à direita da entrada, que dava numa sala cheia de cortinas amarronzadas de veludo, móveis de mogno e peças de bronze. Havia um piano no canto e um par de samambaias em vasos, esforçando-se para sobreviver com a pouca luz que entrava pela única janela da sala.

— Sente-se, por favor, milorde.

Jamie sentou-se, acomodando-se numa das pontas do sofá desbotado de veludo vermelho. Tirando o chapéu, ele gesticulou para o instrumento no canto quando a mulher se acomodou num assento a sua frente.

— O sr. Seton está lecionando piano à senhora, pelo que eu soube. E francês e alemão, não?

— Ora... Hum, sim. — A voz dela tinha uma entonação estranha. Talvez fosse divertimento, embora ele não visse o que havia de engraçado em sua pergunta. — Sim, sim, ele está. Gostaria de um chá?

Jamie negou com a cabeça.

— Obrigado, mas não quero lhe dar trabalho, senhora. Diga-me, acha que o sr. Seton é um bom professor?

O ar divertido sumiu, e ela se remexeu ligeiramente na cadeira, mais parecendo uma criança flagrada fazendo algo errado, o que levou Jamie a considerar que a garantia que o sr. Seton lhe dera sobre suas habilidades não passara de ostentação vazia.

A resposta da sra. Finch, no entanto, foi inequívoca, quando ela falou.

— Ele é muito bom. Paciente. Bondoso. Jamais diz uma palavra áspera.

— E ele é um homem de bom caráter? Respeitável e honesto?

— Ah, sim. Sempre paga em dia, tranquilo, sério.

— A senhora sabe se ele se dá bem com crianças?

— Ah, sim, milorde. As crianças sempre vêm procurar por, hum, pelo sr. Seton, pedindo ajuda com as lições, e isso é um bom sinal, não é?

Ele não teve chance de fazer mais perguntas, pois o som da porta da frente o interrompeu.

— Ah — disse a sra. Finch, virando-se para trás para olhar em direção à porta. — Imagino que seja o sr. Seton.

Era o próprio, certamente, mas ele passou direto, sem nem olhar para o lado, fazendo o piso de madeira ranger ao seguir rumo à escada.

— Sr. Seton? — a sra. Finch chamou. — O senhor tem um visitante.

O rangido cessou. Depois de alguns segundos recomeçou e, num instante, o jovem surgiu na porta, arregalando os olhos ao ver Jamie.

— Lorde Kenyon? O que faz aqui?

A sra. Finch falou antes que Jamie pudesse responder.

— Não é óbvio, meu querido? Ele veio vê-lo. — Ela desviou os olhos de um para o outro, depois se levantou. — Vou deixá-los a sós — disse ela, dando uma risadinha ao sair da sala, embora Jamie não entendesse o que poderia ser tão divertido.

Ele não teve tempo para pensar nisso, no entanto, pois Seton falou novamente, forçando sua atenção de volta ao assunto.

— Por que está aqui, milorde?

Perguntando o mesmo a si próprio, Jamie se levantou, observando o menino a sua frente. As referências de Seton eram uma piada, sua experiência quase inexistente e o escopo de seu conhecimento acadêmico questionável. Seu terno — o mesmo terno desgastado e de terrível caimento que ele havia usado no dia da entrevista — já não estava manchado de grama, mas continuava tão puído quanto Jamie se lembrava. Além disso, o nó de sua gravata estava lamentavelmente torto, e o punho da camisa, espetado para fora do paletó, manchado de tinta. Por outro lado, sua facilidade em lidar com os gêmeos fora inegável naquele dia. Outras crianças pareciam se entrosar bem com ele, se é que a sra. Finch dizia a verdade. E Colin e Owen não atormentariam nem colocariam para fora de casa o sujeito que lhes mostrara como soltar uma pipa, não é? Talvez ele durasse um tempo — ao menos até que Jamie voltasse de Yorkshire e pudesse encontrar alguém mais qualificado.

— Lorde Kenyon?

— Estou aqui porque há uma pergunta que me esqueci de lhe fazer naquele dia. Diga-me, sr. Seton... — Jamie parou, respirou fundo e torceu para não estar cometendo um equívoco horrível. — Como está seu latim?

Capítulo 4

SOMENTE UM TOLO ILUDIDO PODERIA achar que lorde Kenyon queria contratá-la. Ele parecia preferir contratar o diabo, mas não havia outro motivo para ele estar ali, perguntando sobre seu latim. Amanda ficou tão aliviada pela segunda chance que não pôde evitar um sorrisinho.

— Mudou de ideia?

— Tire esse sorriso irônico do rosto, sr. Seton, ou eu mudarei novamente.

Ela obedeceu de imediato, lembrando a si mesma que a audácia quase a liquidara na primeira entrevista.

— *Mea latina est magna* — disse ela, respondendo à pergunta e tomando o cuidado de manter a entonação grave e masculina que vinha ensaiando. — *Et vobis?*

— É bom o suficiente para saber que está dizendo a verdade — murmurou ele. — Ao menos sobre o latim.

Sabiamente, Amanda não respondeu, e ele prosseguiu.

— Seu salário será de quatro libras mensais, com acomodação, três refeições diárias e chá. Terá um dia de folga semanal, assim como metade do dia de domingo, para a missa. Frequenta a igreja, imagino?

Não, a sinagoga, ela quis dizer, mas conteve seu impulso a tempo.

— Frequento, sim, milorde — respondeu, solene. — Religiosamente, na verdade.

Lorde Kenyon franziu a testa, mas, se achava que ela estava sendo sarcástica, ele não expressou.

— Bom — disse ele. — Arrume imediatamente suas coisas, vá para a minha casa, na Upper Brook Street, e apresente-se à sra. Richmond.

Ela piscou, rindo um pouquinho.

— Como? Nesse minuto?

— Isso é o que "imediatamente" costuma significar, sr. Seton. A sra. Richmond ou Samuel, o criado, vão lhe mostrar as dependências das crianças e o seu quarto, ajudá-lo a se instalar e informar suas incumbências. Quando eu sair daqui, vou mandar uma mensagem para que eles o aguardem. — Ele tirou uma carteira do bolso do paletó, pegou três notas de uma libra e estendeu para ela. — Aqui.

— O que é isso? — perguntou Amanda, sem pegar o dinheiro. — Certamente o senhor não paga os salários adiantados.

— É claro que não. Isso é para um novo conjunto de roupas.

Amanda deu uma olhada para baixo, decepcionada, perguntando-se o que ela fizera de errado quanto a seu vestuário de cavalheiro.

— Algum problema com a minha roupa?

— Não, se você pretende parecer um repolho estragado. Do contrário, sim. Espero que meus empregados estejam apropriadamente trajados, sr. Seton — prosseguiu ele, parecendo não se importar de ter acabado de comparar o novo funcionário com uma verdura podre. — Especialmente os que terão influência sobre meus filhos. Em seu primeiro dia de folga, apresente-se a meus alfaiates, Joshua e Firth, na Regent Street, informe-os de que está lá a meu pedido e tire as medidas para um novo conjunto. Como não terei tempo de avisá-los que vou assumir a despesa, o senhor terá que pagar com dinheiro vivo. Três libras devem bastar.

Amanda sabia que não poderia haver visitas aos alfaiates, mas pegou as notas sem discutir.

— Está indo viajar?

— Sim, esta tarde. Devo passar as duas próximas semanas em Yorkshire.

Ela franziu a testa, intrigada.

— Mas mal me conhece. Está disposto a deixar seus filhos sob meus cuidados enquanto o senhor está a quilômetros de distância?

— O senhor tem o hábito de questionar tudo que seu patrão diz ou faz? — retrucou lorde Kenyon, num claro tom de alerta para indicar que ela novamente estava flertando com a insubordinação.

Mas, realmente, que tipo de homem abandonava os próprios filhos sob os cuidados não supervisionados de alguém que mal conhecia? Como se lesse os pensamentos dela, ele disse:

— O senhor está sendo contratado de forma condicional, sr. Seton. Enquanto eu estiver fora, a sra. Richmond e Samuel o observarão atentamente. Quando eu regressar, eu mesmo o observarei e avaliarei a qualidade de sua instrução. Só depois decidirei se devo ou não efetivá-lo no cargo.

O fato de que ele estava indo viajar era provavelmente uma bênção para Amanda. Isso lhe daria tempo para se estabelecer não somente em seu novo cargo, mas também em sua nova identidade.

— Muito bem.

— Há mais uma coisa que devo deixar claro, sr. Seton. Meus filhos, como o senhor sabe, são cheios de bom humor...

— Isso é uma forma de chamar um pato de cisne — disse ela, rindo um pouquinho, mas, diante do olhar proibitivo que ele lhe lançou, Amanda se conteve.

— Como eu disse — continuou ele —, meus filhos são muito bem-humorados. No entanto, não vou tolerar nenhum tipo de punição física. Portanto, se o cinto for sua ideia de disciplina...

— É claro que não! — interrompeu ela novamente, perplexa demais para se mostrar educada. — Um professor que recorre a tais métodos não é somente cruel, mas também incompetente.

Algo mudou no semblante de lorde Kenyon. O rosto não chegou exatamente a se suavizar, mas as rugas ásperas relaxaram de leve, e ela notou que suas palavras tinham sido um alívio para ele.

— Sinto-me gratificado em ouvir isso — disse ele. — Pelo seu bem, espero que esteja sendo sincero. Também espero que seja respeitável e honesto como sua senhoria disse ser.

Enquanto falava, ele a observava atentamente, e a apreensão percorreu a coluna de Amanda. Foi preciso toda a coragem que ela possuía para não se remexer sob o olhar implacável do patrão. Ele parecia o típico aristocrata arrogante que, em outras épocas, não teria o menor receio em ordenar que um serviçal desonesto fosse atirado no fosso do castelo. Amanda não era do tipo que se deixava ser intimidada por ninguém, mas tampouco estava acostumada a viver uma mentira.

— Se a sra. Richmond tiver quaisquer apreensões sobre a qualidade de seu ensino ou do tratamento dispensado aos meninos, ou quaisquer dificuldades com o senhor, ela tem autoridade para demiti-lo na hora — continuou ele, ainda a observando com atenção.

Amanda se esforçou para não demonstrar nem uma ponta de temor.

— Compreendo. E aceito suas condições — acrescentou ela, embora ele não estivesse pedindo sua aceitação.

Ele a estudou por mais um momento, depois assentiu.

— Bom. Agora preciso ir, ou perderei meu trem.

Sem esperar por uma resposta, lorde Kenyon fez uma reverência, pôs o chapéu e a contornou, seguindo em direção à porta.

Amanda virou-se, olhando as costas largas do homem conforme ele se afastava.

— E se eu tiver alguma preocupação ou dificuldade? — perguntou ela.

— É pouco provável que tenha — disse ele sem se virar. — Já que é tão bom professor.

Com essa réplica incisiva, Jamie partiu, deixando Amanda olhando para a porta, aturdida e perplexa pelo que acabara de acontecer.

— Eu sou uma tutora — murmurou ela, tentando fazer parecer real. — Sou tutora. Não perdi a chance. Consegui o emprego.

O alívio a inundou. Alívio, alegria e uma incredulidade tão profunda que a fez explodir em gargalhadas.

— Bem, e agora, papai — acrescentou ela, olhando para cima, como se falasse com o pai no céu —, o que acha disso?

No entanto, uma hora depois, ao enfrentar o olhar duvidoso da sra. Richmond, até o humor efusivo de Amanda oscilou um pouquinho.

— Os santos que nos ajudem, jamais achei que ele contrataria *você* — murmurou a sra. Richmond, pousando as mãos sujas de farinha nos quadris largos e olhando Amanda com um desânimo óbvio.

A ênfase no pronome mostrava que a cozinheira não apenas se lembrava de ter conduzido Amanda para a entrevista, três dias antes, mas que também não ficara muito impressionada, e sua postura demonstrava que ela não mudaria de opinião só porque Amanda havia sido contratada.

— Como vai manter aqueles meninos na linha se você próprio é pouco além de uma criança?

Amanda abriu a boca, mas não teve chance de aquietar a preocupação da cozinheira.

— Ora, sra. Richmond, de que adianta essa conversa? — disse outra voz, e Amanda olhou para a direita, onde um belo jovem louro, de roupa listrada, estava parado junto à escada do corredor de serviço. O mesmo jovem que estivera no parque cuidando dos meninos.

— Vai afugentá-lo antes mesmo que tenha começado. Aliás, sou Samuel — ele acrescentou para Amanda, com um sorriso amistoso, caminhando na direção dela. — Primeiro criado.

— Único criado, ele quer dizer — corrigiu a sra. Richmond. — Todos os outros foram para o campo. É melhor você entrar — disse a cozinheira, recuando no corredor, para que Amanda passasse.

— Lembro de você — disse o criado, quando ela passou pela entrada de serviço, com a mala da mão, e adentrou o corredor. — Do parque. Você soltou pipas com os meninos.

— Sim. — Amanda pousou a mala, depois se virou e pegou a caixa de livros que o motorista do coche de aluguel deixara junto à porta. — Era eu.

— Como assim? — perguntou a sra. Richmond, contornando Amanda e fechando a porta. — Conheceu os meninos no parque?

— O sr. Seton mostrou-lhes como soltar pipas, mesmo sem vento algum — explicou Samuel. — Achei maravilhoso. Os meninos adoraram.

— Ele está exagerando minhas habilidades — disse Amanda, sorrindo, à cozinheira. — Estava ventando um pouquinho.

— Em todo caso, Samuel — interrompeu a empregada —, é melhor você levar o sr. Seton até os meninos, lá em cima.

— É por isso que estou aqui embaixo — respondeu o criado. — Ouvi a sineta tocando e pensei em poupar à senhora o trabalho de levá-lo até lá em cima. Ela está fazendo tortinhas de maçã para amanhã — disse ele a Amanda, dando uma piscada e se aproximando para pegar a caixa de livros dos braços dela. — Não vamos querer que nada atrapalhe isso.

— E o que o faz pensar que haverá alguma para você? — respondeu a cozinheira, enxotando os dois na direção da escada. — Vão em frente. Aqueles meninos não devem ficar sozinhos por muito tempo. Só Deus sabe que travessuras podem aprontar.

— Eles não são fáceis, não há como negar. — A voz de Samuel era despreocupadamente informal, mas Amanda não deixou de notar a expressão de alerta que ele lançou à cozinheira ou o sorriso forçado em seu rosto quando voltou sua atenção a Amanda. — Mas são bons garotos. E, agora, com um tutor para tomar conta deles e lições para ocupar a mente, eles vão se aquietar, tenho certeza.

Com o caixote nas mãos, Samuel se virou para seguir pelo corredor, indicando com a cabeça para que Amanda o seguisse. Ela se abaixou para pegar a mala e ouviu a voz da cozinheira, que murmurava:

— Aquietar? — a mulher disse baixinho, conforme Amanda seguia na direção oposta. — É mais provável que eles assem esse pobre garoto e o comam vivo, isso sim.

Samuel evidentemente também ouvira o comentário, pois virou-se e lançou um sorriso sem jeito para Amanda enquanto a conduziu pela escada de serviço.

— Não ligue para a sra. Richmond. Ela é meio pessimista, só isso.

— Bem, imagino que ela tenha alguma justificativa para seu ponto de vista — disse Amanda, com um tom alegre e determinado. — Devido ao número de babás que vieram e partiram, no passado.

Samuel parou no topo da escada, obrigando Amanda a parar alguns degraus abaixo, e se virou para olhá-la por cima do ombro.

— Lorde Kenyon lhe disse isso?

— Não. Eu li a respeito nos jornais. E, como você já sabe, eu mesmo conheci os meninos, outro dia. Acho que tenho uma boa ideia do que vou enfrentar.

Ele ergueu as sobrancelhas, como se achasse que ela não tinha a menor ideia, mas não disse nada. Em vez disso, encostou o ombro na porta, empurrou-a para abrir e levou Amanda ao local que obviamente eram os aposentos da família.

Seus pés mergulharam no tapete grosso e suntuoso enquanto ela seguia o criado pelo andar amplo, subia outro lance de escada e continuava por um longo corredor. Eles passaram por várias mesas de jacarandá e mogno, finamente entalhadas, mas Amanda não pôde deixar de notar que não havia nada em cima delas. Nenhum vaso, nenhuma lamparina, nenhum adorno de qualquer tipo. Achou isso estranho, pois, embora ela não tivesse nenhuma ligação com a aristocracia, já tivera bastante contato com esse nível da sociedade para saber que eles adoravam exibir as inestimáveis peças que herdavam. Ambientes tão vazios pareciam um tanto estranhos, mesmo para seus olhos destreinados.

Conforme Samuel a conduzia aos aposentos das crianças, no entanto, a explicação para a falta de decoração naquela parte da casa ficou dolorosamente óbvia. Os gêmeos estavam correndo em círculos na antessala do quarto, um perseguindo o outro em volta de uma grande mesa. Um gato cinzento, que claramente desejava estar o mais distante possível daquela rixa, estava empoleirado no alto da estante de livros, olhando a cena abaixo com aquele ar de superioridade que os gatos sempre exibem tão bem.

— Chegamos! — disse Samuel, gritando para ser ouvido acima do tumulto e colocando o caixote de livros de Amanda no chão. Mas, se esperava que seu anúncio servisse para que os meninos fizessem uma pausa, ele estava enganado.

Amanda ficou olhando o alvoroço dos dois garotos por um momento, mas não ficou surpresa quando eles nem olharam em sua direção.

— É a chuva, entende? — disse o empregado, pesaroso. — Fora algumas saídas rápidas até a horta, eles ficaram confinados em casa pelos três últimos dias. Quando o tempo voltar a melhorar, você pode levá-los ao parque, e então tenho certeza de que eles ficarão... ficarão... melhor.

— Tenho certeza que sim — disse Amanda, sem acreditar naquilo nem por um segundo.

Contornando os meninos, que ainda não tinham dado nenhum sinal de que reconheciam sua presença, ela parou perto de um par de janelas e ficou contente em reparar que não havia trepadeiras ou árvores que os garotos pudessem usar para descer. Ela não gostava muito das grades instaladas nas janelas, mas a maioria de quartos infantis costumava ser gradeada.

No fundo do ambiente espaçoso havia um quadro negro pendurado na parede. Na frente dele, uma escrivaninha de frente para duas outras menores, sendo estas duas um par de carteiras escolares com tampos presos às cadeiras. Ela notou que ambas estavam fixadas ao piso. Uma decisão sábia, concluiu, dando outra olhada para os meninos, que ainda corriam em círculos, aos berros, como fugitivos de um hospício.

— Para que lado ficam os quartos? — perguntou Amanda ao criado, elevando o tom de voz para ser ouvida acima da bagunça, apesar de se esforçar para manter o timbre grave e convincentemente masculino.

Samuel gesticulou para uma porta fechada na parede à direita.

— É bem ali. Os meninos dividem um quarto depois do seu.

Amanda recebeu a notícia dessa organização com desânimo.

— Não terei meu próprio quarto?

— Quando nós tínhamos uma babá, ela tinha seu próprio quarto, claro. Uma mulher precisa desse tipo de privacidade. Mas agora que temos um tutor, lorde Kenyon achou que seria melhor se... se...

A voz dele foi sumindo, mas não foi difícil para Amanda adivinhar o motivo do novo arranjo.

— Eles terão de passar por mim caso queiram sair escondidos no meio da noite, certo? Já saíram escondidos antes, não é?

Samuel lançou um olhar lamentoso que confirmou sua teoria. Era uma precaução sensata, e um professor homem não precisava de quarto separado, privativo, mas isso dificultava as coisas para ela. Com quartos adjacentes, os meninos podiam surpreendê-la a qualquer momento. Ainda assim, depois que ela os tivesse colocado na linha e não houvesse temor de que eles saíssem às escondidas enquanto ela estivesse dormindo, talvez Amanda pudesse pedir um quarto realmente separado. Até lá, precisaria ser cautelosa e sempre trocar de roupa no banheiro ou com a porta trancada.

Ela se virou na direção da porta que Samuel indicara, notando vagamente, ao girar a maçaneta, que os meninos haviam se aquietado a suas costas. Mas foi somente ao empurrar a porta e pisar dentro do cômodo que Amanda se deu conta do motivo para o silêncio, pois um líquido gélido e malcheiroso despencou do alto, dando-lhe um banho.

Amanda resfolegou de susto enquanto os garotos caíam na gargalhada atrás dela. Fazendo uma careta diante do cheiro horrível, ela passou a mão no rosto molhado, consciente de que todo o lado esquerdo estava encharcado. Quando olhou para baixo, viu que sua camisa branca agora estava imunda, toda manchada de marrom esverdeado.

— Sr. Seton, o senhor está bem?

A voz de Samuel se sobrepôs à diversão turbulenta dos gêmeos e conseguiu penetrar no choque momentâneo de Amanda.

— Claro que sim — disse ela rapidamente, a voz alta o bastante para chegar aos garotos sorridentes. — Afinal, é só água.

Ela deu uma fungada e fez uma careta ao perceber que a armadilha preparada pelos garotos não continha apenas água, mas uma quantidade generosa de esterco fresco. Como eles haviam conseguido?

Ela deu uma olhada para cima, notando um balde de ferro inteligentemente posicionado para entornar seu conteúdo quando a porta fosse aberta. E, apesar de ter sido a vítima da pegadinha, Amanda não pôde deixar de admirar a genialidade dos meninos. Já sabia que eles eram bem espertos.

Ela olhou para Samuel, que a observava com solidariedade nos olhos, e forçou um sorriso.

— Eles acharam que um pouquinho de água suja me desanimaria? — Amanda deu uma fungada de desdém. — Nem tanto.

Torcendo para que tivesse deixado claro que não seria facilmente intimidada, Amanda deu um passo por cima da poça no chão e entrou em seu banheiro. Sacudindo ligeiramente a mala para soltar os respingos da água suja, ela pousou a bagagem num ponto seco.

— Samuel, sugiro que você pegue algumas toalhas.

— Agora mesmo, sr. Seton. Há um banheiro no fim do corredor, e posso limpar isso enquanto muda de roupa.

— Não, obrigado — disse ela, virando-se e voltando aos aposentos dos meninos. — Agradeço a oferta — acrescentou, com um sorriso —, mas não será necessário. Apenas pegue as toalhas e um balde de água quente com sabão, se puder.

Ele saiu e Amanda voltou a atenção aos meninos que gargalhavam, tentando ignorar o fedor forte em sua roupa.

— Bem, cavalheiros, essa foi uma recepção e tanto — disse ela, alegre. — E eu realmente tenho de agradecer-lhes, pois me fizeram um enorme favor.

O riso cessou de repente, e Amanda aproveitou o silêncio.

— Com essa brincadeirinha, vocês demonstraram uma das áreas em que sua educação tem sido deficiente — disse ela. — Eu lhes sou muito grato.

— O que quer dizer? — perguntou um dos gêmeos, franzindo a testa.

Arregalando os olhos, Amanda fingiu espanto com a pergunta.

— Bem, vocês só me molharam de um lado. — Gesticulando para a engenhoca acima da porta e torcendo para não estar brincando com fogo, ela prosseguiu. — O balde estava posicionado no lugar errado. Se eu tivesse feito esse truque para pegar vocês, teria conseguido dar um banho para deixá-los inteirinhos molhados, pois, ao contrário de vocês, tenho conhecimento básico de engenharia. — Ela lhes lançou um sorriso inocente. — Sou mais grata do que posso dizer, e vou acrescentar lições de engenharia a seu currículo, podem ter certeza.

Dois pares de ávidos olhos azuis, em dois rostos sardentos idênticos, a encararam por um longo instante. Amanda também os observou cuidadosamente, pois, embora já soubesse seus nomes, as roupas cinzentas iguais e o corte de cabelo de pajem tornavam quase impossível discernir quem era Colin e quem era Owen.

— Eu sei quem é você — disse o menino à esquerda, rompendo subitamente o silêncio. — Você é o homem do parque.

— Sou.

Ela havia torcido para que a harmonia que conseguira com eles no outro dia facilitasse as coisas, mas agora, conforme observava seus rostos ressentidos, via que o oposto estava mais perto da verdade. Percebeu que eles se sentiram traídos: antes, ela talvez tivesse sido considerada um amigo, mas agora era um inimigo traidor, algo que nem mesmo suas excelentes habilidades para soltar pipa poderiam reparar. Era uma pena. Não havia nada que pudesse ser feito sobre esse ressentimento, e haveria tempo de sobra para que eles descobrissem como ela era de fato agradável e quão divertidas as lições poderiam ser. Por ora, a única coisa que precisava ficar entendida era que Amanda estava no comando. E, se a hostilidade nos olhos deles fosse algum indicativo, fixar isso na mente dos dois não seria tarefa fácil.

De canto de olho, Amanda notou um movimento e se virou na direção da porta enquanto Samuel entrava com um balde de água escaldante e sabão e um punhado de panos.

— Pode colocar aqui, Samuel, por gentileza — indicou ela, apontando a grande mesa redonda no centro da sala. — Quando é o chá noturno?

— Às dezoito horas.

Amanda assentiu e contornou os gêmeos, enquanto o criado seguia suas instruções.

— É servido aqui em cima ou os meninos vão lá para baixo?

— Geralmente trago para cá.

Ela deu uma olhada no relógio em cima da lareira.

— Excelente — disse ela, e começou a conduzir o criado para a porta. — Então nós o veremos novamente em cerca de meia hora.

O criado lançou um olhar duvidoso.

— Tem certeza de que não quer que eu fique e o ajude a se instalar?

— É muito gentil de sua parte, mas não é necessário. Tenho, porém, uma pergunta. — Ela parou perto da porta, gesticulando para a maçaneta. — Estou vendo que essa porta tem tranca. Também tem uma chave?

— Tem, sim, senhor. Duas, na verdade. — O criado recuou do portal, esticou a mão ao alto e pegou uma chave na beirada da moldura. — Essa é a chave extra. A sra. Richmond tem a outra. Vou pegar a dela e mandar fazer uma cópia. Enquanto isso, pode usar esta.

Ele estendeu a chave diante de Amanda, que a pegou.

— Obrigado, Samuel — disse ela, colocando a chave no bolso da calça. — Pode ir.

O criado hesitou por um momento, como se estivesse relutante em deixá-la sozinha, mas depois assentiu e saiu.

Ela se virou e encontrou os gêmeos a observando. Ficou satisfeita ao ver que havia uma ponta de apreensão em seus rostos. Ótimo. A apreensão era um sinal bem mais animador que tédio ou indiferença.

— Não pode nos trancar — disse o menino da esquerda, antes que ela tivesse chance de falar. — E se houver um incêndio?

Ao obter a chave, a intenção de Amanda era manter os meninos fora dali sempre que ela não os estivesse observando, pois não pretendia tomar outro banho de água com esterco nem estar sujeita a outras pegadinhas que eles pudessem tramar. Mas não via nenhum mal em deixar que eles achassem que ela seria capaz de mantê-los prisioneiros, se necessário.

— É pouco provável que haja um incêndio — respondeu ela. — A menos que vocês pretendam começar um.

— É claro que não — disse o outro menino, cheio de dignidade. — Não somos incendiários.

— Que bom — replicou ela, em tom sério. — Mas gostam muito de fogos de artifício, pelo que ouvi dizer.

— Aquilo foi um acidente.

— Não conte mais nada, Owen! — interrompeu o irmão. — Nós não temos que explicar nada a ele.

O nome fez com que Amanda olhasse novamente para os dois meninos. Ela acabaria conseguindo enxergar as diferenças sutis entre eles, claro, mas, por enquanto, precisava de algo, qualquer coisa, que os distinguisse. Depois de vários segundos de observação, ela encontrou uma casquinha vermelha na mão esquerda de Owen, de um machucado que estava sarando.

— Colin está certo — disse ela finalmente. — Todos têm direito de guardar alguns segredos. Ainda assim, devido a essa desconfiança da parte de vocês, seria justo que eu guardasse os meus, não concordam? Por enquanto, porém, escolho confiar em vocês, e devo alertá-los para não traírem essa confiança. Agora — continuou Amanda, pegando dois panos na mesa, antes de voltar e parar diretamente na frente deles —, já que nossa refeição é só às dezoito horas, temos tempo de sobra para nossa primeira lição. E fico contente, porque é uma lição muito importante, algo que vocês acharão útil em todos os aspectos de suas vidas.

— Qual é a matéria? — perguntou Owen, recebendo um chute de lado do irmão.

— Consequências.

Sorrindo radiante, Amanda estendeu as mãos com os panos.

Nenhum dos dois se mexeu, mas foi Colin quem falou primeiro.

— Você não espera realmente que limpemos o chão, espera? — disse ele, com deboche. — Limpar é para os serviçais. Nós somos cavalheiros.

— Cavalheiros? Ah, mas quanta pompa! — O sorriso dela não fraquejou, e as mãos segurando os panos continuaram estendidas. — Talvez seja minha criação de plebeu, mas não dou a mínima se vocês são cavalheiros. Em minha sala de aula, aqueles que fazem bagunça, limpam.

— Então seria você quem deveria limpar, não? — perguntou Colin de pronto. — Foi você quem derrubou o balde.

Amanda riu.

— Um argumento sábio, mas fútil. Essa bagunça foi causada por você e por seu irmão, e são vocês dois que vão limpar.

Colin fixou os olhos nos dela e, embora o formato e a cor fossem totalmente diferentes dos olhos do pai, ela conseguia ver certa semelhança no estreitar dos olhos e na projeção do queixo.

— Não temos que fazer o que você diz.

— Vocês têm, sim — retrucou ela. — Porque, se não fizerem, vocês serão despachados para Harrow mais depressa que um raio.

— E você ficará sem emprego.

— Eu posso facilmente arranjar outro — mentiu ela, ainda sorrindo —, mas vocês ainda estarão presos em Harrow.

Nem Colin nem o irmão pareciam ter resposta para isso. Com suspiros simultâneos, eles pegaram os panos das mãos dela e começaram a trabalhar, limpando a bagunça sem muita reclamação. Em nome desse novo espírito de cooperação, ainda que tênue, Amanda os auxiliou, recolhendo os panos usados e colocando-os no elevador de roupa suja que alguma alma empreendedora construíra no canto da sala. Logo em seguida, Samuel voltou com a refeição noturna dos meninos.

Os meninos comeram bolinhos de milho, bolo de aveia, bife de panela e pudim de pão. Amanda não os acompanhou. Em vez disso, aceitou a oferta de Samuel para olhá-los enquanto ela tomava um banho e trocava a roupa suja.

Como na maioria das residências abastadas, o banheiro era enorme, pois já tinha sido um quarto. Havia uma casa de banho separada, um lavatório comprido com mármore branco e duas bacias de louça, com jarros combinando, e um armário cheio de toalhas branquinhas e macias, vidros de sabão e uma porção de imensas esponjas marinhas. Ainda mais encantadora era a banheira com pés em garra, com um conjunto de canos que vinham do piso e torneiras tanto de água fria quanto de água quente. Ela ficou impressionada com tamanho luxo, embora imaginasse que, no lar de um duque, aquele tipo de coisa fosse comum. Acabou ficando no banho mais tempo do que provavelmente deveria, mas, por fim asseada, de roupas limpas e contente por sua decisão premonitória de um segundo paletó de segunda mão, Amanda voltou aos aposentos das crianças, onde viu que uma guerra irrompera em sua ausência. Felizmente, não era o tipo de guerra que ferisse alguém.

Com a ajuda de Samuel, os meninos estavam posicionando soldadinhos de brinquedo no chão, em formações militares, azuis de um lado e vermelhos de outro, preparando-se para o que parecia ser uma batalha de proporções épicas. O gato, ainda no alto da estante de livros, não parecia interessado no combate que se descortinava abaixo, pois estava dormindo com uma pata cinza cobrindo os olhos.

Samuel foi o primeiro a avistá-la parada junto à porta.

— Ah, sr. Seton — cumprimentou ele. — Os meninos estão reencenando Waterloo.

— Sim, estou vendo.

Ela adentrou a sala, pisando com cautela e contornando o pelotão das tropas francesas. Caminhou até a mesa, mas, se esperava um restinho de jantar, ficou desapontada, pois a única comida que sobrara era um pastel meio comido.

— Receio que eles tenham comido sua parte antes que eu pudesse impedi-los — disse Samuel, lamentando e pondo-se de pé. — Estavam esfomeados.

Amanda deu uma olhada para os gêmeos. Ela não conseguia ver o rosto de Owen, pois ele estava debruçado sobre suas tropas, mas via o de Colin, e um leve sorriso debochado curvava o canto dos lábios do gêmeo mais velho, fazendo-a suspeitar de que o apetite dos dois fora menos fome e mais vontade de superá-la, mas ela não expressou isso em voz alta.

— Sim, é o que parece — disse, em tom agradável, sorrindo para o menino.

Colin projetou o queixo e desviou o olhar, atento aos seus soldados.

— É melhor que eu volte aos meus afazeres — disse Samuel, e suas palavras evocaram uma torrente de protestos dos dois meninos, mas ele os ignorou, contornando os soldados de brinquedo e seguindo em direção à porta. — Vou pedir a sra. Richmond para lhe providenciar uma nova bandeja de jantar, sr. Seton — disse o criado, parando na porta. — Apenas toque a campainha, quando quiser, e eu trarei aqui em cima.

— Ah, não, por favor, não se incomode — disse ela, sem querer tirar mais proveito da boa vontade do empregado, sabendo que poderia precisar de sua ajuda no futuro. — Você tem seu próprio trabalho a fazer. Depois que os meninos dormirem, eu desço e providencio meu próprio jantar. A que horas eles costumam ir para a cama?

— Lorde Kenyon não lhe disse?

Ela fez uma careta.

— Ele não me disse nada, para ser honesto. Estava com muita pressa para pegar seu trem.

— Entendo. Bem, eles geralmente tomam um banho às sete e meia e se deitam às oito. Quer dizer — acrescentou ele, pesaroso —, se conseguir fazer com que tomem banho e vistam o pijama em meia hora.

— Isso é algo tão difícil?

— Às vezes — admitiu o criado, enquanto se virava para a estante. — Eu o verei pela manhã — acrescentou, ao pegar o gato no alto, o que provocou miados de protesto do animal — Trago o café da manhã às oito e meia.

De braços estendidos, segurando longe do corpo o animal que se remexia zangado, Samuel saiu das dependências das crianças, fechando a porta com o pé.

— Quer brincar, sr. Seton? — perguntou Owen, atrás dela, e Amanda se virou a tempo de ver Colin fazendo uma cara feia para o irmão.

— O quê? — perguntou Owen, sem se deixar abalar pelo descontentamento do gêmeo com o convite. No entanto, se Amanda tinha alguma ilusão de que o convite de Owen havia sido pelo desejo genuíno de sua companhia, ela foi dissipada por suas palavras seguintes. — Eu não quero ser o Bonaparte e, se o sr. Seton brincar, posso ser o Von Blücher.

Colin revirou os olhos, mas cedeu.

— Ah, está bem, ele também pode brincar — murmurou o menino, arrastando-se para o lado, de joelhos, para se posicionar atrás dos soldados de uniforme vermelho. — Você precisa ficar ali — disse ele a Amanda, apontando o lugar na sala.

Ela foi até local indicado, mas, ao dar uma olhada nas fileiras caprichosamente alinhadas de soldadinhos franceses pintados de azul, sentiu-se meio deslocada. Ela nunca tinha jogado esse jogo de soldadinhos, nem quando criança, nem como professora. Mesmo assim, em seu papel de tutor, teria que demonstrar ao menos uma pretensa competência nos jogos de meninos. E quão difícil seria aquilo, de verdade? Ela sabia tudo sobre a Batalha de Waterloo.

Seu conhecimento de história militar, no entanto, mostrou-se completamente desnecessário. Ela mal tinha ajoelhado atrás de suas tropas quando Colin e Owen partiram para cima dela, com força total, empurrando os soldados deles numa pilha e derrubando os de Amanda junto. E, embora pontuassem a investida com uma variedade impressionante de sons de tiros de canhão e outros disparos, eles pouco se preocuparam com a precisão histórica.

A menos que quisesse ser massacrada com suas tropas, Amanda foi forçada a retroceder, recuando de joelhos até bater no armário aberto de brinquedos que estava atrás dela. Sem ter mais como recuar, viu todas as suas tropas serem derrubadas. Com ao menos uma dúzia de soldados de Wellington ainda de pé, os meninos alegaram vitória das forças britânicas e prussianas, com um grito triunfante.

— Vamos fazer a batalha de Cartago, agora — Owen sugeriu.

Ao dar uma olhada no relógio, porém, Amanda foi forçada a refutar o plano.

— Hoje não — disse ela, levantando-se. — São sete e meia. Portanto, hora do banho. Depois, cama.

Ignorando os gemidos e as reclamações, pegou os pijamas no armário do quarto, pôs um nos braços de cada menino e apontou para a porta.

— Marchando, soldados — ordenou, seguindo atrás deles, rumo ao corredor, notando, com humor, a maneira como arrastavam os pés.

Pareciam que estavam prestes a enfrentar um pelotão de fuzilamento, não um banho.

Quando a água morna chegou à metade da banheira, Amanda os deixou com o lembrete para que também escovassem os dentes.

Sua mala estava no chão de seu quarto, ainda aberta depois de ela ter tirado a muda de roupa. Amanda tirou uma camisa limpa e a roupa de baixo para usar de manhã, colocou tudo em cima da cômoda, depois guardou os poucos itens restantes de seu guarda-roupa masculino. Colocou a mala em cima do armário, depois voltou aos aposentos dos meninos para fazer uma inspeção geral.

Ela desempacotou sua caixa de materiais e, ao colocar os livros na prateleira, ficou satisfeita ao ver um bocado de títulos excelentes já ali. No armário havia uma vasta variedade de brinquedos, quebra-cabeças e jogos — coisas de sobra, aparentemente, para ocupar uma dupla de meninos de 10 anos. A necessidade deles de fazer travessuras claramente tinha uma causa mais profunda do que a mera falta de distração, e não era preciso muita reflexão para saber onde pôr a culpa.

Logo surgiu na cabeça de Amanda a imagem do rosto duro e esguio de lorde Kenyon, mas ela afastou a visão. Pais negligentes criavam um vazio triste na vida de um filho, mas eles faziam parte de seu emprego, tanto quanto as lições de francês e aritmética, e aquela era uma história particularmente comum para crianças das classes mais altas. A única coisa que ela podia fazer era tentar preencher esse vazio da melhor forma possível. Talvez aquele caso desse um pouco de trabalho, principalmente no que dizia respeito a Colin, pois estava claro que ele era o principal instigador das travessuras dos gêmeos.

Um som chamou sua atenção e ela olhou na direção da porta, quando o protagonista de seus pensamentos entrou no cômodo, seguido pelo irmão. O cabelo molhado e o modo como o pijama grudava no corpo confirmavam que eles haviam, de fato, tomado banho.

— Vocês escovaram os dentes? — perguntou ela.

— Sim, senhor — disseram eles, ao mesmo tempo, num tom surpreendentemente passivo.

Quando Amanda os acompanhou até a cama, eles foram sem reclamar. Ao colocá-los para dormir, ela não pôde deixar de imaginar se, por trás dessa demonstração de docilidade e cooperação, eles já estariam maquinando mais confusão. Depois de quase uma hora sem nem um pio vindo do outro quarto, Amanda, temendo o pior, foi verificar.

Para sua surpresa feliz, ela os encontrou dormindo profundamente. Parou entre as camas dos dois e ficou observando um rosto, depois o outro, e mal podia acreditar que esses dois meninos adormecidos eram os mesmos terrores que haviam afugentado doze babás em três anos e preparado para ela um banho de esterco. Naquele momento, eles pareciam enganosamente angelicais.

Amanda observou os dois por mais alguns instantes, mas eles não se mexeram, e sua respiração era profunda e contínua. Satisfeita, ela se recolheu ao seu quarto, fechou a porta devagarzinho e depois desceu para arranjar uma bandeja de jantar, refazendo o caminho por onde Samuel a conduzira mais cedo.

Encontrou a cozinha nos fundos do corredor de serviço. Samuel não estava em lugar algum, mas a sra. Richmond estava sentada à mesa comprida de trabalho, lendo um jornal e tomando uma xícara de chá, com o gato dos meninos encolhido a seus pés. Ela ergueu os olhos quando Amanda entrou.

— Boa noite, sr. Seton — disse a sra. Richmond, sorrindo. — Os meninos estão dormindo?

— Estão, sim.

— Que alívio, devo lhe dizer. O senhor desceu para jantar? — Levantando-se ao fazer a pergunta, a sra. Richmond foi até o fogão, onde pegou um pano grosso e tirou uma frigideira de ferro do forno.

— Soube da peça que os meninos lhe pregaram mais cedo — continuou, enquanto colocava a frigideira em cima do fogão e pegava uma colher num dos ganchos da parede. — Uma traquinagem terrível, fazer algo assim. — Ela colocou os bolinhos de aveia no prato e pôs carne ensopada por cima. — E logo em seu primeiro dia. Samuel e eu sentimos muito. Nós deveríamos ter checado os quartos antes.

— Por favor, não se culpe — respondeu Amanda. — Foi só um pouco de água suja, não fez mal nenhum.

— Bem, você está encarando esse primeiro trote com facilidade, tenho que admitir.

Seria sua imaginação, pensou Amanda, ou a cozinheira parecia meio espantada? Sem convite, a primeira opinião de lorde Kenyon sobre ela lhe veio à cabeça.

Não pode realmente achar que eu o escolheria como tutor de meus filhos. É jovem demais.

Amanda riu sozinha, imaginando qual seria a opinião dele se soubesse que ela, na verdade, era uma década mais velha do que alegara ser, e mulher, para completar.

Ele a despediria na hora, garota, Amanda lembrou a si mesma com firmeza, deixando o humor de lado.

— Limpei seu terno — disse a cozinheira, enquanto servia uma xícara de chá da chaleira do fogão. — Daqui a pouco, levo-o lá para cima e o senhor pode secá-lo em seu quarto. Açúcar e leite no chá?

— Não, obrigado. Eu bebo puro.

Com a xícara numa das mãos, a cozinheira acrescentou dois bolinhos de milho ao prato com a outra e se virou para levar a refeição até a mesa, mas Amanda a fez parar.

— Será que eu poderia simplesmente levar tudo numa bandeja? — pediu ela. — Não quero deixar os meninos sozinhos por muito tempo.

— Talvez seja mais prudente — disse a sra. Richmond, colocando a refeição de Amanda na bandeja solicitada. — Nunca se sabe o que aqueles dois podem aprontar quando estão sozinhos.

— Agora eles estão dormindo — disse Amanda, pegando a bandeja —, mas não tenho dúvidas de que estão sonhando nesse exato momento com novas diabruras para mim.

— Eu gostaria de poder discordar — falou a mulher rechonchuda, dando um suspiro —, mas receio que você esteja certo. Ainda assim, é bom que você saiba o que está enfrentando. E eles são meninos bons, sr. Seton, honestamente. Nenhum traço de real malevolência ou perversidade, em nenhum deles. São muito levados, mas, se o senhor conseguir lidar com isso, eles vão se aquietar, tenho certeza. Dê-lhes uma chance. Não os deixe afugentá-lo.

Amanda sorriu.

— Não me intimido com facilidade, posso lhe garantir.

Com isso, ela voltou para cima. Depois de verificar os meninos e ver que ainda dormiam profundamente, Amanda comeu sua refeição e, quando a sra. Richmond chegou com seu terno, ela o levou para o quarto e se preparou para deitar.

Pendurou as peças do terno nos ganchos na parede, ao lado do armário, depois colocou a lamparina da mesa mais perto da cama, deixando a caixa de fósforos ao lado, já de prontidão. Tomou a precaução de trancar a porta do quarto dos meninos antes de se trocar e vestir o pijama, depois a destrancou de novo e apagou a luz. Deslocando-se com cuidado pelo escuro, caminhou até a cama, puxou os lençóis e se deitou.

Seu primeiro dia passando-se por homem, pensou Amanda, sorrindo, ao se acomodar mais confortavelmente no colchão, e ela havia conseguido sem que ninguém notasse. Mesmo com seu banho inesperado, os meninos tinham sido até aquele momento espantosamente colaborativos. Talvez fosse um cargo mais fácil do que ela previra.

Esse pensamento mal tinha lhe passado pela cabeça quando Amanda sentiu uma estranha sensação de cócegas no tornozelo, e seu sorriso sumiu quando chegou à terrível conclusão de que havia algo na cama com ela, algo pequeno e gosmento e bem vivo.

Com um gritinho involuntário, Amanda arrancou os lençóis e pulou da cama.

Através da porta fechada do quarto dos meninos, veio um som abafado, porém inconfundível, de risinhos, mas ela deu pouca atenção, enquanto pulava num pé só, freneticamente sacudindo o outro para soltar a maldita criatura grudada no tornozelo, e pegava os fósforos. Ela acendeu a lamparina, ergueu-a no alto e deu uma boa olhada no piso, mas não havia sinal algum do inseto que invadira seus lençóis. Foi só quando virou na direção da cama que Amanda viu exatamente o que estivera rastejando por sua perna.

— Eca — murmurou ela, curvando o lábio em aversão. — Lesmas.

Cerca de duas dúzias de criaturinhas repugnantes se contorciam e rastejavam pela cama. Outras, menos afortunadas que suas companheiras, tinham sido esmagadas pelo peso de Amanda e seus corpinhos amassados estavam espalhados pelo lençol. Ela se retorceu e ergueu um braço para olhar suas costas, confirmando que seu pijama de flanela estava em estado semelhante aos lençóis.

— Ah — disse ela, indignada. — Aqueles diabinhos.

Mais risadinhas vieram do outro quarto, e Amanda se retesou. Ela virou na direção da porta e viu que havia uma fresta aberta. Dois rostos, um acima do outro, podiam ser vistos na abertura, mas, depois de um segundo, a porta fechou novamente, em meio a outro ataque de riso dos meninos, dessa vez mais alto.

Quando a maçaneta estalou, a raiva de Amanda se dissipou, dando lugar a um sentimento muito diferente, algo que muitos de seus ex--pupilos teriam reconhecido no estreitar de seus olhos e na projeção do queixo.

— Ah, agora o jogo começou, cavalheiros — prometeu ela, voltando a atenção para a cama, projetando o queixo à frente, enquanto olhava as lesmas ainda se contorcendo. — O jogo *começou*. E, por Deus, eu vou ganhá-lo.

Capítulo 5

Quando jovem, Jamie havia sido rebelde, inclinado a todo tipo de impulso extravagante, mas ele acreditava que tinha mudado com o passar dos anos. Passara a pensar que o amor, o casamento e a paternidade o haviam transformado em um homem maduro e de bom senso. Porém, conforme o trem noturno o conduzia ao norte, rumo a Yorkshire, ele começou a imaginar se os modos arrogantes e negligentes de sua juventude teriam, de fato, ficado para trás.

Essa súbita disposição em questionar seu próprio caráter devia-se, claro, à contratação de Adam Seton. No momento da crise, aquilo lhe parecera sua melhor — e única — opção. No entanto, cinco horas depois do fato consumado e a mais de trezentos quilômetros de distância, Jamie se via atormentado pela dúvida.

Seton só tinha 17 anos, e, embora parecesse maduro para sua idade, não era possível ter certeza de que realmente o fosse. Quando Jamie pensava em si mesmo, sabia que, aos 17 anos, ele não tinha nada de maduro.

E, o que era pior, Jamie não sabia nada a respeito daquele sujeito, apenas que seu pai era americano, fato que não chegava a ser tranquilizador. As cartas de referência de Seton eram cômicas de tão insignificantes, seus modos decididamente impertinentes e a qualidade de seu ensino questionável. A senhoria dele parecera satisfeita com suas habilidades didáticas, era verdade, mas será que aquela avaliação valia alguma coisa?

Talvez as dúvidas de Jamie se devessem ao fato de que ele jamais contratara para cuidar dos filhos alguém que não tivesse sido minuciosamente verificado por uma agência de empregos. Além disso, ele sempre realizava entrevistas muito mais detalhadas do que a que fizera com Seton. Enquanto Jamie encarava seu reflexo na janela, com a escuridão passando lá fora, todo o tipo de consequência inimaginável advinda da decisão apressada que tomara começou a tomar forma em sua cabeça.

Ele tentava dizer a si mesmo que estava aflito à toa, mas, quanto mais o trem se distanciava de Londres, maior ficava sua preocupação. Quando o trem chegou a York, a contratação de Seton parecia menos a única opção possível e mais um impulso precipitado de um homem desesperado.

Ou, pior, um homem egoísta.

Jamie se remexeu em seu assento, a culpa remoendo-o por dentro. Contratar alguém para cuidar de seus filhos não era algo a ser feito no calor do momento. Tinha que ser uma decisão cuidadosamente ponderada. Porém, na pressa de prosseguir com seus próprios planos, ele não se incomodara com isso.

Será que o colégio interno é a melhor solução? Ou simplesmente a mais conveniente?

A pergunta de Rex, de uma semana antes, ecoava na mente de Jamie, provocando-o, pois ele sabia que era pertinente. Ao perder a babá Hornsby, seu primeiro pensamento fora recorrer à resposta mais fácil e mais rápida para seu problema e, apesar de realmente não ter mandado os meninos para o colégio interno, o caminho que ele escolhera também seguira primordialmente a conveniência. Se alguma coisa acontecesse...

Um medo súbito e insensato lhe apertou por dentro.

Ele fechou os olhos. Estava sendo fantasioso, absurdo, até. Além de Seton, havia dois criados na casa. Ele mandara uma mensagem para a sra. Richmond da Victoria Station pedindo para que ela e Samuel ficassem de olho não somente nos meninos, mas também no novo professor particular. Mesmo assim, Jamie não podia evitar pensar quão conscientes eles seriam em relação a seus deveres.

Jamie já se aproveitara de cada resquício de boa vontade que eles possuíam, forçando-os ao serviço de babá substituta toda vez que surgia a necessidade. Será que, em lugar de ficarem atentos a Seton e aos meninos, os dois criados, sofredores de longa data, não estariam mais propensos a desfrutar de uma folga daquela responsabilidade e ficar bem longe da ala das crianças?

O trem desacelerou, entrando na estação ferroviária de York, e Jamie abriu novamente os olhos, aliviado pela distração. Dizendo a si mesmo para parar de imaginar coisas, pôs o chapéu e o casaco e tirou sua maleta da prateleira no alto. Quando o trem parou, saiu do vagão, desceu na plataforma lotada e chamou um carregador.

— Estou fazendo baldeação para Knaresborough — explicou ele. — Qual é a plataforma?

— Plataforma cinco, senhor — respondeu o carregador, apontando com o polegar o prédio atrás deles por cima do ombro. — Diretamente do outro lado da estação, à direita. O trem partirá em quarenta minutos. — Ele fez uma pausa, olhando Jamie com ar experiente. — Os vagões da primeira classe são os da frente.

Jamie assentiu.

— E quanto ao meu baú? Não tenho nenhum criado comigo.

— Se comprou um bilhete direto, seu baú deverá ser automaticamente transferido, senhor. Mas — acrescentou o homem, quando Jamie pegou o bilhete da bagagem e uma moeda do bolso e os estendeu para ele — ficarei contente em supervisionar a transferência pessoalmente, senhor.

— Excelente. Obrigado.

O carregador guardou a gorjeta, anotou o número do tíquete da bagagem de Jamie, tocou o quepe e se virou para cumprir a promessa, enquanto Jamie entrava na estação. Depois de atravessar o saguão principal lotado, ele virou à direita e seguiu até a plataforma cinco, parando no caminho para uma xícara de chá e um brioche na lanchonete da estação.

Quando Jamie chegou à plataforma, o trem já havia encostado. Ele embarcou num dos vagões da primeira classe e pôs sua maleta na prateleira do alto, mas mal havia se instalado em seu assento quando uma banca de jornal chamou sua atenção, através da janela. Talvez devesse comprar um jornal. Seria uma distração bem-vinda dos temores absurdos e infundados que sussurravam em sua mente.

Ele novamente olhou a banca de jornal, mas, quando leu a manchete da edição pendurada, viu que a leitura não seria distração alguma. Na verdade, seria o oposto.

SEGUNDA CRIANÇA DESAPARECIDA EM WEST END.
NENHUM RESGATE PEDIDO.
SCOTLAND YARD ESTÁ PERPLEXA.

Praguejando, Jamie pôs-se de pé num pulo e estendeu a mão para pegar a maleta.

Ele conseguiu descer antes que o trem deixasse a estação, mas era tarde demais para pegar seu baú. Ao lado da bilheteria, solicitou que o baú fosse despachado da estação de Knaresborough para sua residência em Londres, depois pagou a taxa exigida e perguntou sobre os trens retornando à capital. Informado de que o primeiro só partiria às oito horas da manhã do dia seguinte, Jamie comprou o bilhete de volta e deu entrada no Royal Station Hotel, onde pegou um quarto e mandou um telegrama a lorde Weston e a lorde Malvers, seus apoiadores mais influentes em seu distrito, explicando que surgira uma emergência de família, em casa, e que quaisquer discursos e reuniões políticas teriam que ser adiados. Ele também mandou uma mensagem para Rolleston, informando a seu pai que sua primeira campanha juntos pelos distritos teria que aguardar.

Rolleston ficaria lívido, claro, e Malvers, um velhaco irritadiço, tampouco iria gostar, mas essas opiniões não foram o motivo para Jamie ter passado a noite em claro, ansioso. Seu cérebro insistia em imaginar os filhos nas circunstâncias mais horrendas, uma pior que a outra, tornando impossível dormir.

No começo da tarde do dia seguinte, ele chegou de volta à Upper Brook Street todo desgrenhado e morto de preocupação, e, quando entrou na ala dos meninos, o quadro que viu só confirmou todos os seus piores temores, pois o sr. Seton estava amarrado à escrivaninha de Colin, com uma mordaça na boca. Os gêmeos não estavam em lugar algum à vista.

Com o coração na boca, Jamie atravessou a sala e tirou a mordaça do sr. Seton.

— Os meninos foram raptados?

— Raptados? — repetiu Seton, com a voz rouca devido à mordaça. — Está brincando? — Ele deu uma risada. — Que Deus ajude qualquer sequestrador que algum dia levar aqueles dois.

Isso, Jamie tinha que admitir, tinha alguma verdade.

— Mas onde estão eles?

— Ah, tenho certeza de que estão em algum lugar da casa — respondeu Seton, com óbvia mortificação. — Exultantes com quanto foram espertos, sem dúvida, e se divertindo um bocado às minhas custas.

Jamie fechou os olhos, por um momento, tomado de um alívio profundo.

— Os gêmeos o amarram?

— Bem, certamente não fiz isso comigo mesmo — murmurou Seton, parecendo tão irritado que Jamie quase sorriu.

Ele se conteve, no entanto, lembrando a si mesmo que o fato de seus filhos terem amarrado o tutor não era algo engraçado.

Seton com certeza não estava achando divertido. Pontinhos dourados cintilavam em seus olhos escuros, castanho-esverdeados, e o rosto franzido mostrava as sobrancelhas pretas unidas, desfigurando a suavidade quase feminina de sua testa.

Não seria nada bom se Seton se demitisse, principalmente agora que estava ficando claro para Jamie que suas preocupações haviam sido excessivas.

— Vou disciplinar meus filhos quanto a isso, prometo.

— Não, por favor, não interfira. — Seton balançou a cabeça, dando sinais de que estava se acalmando. — Gostaria que deixasse isso por minha conta, milorde. Eles precisam entender que estou disposto a discipliná-los, quando necessário, e que não preciso de sua ajuda para isso.

Jamie poderia ter frisado que a ajuda dele era exatamente do que Seton precisava naquele momento, mas se conteve.

— Como isso aconteceu? — perguntou ele, contornando a escrivaninha e ajoelhando-se para começar a soltar as amarras do outro homem. — Como deixou que os gêmeos lhe fizessem isso?

— Eles queriam brincar de caubóis e índios. Prometeram que fariam as lições do resto do dia sem reclamar se brincássemos primeiro. — Seton fez uma pausa, para lhe lançar um olhar envergonhado por cima do ombro. — E se eu fizesse o papel de caubói.

Jamie retribuiu com um olhar de pena.

— E você concordou com isso?

— Para ganhar a atenção exclusiva deles, pelo restante do dia, sem uma batalha? Uma brincadeira pareceu um preço pequeno a pagar. E eu achei que seria uma oportunidade para uma lição de história e geografia sobre o Oeste americano.

— Só que você concordou em ser o caubói. Não sabe que nesse jogo o caubói é sempre capturado e amarrado?

— É claro que sei. — Seton fez uma cara feia. — Não sou um idiota completo.

As circunstâncias atuais tornavam essa declaração questionável, mas, novamente, Jamie concluiu que era melhor ter tato e continuar sua tarefa sem responder.

— Achei que não fosse fazer diferença, entende? — continuou Seton, parecendo ligeiramente na defensiva após o silêncio de Jamie. — Contanto que eles me amarrassem à escrivaninha de Colin, e não à de Owen, eu tinha certeza de que arrumaria um meio de escapar.

Jamie parou para estudar as duas escrivaninhas a sua frente, mas não viu que meio de fuga a mesa de Colin oferecia em detrimento à de Owen. Os bancos e tampos de carvalho e as ferragens pareciam idênticos. Ambas pareciam bem resistentes e estavam firmemente presas ao chão.

— Desculpe, não estou entendendo.

— A mesa de Colin é ao lado da corda da sineta. Se eles dessem no pé depois de me amarrar, eu simplesmente pegaria a corda com os dentes e daria um puxão, chamando a sra. Richmond ou Samuel, que poderiam me desamarrar.

— Ah.

Por fim entendendo, Jamie olhou para cima, para a parede ao lado da carteira de Colin, e quase riu alto ao ver por que o plano do professor dera errado. A corda de seda da sineta estava bem mais curta do que deveria, totalmente fora do alcance dos dentes de Seton. E, quando Jamie olhou em volta, a escadinha junto à parede e a tesoura com um pedaço cortado da corda no chão contaram o restante da história.

— Seu plano — disse ele, sorrindo por trás das costas do professor — não parece ter dado muito certo.

— É, percebi. — Seton se remexeu, lutando com as amarras. — Apenas me desamarre, milorde, por favor, para que eu possa encontrar aqueles pestinhas e retribuir o favor.

— Admiro sua tenacidade, Seton — respondeu Jamie, enquanto desamarrava o professor. — A maioria de seus antecessores estaria neste momento pensando em entregar sua carta de demissão.

— Por isso? — Seton fez um som de deboche. — Não é tão ruim quanto...

— Tão ruim quanto o quê? — perguntou Jamie, novamente olhando para o tutor, sentindo uma ponta de apreensão. — O que mais os gêmeos lhes fizeram?

— Isso não tem importância. Apenas desamarre essas porcarias de cordas.

— Estou tentando, mas os nós estão apertados. — Jamie parou, inclinou-se para trás, para pegar a tesoura, e começou a cortar as cordas grossas, tomando cuidado para não machucar Seton. — Se eu soubesse que eles começariam a amarrar as pessoas — murmurou, enquanto trabalhava —, jamais os teria ensinado a fazer nós de marinheiro, no barco.

— Vocês têm um barco?

— Torquil tem um. Os Cavanaugh são uma família de velejadores.

— Que sorte a minha — respondeu Seton amargamente. — De qualquer forma, o que está fazendo aqui? — acrescentou, ignorando o riso de Jamie. — Achei que fosse ficar fora por uma quinzena.

— Essa era a minha intenção, mas não consegui afastar o temor de que colocara meus filhos em perigo, deixando-os sob os cuidados de um absoluto estranho, com referências um tanto duvidosas. Então mudei meus planos e voltei para casa.

— Minhas referências não são duvidosas! O senhor conheceu minha senhoria. E... — Seton parou de falar, girando a cabeça para olhar Jamie por cima do ombro, se sacudindo para afastar os cachos rebeldes que haviam caído em sua testa. — Espere. A que se refere ao dizer que temia que seus filhos pudessem estar em perigo? — Claramente confuso com a ideia, ele piscou. — Comigo?

Sim, agora aquilo tudo parecia terrivelmente melodramático.

— Digamos apenas que comecei a imaginar que havia sido meio precipitado em minha decisão de contratá-lo. Fico bastante aliviado em ver que meus temores foram infundados. Ao menos em relação aos gêmeos. Tenho que confessar — acrescentou Jamie —, de todos os cenários assustadores que imaginei no trem ao regressar, nunca pensei que você é que estaria em perigo.

Seton desviou o olhar com uma fungada.

— Atrevo-me a dizer que mereço o escárnio por permitir que eles me enganassem dessa forma. Mas isso não voltará a acontecer, posso lhe prometer.

Essa era uma promessa que Jamie já ouvira de muitas babás, ao longo dos anos, mas ele não disse nada. Em vez disso, concentrou-se em sua tarefa e, depois de passar a tesoura nas cordas mais algumas vezes, conseguiu soltar Seton das amarras.

O tutor deu um suspiro de alívio, saiu de trás da pequena escrivaninha e, esfregando os punhos para recobrar a circulação nas mãos, virou-se para olhar Jamie.

— Obrigado. Agora é melhor eu achar seus filhos. Minha lição sobre história americana pode ter ido por água abaixo, mas tenho uma ótima lição de ciências programada para esta tarde, algo que Samuel me ajudou a providenciar, com bastante esforço, e não tenho intenção de permitir que nosso empenho seja desperdiçado.

— Está tudo muito bem, mas não vejo como conseguirá ensinar-lhes algo se eles o dominam tão facilmente, como fizeram hoje. Não estarei aqui para intervir e salvá-lo toda vez que meus filhos lhe pregarem uma peça.

O queixo pontudo de Seton se elevou de leve.

— Não haverá necessidade disso, milorde — disse ele, com dignidade. — Eu já confiei neles uma vez, e eles abusaram dessa confiança. Não lhes darei mais o benefício da dúvida. No futuro, vão dar duro, para valer. — Ele se virou na direção da porta. — Vou mantê-los tão ocupados com as lições que não terão chance de me pregar outras peças.

Pela experiência, Jamie não estava particularmente otimista com as chances de êxito de Seton na educação de seus filhos, mas decidiu dar-lhe uma chance. Ao menos por ora.

⸎

Se Amanda havia aprendido uma coisa em seus sete anos lecionando, fora que as orelhas de uma criança geralmente eram as melhores armas de um professor.

— Promessa é promessa — disse ela, segurando firme a orelha de Colin com uma das mãos e a de Owen com a outra, enquanto subiam a escada da sala da cisterna, onde ela os encontrara escondidos com uma pilha de histórias policiais e de terror e um saco de balas. — Eu brinquei de caubóis e índios. Agora é a vez de vocês dois cumprirem sua parte em nosso acordo.

— Como conseguiu se soltar? — perguntou Colin, enquanto ela os conduzia para dentro de casa e pela escada de serviço. — Amarramos os nós bem apertados.

— Obviamente, não apertados o bastante.

— Ai, ai — gemeu Colin quando Amanda se virou, puxando os meninos com ela. — Está me machucando.

— Eu também — gemeu Owen, fazendo coro com o irmão. — Eu também.

Amanda, consciente do grau de força que deveria aplicar em situações como aquela, não se abalou.

— Que pena — disse ela, empurrando a porta com o pé para abri-la.

Ignorando os gritinhos de reclamação, levou os dois meninos para dentro, atravessou a galeria e seguiu pelo corredor.

Para seu alívio, quando chegou às dependências das crianças, lorde Kenyon já havia saído. Deixar que os meninos a enganassem já fora suficientemente ruim, mas o fato de que o lorde testemunhara como ela fora feita de tola por dois garotos de 10 anos era totalmente humilhante. Amanda temia que aquilo não fosse um bom atestado de suas habilidades como tutor.

Amanda empurrou cada um dos meninos, de maneira não tão delicada, para seus assentos.

— Não se mexam, nenhum dos dois, ou, juro por Deus, vou colocá-los de joelhos, esfregando o chão como um par de criadas, pelo resto do dia.

— Você já nos fez de empregadas — murmurou Colin, olhando feio para ela e esfregando a orelha. — Você nos obrigou a limpar os panelões de cobre da sra. Richmond hoje de manhã.

— Isso foi pela água suja. Pelas lesmas e por me amarrarem, esta noite, depois do chá, vocês vão polir a prata.

Tal comunicado foi recebido com um coro de protestos.

— Você não pode fazer isso!

— Depois do chá noturno é nossa hora de brincar!

Amanda continuou inabalável.

— Como eu lhes disse ontem, ações têm consequências. No futuro, se quiserem um tempo para brincar, sugiro que parem de testar minha paciência com trotes tolos.

Ela contornou sua escrivaninha e parou atrás do móvel, contente ao ver que, em sua ausência, Samuel havia levado ali para cima os materiais que ela lhe pedira que providenciasse. Depois de desabotoar os punhos e arregaçar as mangas da camisa, Amanda tirou as coisas de cima da mesa e começou a trabalhar.

Ignorando os dois meninos, forrou a mesa com uma lona de pintura, a fim de proteger o tampo de jacarandá, e apoiou uma bandeja rasa de madeira em cima. Depois, pegou uma proveta de vidro no caixote e fixou-a no centro da bandeja com um pouco de massa de modelar.

Enquanto trabalhava, ela sentia que os dois meninos a observavam, ressentidos, mas continuou sem lhes dar atenção. Assoviando uma melodia, Amanda pegou um vidro de farinha de trigo e outro de água e misturou os dois numa vasilha até obter uma pasta homogênea de cola de farinha. Quando ficou satisfeita com a consistência da mistura, pôs a tigela de lado, pegou um punhado de jornal de uma pilha e começou a amassar as folhas, fazendo bolinhas. Colou essas bolas ao redor da proveta, prendendo bem apertado, enquanto ia moldando o formato de cone necessário a sua experiência.

Foi somente quando ela completou o passo seguinte, cortando as folhas de jornal em filetes, que a curiosidade — ao menos a de Owen — superou o ressentimento.

— O que você está fazendo? — perguntou ele quando ela mergulhou uma tira de jornal na mistura da cola.

— Estou fazendo um vulcão.

Um som desdenhoso vindo de Colin a interrompeu, antes que ela pudesse explicar.

— De papel machê? — disse ele. — Que tédio.

— Ah, sim, muito tedioso — concordou Amanda, alegre. Curvando-se, colocou sua tira grudenta de jornal ao longo da base da montanha improvisada, depois ergueu a cabeça para encarar o olhar ainda hostil de Colin. — Até que entre em erupção.

Amanda notou que isso o surpreendeu, embora ele tentasse não deixar transparecer. Adotando um ar de desinteresse que não a enganou nem por um segundo, Colin virou o rosto. Erguendo o tampo de sua carteira, pegou seu pequeno quadro negro e giz colorido, depois fechou de novo o tampo e começou a desenhar.

Owen, por outro lado, continuou observando Amanda e, depois de alguns minutos de silêncio, sua curiosidade venceu mais uma vez.

— Você realmente vai fazer ele entrar em erupção? — perguntou.

— Owen! — estrilou o irmão, de cara feia. — Pare de confraternizar com o inimigo!

Amanda quase sorriu diante da frase tão terrivelmente adulta, mas conseguiu conter-se a tempo. Ela não queria que os gêmeos achassem que estava rindo deles, pois isso poderia pôr em perigo o que ela esperava ser o início de uma trégua. Apertando os lábios para esconder o sorriso, estendeu a mão para pegar outra tira de jornal e não disse nada.

— Não estou confraternizando — reclamou Owen, esticando o pescoço para observar Amanda, enquanto ela contornava a lateral de sua mesa e continuava a montar seu vulcão. — Eu só queria saber se ele realmente vai entrar em erupção, só isso.

— Não tem como! — disse Colin, decisivo.

— Não tem? — perguntou Amanda, sem parar sua tarefa. — Veremos.

— Mas como? — perguntou Owen. Quando Amanda não respondeu, ele se levantou e foi até a mesa dela, para olhar mais de perto, ignorando os protestos do irmão. — É apenas um bolo de papel machê.

— No momento, é verdade — concordou ela. — Porém, até eu terminar, vai ficar bem parecido com o Mauna Loa. Você sabe onde fica?

Ele hesitou, depois negou com a cabeça.

— Num lugar chamado Ilhas Sandwich do Sul.

— O Capitão Cook esteve lá — disse o menino, inesperadamente.

— Esteve. — Ela parou para alisar uma tira de papel e depois prosseguiu. — Nós vamos pintar isso, claro, e vamos acrescentar algumas pedras pretas, e talvez algumas árvores. Mas não muitas, porque é difícil para as árvores crescerem ao redor de vulcões.

— Por causa da lava — disse Owen, assentindo. — Quando esfria, ela se transforma em pedra, não é? Você realmente consegue fazer entrar em erupção? O vulcão?

Ela riu.

— Consigo. Vocês gostariam de me ajudar?

— Por que deveríamos ajudar você? — interrompeu Colin, antes que o irmão pudesse responder.

— Por motivo nenhum, já que decidiram que sou o inimigo. Mas estou curioso sobre uma coisa... — Amanda parou, endireitando--se, e olhou para Colin por cima da cabeça de Owen. — Você se importa em me dizer por quê? O que foi que eu fiz para ganhar sua animosidade?

O menino virou o rosto sem responder, mas Amanda persistiu, de maneira desinteressada, enquanto recomeçava sua tarefa.

— Vocês não querem ir para a escola. Ao menos, foi o que ouvi. Mas, se eu não estivesse aqui, a essa altura provavelmente já estariam na metade do caminho para Harrow. Portanto, como posso ser o inimigo?

Owen virou-se para olhar para o irmão, como se esperasse que Colin tivesse uma explicação, mas Colin não falou nada. Em vez disso, pegou seu giz e recomeçou a rabiscar o quadro.

— Nada de explicações ao inimigo, é isso? — disse ela, dando de ombros e retomando sua tarefa. — Muito bem, se é assim que você quer. Mas eu não vou a lugar algum. Portanto, se persistir na ideia de não falar comigo, suas lições serão terrivelmente chatas. Ainda assim, acho que a escolha é sua.

— Você não é bem o inimigo — disse Owen, mas logo foi interrompido pelo irmão.

— Por que deveríamos ter que explicar as coisas a você?

A voz de Colin era dura. Tão dura que, na verdade, Amanda ficou espantada. Ela ergueu os olhos, observando o menino empurrar a lousa de lado, soltar o giz e lhe lançar um olhar fulminante.

— Você é um tutor, não é? E tutores devem ser inteligentes, não? Você deveria saber por que não queremos você aqui. A menos que... — Ele fez uma pausa, estreitando os olhos azuis. — Bem, que você não seja tão inteligente assim.

Amanda já tinha uma boa ideia do que estava por trás da rebeldia dos meninos, mas não via sentido em verbalizar suas teorias, não aos gêmeos.

— Adivinhar seria impróprio — disse ela, sem parar de trabalhar. — Você deixou claro que não quer explicar e, se eu continuasse a pressioná-lo, isso seria invasão de privacidade.

Uma expressão que talvez fosse uma ponta de decepção — ou de humilhação — surgiu no rosto de Colin, mas desapareceu num instante, e ele virou o rosto.

— Além disso — continuou ela, retomando o trabalho —, ainda tenho muito a fazer se quiser que esse vulcão entre em erupção antes do jantar. Gostaria de me ajudar, Owen? — perguntou, voltando a atenção para o menino a seu lado.

Ele hesitou, olhando a tira de jornal que ela lhe estendia, depois assentiu e pegou o papel da mão dela. Ignorando a desaprovação que emanava do irmão, Owen passou cola na tira e a colou na lateral da criação de Amanda. Depois pegou outra tira.

Por vários minutos, eles trabalharam em silêncio. Colin não se mexeu para ajudá-los nem falou nada, mas, sempre que Amanda olhava em sua direção, ele estava observando os dois. Ela considerou isso um bom sinal, mesmo que o menino virasse o rosto todas as vezes que seus olhares se cruzavam.

— Pronto — disse ela, por fim, recuando para observar a montanha de papel machê que ela e Owen haviam criado. — Até que ficou bom. Vamos levá-lo para a cozinha.

Ela limpou as mãos num pano úmido, depois entregou o pano a Owen, para que ele fizesse o mesmo. Então, pegou o paletó no gancho perto da porta, vestiu-o e levantou a bandeja que continha sua criação.

— A sra. Richmond pode colocar isso no forno morno, para que a cola seque, enquanto nós saímos.

— Vamos sair? — perguntou Owen, acompanhando os passos de Amanda rumo à porta. — Aonde vamos?

— Ao parque.

— Ao parque? — O rosto sardento de Owen se iluminou. — Oba! Vamos soltar pipa?

— Hoje não. Temos que encontrar pedras e árvores para colocarmos em volta de nosso vulcão. É melhor vestirem os casacos e chapéus, meninos — acrescentou ela, incluindo Colin na sugestão, embora ele não tivesse se mexido para ir junto. — Está ventando.

Owen parou ao lado da porta para pegar seu casaco no gancho.

— Vamos, Colin — chamou, enfiando os braços no casaco e pegando o boné. — Por que ainda está sentado aí?

— Não quero ir.

Amanda também parou, virando-se para olhar o outro menino por cima do ombro. Já que era uma postergação da aula, ela esperava que Colin estivesse tão ávido quanto o irmão por uma ida ao parque, mas ele apenas virou o rosto, erguendo o queixo, o perfil rijo e orgulhoso.

— Não seja idiota — repreendeu Owen, enfiando o boné na cabeça. — Se eu tenho que ir, você tem que ir também.

— Não tenho, não!

Colin olhou para Amanda, o rosto redondo e sardento retorcido, confirmando a suspeita dela de que, por trás do garoto endiabrado que colocara lesmas em sua cama e cortara a corda da sineta, havia um menininho magoado e negligenciado. Amanda também se sentia frustrada, mas com o pai dos gêmeos, que deixara as coisas chegarem a esse estágio triste.

— Não tenho que fazer nada que ele manda — continuou Colin, apontando um dedo na direção de Amanda. — Prefiro ficar aqui.

— Mas não vai ter ninguém para tomar conta de você — frisou Owen.

— Samuel pode tomar.

— Samuel tem as tarefas dele — disse Amanda, antes que Owen pudesse responder. — Mas você não precisa vir conosco, se não quiser — prosseguiu ela, antes que Colin argumentasse. — Pode descer e ficar na cozinha.

Na mesma hora, Colin se levantou da carteira.

— É isso que vou fazer — anunciou, fazendo parecer que escolhera assim, que a ideia tinha sido dele. — Está na hora do almoço, e prefiro comer sanduíches com chá do que ir ao parque procurar pedras ridículas.

Amanda arregalou os olhos.

— Ah, mas você certamente não acha que terá algo para comer, acha?

— Por que, não? Já é quase uma da tarde.

— Porque, assim como o trote que vocês passaram em mim atrasou nossas lições de hoje, receio que o almoço também esteja atrasado.

— Isso não é justo.

— A vida não é justa. É bom ir se acostumando. E, se continuar discutindo comigo — acrescentou ela, quando ele abriu novamente a boca —, vai nos atrasar tanto que acabaremos ficando sem almoço.

— Colin, cale a boca — disse Owen. — Não quero ficar sem almoço.

Colin ignorou o irmão.

— Mas o que vou ficar fazendo enquanto vocês estiverem fora?

— Bem, você pode começar a polir a prata — ela sugeriu, animada. — Ou pode trazer papel, caneta e o tinteiro e começar o seu dever.

Colin franziu o rosto, receoso.

— Que dever?

— Nossa excursão faz parte da lição de ciências de hoje. Se você não estiver com vontade de participar, tudo bem, mas não posso deixá-lo ocioso. Enquanto seu irmão e eu estivermos estudando as pedras no parque, você vai escrever uma redação sobre elas. Até a hora em que voltarmos — disse ela, com uma voz animada acima do gemido de horror da criança —, espero que tenha preparado uma explanação completa para dar a seu irmão sobre as diferenças entre as pedras sedimentares, metamórficas e incandescentes.

— Mas eu não sei nada sobre pedras. — Os olhos azuis do menino se estreitaram, acusadores. — Você não nos ensinou sobre isso.

— Ah, não precisa se preocupar. Há aqui um livro sobre esse assunto. *Rochas do mundo e onde encontrá-las*, acho que é o título. Terceira prateleira — acrescentou ela, como se quisesse ajudar, assentindo para as estantes atrás dele. — Do lado direito, perto da ponta.

Ele a olhou de cara feia.

Ela sorriu para ele.

Eles ficaram se encarando por dez segundos, mas, finalmente, Colin se rendeu e soltou o giz.

— Mudou de ideia? — perguntou Amanda, fingindo ingenuidade, quando ele se juntou a ela e Owen, perto da porta, e começou a vestir o casaco.

— Obviamente. — Colin revirou os olhos. — Você não acha que vou ficar sentado na cozinha, sozinho, polindo prata ou escrevendo sobre pedras, acha? Seria um tédio total.

— Eu não poderia concordar mais — disse ela, séria, e se virou. — Vamos, cavalheiros — chamou por cima do ombro, seguindo pelo corredor com seu vulcão de papel machê. — Sei que Colin não quer perder o almoço, e eu também não quero. Especialmente porque pedi para a sra. Richmond fazer rocambole de geleia para nós.

Gritos de surpresa aprovaram a novidade, e Amanda não pôde deixar de sorrir. Ela imaginava que um endosso do rocambole para o almoço não chegava a ser uma grande vitória, e certamente não era garantia de sucesso futuro, mas, por ser primeira centelha de aprovação que recebera dos gêmeos desde sua chegada, ela aceitaria. Aceitaria de bom grado.

Capítulo 6

Pelo fato de haver planejado ficar fora por duas semanas, Jamie não tinha nada de tão importante para fazer em Londres, mas isso não significava que pudesse ficar ocioso. Depois de soltar Seton e dar ordens rigorosas para que a sra. Richmond e Samuel passassem a tarde mais atentos aos meninos e ao tutor do que haviam sido pela manhã, ele foi almoçar no clube e, ao voltar, abrigou-se no escritório.

Durante várias horas, pôs a correspondência em dia, incluindo notas escritas à mão em que se desculpava com aqueles com quem pretendia se encontrar durante a visita a Yorkshire. Depois de colocar todas as cartas na bandeja em frente à porta para que Samuel as postasse naquela noite, decidiu ir atrás de Seton e os meninos para ver como estavam indo. Ao adentrar as dependências das crianças, no entanto, encontrou tudo vazio.

Jamie desceu as escadas, mas, apesar de a sra. Richmond e Samuel estarem na cozinha, nem Seton nem os meninos pareciam estar por ali.

— Eles foram dar um passeio — informou Samuel. — Disseram que iam até o parque — acrescentou, jogando uma pá de carvão no balde de ferro ao lado do fogão.

— Não, não — corrigiu a sra. Richmond, erguendo os olhos do doce que estava preparando. — Eles já voltaram há séculos. Almoçaram, depois poliram um pouco da prata e então...

— Prata? — Jamie e Samuel perguntaram ao mesmo tempo, surpresos.

— Castigo — disse a cozinheira, assentindo com um deleite meio sombrio que fez Jamie se lembrar de como seus filhos haviam levado a equipe de criados ao limite. — O sr. Seton os fez trabalhar por mais de uma hora como auxiliares de cozinha.

— Ah. — Samuel assentiu, compreendendo, e despejou outra pá de carvão no recipiente. — Por causa da água suja de ontem, imagino.

— Água suja? — perguntou Jamie, a surpresa dando lugar ao desânimo. — Que água suja?

— Foi só uma brincadeira, senhor — Samuel apressou-se em explicar. — Não causou nenhum dano.

As experiências passadas levavam Jamie a duvidar do criado, mas, antes que pudesse descobrir mais sobre o assunto, a sra. Richmond disse:

— Seton já os puniu pela água suja. Eles tiveram de esfregar alguns de meus panelões de cobre por causa disso, e logo cedo. Polir a prata foi por outra coisa.

— Ah — disse Samuel, assentindo novamente. — As lesmas.

— Lesmas? — Jamie já sabia o que isso significava, antes que o criado pudesse responder. — Na cama de Seton, suponho? Ou na gaveta de roupas de baixo? Mas que coisa infernal — disse ele, aflito. — Faz só vinte e quatro horas. Como eles podem ter causado tanto tormento ao pobre sujeito em um espaço de tempo tão curto? Deixa para lá — completou. — Foi uma pergunta imbecil.

— Não fique preocupado, milorde — disse a sra. Richmond em tom apaziguador, o que, em vez de diminuir, aumentou a preocupação de Jamie. — Eles só estavam se divertindo um pouquinho, só isso. O senhor sabe como eles são.

Ele sabia, até bem demais, e estava ficando claro que precisava se sentar com Seton e obter um relato completo sobre o que havia se passado durante sua ausência.

— E onde estão os meninos agora? — perguntou ele à sra. Richmond.

— Na horta — informou ela de pronto, gesticulando na direção da horta com a mão suja de farinha, e Jamie se virou para seguir pelo corredor, rumo à porta dos fundos. — Fazendo um vulcão entrar em erupção.

Jamie parou e recuou um passo junto à porta para olhar para a cozinheira, sem saber se tinha ouvido direito.

— Perdão?

— Foi o que eu disse, milorde. Eles construíram um vulcão e vão fazê-lo entrar em erupção, eles disseram.

— E a senhora deixou? — perguntou Jamie, ainda mais aflito, enquanto vários cenários de desastre passavam por sua cabeça. — Meu bom Deus, sra. Richmond, os fogos de artifício não demonstraram que os gêmeos não são confiáveis com nada que explode?

— Entra em erupção, senhor — corrigiu ela. — Eles estão fazendo o vulcão entrar em erupção.

— Sim, sim, está certo — concordou ele, impaciente. — De qualquer forma, não posso acreditar que a senhora não tenha feito nenhuma objeção quanto a isso… — Ele fez uma pausa quando outra ideia lhe ocorreu. — Mas onde está Seton? Mas que diabo, por que ele não está impedindo isso?

— Impedindo? Ah, não, milorde. Ele está ajudando os dois. É uma… Como foi que o sr. Seton chamou, Samuel?

— Uma experiência científica — respondeu o criado ao pegar o balde de carvão vazio e se levantar.

— É isso — disse a cozinheira, voltando a sovar a massa. — Embora não tenha me impressionado muito. Tudo que vi foi um bolo cinza.

Experiência científica ou não, um vulcão em erupção parecia tão danoso quanto fogos de artifício. Depois do que ele ouvira sobre a água suja e as lesmas, e tendo visto, ele próprio, como Seton provara ser desafortunado numa simples brincadeira de caubóis e índios, Jamie decidiu que era melhor investigar pessoalmente aquela experiência científica.

Quando chegou à horta da cozinha, no entanto, para seu alívio, Jamie descobriu que nada estava pegando fogo nem entrando em erupção, pelo menos ainda não. Seton e os meninos estavam ajoelhados sobre uma lona num dos canteiros de legumes agora sem cultivo, com o experimento científico entre eles. O vulcão parecia ter sido pintado, pois não era mais um bolo cinza como a sra. Richmond havia descrito.

Agora tinha uma coloração preta amarronzada, com filetes vermelhos escorrendo pelas laterais, representando filetes de lava, ele presumiu. Estava sobre uma bandeja, com pedrinhas pretas empilhadas ao redor, gravetos e capim para representar árvores e grama.

— Mas como você vai fazê-lo entrar em erupção? — Colin estava perguntando, quando Jamie se aproximou sem ser notado, observando-os por cima da mureta da horta.

— Eu não vou fazer — disse Seton, de joelhos, com um vidro em cada mão. — Vocês que vão.

A notícia foi recebida com exclamações empolgadas. Jamie ficou preocupado, mas, sem saber se queria interromper, permaneceu parado junto ao portão da horta. Debruçando-se, cruzou os braços sobre a mureta de tijolinhos e continuou observando, pronto para pular para dentro se algum desastre acontecesse.

— Agora, Colin — disse Seton —, você vai pegar aquele jarro de água quente ali e despejar tudo dentro do vulcão. Owen, depois que ele tiver feito isso, você vai acrescentar três gotas de sabão, seis gotas de tinta vermelha e três gotas de tinta amarela, por favor.

Quando Seton instruiu os gêmeos a acrescentar bicarbonato à experiência, vagas lembranças das lições de química de sua infância ocorreram a Jamie. E, quando o professor instruiu os meninos a adicionar vinagre à mistura, ele entendeu o que estava por vir.

A "erupção" foi imediata, assim com a reação dos gêmeos. Jamie sorriu enquanto os meninos se afastavam de sua criação com gritinhos de espanto e deleite à medida que uma espuma de tom laranja irrompia do alto do vulcão e transbordava, escorrendo pelos lados. Parecia realmente lava derretida. E, embora os professores de Harrow nunca fossem escolher um método tão pouco ortodoxo para demonstrar uma reação química, o vulcão de Seton certamente fizera um show bem mais empolgante do que qualquer tubo de ensaio de vidro comum teria feito.

Pat teria amado aquilo, pensou Jamie.

Ciência era sua paixão, e ela adorava remexer com produtos químicos e fazer experimentos. Ela deveria estar ali agora, vibrante e viva, fazendo vulcões com seus filhos, não num túmulo frio debaixo da terra molhada.

Subitamente, Jamie sentiu o vazio — aquele imenso espaço escuro que estivera dentro dele desde sempre, um vácuo preenchido tão brevemente pela ternura e pelo riso de uma moça de rosto sardento.

Seus olhos arderam. Piscando, ele desviou o olhar, odiando o fato de que sabia como era sentir um coração dentro do peito, em lugar de um buraco oco. Gostaria de nunca ter conhecido a sensação. Então, talvez, ter aquele coração arrancado dele três anos antes não teria doído tanto.

— Papai!

A voz de Colin ecoou, e os meninos vieram correndo até ele. Jamie baixou a cabeça e rapidamente passou o polegar e o indicador nos olhos, para que não vissem, e foi ao encontro deles, no portão da horta. Quando os meninos o alcançaram, seus olhos estavam secos, e Jamie torceu para que o rosto estivesse impassível.

Pegou os dois de uma só vez, erguendo um embaixo de cada braço, como se levantasse dois sacos de batatas, fazendo-os rir, enquanto os carregava pelo portão e pela horta, até onde Seton estava em pé, junto ao projeto de ciência.

— Achamos que você tivesse ido para Yorkshire! — gritou Colin, ainda rindo, quando ele os colocou no chão.

— Eu ia, mas mudei de ideia. — Ele meneou a cabeça, cumprimentando o professor. Depois, deu uma olhada no vulcão, que ainda estava expelindo um pouco de espuma laranja. — Fazendo experiências científicas, imagino?

— Nós fizemos um vulcão entrar em erupção, papai — disse Owen.

— Sim, eu vi. Incrível, hein?

— Foi, mesmo! O sr. Seton diz que é porque o vinagre e o bicarbonato formam um gás, dióxido de carbono, quando você mistura os dois. E o sabão, com o gás, forma a espuma. Nós tingimos para parecer lava.

— Você veio nos ajudar, papai? — perguntou Colin.

— Ora, não. Tenho negócios a fazer esta tarde...

Gemidos de desapontamento dos dois meninos o interromperam, mas foi Colin quem falou primeiro.

— Você acabou de voltar. Como pode ter negócios a fazer? Você sempre tem negócios a fazer — acrescentou ele, em tom acusador, antes que Jamie pudesse responder.

A culpa o alfinetou, e ele desviou os olhos.

— É trágico, eu sei — disse ele, num tom leve. — Acreditem, eu preferiria ficar aqui ajudando vocês a fazer o vulcão entrar em erupção.

Antes que um dos meninos tentasse persuadi-lo, no entanto, Jamie se virou para o professor.

— Sr. Seton, posso dar uma palavra com o senhor?

Os olhos de Seton se arregalaram ligeiramente, Jamie não sabia dizer se com apreensão ou surpresa, mas o jovem assentiu.

— É claro, milorde — disse ele, limpando a terra dos joelhos antes de se virar para os gêmeos. — Colin, Owen. Quero que vocês dois levem tudo de volta para a cozinha e esperem por mim lá. Logo estarei de volta. Enquanto esperam, comecem a registrar nos diários de ciência tudo que fizemos para construir nosso vulcão e causar sua erupção, incluindo as medidas precisas de todos os componentes químicos que utilizamos e uma descrição da reação que obtivemos.

Para surpresa de Jamie, os meninos começaram a seguir as instruções sem qualquer reclamação, e só tiveram uma pequena rusga quanto a quem teria a honra de carregar a criação deles. Uma vez que Seton havia decidido a questão, incumbindo Colin com a responsabilidade do projeto de ciência, por ser o mais velho, os gêmeos dobraram a lona, juntaram os vários frascos que haviam usado e seguiram para a casa com seu vulcão, de um modo quase aprazível.

— Milagres nunca deixam de acontecer — murmurou Jamie, observando-os.

— Milorde?

— Não é nada. — Ele voltou a atenção ao professor. — Eu só estava desfrutando desse raro momento de paz e harmonia doméstica.

— "Raro" é provavelmente a palavra correta. — Seton passou a mão nos cachos mais compridos do cabelo, que haviam caído em sua testa, lançando um olhar lastimável a Jamie. — Vamos ver quanto tempo dura.

— Está dizendo que não vai durar?

— Com crianças ao redor, receio que a paz doméstica nunca dure.

— Ouso dizer que você está certo. Estou curioso para saber como pretende lidar com eles, quando a próxima confusão estourar.

Seton deu um sorriso presunçoso.

— Tenho meus métodos.

Jamie ergueu uma sobrancelha.

— Fazendo-os polir a prataria?

O sorriso sumiu do rosto jovem e travesso do tutor.

— O senhor não aprova.

— Não estou bem em posição de reprovar — disse Jamie, secamente. — E, embora não tenha certeza se o polimento da prataria passará pela revista de tropas da sra. Richmond, tenho consciência de que eles precisam ser punidos pelas transgressões.

— Punidos, não — o professor logo corrigiu. — Prefiro não usar essa palavra. Isso implica crueldade. Basta dizer que todas as ações têm consequências, e essa é a lição que eles precisam aprender, já que deixaram de aprender no passado.

— Você não hesita em dizer o que pensa, não é, Seton? Não é uma crítica — acrescentou Jamie, antes que o outro homem pudesse responder. — Apenas uma observação. É sobre esse assunto que gostaria de discutir com você. — Ele gesticulou para o caminho. — Vamos?

Os dois caminharam em direção à casa, e Jamie continuou:

— Aprecio sua filosofia de discipliná-los quando não se portam bem, e reconheço a necessidade disso. Mas tenho preocupações e perguntas.

— Naturalmente.

— Gostaria de discutir sobre isso e também saber que tipo de currículo planejou para o próximo ano, e que objetivos espera alcançar. Vou jantar em casa esta noite, e gostaria que você me acompanhasse, depois que puser os meninos na cama, para que possamos discutir essas questões.

— Jantar? — O rapaz parou no caminho, virando-se para Jamie, com um olhar confuso. — Jantar?

— Sim, sr. Seton, jantar — Jamie respondeu, também parando, e não pôde deixar de achar engraçado o olhar fixo e vago do jovem.

— A última refeição do dia, servida entre o chá e a hora de dormir, geralmente às oito horas.

— É muita gentileza sua, mas...

— Se permanecer aqui por tempo suficiente, sr. Seton, verá que não sou do tipo que faz coisas por mera gentileza. Como eu disse, quero discutir sobre os meninos e, já que estarei livre esta noite, algo que, eu lhe asseguro, é uma raridade, achei que o jantar seria uma ocasião apropriada para essa discussão.

Seton se remexeu e desviou o olhar, claramente constrangido.

— Creio que seja costumeiro que o tutor faça suas refeições com seus pupilos — murmurou ele, e recomeçou a caminhar.

— Geralmente é — respondeu Jamie, caminhando ao lado dele —, mas acho que podemos fazer uma exceção.

Eles chegaram à porta dos fundos, saindo da horta e entrando na casa, antes que Seton pudesse responder. E, como o jovem havia chegado um passo antes dele, Jamie imaginou que ele fosse abrir a porta, mas, inesperadamente, o professor deu um passo ao lado e virou-se para ele, de um jeito estranho, na expectativa.

Aquilo surpreendeu Jamie um pouco, mas então Seton falou e apagou a impressão que Jamie tivera, de que o jovem esperava que ele lhe abrisse a porta, pois percebeu seu verdadeiro propósito em parar.

— Aprecio seu interesse sobre o que estou lecionando aos meninos — disse ele —, mas não chega a ser necessário dedicar um jantar inteiro a uma conversa sobre isso.

— Mas nós precisamos comer, sr. Seton. E acho necessário, pois preciso saber mais sobre seus métodos de ensino e sobre o senhor.

— Sobre mim?

Seton pareceu um pouco alarmado pela possibilidade. E, embora Jamie agora estivesse razoavelmente certo de que o jovem não estava prestes a sumir com seus filhos e pedir resgate, sentiu-se apreensivo diante daquela ansiedade.

— Você terá um bocado de influência sobre meus filhos durante os dois próximos anos. Imaginei que gostaria da oportunidade de me tranquilizar sobre seu caráter.

— Gosto, sim — disse o rapaz de pronto. — É claro que sim.

Foi uma afirmação fervorosa, ainda que não particularmente convincente. Seton sentiu isso, pois voltou a falar.

— É só que... Eu não... Quero dizer... — Ele parou, se remexendo como um gato no telhado quente, as bochechas rosadas como as de uma garota. — Eu não sou muito sociável — murmurou, depois de um momento.

Ele é terrivelmente jovem, pensou Jamie, a compaixão misturada ao divertimento ao notar o rosto corado do rapaz e seu comportamento nervoso. Sua própria juventude parecia ter sido muito tempo atrás, mas ele ainda se lembrava de como era horrível ter 17 anos.

— Nós somos apenas dois homens solteiros compartilhando uma refeição — disse ele, suavemente. — Não é como se você fosse jantar no Palácio de Buckingham, entende?

— Não, milorde. — Sua voz saiu fraca, talvez com uma ponta de pânico, mas ele próprio pareceu perceber quão desproporcional era uma reação dessas diante de um simples convite para jantar, pois tossiu e falou novamente, mais animado: — Aceito seu convite, claro. Obrigado, milorde.

— Não precisa ficar com cara de quem está a caminho da execução, sr. Seton. Não vou repreendê-lo pelo que aconteceu esta tarde, se é isso que teme. Bem ao contrário, pois agora eu mesmo vi que o senhor estava certo.

— Eu estava? — O jovem piscou, parecendo confuso demais com aquela concessão aparentemente inexplicável para sentir-se satisfeito. — Certo a respeito de quê?

— Você é, de fato, um bom professor.

Seton o encarou por um instante, como se aquela fosse a última coisa que ele esperasse ouvir. Então, de repente, abriu um sorriso largo que iluminou todo o rosto, abrandando os traços severos e finamente talhados do maxilar e das maçãs do rosto, lembrando Jamie mais uma vez quão jovem o sujeito era, quão vulnerável.

Ele sentiu de súbito um instinto protetor, algo que logo reconheceu — a necessidade de defender e proteger dos perigos aqueles que não estão tão aptos a se defender sozinhos. Era uma sensação semelhante a que ele frequentemente sentia se visse um dos meninos tomando um tombo, ou tendo um pesadelo, embora não fosse exatamente igual.

Jamie ficou olhando, esforçando-se para definir a sensação de maneira mais precisa, mas então o sorriso de Seton sumiu e a sensação passou, fazendo com que ele percebesse quão absurdo havia sido. Seu único dever em relação ao rapaz era ser um patrão justo. Além disso, Seton era um camarada inteligente, que, apesar da pouca idade, parecia já ter vivido pelo mundo por tempo suficiente para cuidar de si mesmo. Que necessidade teria da proteção de Jamie?

O rapaz se remexeu e desviou os olhos, fazendo Jamie perceber que o estivera encarando. Ele rapidamente falou outra vez.

— Então, estamos combinados? — perguntou ele, estendendo a mão até a maçaneta para abrir a porta. — Eu o verei essa noite, às oito. E não fique preocupado em exibir um comportamento formal — acrescentou, falando para trás, ao passar pela porta e entrar no corredor de serviço. — Estou muito mais interessado em revirar sua vida do avesso do que em seu modo de segurar os talheres.

⸺ ∞ ⸺

Amanda ficou olhando as costas de lorde Kenyon, conforme ele foi se afastando. Suas últimas palavras ecoando na cabeça dela como um prenúncio da condenação, apagando o momento tão breve de entusiasmo que ela tivera diante do elogio às suas habilidades de ensino.

...revirar sua vida do avesso...

Amanda fechou a porta e recostou-se na madeira, com um nó de aflição se formando no estômago pela ideia de jantar com ele.

Ela havia esperado um interrogatório minucioso antes de ser contratada, claro. Tinha se preparado para isso e, embora seu passado infame tivesse exigido fraudes cruciais, ela se ateve à verdade o máximo possível. Mas não pensara que lorde Kenyon ainda se interessaria por ela depois de começar no emprego, contanto que trabalhasse direito. A maioria dos pais não se preocupava muito com os filhos, e ficava bem contente em deixá-los sob os cuidados das esposas, babás, tutores, governantas. De fato, durante o ano em que ela havia trabalhado com a família Bartlett, sir Oswald jamais perguntara sobre as lições das filhas, e raramente perguntava sobre o bem-estar delas. Em Willowbank, Amanda podia contar nos dedos de uma mão os pais que haviam visitado as filhas ou as levavam para passear. E, pelo que ela havia observado até o momento, lorde Kenyon certamente não parecia um pai mais atencioso que a média.

Ainda assim, ele estava no direito de fazer perguntas sobre ela, a hora que quisesse, e era bom que Amanda estivesse preparada com respostas satisfatórias. Se ele achasse algo estranho ou discordante, talvez começasse a sondar sua vida mais profundamente, e isso seria desastroso. A vida de Adam Seton, embora boa o suficiente para passar na entrevista, não aguentaria uma investigação mais completa.

Ela achou que teria um pouco mais de espaço para respirar enquanto lorde Kenyon estivesse em Yorkshire, tempo e espaço para ensaiar seu novo papel e praticar a vivência como homem, antes que fosse colocada sob qualquer exame minucioso. Afinal, os meninos tinham apenas 10 anos e era improvável que notassem quaisquer diferenças sutis entre seu tutor atual e vários outros homens que conheciam. As crianças, Deus abençoe, eram bem mais inclinadas que os adultos a acreditar nas aparências. Não, nenhum equívoco que ela cometesse seria percebido pelos meninos.

Quanto aos dois empregados da casa, eles provavelmente estavam bem aliviados em retornar às suas próprias tarefas e deixar os meninos inteiramente sob os cuidados de um tutor, e tampouco deveriam perceber algo durante os breves momentos em que trouxessem comida até as dependências das crianças ou quando Amanda as levasse à cozinha, para uma sessão disciplinadora de esfregão.

Lorde Kenyon, no entanto, era outra questão. Seu regresso inesperado e o convite para jantar a deixaram sem tempo para ensaiar ou se preparar. Ela imaginou aqueles olhos verde-claros observando-a acima da mesa de jantar e sentiu um aperto no estômago. A apreensão dentro dela tomou forma, virando pavor. Amanda estava certa que aqueles olhos não deixavam passar quase nada.

E ela já havia cometido ao menos dois erros na frente dele. Durante a entrevista inicial, quase procurara a bolsa, antes de lembrar que não portava mais o acessório útil. E, apenas alguns momentos atrás, havia parado junto à porta e esperado que ele a abrisse, algo que um homem, por mais jovem e desajeitado que fosse, jamais faria. Amanda sabia que lorde Kenyon tinha notado, pela estranheza que seu rosto intrigado demonstrara. Ela estava quase certa de que conseguira encobrir sua gafe, mas sabia que não podia cometer outra na frente dele.

Isso significava que o jantar seria repleto de perigo. Uma refeição prolongada exigia um bocado de conversa, não somente do tipo de um patrão sondando a vida do empregado, mas também o tipo de conversa masculina à qual nenhuma mulher tinha acesso. Ela sabia que isso a tornava tão vulnerável à descoberta quanto quaisquer discussões sobre seu passado, pois não havia como antecipar o que poderia surgir. Sobre que os homens conversavam entre eles? Safras de vinho? Corridas de cavalo? Esportes? Política? Ela não fazia ideia.

Apenas dois homens solteiros compartilhando uma refeição.

Amanda sentiu outra fisgada nervosa no estômago e se repreendeu severamente, lembrando que ela mesma havia escolhido aquele caminho. Como esperava que fosse? Realmente achou que seria uma calmaria total depois que estivesse na casa?

A verdade era que ela não se permitira pensar em nada além de conseguir o emprego. Ficara tão concentrada nisso que nem pensara em como seria encenar um papel a cada minuto de seus dias. Agora, conforme todas as ramificações de seu futuro lhe ocorriam num turbilhão, percebia quão difícil seria a tarefa que estava por vir. Não seria apenas uma noite se esquivando de perguntas inconvenientes sobre seu passado fictício. Aquilo dizia respeito a sua vida toda.

Subitamente, riscos potenciais estavam brotando em sua mente como cogumelos pelo chão após uma chuva. Lorde Kenyon queria que ela fosse a seu alfaiate para fazer um terno novo. Como ela se livraria dessa? E quanto aos jogos e esportes? Quando se tratava de brincadeiras de meninas — cinco-marias, amarelinha, pular corda, esse tipo de coisa —, ela até que ia bem. Também sabia jogar croqué decentemente, mesmo não sendo brilhante. Mas meninos gostavam de futebol, críquete e rúgbi, jogos que ela nunca havia jogado na vida. Lorde Kenyon com certeza esperava que ela conhecesse esses jogos para brincar com seus filhos. Ele tinha uma graciosidade forte e fluída que lembrava um atleta e, se algum dia a visse fingindo qualquer habilidade em esportes de meninos, Amanda estaria frita. Ele sem dúvida jogara futebol e críquete o suficiente na escola para reconhecer uma fraude quando visse uma.

Havia outros riscos a serem levados em conta. Se houvesse alguma ocasião de dança, ela teria que se lembrar de conduzir. E de se levantar sempre que alguma dama adentrasse o ambiente. E de puxar cadeiras para elas, abrir portas, pegar lenços. E, claro, havia todas as coisas femininas que ela teria que evitar fazer... *Ai, Deus.*

Alarmada, Amanda afastou-se da porta, quando outra coisa lhe ocorreu, algo horrível que nem chegara a considerar. E sua menstruação? A sra. Richmond certamente notaria, quando chegasse a época. Como ela poderia esconder seu ciclo mensal da mulher que lavava a roupa?

Seu medo aumentou, ameaçando chegar ao pânico. Ela se recostou novamente na porta e cruzou os braços junto ao peito, respirou fundo várias vezes para se acalmar. Não tinha chegado até ali para ser derrotada por trivialidades. Havia meios de se lidar com todas essas coisas, e Amanda simplesmente teria que enfrentar cada uma à medida que surgissem. Do contrário, seria esmagador. Por ora, o jantar dessa noite era a única coisa com que ela precisava se preocupar.

Amanda seguiu na direção da cozinha, para buscar os meninos, tentando ver o lado bom. Era só uma refeição, não uma ocorrência diária. Ela só precisava fazer alguns comentários masculinos sobre a carne excelente, forçar para engolir uma ou duas taças de vinho do Porto e levar a conversa para longe dela e de seu passado duvidoso. Quão difícil poderia ser?

Capítulo 7

Ela estava quase conseguindo. Segurando firme as pontas do laço meio formado de sua gravata-borboleta, para que o maldito negócio não desmanchasse, Amanda simultaneamente tentava enfiar o laço largo de seda branca em sua mão direita, por dentro do laço menor, junto ao pescoço. Então puxou as pontas para ajeitar o formato, ajustando o nó enquanto tentava manter as pontas proporcionais em ambos os lados. Abaixou as mãos e se afastou do espelho para inspecionar o resultado.

Estava torto. De novo.

Praguejando, Amanda puxou as pontas, desfazendo mais aquela tentativa patética. De tantas coisas que seu pai lhe ensinara quando ela era pequena, por que dar nó em suas gravatas não fora uma delas?

Pegando as pontas de seda branca, começou de novo.

— Ponta direita mais curta que a esquerda — murmurou ela, repetindo pela sexta vez o que o velho alfaiate na Petticoat Lane dissera quando lhe vendera as roupas de segunda mão de seu guarda-roupa masculino. — Passe a ponta mais comprida por cima da mais curta, depois erga e passe pelo laço do pescoço...

— Está com problemas?

Assustada, Amanda deu um pulo, soltando as pontas de sua gravata, e virou a cabeça para ver Colin observando-a da porta, obviamente se divertindo às suas custas.

— Você deveria estar se aprontando para ir para a cama — disse ela, em tom severo —, não me espionando.

— Já estou pronto para ir para a cama — respondeu o menino, gesticulando para o pijama de flanela que estava usando enquanto caminhava em sua direção. — E não estou espiando, já que preciso passar pelo seu quarto para chegar ao meu.

Sem ter como refutar aquele argumento bastante válido, Amanda voltou a se concentrar em sua tarefa.

— Aperte bem — disse ela baixinho, seguindo as palavras com gestos. — Deixe a ponta mais comprida pendurada, dobre a mais curta ao meio...

Ela formou novamente o laço e ajeitou as pontas.

— Então? — perguntou ela, virando-se para o menino. — O que acha?

A gargalhada de Colin respondeu a sua pergunta antes mesmo que ele falasse.

— Horrível. Um lado está duas vezes o tamanho do outro.

Ela se voltou para o espelho.

— Está mesmo, não é? — concordou ela, desanimada. — Receio que jamais serei bom com gravatas-borboleta. O nó de uma gravata comum é bem mais fácil.

— Quer que eu faça para você?

Surpresa, Amanda se virou para ele.

— Você sabe fazer?

— É claro. Owen e eu sabemos. Samuel nos ensinou.

— Não foi seu pai?

— Ele é ocupado demais para essas coisas. Principalmente agora.

— Por que principalmente agora?

— Porque ele está na Câmara dos Comuns. — A expressão de Colin se tornou lúgubre. — Quando o Parlamento voltar do recesso, nós quase nunca o veremos.

Amanda poderia ficar aliviada com a notícia, mas a expressão desamparada do garotinho a seu lado tornava isso impossível. Decidiu que uma das coisas sobre as quais teria que conversar no jantar com lorde Kenyon seria o tempo escasso que ele passava com os filhos.

— Ser do Parlamento é um trabalho muito importante — disse ela, pensando em consolar a criança, mas aquelas palavras mal tinham saído de sua boca quando percebeu quão pouco convincentes elas eram.

— Mais importante que a gente — murmurou Colin. — Com certeza.

— Eu não acho que isso seja verdade. Pelo jeito como ele fala de vocês, ele parece gostar muito de você e de seu irmão. Na verdade... — Ela fez uma pausa e respirou fundo, torcendo para não estar prestes a contar uma mentira deslavada para uma criança. — Acho que ele ama muito vocês dois.

Para sua surpresa, Colin assentiu, concordando, mas não parecia muito impressionado por isso.

— Ele nos ama, mas não nos quer por perto.

— Se isso fosse verdade, ele já os teria mandado para o colégio interno.

— O único motivo para papai não ter mandado é porque acha que ainda não estamos prontos. Por isso que dessa vez ele decidiu contratar um tutor, no lugar de outra babá. Um professor nos prepararia, ele disse, e nos deixaria prontos acad... acad...

— Academicamente? — disse Amanda.

— É isso. Ele disse que era importante, porque, se não estivéssemos prontos, seríamos reprovados em nossos exames e mandados de volta para casa, e ele não queria que isso acontecesse. Eu o ouvi contando tudo para o Samuel, na noite antes de conhecermos você no parque.

Amanda desconfiava que Colin tivesse entreouvido aquela conversa com o ouvido no buraco da fechadura, mas agora não era o momento de dar um sermão quanto à imoralidade de ficar escondido escutando a conversa alheia.

— Então é por isso que vocês não querem um tutor — disse ela. — Mas, de qualquer maneira, por que ficam afugentando as babás?

Ele desviou o olhar, franzindo o rosto amuado, mas não respondeu.

— Você certamente sabe — persistiu Amanda. — Quanto mais babás vocês afugentarem, mais exasperado seu pai fica, e mais provável se torna o colégio, não?

Colin deu de ombros, olhando o chão.

— Pelo menos, quando a gente arruma confusão, ele presta atenção — falou em um murmúrio e, ainda assim, a amargura em seu tom era inequívoca. — Do contrário, ele não suporta olhar para a gente.

Amanda já havia notado que o pai deles era um tanto negligente, mas, quando tentou imaginar que ele poderia sentir animosidade pelos filhos, ou desprezar suas carências, ela não conseguia vislumbrar isso. Ele ficara profundamente preocupado com a ideia de talvez ter posto os filhos em perigo, ao contratar alguém que conhecia tão pouco. Era um pai inadequado, talvez, mas não indiferente.

— Não acho que isso seja verdade.

— É, sim. Nós o lembramos da mamãe, e ele não gosta disso. Nos parecemos com ela, sabe.

Amanda sentiu um aperto no coração, de compaixão.

— Sinto muito — disse ela, sem saber o que mais dizer.

— Não importa. — Colin deu de ombros novamente e ergueu os olhos. Seu rosto não demonstrava nada, mas a própria expressão impassível lhe dizia que ele era bem menos indiferente do que queria transparecer. — Então — continuou, abanando a mão para o peito dela —, você vai amarrar esse negócio?

Amanda olhou para baixo, desanimada com sua gravata ainda desfeita.

— Não tenho certeza se consigo — confessou ela, e olhou para ele. — Você poderia me ajudar?

— Talvez. — Colin inclinou a cabeça, refletindo, e lhe lançou um olhar astuto demais para um menino de 10 anos. — O que me daria em troca?

— Ah, então, você quer algo em troca? Isso não é muito cavalheiresco.

— Também não é muito cavalheiresco não saber dar um nó na gravata.

— Se algum dia você for para Harrow, eu farei questão que os professores de lá o coloquem num grupo de debate. Você será excelente.

Ele sorriu.

— Você tem algum doce?

Ela tinha algumas pastilhas de chocolate belga, na cômoda, mas não tinha certeza se comprar a assistência de uma criança com chocolate era boa ideia.

— Você já comeu sobremesa — lembrou ela. — Duas porções de pudim com frutas cristalizadas.

— Isso faz séculos.

— Faz duas horas — corrigiu ela. — Você vai se dar bem melhor comigo se não exagerar.

— Bem, parece mais tempo. Além disso, estou com fome. — Ele deu uma olhada no relógio em cima da lareira. — Você só tem sete minutos para chegar lá embaixo, ou vai se atrasar. Chegar atrasado para o jantar é muito ruim.

— Bem, sim, eu sei disso, mas...

— O papai não gosta. Ele detesta quando as pessoas se atrasam.

Amanda, desesperada, cedeu.

— Tenho quatro chocolates — disse ela, ajoelhando na frente do menino. — Vou trocá-los por uma aula.

— Feito.

Ele pegou as pontas da gravata e começou a manejar a seda, explicando passo a passo, usando instruções semelhantes às que o alfaiate lhe dera. Quando terminou, no entanto, o resultado foi claramente insatisfatório.

— Torto — disse Colin, sacudindo a cabeça e desfazendo o laço.

— Achei que você soubesse fazer isso — murmurou ela, imaginando se Colin a fizera de tola outra vez.

— Eu sei, sim! Mas — acrescentou ele, franzindo o rosto com concentração — é mais difícil quando você faz em outra pessoa. Pronto. — Colin puxou as pontas no lugar, recuando mais uma vez para estudar seu trabalho manual. — Dessa vez eu acertei.

Ela se levantou e virou para o espelho. Não sabia se ficava aliviada, por agora ter um laço perfeito na gravata-borboleta, ou mortificada, porque um garoto de 10 anos tivera mais habilidade que ela em fazê--lo, e com muito menos esforço.

— Segunda gaveta da cômoda — disse ela. — E você tem que dividir com seu irmão — acrescentou quando ele disparou para o outro lado do quarto e abriu a gaveta indicada, para pegar o chocolate.

— Dividir o quê? — perguntou Owen, entrando no quarto.

Amanda pegou o paletó preto no armário aberto.

— Chocolates — explicou ela, vestindo o paletó por cima da camisa branca e da faixa branca na cintura. — Dois para cada um.

Owen abriu um sorriso.

— Legal! — disse ele, indo ao encontro do irmão do outro lado do quarto, enquanto Amanda pegava um lenço branco de linho e colocava no bolso do peito, tomando cuidado para deixar uma ponta para fora.

— Para a cama, os dois — disse ela, voltando a atenção aos meninos e apontando o polegar na direção do quarto deles.

Os dois assentiram e foram sem fazer objeções, mas se isso se deu por ela ter conseguido passar alguma semelhança de autoridade sobre eles ou porque estavam com a boca cheia de chocolate, Amanda não sabia.

A segunda batida do gongo soou lá embaixo, o som reverberando pelo corredor e adentrando a porta aberta que dava na ala dos meninos, significando que só tinha mais cinco minutos. Ela rapidamente seguiu os meninos.

— Pronto — disse ela, alguns minutos depois, alisando a colcha de Owen acima dele, antes de se afastar da cama. — Vou pedir ao Samuel para subir periodicamente e checar vocês — acrescentou, virando para trás, ao seguir para a porta —, portanto, nada de traquinagens enquanto eu estiver fora.

Com isso, ela pegou a lamparina e voltou ao seu quarto. Lá, ela se olhou no espelho pela última vez e fez um esforço para alisar o cabelo. Mas mal havia alisado as laterais para trás, com um pouco de brilhantina, quando o relógio de pêndulo, no primeiro andar, começou a tocar as badaladas da hora cheia, e Amanda foi forçada a desistir de seus cachos rebeldes, dando como causa perdida. Limpou as mãos num lenço reserva, soltou o paninho e correu rumo à porta. Ela se apressou pelo corredor e pelos três lances de escada, mas, quando finalmente entrou na sala de estar, as badaladas já haviam cessado fazia tempo.

Lorde Kenyon já estava lá esperando por ela, trajado impecavelmente num terno escuro noturno, apesar da falta de um valete.

— Seton — cumprimentou ele, dando um gole no copo meio vazio que tinha na mão enquanto Amanda derrapava a sua frente.

— Perdoe-me o atraso — disse ela, ofegante, tentando recuperar o fôlego.

— Não precisa se desculpar. Eu já lhe disse que não teremos cerimônias essa noite, já que somos só nós dois. Xerez? — disse ele, gesticulando para o decantador e as taças sobre o armário de bebidas ao lado.

Sacudindo a cabeça em negativa, ela tragou outra golfada de ar.

— Acho que não há tempo para isso. Eu ouvi o relógio entoar a hora cheia enquanto eu descia, então Samuel deve anunciar o jantar a qualquer segundo.

— Ele já o fez. Não se preocupe — acrescentou lorde Kenyon, diante de sua agonia. — Eu disse a ele que postergasse por dez minutos, já que você ainda não tinha descido. Tome um drinque — convidou, virando para pegar o decantador de xerez. — Você parece estar precisando.

— Não está aborrecido? — perguntou ela, intrigada, conforme ele lhe servia o xerez.

Ele fez uma pausa, lançando-lhe um olhar surpreso.

— Eu deveria estar? Dez minutos não chega a dar tempo para a sra. Richmond começar a reclamar da sopa fria e da carne passada demais.

— Fui levado a entender que o senhor detesta falta de pontualidade.

— Eu? — Ele fez um som de deboche e pousou o decantador. — Não sei onde ouviu isso — disse ele, estendendo o copo de xerez e dando outro gole no seu. — Geralmente, sou o último a descer para o jantar. Claro que isso é mais porque pareço não conseguir manter um valete...

— Aquele pestinha — disse Amanda, pegando o copo da mão dele, mesmo que estivesse achando meio engraçada a facilidade com que Colin a enganara pelos chocolates. — Aquele pestinha ardiloso.

Ele ergueu uma sobrancelha.

— Imagino que esteja se referindo a um dos meus filhos?

— Colin.

Ela sacudiu a cabeça, ainda rindo um pouco, imaginando quanto tempo levaria até que conseguisse discernir quando aquela criança a estava enganando.

— Ele é o motivo para que você tivesse descido como se a casa estivesse em chamas? Não que eu esteja surpreso — acrescentou ele, quando ela assentiu. — Ele adora uma boa piada. Como você já deve saber — frisou, erguendo o copo.

Ela fez uma careta com o lembrete do que acontecera mais cedo.

— Ele me disse que o senhor detesta quando as pessoas se atrasam. Eu sei, eu sei — prosseguiu ela, observando-o sacudir a cabeça, como se estivesse impressionado pela sua ingenuidade. — Mas pareceu bastante lógico supor que ele estivesse dizendo a verdade. O senhor é da Câmara dos Comuns. Certamente valoriza a pontualidade. Deve ser um tanto inconveniente quando os membros se atrasam para as votações e coisas assim.

— Bem, é verdade que em Westminster é preciso chegar na hora para absolutamente tudo. É *de rigueur*. Mas aqui em casa não sou tão rigoroso quanto a isso, para a decepção de Torquil.

— Então o duque é mais rigoroso?

— Bem mais. No momento, ele está na casa de campo, em Hampshire, com o restante da família. Quando está aqui, no entanto, todos ficam bem atentos.

Amanda não sabia se gostava do que estava ouvindo.

— Ele vem a Londres com frequência?

— Bem, ele faz parte do Conselho dos Lordes, então vem sempre que há alguma votação importante. Mas, como tenho certeza de que é de seu conhecimento, os membros da Câmara dos Lordes não precisam estar presentes às reuniões com a mesma frequência que os da Câmara dos Comuns, por isso acho que não o veremos muito. Quanto ao restante da família, eles só voltarão a Londres na primavera, quando começa a temporada.

— E nós iremos para lá?

— Para Hampshire? Talvez, por alguns dias, no Natal, mas acho que não terei tempo de me ausentar mais do que isso.

Amanda suspirou aliviada. Até o Natal ela esperava estar bem mais à vontade em seu novo papel.

— Milorde? — A voz de Samuel fez com que os dois se virassem para a porta. — O jantar está servido.

Amanda tomou seu xerez em grandes goles, pousou o copo e acompanhou o passo do lorde enquanto eles seguiam o criado para fora da sala de estar e pelo corredor.

— Está vendo? — disse lorde Kenyon quando adentraram uma salinha de jantar inesperadamente pequena, com uma mesa oval posta para dois. — Nada de cerimônias aqui, Seton. Nem sequer estamos na sala de jantar formal esta noite.

Ela deu uma olhada em volta, notando as paredes em amarelo-claro, os móveis de madeira escura e a evidente ausência de esplendor. Também ficou profundamente grata pela luz suave das velas.

— A família geralmente come aqui quando está na residência?

— O café da manhã, sempre. O jantar também, se não tivermos convidados.

Jamie puxou uma cadeira e Amanda quase foi sentar-se nela, mas se lembrou a tempo e a contornou até a cadeira à direita dele.

Quando os dois já estavam sentados, Samuel serviu uma sopa clara e vinho branco.

— Deseja mais alguma coisa, milorde? — perguntou ele. — Ou posso me preparar para servir o peixe?

— Mais nada, Samuel, obrigado — respondeu Jamie, mas, conforme o criado seguia para a porta, Amanda deu uma tossida.

— Samuel?

O criado se virou da porta para olhar para ela.

— Senhor?

— Se puder verificar os meninos algumas vezes enquanto jantamos, ficarei grato. Não confio neles sozinhos.

Samuel lhe lançou um olhar compreensivo.

— É claro, sr. Seton.

Fazendo uma reverência, o criado saiu. Lembrando-se de seu plano de manter a conversa o mais distante possível dela, Amanda virou-se para lorde Kenyon e começou a falar, antes que ele o fizesse.

— Falando nos meninos — disse ela, ao pegar sua colher de sopa. — Tenho certeza de que o senhor quer saber quanto falta para eles estarem prontos para Harrow.

— Eu não pretendo despachá-los na semana que vem, obviamente — respondeu ele, ao pegar a colher. — Mas, sim, eu gostaria de saber em que ponto estão.

— Ainda é cedo para uma avaliação completa. Mas — acrescentou Amanda rapidamente — posso lhe apresentar o currículo que eu gostaria de implementar, e o senhor pode me dizer o que acha. O que acha?

— Parece bom.

Ela fez um resumo de seu planejamento para os gêmeos e conseguiu manter a conversa nos meninos ao longo da sopa e do linguado que veio em seguida.

— Você está dando bastante ênfase em matemática e ciências — disse lorde Kenyon, enquanto Samuel retirava os pratos de peixe e trocava as taças de vinho. — Química, particularmente, eu presumo pelo que vi essa tarde.

— Essa tarde não foi uma lição de verdade. Meu principal objetivo com o vulcão era conquistar o interesse deles. Até que eu faça isso e estabeleça minha autoridade, claro, quaisquer lições terão valor limitado.

— Já vi como você pretende alcançar sua meta na primeira questão. Mas e quanto à segunda?

— Acima de qualquer coisa, é uma questão de consistência. Reforçar regras e as consequências de infringi-las, estabelecer uma rotina... Essas coisas são vitais para a ordem e a disciplina, que são vitais para o aprendizado.

Para surpresa dela, Jamie suspirou.

— Nuances de sr. Partridge.

Amanda franziu a testa, sem entender.

— Perdão, quem?

— Deixe para lá. — Ele balançou a cabeça. — Eu apenas detestaria que os meninos ficassem entediados pela arregimentação excessiva.

— O que pensa de mim? — Ela endireitou a postura, fingido afronta. — O senhor verá que não sou um professor entediante.

— Bem, não — concordou ele, seco. — Tenho certeza de que os gêmeos acham imensamente divertido lhe pregar peças o tempo todo.

Ela fez uma careta, interpretando as palavras como reprovação, porém se animou com a piscada conspiradora de Samuel, acima da cabeça do patrão, enquanto ele servia uma travessa de carne.

— Suponho — continuou lorde Kenyon, quando Samuel seguiu para servir Amanda — que você vai acabar pegando o jeito com as brincadeiras deles.

— Minha ideia é parar com as brincadeiras de vez — respondeu ela.

Ele pareceu descrente, mas não disse nada.

— Fico feliz em ver que ainda não está pronto para hastear a bandeira branca, Seton — murmurou ele.

— Depois de um dia?

— Você não seria o primeiro — murmurou Samuel, ganhando um olhar severo do patrão. Envergonhado, recuou e pegou o molho da carne.

— Tenho que admitir, fiquei surpreso pelo que vi na horta — comentou lorde Kenyon. — Eu não esperava que você fosse logo mergulhar em uma matéria como química.

— Acha que está além das habilidades deles?

— Pelo contrário, espero que eles aprendam como patinhos na lagoa. O que me preocupa é o que farão com o conhecimento.

Amanda sorriu.

— Estarei presente para garantir que não fabriquem seu próprio pó de mico nem acendam fogos de artifício.

Jamie fez uma expressão amarga.

— Não pode me culpar por me preocupar, levando em consideração que perdi um valete devido ao pó de mico e que eles quase incendiaram a casa com os fogos de artifício.

Essa era a chance dela.

— O senhor percebe por que eles fazem coisas assim? — perguntou ela. — Por que arranjam confusão e passam trotes nos empregados?

Se em algum momento houvera algum traço de diversão no rosto de lorde Kenyon, havia desaparecido.

— É claro — respondeu ele, rijo. — Eles querem atenção.

— Não a atenção de qualquer um — corrigiu ela. — A sua.

— Sim, tenho consciência disso — retrucou ele, com uma voz fria. — Quando estou na cidade, eu lhes dedico um pouquinho de meu tempo todos os dias.

Ele claramente achava isso o cumprimento adequado de suas funções de pai, mas a expressão no rosto de Colin mais cedo dizia outra coisa.

— Não basta — disse Amanda. — Eles são dois menininhos solitários e precisam do pai. Já perderam a mãe...

Ela parou de falar diante do olhar gélido de seus olhos verdes, e soube que tinha ido longe demais.

— Está em minha casa há pouco mais de vinte e quatro horas, sr. Seton — disse lorde Kenyon. — Segundo sua própria admissão, é cedo demais para avaliar o conhecimento acadêmico dos gêmeos. Não acha que também é cedo demais para determinar suas carências emocionais?

Algumas carências são suficientemente claras, Amanda quis responder. Porém, por mais que quisesse dar um belo sermão sobre a qualidade do papel dele como pai, ela sabia que, se o fizesse, provavelmente seria demitida. Talvez, depois que se mostrasse competente e tivesse os gêmeos sob controle, suas opiniões tivessem valor. Até lá, porém, teria que seguir com cautela.

— Milorde solicitou essa refeição para ouvir minha avaliação sobre os meninos — disse ela baixinho. — Nem eles nem o senhor merecem uma opinião que não seja honesta. Talvez o jeito com que me expressei tenha sido impertinente, mas o tato não é de minha natureza.

— É o que estou descobrindo — concordou Jamie, em tom seco.

Naquele momento, Samuel voltou à sala, poupando Amanda de mais repreensões, mas ela não podia dizer que foi uma melhoria, pois, enquanto o criado contornava a mesa, servindo filetes de aspargos nos pratos, o silêncio entre ela e o patrão era sufocante. Quando o criado partiu novamente, Amanda o observou com uma ponta de inveja, desejando também poder escapar.

— Ainda assim — prosseguiu lorde Kenyon, forçando a atenção de volta à conversa —, não posso negar a verdade sobre meus filhos, por mais que não goste da maneira como é transmitida. Uma vez que a Câmara volte às atividades, tentarei organizar minha agenda de modo a lhes dar mais atenção. — Ele pegou sua taça e a ergueu, cruzando seu olhar com o dela por cima da borda. — Trégua?

Essa concessão foi tão inesperada que Amanda levou um instante para conseguir pousar a faca e o garfo e pegar a própria taça.

— Trégua — concordou.

Os dois deram um gole no vinho, mas, quando recomeçaram a comer, ela avaliou que uma concessão por parte dele não significava que poderia baixar a guarda. Abriu a boca para começar um novo assunto, mas ele falou antes que ela tivesse a chance.

— Observar seu experimento com os meninos, esta tarde, me fez compreender melhor seus métodos. Um vulcão de bicarbonato e vinagre, como lição de química, um pouquinho de física soltando as pipas... Tudo para ganhar e manter o interesse deles. É um modo incomum de lecionar.

— Prefere algo mais ortodoxo?

— Ao contrário, fico contente que pretenda manter suas lições interessantes. Além disso... — Ele fez uma pausa, olhando para o prato. — Minha esposa teria aprovado sua lição de hoje. Educação era muito importante para Pat, e ela era especialmente afiada em química.

— Isso é incomum, para uma mulher.

— Sim. — Com um movimento brusco, ele começou a cortar sua carne. — Ela queria ser médica, mas claro que isso não foi possível.

— Existem mulheres médicas — Amanda não pôde deixar de apontar.

— Duvido que sejam irmãs de duques.

— Ela poderia ter sido a primeira.

— Ela queria ser, mas o pai não aprovou e recusou-se a custear o curso. Isso foi antes de nos conhecermos, mas sei que foi uma grande decepção para ela.

— Como teria se sentido quanto a isso? — perguntou Amanda curiosa. — Teria se casado com ela, se ela fosse médica?

Ele deu de ombros, pousando os talheres, e se recostou com o copo de vinho na mão.

— Eu teria me casado com Pat se ela fosse médica, debutante ou uma corista de comédias musicais. Não importaria o que ela fosse.

— Sim, mas de maneira geral — persistiu Amanda —, teria se casado com uma médica?

— Se não fosse com Pat, eu jamais teria me casado.

O silêncio voltou a pairar sobre eles, e Amanda buscou outro assunto. Não era fácil. Já haviam exaurido o assunto dos meninos e ela achava insuportavelmente difícil conversar com ele sobre qualquer outra coisa.

— Fazer seu lar com seus sogros é um pouco incomum, não?

— Suponho que sim.

Desesperada, ela tentou de novo.

— Sua própria família não tem uma casa na cidade?

Sua expressão não mudou, e ele não moveu um músculo, aparentemente petrificado. Ele levou um instante para responder.

— Meu pai — disse lentamente — vive na Albermarle Street.

— Fica bem perto de Westminster. Dado o seu trabalho na Câmara, não seria mais conveniente morar lá?

— Apenas em alguns aspectos.

Ele sorriu, inesperadamente, e Amanda tragou o ar, pois nunca vira um sorriso como aquele: radiante, encantador e isento de qualquer sentimento.

Deus do céu, pensou ela, *o homem é uma geleira.*

Engolindo em seco, Amanda tentou novamente.

— Não tem desejo de ter sua própria residência?

— O duque tem uma família grande, e prefiro que os meninos estejam cercados pela família.

— Mas não a sua própria família?

O sorriso desapareceu.

— Os Cavanaugh — disse ele, com a voz dura — são a minha família.

Samuel voltou à sala, e Amanda desviou o olhar, profundamente aliviada pela interrupção. Aquele jantar estava começando a lhe dar úlceras, e, quando o criado começou a retirar os pratos, ela não teve escolha a não ser retomar o único assunto que parecia conseguir discutir com ele.

— Como eu lhe disse, ainda está cedo, mas talvez eu deva lhe dar minha impressão inicial de como os meninos estão. Gostaria de ouvir?

Ele pareceu relaxar, e Amanda teve a curiosa sensação de que o perigo havia passado.

— É claro.

Concluindo que o restante da noite transcorreria bem melhor se conseguisse deixar o clima mais leve, Amanda continuou.

— Uma coisa é certa, seus filhos apreciam muito o reino animal. Lesmas — acrescentou ela — parecem ser particularmente interessantes para eles.

Amanda foi recompensada por um sorriso leve e quase imperceptível.

— Sim, acho que ouvi algo a respeito disso. Talvez passeios para coletar insetos devam estar em sua agenda?

— Somente se eu conseguir manter os espécimes trancados — disse ela.

O sorriso dele aumentou um pouquinho, dando a ela um fio de esperança de que a geleira poderia ser derretida.

— Uma precaução sábia. Há outras matérias nas quais eles pareçam ter aptidão?

— Ah, sim. Engenharia. Especificamente, com baldes e como fazê-los virar.

Um som engasgado vindo do aparador fez os dois olharem para Samuel, mas o criado só levou o punho fechado à boca e tossiu. Murmurando algo a respeito da sobremesa e vinho do porto, deixou a sala de jantar.

Embora estivesse claro que lorde Kenyon sabia sobre as lesmas, parecia desconhecer a outra brincadeirinha dos gêmeos, pois lhe lançou um olhar hesitante.

— Devo perguntar o que meus filhos andaram fazendo com baldes?

— Melhor não. Basta dizer que vou acrescentar lições de engenharia ao currículo deles. Tenho que admitir que fiquei muito impressionado com o conhecimento deles sobre história militar. Parecem saber um bocado sobre a Batalha de Waterloo, por exemplo.

— Isso é influência de Samuel. Ele é louco por história.

— E é ao Samuel a quem devo agradecer pelo conhecimento deles sobre caubóis e índios?

— Não. Receio que eu seja o responsável por isso. Mas, ao lhes ensinar essa brincadeira, eu nunca pensei... — Ele parou de falar, fazendo um som contido, então, subitamente, deu uma gargalhada. — Nunca imaginei que eles fossem brincar do jeito como fizeram hoje.

O riso aumentou e preencheu a sala, e Amanda só conseguiu ficar olhando. Ela nunca o ouvira rir, e a mudança em seu semblante era impressionante. O brilho de humor em seus olhos aqueceu o tom verde profundo. O sorriso, ao contrário do anterior, era amplo e genuíno, abrandando os traços duros de seu rosto e contornos dos lábios, em lugar de congelá-los.

Amanda o observava maravilhada, vendo a casca dura de seu patrão se estilhaçar em pedaços, revelando um homem de carne e osso, um homem capaz de se mostrar bem-humorado e talvez de esconder paixões mais profundas, um homem que já não parecia friamente belo, mas arrasadoramente atraente.

A transformação a abalou de forma tão profunda que Amanda não conseguiu se mexer ou falar. Tudo que ela conseguia fazer era encará-lo e, enquanto o fazia, seu corpo reagiu por instinto. Por baixo de seu traje masculino noturno, um formigamento dançava por sua espinha. Por baixo da gola e da gravata de seda, sua garganta secou. Dentro dos sapatos masculinos de cadarços, seus dedos se curvaram. Cada nervo do corpo pulsava com aquela nova sensação de alerta, uma sensação inteiramente feminina.

Ela achou que não conseguia mais sentir aquele tipo de coisa. Achou que o desejo estivesse morto dentro dela, morto pela mágoa, pela traição e pela vergonha que se seguiram. Mas, naquele momento, olhando para o homem do outro lado da mesa, percebia que todos os anseios gloriosamente femininos que um dia haviam destruído sua vida ainda estavam dentro dela, esperando para serem despertos novamente.

Pense como um homem.

Amanda engoliu em seco, esforçando-se para se lembrar do papel que sua nova vida exigia, mas, olhando lorde Kenyon, seu corpo inteiro tomado por sensações que ela não tinha havia mais de dois anos, aquilo parecia impossível e absurdo. De que forma poderia pensar como homem, quando tudo nela a estava recordando como era ser mulher?

Ai, Deus, pensou Amanda, aflita, *o que vou fazer agora?*

Capítulo 8

DIANTE DE SUA DESCOBERTA, e assustada pelas reações traiçoeiras de seu corpo, Amanda não conseguia se mexer ou pensar. Só conseguia sentir a excitação que havia sido despertada dentro dela pela primeira vez em anos, abrindo-se como uma flor desabrochando suas pétalas.

Ela havia se esforçado muito para esquecer tudo aquilo. O prazer pungente e adorável que vem de algo tão simples como a risada de um homem atraente ou a visão de seu sorriso. O calor se acumulando em sua barriga e se espalhando em cada célula e terminação nervosa, o fluxo acelerado do sangue percorrendo suas veias, a glória inebriante do romance — como ela poderia achar que se esqueceria disso tudo?

Não, ela gritou por dentro, sua mente horrorizada pela súbita deslealdade de seu corpo. *Não, não, não.*

Lorde Kenyon pareceu sentir sua mudança, pois seu riso foi sumindo e, intrigado, ele franziu levemente a testa.

— Sr. Seton? Algo errado?

O nome masculino penetrou nos sentidos inebriados de Amanda, forçando-lhe a dizer algo.

— Não. — A palavra que ficara martelando em seu cérebro instantes antes saiu por sua boca como um som esganado, pouco convincente. — Não — disse outra vez, mais enfaticamente, lembrando-se, tarde demais, de que nunca tivera muito talento para esconder seus sentimentos.

Com lorde Kenyon a observando, no entanto, Amanda sabia que era bom tratar de aprender, e bem depressa.

— Não há nada de errado — mentiu, procurando assumir a máscara de indiferença fria que ele parecia saber fazer sem esforço. — É que... É só... — Ela fez uma pausa. — Apenas foi a primeira vez que eu o ouvi rir.

No instante em que as palavras saíram de sua boca, ela percebeu que não se pareciam em nada com algo que um homem falaria.

Pense como homem.

Ela respirou fundo e tentou de novo.

— O senhor não é o que eu descreveria como um camarada alegre, portanto, vê-lo rir foi uma surpresa e tanto.

— Sim, bem... — Jamie parou, com um leve sorriso ainda curvando os cantos da boca. — Não é sempre que um homem vê o professor particular de seus filhos amarrado como uma galinha.

— Não parece achar nem um pouco preocupante o fato de que seus filhos me amarraram a uma escrivaninha e me abandonaram lá — disse ela, tentando soar severa, mas receava parecer apenas ofegante. — Começo a entender por que já teve tantas babás.

— Perdoe-me — disse ele, não parecendo nem um pouco arrependido. — Mas, ao lembrar da cena, parece tão absurda! Você amarrado, a corda da sineta cortada, a tesoura no chão. Quem não riria?

Amanda ateve-se ao assunto dos trotes dos meninos, como se para salvar sua vida.

— Fui um tolo, não posso negar — disse ela, fazendo uma careta para ele. — Estou surpreso de que não tenha me mandado embora na hora, por ter sido tão ingênuo.

— Você não foi a primeira pessoa que meus filhos enganaram.

— Talvez, mas eu tinha certeza de que perceberia qualquer uma das trapaças deles. Achei que as babás tivessem sido fracas e desistido, mas comigo seria diferente. Arrogância minha, suponho.

— Bem, talvez você tenha sido um pouquinho confiante demais.

— Ele parou para pensar, balançando a taça de vinho, ainda sorrindo.

— Sem dúvida, achou que, sendo homem, teria mais sorte do que as babás tiveram.

— Isso — concordou ela de pronto, talvez com um fervor excessivo. — Certamente.

Sentindo a necessidade de beber alguma coisa, Amanda estendeu a mão para pegar o vinho, mas parou ao se dar conta de algo.

— Por isso que não me contratou de imediato? Achou que eu fosse presunçoso demais?

— Em parte. Achei você jovem demais para ser tão confiante em suas habilidades. Pensei que podia ser pose. E... — O lorde parou e franziu ligeiramente a testa. — Eu o achei impertinente demais para um rapaz de sua idade. Isso me tocou num ponto sensível.

Pensativa, ela o observou por um momento.

— Não gosta quando as pessoas falam o que pensam, não é?

— Não estou acostumado. Pelo menos não agora que estou na política. Um homem na política não pode se dar ao luxo de dizer o que realmente pensa sobre nada, ou jamais será eleito. Mas não quer dizer que não dou valor à honestidade. Eu dou. — Ele parou, olhando-a fixamente. — Muito.

Amanda sentiu o estômago se retorcer de nervoso e desviou o olhar, sentindo-se transparente como vidro. Felizmente, no entanto, Samuel voltou à sala de jantar, salvando-a de ter que dar uma resposta, e retirou os pratos do jantar e as taças de vinho, substituindo-os pela sobremesa e por copos de vinho do Porto. Sua presença foi uma distração bem-vinda. Quando o criado por fim serviu uma travessa de frutas e saiu outra vez, Amanda já se sentia mais no controle de si mesma.

— Se o que diz é verdade — disse ela —, então porque ficou ofendido por meu atrevimento, em minha primeira entrevista?

— Não fiquei bem ofendido. Só me lembrei de alguém. — Ele fez uma pausa, segurando a colher acima da tigela de sobremesa de cristal a sua frente. — Minha esposa sempre foi excessivamente direta em suas opiniões — murmurou, sorrindo um pouquinho, como se estivesse se lembrando dela. — Era terrivelmente insolente, aquela mulher.

Amanda ficou olhando para ele, espantada e um tanto constrangida.

— Eu o faço se lembrar de sua esposa? — disparou ela, e depois quis morrer.

Lorde Kenyon ergueu os olhos, abrindo um sorriso de parar o coração.

— Eu não diria tanto — falou ele, em tom arrastado. — Sem querer ofender, Seton, mas minha esposa era bem mais bonita que você.

Amanda deveria ter se sentido aliviada pela observação, mas, em vez disso, teve um desejo inteiramente feminino de arremessar sua sobremesa na cara dele. Felizmente, ele baixou os olhos para o doce, e ela conseguiu se conter.

— Tenho certeza — murmurou ela, e decidiu voltar ao assunto que discutiam antes. — Então, o que o fez mudar de ideia? — perguntou, pegando a colher de sobremesa. — Por que me contratou?

— Puro desespero — ele confessou. — Não é um motivo muito bom, eu sei, e só percebi que poderia ter colocado meus filhos numa situação de perigo quando estava na metade do caminho para York. Nunca tinha contratado alguém que mal conhecia para cuidar dos meus filhos.

— Se serve de consolo — disse ela, antes que ele pudesse se alongar no assunto —, muitos pais, e empregados também, já puseram os filhos em perigo. Um momento de desatenção, numa loja, por exemplo, e a criança desaparece. Pais, como todo mundo, são seres humanos, e suscetíveis a erros. Não que ter me contratado tenha sido um erro — ela se apressou em dizer, quando ele ergueu uma sobrancelha. — O que quero dizer é que vamos cometer erros, de um jeito ou de outro. A única coisa a fazer é tentar ser o melhor possível.

— Você está certo, é claro, embora eu tenha que confessar que isso me console bem pouco. Eu não... — Ele pousou a colher e ergueu os olhos. — Não sou particularmente um bom pai, Seton.

— Eu não diria isso — contrapôs ela, pensando em sua conversa com Colin. — É um pai negligente, com certeza, e indulgente demais. Mas acho que poderia ser um pai muito bom, caso se esforçasse um pouco.

— Deus — murmurou ele, dando uma risadinha —, você realmente não mede as palavras, não é?

— Não — admitiu ela. — Além disso, não estaria fazendo bem nenhum aos meninos se eu lhe desse falsas opiniões sobre suas habilidades como pai. É muito melhor que eu diga a verdade.

As palavras mal tinham saído de sua boca quando Amanda percebeu a hipocrisia ostensiva contida nelas, e rapidamente estendeu a mão para pegar o copo, tomando metade de seu conteúdo em goladas e estremecendo de leve com a queimação adocicada do vinho do Porto.

— Francamente, Seton — murmurou lorde Kenyon, pegando o decantador na mesa e inclinando-se para a frente para servir-lhe outra vez —, se é assim que você toma um vinho de excelente safra, nem vou me dar ao trabalho de pedir a Samuel que abra uma segunda garrafa.

Que maravilha, pensou ela, com um gemido interno, *agora ele vai achar que sou um beberrão.*

— Uma segunda garrafa — murmurou ela — não seria muito prudente, de qualquer forma. Não estou acostumado a bebidas fortes.

Inesperadamente, lorde Kenyon sorriu.

— Dada sua profissão, fico contente em ouvir isso. A propósito — acrescentou ele, quando ela não respondeu —, nós nos desviamos um pouco do assunto. O objetivo do jantar era que eu soubesse mais a seu respeito e seu modo de lecionar. Mas já estamos quase terminando, e tudo que consegui saber é que não apenas negligencio meus filhos, como também os mimo.

Profundamente constrangida, Amanda lutou contra a vontade de se remexer na cadeira, mas recusou-se a abrandar sua avaliação crítica apenas para tranquilizá-lo.

— Discorda? — perguntou ela.

Ele desviou o olhar.

— Não estou em posição de discordar. Mas confesso que acho difícil saber o que fazer com eles. Isso é uma das pequenas ironias da vida.

Ela franziu a testa, intrigada.

— Ironias?

Debruçando-se para a frente, lorde Kenyon tirou uma maçã da fruteira da mesa e pegou uma faca de fruta.

— É de se pensar — disse ele, em tom meditativo, enquanto começava a descascar a maçã — que eu saberia exatamente como lidar com meus filhos. Afinal, os frutos não caem longe da árvore.

— Foi endiabrado quando garoto?

— Isso parece surpreendê-lo.

— Sim, surpreende — confessou ela. — Não me parece nem um pouco tempestuoso.

— Não? Como lhe pareço? — perguntou ele, inclinando a cabeça ao olhar para ela. — Não seja tímido agora, Seton — acrescentou, quando ela hesitou. — Estou curioso para saber.

Se ele tivesse feito aquela pergunta duas horas antes, a opinião honesta de Amanda teria sido que o achava o homem mais frio que conhecera. Agora, ela não sabia o que pensar nem o que dizer.

— Parece sempre em total controle de si mesmo — disse ela, finalmente. — Nem um pouco extravagante. Contido, rígido até. Mas, por outro lado, para mim, é muito difícil saber como o senhor é — acrescentou, com receio de que ele se ofendesse. — Sempre está com um semblante tão inexpressivo que não tenho ideia do que está pensando ou sentindo.

— Entendo. — Ele olhou para a maçã em suas mãos, o rosto franzido, pensativo. — Isso é um truque que aprendi quando menino — disse ele baixinho. — Não demonstrar como realmente me sentia sobre nada. Em nossa casa, aprendi que esse era o caminho mais seguro.

— Mais seguro? — repetiu ela, surpresa pela palavra, que a deixou receosa. — O que quer dizer?

— Não importa. — Ele levantou os olhos e abriu um sorriso indiferente, dando de ombros, mas ela não se iludiu, pois agora a máscara era clara. — Mas o fato de que eu não deixava que ninguém soubesse como me sentia não significa que eu não fosse totalmente endiabrado.

— Tanto quanto seus filhos?

— Pior, receio. Muito, muito pior.

Ela pensou em si mesma naquela manhã, amarrada a uma carteira escolar, olhando, em desalento, enquanto Colin subia a escadinha, a tesoura em punho, sorrindo para ela abaixo — aquele diabinho — e cortando a corda da sineta.

— Minha nossa — murmurou ela. — Pobres dos seus pais.

— Minha mãe morreu quando eu tinha 3 anos. Cólera. E, quanto ao meu pai... — Ele parou de novo e ficou em silêncio por tanto tempo que Amanda receou que não fosse terminar a frase. Mas, finalmente, ele tornou a falar. — Quanto ao meu pai, não precisa sentir compaixão por ele. Deus sabe — acrescentou lorde Kenyon, com uma risada, voltando a descascar a maçã — que ele nunca sentiu isso por ninguém.

Não havia humor naquela risada. Bem ao contrário, parecia enfatizar o cinismo em suas palavras.

— Sabe, meu pai acreditava, com convicção, na máxima que diz: "Quem poupa o castigo, estraga a criança" — continuou lorde Kenyon.

Horrorizada, ela o encarou, as palavras que ele lhe dissera na estalagem ecoando na cabeça, palavras com um novo e sinistro significado.

Não vou tolerar nenhum tipo de punição física. Portanto, se o cinto for sua ideia de disciplina...

— Entendo — murmurou ela.

Punição física não lhe era desconhecida, é claro. Era uma prática bem comum e ela conhecera muitos pais e professores que a empregavam, mas Amanda jamais o fizera. Sempre ficava meio enjoada só de pensar na possibilidade.

— Então obviamente reagi às noções disciplinares de meu pai aprendendo a fingir que não dava a mínima. E sendo tão incontrolável quanto possível, é claro — prosseguiu lorde Kenyon, com a voz tão indiferente que poderia estar falando do clima. — Quanto mais ele tentava me controlar, quanto mais severamente ele me punia, mais eu me rebelava.

Ela concluiu que aquele não era o momento de frisar que o método dele de educar, o oposto do modo do pai, tinha seus próprios problemas e resultado semelhante. Estava claro que ele já sabia disso.

— Mas o senhor não é mais assim — disse ela, observando enquanto ele descascava a maçã, produzindo uma tira curva e comprida. — É um responsável membro do Parlamento e tem uma boa reputação. Então, o que o fez mudar?

As mãos dele ficaram imóveis.

— Eu conheci a minha esposa.

Diante daquela simples declaração, o coração de Amanda se retorceu no peito, embora fosse difícil definir o sentimento responsável. Era compaixão e compreensão e outra coisa — uma pontinha de inveja, talvez, de lady Patricia Cavanaugh, por não apenas ter fisgado o coração de um farrista, mas também por tê-lo transformado, provando que uma fantasia feminina comum podia, sim, mesmo que raramente, se tornar realidade. No caso de Amanda, o resultado de amar um farrista tinha sido a ruína.

— Entendo — disse ela, sem conseguir pensar em mais nada a dizer.

Com um movimento brusco, ele pôs a faca de lado e recostou-se na cadeira com a maçã descascada.

— Por que estou tagarelando sobre isso é algo que me intriga, pois não costumo ser um homem falante.

— Sim — concordou ela, sorrindo de leve. — Eu já percebi.

— Eu lhe contei mais sobre mim e minha família do que em geral conto a qualquer pessoa. Ora, eu lhe falei sobre meu pai, e isso é algo que nunca faço, posso lhe garantir.

— Nunca?

— Nunca. — Ele olhou para cima, observando-a enquanto dava uma mordida em sua maçã, depois disse: — É incrivelmente fácil conversar com você, Seton.

Considerando o fato de que ela estivera se esforçando para manter a conversa sobre ele e os filhos, em lugar de falar de si, tal declaração não era uma surpresa para ela como parecia ser para ele.

— Bem, como o senhor disse, não me conhece de verdade, e geralmente é mais fácil falar com alguém que não conhecemos.

— É verdade. E o fato de você ser homem ajuda.

Amanda deu uma risada involuntária, que, infelizmente, não soou como um riso masculino, e ela logo encobriu com uma tossida. Estendendo a mão, pegou o copo e deu mais uma golada no vinho do Porto, esforçando-se para encontrar algo bem masculino para dizer.

— De minha parte — disse ela, por fim, pousando o copo —, acho extraordinariamente difícil conversar com as mulheres. Mas — a curiosidade a obrigou a acrescentar — não acho que um homem como o senhor tenha esse tipo de problema.

— Não? — Ele deu outra mordida na maçã enquanto pensava no que ela dissera. — Estou curioso para saber o que o faz pensar assim.

Ela pensou em sua risada, pouco antes, e sentiu os dedos dos pés se curvando de novo dentro dos sapatos, o calor percorrendo o corpo todo.

— Só uma impressão.

— Uma impressão errada, eu lhe garanto. Ao menos, hoje em dia. Descobri que minha vida atual fica bem mais fácil se eu limitar minhas conversas com mulheres ao mínimo. Principalmente quando se trata de mulheres de meu meio.

— Quer dizer mulheres da alta sociedade?

Ele sorriu, um sorriso encantador que a fez sentir um novo aperto na barriga.

— Bem, um homem não tem que se preocupar com o que diz a uma mulher do submundo.

Ela corou novamente, arrancando uma risada dele.

— Pelo visto — acrescentou lorde Kenyon — você não tem experiência nesse sentido, certo?

Amanda desviou o olhar, o rosto quente, temendo que, se não conseguisse reverter aquela conversa, ele pudesse se oferecer para levá-la a um bordel.

— Mas o senhor — disse ela, sentindo-se desesperada — é um homem do mundo. Cresceu em meio à aristocracia. Foi casado, com nada menos que a irmã de um duque. Por que conversar com mulheres de seu próprio meio o deixaria embaraçado?

Ele fez uma careta.

— Eu não costumava ficar.

— Ah — murmurou ela, lembrando da conversa dele com Galbraith no escritório do jornal. — Sendo o segundo filho, com uma pequena mesada, e na condição de novo membro do Parlamento, com um salário minúsculo, o senhor foi considerado um partido ruim, mas agora que é herdeiro...

— Exatamente. Você captou a questão de forma admirável. Por eu ter sido tão terrível, meu pai havia me deserdado, e eu não demonstrava qualquer sinal de que quisesse me emendar, o que indicava que eu jamais receberia além da renda mínima que o Estado tem que me pagar. Eu tampouco tinha qualquer desejo de me casar. Estava ocupado demais me divertindo para pensar nisso. Então, as mulheres do meu meio me deixaram em paz.

— No entanto, o senhor se casou.

— Se alguém tivesse empurrada Pat para cima de mim, eu teria saído correndo pela porta, mas nós nos conhecemos de forma acidental. Jamais esperei me apaixonar. — Ele fez uma pausa, um leve sorriso surgindo em seus lábios. — A primeira vez que vi o rosto dela foi como uma tijolada. E, de alguma forma, apesar da minha fama terrível, consegui conquistá-la. — Ele deu uma risada. — Nem posso imaginar como.

Amanda tampouco teria entendido, duas horas antes. Agora entendia. Ela desviou o olhar do rosto sorridente e deu uma golada no vinho do Porto.

— O mais estranho é que... — disse ele, e parou para dar uma mordida na maçã. — Depois que me casei, eu me tornei bem mais interessante para as mulheres. Bem, para as casadas. Choquei você — acrescentou, quando Amanda reprimiu uma tosse.

— Não estou chocado. Bem — corrigiu ela, quando ele ergueu uma sobrancelha —, um pouquinho, talvez.

— Não foi recíproco, se é o que está pensando — disse lorde Kenyon, seco. — Como disse, eu amava minha esposa. Ela era riso e sol e música... Tudo que havia de bom no mundo. E, quando ela morreu...

Ele parou, pousou a maçã comida pela metade na mesa e pegou o vinho.

— Perdão — disse ele, baixinho, e deu um gole na bebida. — Ficar de sentimentalismo inebriado durante o jantar é de péssimo gosto. Peço desculpas.

— Não há necessidade de se desculpar, milorde.

— E, como eu disse, você é um bom ouvinte, portanto essa é a minha justificativa. — Ele baixou os olhos para o copo, passando distraidamente o dedo na borda. — A questão é que, agora que vou me tornar o marquês de Rolleston, prestes a herdar um leque lucrativo de propriedades e investimentos, me tornei algo de que todo homem tem pavor.

— Abastado? — palpitou ela, brincando.

Ele deu uma gargalhada.

— Não, Seton. — Lorde Kenyon fez uma pausa, erguendo o copo em brinde. — Um "bom partido" — corrigiu ele, e tomou um gole.

— Mesmo já tendo um filho que herdará depois do senhor, e também um segundo filho?

O sorriso dele hesitou ligeiramente, agora com uma expressão meio áspera.

— Parece que há um bocado de mulheres que se importam mais com o dinheiro para si mesmas do que um futuro garantido para seus filhos.

— Não pode haver tantas mulheres assim, tão mercenárias — disse ela, compelida a defender o próprio gênero, esquecendo-se por um momento de que deveria ser um membro do sexo oposto. — Não pode ser — emendou ela. — Recuso-me a acreditar.

— Você é muito jovem — murmurou lorde Kenyon.

— Ou, talvez, o senhor seja terrivelmente cético.

— Quanto a isso, não há dúvida — concordou ele. — Mas não quero destruir seus ideais sobre as mulheres antes que você tenha sequer a chance de apreciar suas melhores qualidades. E há muitas. Mas, de minha parte, geralmente acho a presença feminina exaustiva.

Você, Seton, tem sido uma companhia muito mais agradável que qualquer mulher poderia ser.

Deveria ser um elogio, mas Amanda não poderia dizer que interpretou assim. Na verdade, isso teve o curioso efeito de deixá-la um tanto deprimida.

— Mas — acrescentou ele, antes que ela pudesse expressar um agradecimento que não incluísse uma boa dose de sarcasmo — nós já conversamos muito sobre mim. — Ele se debruçou à frente e pousou o copo, fazendo-a temer que o interrogatório estivesse prestes a começar. — Um dos principais propósitos desse jantar foi para que eu soubesse um pouco mais sobre você. Nós quase terminamos, sem que eu descobrisse uma coisa sequer. Você é uma ostra, Seton.

Ela fingiu não entender.

— Achei que o senhor preferisse conversar sobre os meninos. Eles são bem mais importantes que eu.

— Você mesmo disse que não há muito a contar em relação aos meninos, e Deus sabe que já aluguei seu ouvido o suficiente falando sobre mim, portanto, agora resta você. Creio que você tenha dito que seu pai era americano. O que o trouxe à Inglaterra?

Ela deveria saber que não teria como evitar falar de si a noite inteira.

— Minha mãe era inglesa. Ela ficou gravemente doente quando eu tinha 12 anos. Quis voltar para cá — explicou Amanda, contente por ter optado, desde o começo, se ater o máximo possível à verdade. Começava a perceber que contar mentiras era muito cansativo.

— Então, meu pai se demitiu de seu cargo e nós regressamos à Inglaterra. Depois disso, mamãe só viveu seis meses. Era câncer, e a doença apossou-se dela muito rapidamente. Mas ao menos ela pôde voltar a ver sua terra natal, reunir-se com alguns de seus parentes e ser enterrada aqui, como queria. Papai e eu ficamos felizes por pelo menos isso.

— Lamento sobre sua mãe. Compreendo que o câncer é muito doloroso.

A voz dele parecia casual, mas não superficial. Nem exagerava na compaixão. Ainda assim, foi exatamente a ausência de exagero que fez Amanda sentir um aperto na garganta.

— Sim — disse ela, finalmente, surpresa pela falha na própria voz e pela dificuldade em falar da morte da mãe, mesmo depois de quase dezesseis anos. — Muito doloroso.

— Se os parentes de sua mãe estão aqui, por que você não está com eles? Por que está sozinho no mundo, na sua idade, ganhando a vida?

— Provavelmente pelo mesmo motivo que o senhor não vive com seu pai — disse ela, estendendo a mão para pegar o vinho.

Ela falou aquilo como uma piada, mas ele não riu. Lorde Kenyon endireitou-se na cadeira, subitamente com aquela expressão dura e impiedosa à qual Amanda se acostumara. Aquilo causou nela um arrepio de medo, e ela ficou imaginando se, de alguma forma, havia se delatado. Mas as palavras seguintes dele afastaram essa impressão.

— O que fizeram com você? — perguntou ele, com um tom de voz baixo e voraz, reverberando de raiva, e Amanda percebeu que ele não estava zangado com ela, mas *por* ela.

Amanda sentiu um aperto no peito e, apesar de abrir a boca para responder, não saiu nada. Ela só conseguia olhar para ele, tomada de prazer, o simples prazer de saber que ele se importava com seu bem-estar, por mais superficialmente que fosse. O fato de um homem expressar tal preocupação por ela era como um bálsamo nos ferimentos adquiridos em experiências passadas, e Amanda ficou perdida, sem saber o que responder.

— Eles o maltrataram? — perguntou lorde Kenyon. — Bateram em você, eles o machucaram, que diabo? — acrescentou, parecendo confuso quando ela balançou a cabeça e começou a sorrir. — Pelo amor de Deus, Seton, por que você está sorrindo?

Amanda logo tirou o sorriso do rosto e desviou o olhar. Ela estendeu a mão ao prato entre eles, pegou um pedacinho de queijo e comeu, sem ter certeza do que dizer. Os parentes da mãe não a maltrataram. Simplesmente se recusavam a ter qualquer ligação com ela agora, mas Amanda não podia contar o motivo disso a lorde Kenyon.

— Eu só quis dizer — disse ela, finalmente — que os parentes de minha mãe são cansativos, e não tenho vontade de morar com eles. De modo algum são abusivos. Mas obrigada por se preocupar comigo.

— Sim, bem — murmurou lorde Kenyon, e dessa vez foi ele quem desviou o olhar —, qualquer um se preocuparia, creio.

— Não — corrigiu ela baixinho, balançando a cabeça. — Receio que a maioria das pessoas não se importaria.

Ela logo se arrependeu das palavras, receando transmitir autopiedade. Felizmente, ele não exibiu uma compaixão excessiva que deixaria ambos constrangidos.

— De qualquer forma — disse ele, parecendo meio exasperado —, eu ainda não vejo do que você está rindo.

— Ah, isso.

Ela fez uma pausa, esforçando-se para encontrar uma explicação que não a comprometesse. *Pense como homem*, dizia a si mesma, pegando outro pedacinho de queijo para ganhar algum tempo.

— É bom saber que meu patrão está do meu lado, só isso — disse após um instante, esforçando-se para parecer casual. — Gosto de pensar que passei na revista de tropas.

Isso parecia soar suficientemente másculo, concluiu ela, mas cometeu o equívoco de olhar para ele, e todo o seu árduo empenho de pensar como homem saiu pela janela.

Ele a observava, sorrindo de leve, com a cabeça inclinada para o lado, os reflexos no cabelo castanho-escuro reluzindo sob a luz das velas, destroçando quaisquer intenções que ela tinha de esquecer-se de que era mulher.

— De repente a minha aprovação passou a ser importante para você?

Sim. Por Deus, sim. E tudo porque, naquela noite, ela começara a perceber quão belo ele era e quão encantador sabia ser.

Sua garganta secou com aquela percepção irritante, e ela desviou os olhos.

— Nem um pouco — mentiu ela.

— Bom — disse ele, sorrindo, com olhos provocadores. — Você já é suficientemente presunçoso, e eu não gostaria de deixá-lo ainda mais convencido.

— Não precisa ter medo. — Ela lhe retribuiu o sorriso ao pegar sua taça de vinho. — No instante em que começo a me achar incrível, aqueles seus garotos me dão uma rasteira.

Ele riu, novamente mostrando a Amanda por que as mulheres queriam consolar o viúvo pesaroso. Ele achava que era apenas por sua nova situação como herdeiro de Rolleston, mas ela sabia que era bem mais que isso. Apesar da maneira displicente como exercia sua paternidade, estava claro que lorde Kenyon amava os filhos. E nada atraía mais as mulheres do que um homem que amava seus filhos. Curiosamente o fato de que ele era tão inábil em criá-los o tornava ainda mais atraente. E, agora que ela o via por trás de sua capa de frieza, sabia que ele tinha bom humor e inteligência.

Ela desceu os olhos aos lábios dele. Havia paixão também. A paixão de um homem que adorava tanto a esposa que se tornara um monge depois de sua morte, esquivando-se da companhia feminina como se fosse uma praga. Não era de admirar que as mulheres de seu meio o achassem tão atraente. Amanda queria se bater por ter sido tão obtusa.

— Deve ser difícil — murmurou ele, rompendo o silêncio — ser forçado a se virar totalmente sozinho, em sua idade. Não há ninguém que cuide você?

Aquelas palavras foram um banho de água fria, e Amanda se retesou, lembrando-se de que o fato de ele ser atraente para as mulheres não tinha nada a ver com ela, e jamais teria. E Amanda não queria que tivesse.

— Eu cuido de mim mesmo — disse ela, retraída, antes de pousar o copo. — Prefiro assim.

— É claro — concordou ele. — Eu não quis dizer o contrário. Todo jovem quer levar a vida de seu jeito, e eu aprecio que você tenha seu orgulho, Seton, mas, conforme sua vida prosseguir, você verá que as coisas são bem mais fáceis quando se tem família, ou amigos, ao menos, por perto.

Um dia, ela já tivera ambos. Seus olhos arderam, e ela virou o rosto, sentindo-se fraca, tola e terrivelmente frágil, todas as emoções que mais desprezava. Ela não era assim, pensou Amanda, e a frustração irrompeu por dentro, os lembretes de seu pai logo após a morte da mãe ressoando. Não era frágil. Não era fraca. Não precisava de ninguém que olhasse por ela.

Felizmente, as badaladas do relógio da lareira soaram naquele instante, salvando-a de ter que responder.

— Dez e meia, já? — disse ela, empurrando a cadeira para trás. — Perdoe-me, milorde, mas realmente tenho que lhe dar boa noite. Eu sou naturalmente um... um homem que se deita cedo, ainda mais hoje em dia. Aqueles seus meninos me deixaram em farrapos, tenho que confessar, e preciso de meu descanso.

— É claro — disse ele, quando ambos se levantaram. — Nós falaremos mais quando eu voltar de York. Jantaremos novamente e você poderá me dar um relato sobre o progresso de meus filhos.

Sua decepção pela ideia de passar outra noite com ele foi abrandada pela notícia da partida.

— Então ainda pretende ir ao Norte?

— Tenho que ir. Devo pegar o trem de segunda-feira.

— Tão breve?

— Se eu não for visitar meus eleitores agora, enquanto o Parlamento está em recesso, não terei outra chance até o feriado do Natal, que é uma época terrível para reuniões políticas. E agora que estou satisfeito de ver que você não tem intenção de raptar meus filhos, não vejo motivo para adiar.

Ela fez uma careta.

— Dado o ocorrido dessa manhã, é bem mais provável que eles tentem me raptar e me despachem num navio para Xangai.

— Não sei se isso é o tipo de coisa que você deve me dizer. Não é muito tranquilizador.

— Eu disse que eles provavelmente vão tentar. Não que serão bem-sucedidos. Até seu regresso, terei aqueles meninos totalmente na linha, eu lhe prometo. Depois da humilhação dessa manhã

— acrescentou ela, quando ele lhe lançou um olhar duvidoso —, meu orgulho assim exige.

— Muito bem. Quando eu voltar, você pode me contar tudo sobre a forma como conduziu as coisas e pode se gabar à vontade de seu sucesso. Mas — acrescentou ele — também espero ouvir mais sobre você. Não vou deixá-lo evadir-se do assunto tão facilmente da próxima vez que conversarmos.

Ela forçou um sorriso.

— Espero pela chance de lhe contar tudo sobre mim.

Com isso, ela fez uma reverência e deixou a sala de jantar, contente pelo término da refeição. É certo de que não havia sido o interrogatório que temera, mas, ainda assim, tinha sido exaustivo ficar sob a observação dele a noite toda, encenando um papel, esforçando-se para dizer apenas o suficiente e nada além da conta. E, apesar de sua vigilância, ela sabia que havia cometido erros.

Em seu quarto, Amanda fechou a porta com um alívio sincero, jurando que, da próxima vez que eles jantassem juntos, estaria totalmente acostumada ao seu novo papel. Para ser convincente, não bastaria apenas falar e agir como homem, ela teria que *pensar* como um.

De repente, aquela ideia fez com que Amanda se sentisse desanimada. *Maldição*, ela pensou, aborrecida consigo mesma. Ser mulher sempre significara mais um obstáculo para suas ambições que uma vantagem. Ela devia esquecer completamente que era mulher.

A imagem de lorde Kenyon voltou a sua mente. E a simples lembrança de seu sorriso radiante e do som inesperado de sua risada foi suficiente para trazer de volta a Amanda uma delicada emoção feminina. Ela se encostou na porta do quarto fechada, soltando um leve gemido.

Esquecer que era mulher seria mais difícil do que imaginava.

Capítulo 9

Lorde Kenyon partiu para Yorkshire no trem de segunda-feira cedo, conforme havia planejado. Os meninos ficaram decepcionados, claro, mas, embora Amanda se sentisse mal por eles, ela não pôde deixar de ficar aliviada. O jantar com o patrão havia apenas reforçado como seria difícil manter sua mentira sob aqueles olhos observadores. Pior, a noite em que jantaram juntos fizera com que ela se lembrasse da própria feminilidade, algo que não cabia em sua nova vida.

No entanto, Amanda não tinha intenção alguma de desistir do trabalho, não apenas pela necessidade de dinheiro e por não ter nenhuma outra perspectiva de emprego, mas também por já amar ser tutora. E, apesar do talento dos meninos para arranjar confusão — ou, talvez, até por isso —, ela estava se tornando um tanto afeiçoada a eles.

Após a partida de lorde Kenyon, as coisas realmente ficaram mais fáceis para Amanda. Durante as três semanas seguintes, ela estabeleceu uma programação para os gêmeos e, embora eles sempre criassem obstáculos, se manteve firme. A flexibilidade poderia vir depois; por ora, uma rotina programada seria crucial para estabelecer a ordem e, independentemente de ser hora do banho, hora de brincar, hora de ir para a cama ou das lições, ela os mantinha rigorosamente na linha e fazia ouvidos moucos para quaisquer desculpas.

Amanda encontrou uma lavanderia que ficava a apenas uma quadra da casa e, quando sua menstruação veio, conseguiu levar seus panos sorrateiramente, num saco de estopa que escondeu nas dobras de seu casacão, com o pretexto de dar um pulo no correio para postar algumas cartas.

Ela evitava os dois outros empregados o máximo possível, mantendo-se sozinha, nas dependências dos meninos, mesmo depois que eles tinham ido para a cama. Era fácil arranjar motivos — lições para corrigir, planos de aula para fazer, a vontade de um tempo a sós, a sensação de que não deveria deixar os meninos, mesmo quando eles deveriam estar dormindo. A sra. Richmond e Samuel pareciam não se ofender com sua vontade de ficar lá em cima, à noite, embora Amanda desconfiasse de que isso fosse mais pelo alívio de não terem mais os gêmeos sob seus cuidados do que pelo respeito à privacidade dela.

Mesmo com a agenda cheia, os meninos continuavam dando um trabalhão, desafiando sua autoridade a toda hora, mas seu plano para exauri-los até a submissão com atividades constantes e passeios provou ser um tanto eficaz. Infelizmente, aquela estratégia também tinha reveses.

— Amanda?

Ao som de seu nome, ela levou um susto, sentando-se num estalo.

— Humm? — murmurou ela, piscando, enquanto tentava desanuviar seus sentidos sonolentos. — O quê?

À sua frente, a sra. Finch balançava a cabeça.

— Pobrezinha — murmurou a dona da hospedaria. — Você está moída. O que aqueles aristocratas do West End andam fazendo com você?

— Estou perfeitamente bem, sra. Finch — assegurou Amanda, mas um bocejo imenso veio a seguir, contando uma história diferente.

— Não está, não. Você está exausta. Estou vendo em seu rosto. Faz três semanas que você está nesse novo emprego, e a cada semana que passa você parece ainda mais cansada.

— Dois meninos vigorosos exaurem qualquer um.

— Você não precisa vir aqui em todas as suas folgas, você sabe.

— Preciso, sim — lembrou ela. — Estou lhe dando aulas particulares, exatamente como prometi. E — acrescentou, quando a ex-senhoria gesticulou, descartando a ideia — também estou dando aulas ao sr. Mackenzie. Ou vai querer que eu volte atrás em minha palavra com ele também?

— Hugh Mackenzie tem capacidade suficiente de se cuidar sem quaisquer lições suas, minha querida. Por que ele acha que precisa aprender matemática, não entendo.

— Ele quer ter certeza de que seu pub está tendo lucro.

A sra. Finch fungou.

— Nunca conheci um único escocês que não soubesse onde está até o último centavo de seu dinheiro.

Amanda conteve um sorriso e absteve-se de frisar que a linhagem escocesa do sr. Mackenzie não impedia a sra. Finch de caminhar com ele, numa noite agradável, para tomar um sorvete ou ir ao teatro musical. Em vez disso, falou:

— Mesmo que eu quisesse descansar em meus dias de folga, os meninos jamais deixariam. A cada quinze minutos eles entrariam em meu quarto como um raio, com alguma nova maquinação ou ideia. E não tenho recursos para fazer compras ou me divertir. Não, sra. Finch, se eu quiser algum descanso, receio que a senhora terá que me aguentar nas tardes de terça-feira por mais um tempinho.

A mulher mais velha sorriu, debruçou-se sobre a mesa de jantar de jacarandá onde elas estavam fazendo as lições de francês e afagou a mão de Amanda.

— Então deixe que eu ao menos lhe ofereça um chá.

Eram só quatro da tarde, ainda cedo para chá, mas Amanda não discutiu. Uma xícara de chá era a cura de sua ex-senhoria para tudo, desde resfriados até cólera. Mas como os olhos de Amanda pesavam e ela se sentia meio grogue pela falta de sono e pelo breve cochilo, até que uma xícara do forte chá indiano da sra. Finch cairia bem.

— Seria ótimo, obrigada.

A sra. Finch virou-se na cadeira para puxar a corda da sineta na parede e, momentos depois, Ellen, a empregada da estalagem, veio correndo, alisando o vestido preto e o avental branco, tímida.

— Sim, sra. Finch?

— Um chá, Ellen, por favor, para a srta. Leighton e para mim. E traga uns biscoitinhos também.

A empregada lançou um olhar duvidoso para a calça marrom de lã e o casaco que Amanda vestia antes de voltar a atenção à patroa.

— Sim, senhora — murmurou ela.

Ellen partiu para a cozinha, voltando alguns minutos depois com uma bandeja com o serviço de chá e biscoitinhos doces. Ao pousar a bandeja diante da patroa, ela deu outra olhada intrigada para as roupas de Amanda, depois partiu.

— Ellen parece não saber o que pensar de minha nova indumentária — comentou Amanda, rindo um pouquinho, enquanto a sra. Finch lhe servia o chá.

— Não posso culpá-la, querida. Eu mesma mal a reconheço. Levo um susto toda vez que você vem visitar. — Ela colocou açúcar e leite na xícara de chá de Amanda e balançou a cabeça. — Um desperdício, se quer saber.

Confusa, Amanda franziu a testa, enquanto a ex-senhoria empurrava a xícara em sua direção.

— Que desperdício?

— Você, com roupas de homem. Você é uma jovem tão bonita. Se você se esforçasse um pouquinho, ficaria uma beldade.

— Duvido muito — disse Amanda. — E essa lisonja descarada — ela acrescentou com deboche, antes que a outra mulher pudesse reclamar — não vai fazer com que eu pegue leve nos verbos franceses.

Ela estendeu a mão, e a mulher mais velha lhe deu uma folha de papel com o trabalho da última lição.

— Ainda não sei por que um disfarce desses é necessário — disse a sra. Finch, enquanto Amanda tomava um gole de chá, pegava um lápis e começava a olhar o trabalho para corrigi-lo.

Amanda parou com os dedos apertando o lápis.

— Receio que, para que eu conseguisse o cargo, o subterfúgio era necessário. — Ela se forçou a olhar para cima e encarar a sra. Finch. — Por causa de meu passado.

A sra. Finch suspirou.

— Imagino que você tenha razão. E admito que, logo que você chegou aqui, tive minhas dúvidas quanto a alugar um quarto a uma mulher como você. — Ela abanou o dedo para Amanda, de um modo meio maternal. — E se tivesse visto algum cavalheiro perambulando por aqui, eu a teria expulsado imediatamente, minha garota.

— Sim, senhora — concordou Amanda, bem ciente do fato.

Como a maioria das pessoas, a sra. Finch soubera de tudo que havia para saber sobre ela no instante em que ela disse seu nome, mas, ainda bem, a senhoria havia ficado com pena de Amanda, resolvendo, ainda que relutante, ceder-lhe um quarto. Ao pensar nisso, Amanda sentia um peso na consciência.

— Eu sei que a coloquei numa situação difícil, ao pedir aquela carta — murmurou ela. — Lamento. É que simplesmente não vi outra maneira.

A sra. Finch parecia meramente entretida.

— Não lamente, criança. Se eu não quisesse fazer, teria recusado. Simples assim. Além disso, em minha época, fiz algumas coisas que fariam minha falecida mãe se revirar no túmulo, que Deus a tenha.

— É mesmo? — Amanda ficou intrigada. — Como o quê?

O ar divertido da mulher diminuiu um pouco.

— Não vou lhe contar, mas sei bem, tanto quanto qualquer um, que a vida é difícil para uma mulher sozinha no mundo. Se quer saber o que acho, nós temos o direito de tomar algumas liberdades com a verdade, vez por outra.

Então foi por isso que deixara Amanda ficar num quarto ali. Algum segredo sombrio do passado. A curiosidade de Amanda aumentou, mas não era de sua conta, e ela não forçou.

— Mesmo assim — disse Amanda —, deixe-me agradecer novamente. E não precisa ter medo de ser envolver em qualquer confusão por isso. Como eu lhe disse ao me candidatar ao cargo, se eu for pega, vou assumir toda a culpa. Vou dizer a lorde Kenyon que me passei por homem o tempo todo e a senhora e o senhor Mackenzie foram enganados, assim como ele.

A sra. Finch fez um som debochado, espantando a ideia com mão.

— Ah, não estou preocupada com isso. Posso encarar qualquer homem, mesmo um lorde. E tampouco preocupe-se com Mackenzie. Ele sempre fica contente em pregar uma peça num britânico. Tenho certeza de que se diverte imensamente com o fato de o lorde estar sendo enganado, achando que uma garota como você é um homem. — Ela parou para dar uma risada, depois ficou séria e balançou a cabeça. — Não, não é a carta de referência que me preocupa.

— Então, o que é?

— Você, minha querida.

Amanda ficou olhando para a ex-senhoria, perplexa.

— Está preocupada comigo? Mas por quê?

— Porque gosto de você, sua bobinha!

— Ah. — Amanda corou, sentindo uma onda de afeição. — É muita bondade da senhora — respondeu ela —, mas, honestamente, não precisa se preocupar.

— Bem, alguém tem que se preocupar — disse a outra mulher, em tom incisivo. — Porque eu ainda não tenho certeza de que você sabe o que está fazendo. Cortando o cabelo, fingindo ser um homem. Que trama mais tola! Aqueles meninos precisam de alguém que tome conta deles, isso nós sabemos. Se você quer mudar de nome, não há mal nisso, eu diria que é perfeitamente compreensível. Mas o que não entendo é o motivo para você não ter simplesmente se oferecido como babá.

— Porque lorde Kenyon não estava procurando uma babá — lembrou Amanda e voltou a atenção ao papel a sua frente, marcando um erro no texto em francês com seu lápis. — Ele solicitou um tutor.

— Há outros empregos. — A sra. Finch deu uma fungada e pegou a xícara. — Há outros peixes no mar. Por outro lado...

Ela parou e Amanda levantou os olhos, vendo a ex-senhoria dar um sorriso de criança travessa.

— A maioria dos peixes disponíveis não é tão linda.

Amanda se remexeu na cadeira da cozinha, lembrando como e quando ela chegou àquela mesma conclusão sobre o lorde e, para seu constrangimento, suas bochechas ficaram ainda mais vermelhas.

— Ah, pare — murmurou ela.

— Tenho o dobro de sua idade e ele fez meu coração disparar. Por que você iria querer se vestir como homem na frente dele é algo que não consigo imaginar.

— Como eu disse, não tenho escolha. E não importa como eu me vista, já que ele é meu patrão.

— Ele é viúvo, não é? — A sra. Finch deu um sorriso experiente. — Aposto que é solitário.

Amanda pensou em lorde Kenyon, em sua expressão cabisbaixa para a maçã, a melancolia estampada no rosto.

Eu conheci minha esposa.

Ela se esforçou para afastar a imagem da mente.

— Meu ex-patrão, o sr. Bartlett, tentou me mostrar quão solitários são os viúvos — respondeu Amanda secamente. — Eu não fiquei muito impressionada. E, de qualquer forma, duvido que lorde Kenyon apreciasse uma mulher bonita, ainda que ela estivesse embaixo de seu nariz. Ele não quer nada com nenhuma de nós.

— Não acredite nisso! Conheço os homens e o jeito deles. Sempre apreciam uma mulher bonita. Como babá, você teria ao menos uma chance de ser vista por ele. Já deste jeito... — Ela parou para dar uma olhada no paletó marrom de Amanda e balançou a cabeça com profunda decepção.

— Para alguém que estava preocupada que eu tivesse cavalheiros em meu encalço — disse Amanda, em tom divertido —, a senhora parece bem inclinada a me arranjar um.

— Lorde Kenyon não seria desse tipo — respondeu a sra. Finch, parecendo chocada com a ideia. — Ele parece um cavalheiro muito respeitável.

Lorde Halsbury também parecia, Amanda quase disse, mas conteve a resposta amarga.

— Se acha que alguma mulher, por mais bonita que seja, tem chance com lorde Kenyon — disse ela —, está tristemente enganada. E — acrescentou, antes que a sra. Finch pudesse falar mais de suas ideias sobre os homens e seus modos —, mesmo que esteja certa, isso não chega a importar, pois, aos olhos dele, não sou a babá, sou *o* tutor. Além disso — continuou, só para garantir —, de qualquer jeito, eu não estou nem um pouco interessada nele.

Na hora, seus dedos dos pés se curvaram dentro dos sapatos e o calor se espalhou pelo corpo, fazendo-a notar que suas palavras foram mais um desejo do que a declaração de um fato. Totalmente ciente do rubor em seu rosto, Amanda deu uma tossida e bateu nos papéis a sua frente com a ponta do lápis, esforçando-se para manter uma postura profissional.

— Agora, quanto a sua redação…

— É claro que pode não ser tarde demais para ganhar a atenção dele, se…

Notando que a sra. Finch não desistiria do assunto, Amanda gemeu e pousou o lápis.

— Se a senhora tem em mente um grande romance e um final feliz para a garota arruinada e arrependida, pode desistir, sra. Finch. O lorde acha que sou um homem. E, como é duvidoso que ele tenha predileções românticas desse tipo — acrescentou ela, com um toque de humor —, um romance entre nós é bem improvável, não acha?

— Talvez. Talvez não. — A senhoria deu de ombros e tomou um gole de chá. — Ele vai acabar percebendo esse seu disfarce, minha garota.

— Espero que não, mas, só como suposição, e se ele descobrir? O que está sugerindo? Recomenda que, caso eu seja flagrada, banque a donzela desamparada e me jogue aos pés dele implorando sua piedade?

— Por que não? Alguns homens têm um senso profundo de cavalheirismo.

— Receio que lorde Kenyon estaria bem mais inclinado a me mandar embora do que a me fazer uma oferta romântica, mesmo ilícita.

— Não foi isso que eu quis dizer, querida — disse a sra. Finch, com um toque de reprovação afetada. — Mas você fez o que fez para sobreviver. Não seria em vão dizer-lhe isso, se fosse necessário. E frisar as circunstâncias desoladoras em que se encontrava e o fato de que é sozinha no mundo, pobre e sem qualquer apoio.

Amanda não tinha a menor intenção de fazer uma coisa dessas, mas não disse isso para a senhoria.

— Minha nossa, a senhora faz minha vida parecer uma coisa horrenda — provocou ela.

A sra. Finch suspirou.

— Estou vendo que você não está levando a sério o que digo. Tem algum plano para o futuro?

— Claro que tenho. Eu só quero tempo suficiente na casa de lorde Kenyon para economizar algum dinheiro. Um ano, talvez, e depois...

— Um ano? — A sra. Finch interrompeu com um deboche descarado. — Você terá sorte se durar tanto assim. Como vai dar conta de fazer isso por um ano?

— Bem, seja o tempo que durar, só preciso economizar o suficiente de meu salário para comprar um bilhete de volta para a América, antes que eu seja descoberta. Na América, posso facilmente encontrar um emprego para lecionar, mesmo sem referências. Tenho certeza de que eles precisam de professores na fronteira, e provavelmente não serão tão exigentes com quem contratam.

— Na fronteira da América? — A sra. Finch pareceu aterrorizada.

— Ora, vamos torcer para não chegar a isso.

Amanda temia que chegasse. Seu passado sempre voltaria para assombrá-la enquanto ela vivesse na Inglaterra. Mas, na América, teria a chance de um novo começo. Só precisava de dinheiro suficiente para chegar lá.

— Não quero mais ouvir essa conversa sobre você partir para a América — disse a sra. Finch, interrompendo os pensamentos de Amanda. — Se ele a puser para fora, você vem direto para cá. Posso contratá-la como uma segunda empregada no salão. Você teria que dividir o sótão com a Ellen e a Betsy, é claro, e o serviço doméstico não é o tipo de trabalho que uma jovem bem educada como você deveria fazer, mas, pelo menos, terá um teto, comida e um salário decente.

Por um longo tempo, Amanda ficou emocionada demais pelo gesto para conseguir falar.

— Obrigada — disse ela, finalmente. — A senhora é muito boa.

— Bobagem — disse a sra. Finch, azeda. — Você ainda me deve um bocado de lições antes de quitarmos a carta, e não tenho intenção de deixá-la escapar de sua obrigação para sair flanando para outro continente.

Amanda não se deixou enganar pela resposta áspera, mas resolveu deixar passar. Ela era, antes de tudo, realista, e sabia que talvez precisasse aceitar a oferta da sra. Finch. A duras penas, tinha aprendido a importância de não queimar pontes.

— Sim, senhora — murmurou ela, respeitosamente, e pegou o lápis.

Quando Amanda retornou a Upper Brook Street, já tinha anoitecido. A porta do corredor de serviço mal havia fechado atrás dela quando ouviu uma voz claramente ansiosa a chamando.

— Sr. Seton? É o senhor?

— Sim, sra. Richmond — respondeu Amanda e começou a desabotoar o casaco. — Já voltei.

A cozinheira apareceu na porta da outra ponta do corredor.

— Graças a Deus que finalmente chegou!

Notando o tom de urgência na voz da cozinheira, Amanda parou com o casaco nos ombros.

— O que aconteceu? — perguntou ela, de imediato. — Os meninos estão bem?

— Os meninos? — A sra. Richmond fez um som de deboche, limpando as mãos no avental, enquanto se apressava pelo corredor na direção de Amanda. — Ah, eles estão bem. Não estão sempre bem? O restante de nós é que sofre.

Aliviada, Amanda terminou de tirar o casaco e o pendurou no gancho perto da porta.

— Qual é o problema?

— O lorde voltou. — Parando na metade do corredor, a cozinheira pegou as peças de um terno de noite masculino no gancho da parede. — Ele chegou há menos de uma hora.

Amanda franziu a testa, intrigada.

— Ele não deveria voltar no trem de amanhã à tarde?

— Sim, mas um de seus amigos, o barão Weston, estava regressando hoje a Londres, então combinaram de vir juntos. Querem discutir um assunto qualquer, antes que o Parlamento volte do recesso, na quinta-feira, creio. Isso causou um grande tumulto por aqui, eu vou lhe dizer. — Ela parou para tomar fôlego e depois prosseguiu: — O jantar dos meninos está um pouquinho atrasado, receio...

— Eles ainda não jantaram? — Amanda fez um som de angústia. — Mas já passa das sete.

— Olhe, sr. Seton, eu sei que o senhor é quase um general do Exército com essa sua programação, mas o atraso não pôde ser evitado. O lorde quis ver os filhos assim que chegou e, se o lorde quer ver os filhos, não cabe a nós contradizê-lo.

— Claro que não — concordou Amanda de pronto. — Tenho consciência disso. E fico contente que ele queira ficar com eles.

— Uma pena que não tenha sido por muito tempo. Pouco mais de meia hora, foi o que ele pôde ficar.

— Meia hora? Só isso? Mas ele ficou fora três semanas. — Amanda parou, confusa e decepcionada. — Em sua primeira noite de volta, ele não poderia ficar um pouco mais com os filhos? Talvez jantar com eles, ou...

— Jantar com os meninos? O lorde jantando na ala infantil? — ela riu. — Não seja tola! Não, ele vai sair hoje à noite. Lorde Weston está oferecendo um pequeno jantar, parece, então ele vai até Grosvenor Square daqui a pouquinho. Tive que desfazer seu baú, preparar um banho e passar seu terno e uma camisa para esta noite. Mal tive tempo de respirar.

— É claro, é claro — disse Amanda, acalmando-a. — E eu lamento por não ter estado aqui para ajudar. Se eu soubesse que ele voltaria antes, teria chegado mais cedo. Mas, por que...

— Não tenho tempo para falar agora — interrompeu a cozinheira, antes que Amanda pudesse perguntar por que Samuel não pôde ajudar. — Eu realmente tenho que preparar o jantar dos meninos. — Aqui — disse, colocando o terno nas mãos de Amanda.

Amanda pegou as peças por reflexo, mas, no momento em que seus dedos tocaram o belo e luxuoso tecido de lã, ela soube que aquele terno não lhe pertencia.

— Isso não é meu.

Ela tentou devolver a roupa, mas a sra. Richmond não pegou.

— Eu sei que não é seu, sr. Seton — disse a cozinheira, impaciente, pendurando uma gravata-borboleta de cetim branco em volta do pescoço de Amanda. — Deus, você está tonto esta noite? Lavei o terno e coloquei em seu quarto séculos atrás, na manhã seguinte ao jantar com o lorde, na verdade. Mas, que Deus o ajude, você precisa de um novo, sem dúvida. Você deve ter notado no armário, não?

— É claro... — disse Amanda, mas ela foi novamente interrompida.

— Esse é um dos ternos de noite do lorde. Estava no armário e precisava ser escovado e passado, para que ele pudesse vesti-lo hoje. Você terá que fazer isso por ele, sabe — acrescentou ela, por cima do ombro, ao se virar e ir se afastando. — Samuel está fora esta noite.

— Fora? — Amanda segurou o tecido preto com força, um nó se formando em seu estômago. — O que quer dizer?

— Samuel perguntou se podia tirar a noite de folga e, como lorde Kenyon só era esperado amanhã, concordei. Isso significa que você terá de vesti-lo. Ele me pediu para mandá-lo lá para cima no minuto em que você voltasse.

— Eu? Vestir o lorde? — Desesperada, Amanda ficou olhando as costas da cozinheira que se afastava. — Mas eu não posso fazer isso! — Com essas palavras, ela elevou levemente o tom de voz, ganhando um timbre mais feminino, e se forçou a parar, limpar a garganta e respirar.

— Ele está fazendo isso sozinho há semanas — disse ela, finalmente. — Não pode fazer por mais uma noite?

A sra. Richmond parou na porta da cozinha e se virou. Seu rosto perplexo disse a Amanda que ela não tinha escolha.

— Por que deveria fazer? — perguntou a cozinheira, com a voz surpresa e ligeiramente irritada. — Ele tem a você, não tem?

Amanda apressou-se em abrandar as coisas.

— Sim, é claro. Mas não serei muito bom, nunca fui valete de ninguém, nem nunca tive um. Não faço ideia de como agir.

— Bem, espero que aprenda depressa. — A sra. Richmond novamente seguiu rumo à cozinha, e novamente parou. — Bem, não fique aí parado de boca aberta — disse ela, apontando o polegar na direção do teto. — Ele já está atrasado.

Ela sumiu para dentro da cozinha, e o assombro de Amanda se transformou em pavor.

— A senhora não entende — murmurou ela, olhando o corredor vazio. — Eu não posso fazer isso.

Mas mesmo enquanto falava, Amanda sabia que não havia o que fazer. Respirou fundo mais uma vez e se virou para subir a escada de serviço.

⚬⚬⚬

Jamie arregaçou as mangas de seu robe e novamente remexeu na gaveta de sua cômoda, exasperado por não conseguir encontrar uma única gravata-borboleta branca.

Gravatas largas, lenços, cintas napoleônicas e outras peças foram arrancadas da gaveta e lançadas ao chão, enquanto ele procurava pelo cetim branco esquivo que era *de rigueur* para um jantar.

— Eu realmente preciso de um valete — murmurou ele, talvez pela centésima vez ao longo do último mês. — Isso está se tornando ridículo.

A batida à porta não o distraiu de seu propósito.

— Entre! — gritou ele, empurrando para o lado um punhado de chapéus de feltro, enquanto continuava a remexer na gaveta de gravatas, mal percebendo que a porta não havia sido aberta. Ao ouvir uma nova batida, ele olhou para cima, notando, com impaciência, o reflexo da porta fechada no espelho comprido. — Pelo amor de Deus, entre! — berrou e voltou a sua tarefa.

A porta rangeu, e Jamie olhou novamente para cima, notando que Seton estava parado na soleira, parecendo mais pálido que nunca, segurando as peças do terno de Jamie junto ao peito.

— Seton, finalmente! — exclamou Jamie. — Achei que você não fosse chegar a tempo de me ajudar.

O lorde recomeçou sua busca, mas, depois de um instante, ergueu mais uma vez os olhos, franzindo a testa ao perceber que Seton não tinha saído do lugar.

— Bem, não fique aí parado, homem, atracado ao terno como se ele fosse uma cortesã — disse ele, acenando impaciente. — Coloque-o na cama e venha me ajudar a me vestir. Estou terrivelmente atrasado.

— Achei que não ligasse muito para pontualidade — disse o jovem, ao entrar e fechar a porta, fazendo o que lhe fora instruído.

— Ligo quando tenho um jantar — disse Jamie, retornando à tarefa. — É o cúmulo da falta de educação chegar atrasado para isso, e na casa de Weston seria desastroso. Ele tem um *chef* francês, temperamental como um cantor de ópera. Já sou um convidado de último minuto para a festa e, se eu atrasar o evento, o sujeito pode se demitir num chilique de raiva. Weston ficará furioso comigo. Preciso de seu apoio para o Projeto de Lei da Educação e ele está só de rodeios, parecendo uma debutante no primeiro baile, o maldito. Não posso me dar ao luxo de ofendê-lo. Droga, não tenho uma única gravata branca?

— Eu lhe trouxe uma, milorde — disse Seton, gesticulando para a peça, que agora estava caprichosamente estendida na cama, ao lado do terno e dos acessórios que o próprio lorde já colocara ali. — A sra. Richmond passou.

— Ah. — Aliviado e feliz em abandonar a busca, Jamie pegou a caixa de joias onde deixara antes, em cima da cômoda, depois atravessou até a cama, onde Seton esperava para auxiliá-lo. Deixando a caixa em cima da colcha, ele levou a mão à faixa do robe.

— Dê-me aquela cueca — ordenou ele, deixando o robe escorregar dos ombros, mas parou quando Seton fez um som engasgado e virou de costas.

— Você está bem? — perguntou Jamie, com o robe pendurado nos cotovelos, notando o rosto corado do rapaz com alguma preocupação.

Seton assentiu, com o rosto virado, e tossiu mais algumas vezes.

— Sim, milorde — ele conseguiu dizer, depois de um instante. — Só... é... uma coceira na garganta.

— Quando terminarmos, coloque os meninos na cama e depois desça até a cozinha. Peça à sra. Richmond para lhe fazer um chá medicinal e vá se deitar — ordenou Jamie, tirando o robe e deixando-o cair no chão. — A última coisa que alguém dessa casa precisa é que você pegue um resfriado.

Seton assentiu, ainda tossindo, com a cabeça mergulhada na dobra do braço. Deixando o rapaz se recompor, Jamie debruçou-se por cima da cama e pegou a cueca, mas ele mal a pegara quando soltou de novo, com um som exasperado.

— Maldição, me esqueci do colarinho. Escolha as abotoaduras enquanto eu pego, pode ser?

Indicando com a cabeça a caixa na cama, Jamie se virou e caminhou nu pelo quarto para pegar a peça. Felizmente, havia mais fartura de colarinhos que de gravatas brancas, e ele logo encontrou um.

Seton tinha parado de tossir e estava remexendo na caixa de joias aberta quando Jamie voltou à cama. De cabeça baixa, o jovem não ergueu os olhos quando o patrão parou ao seu lado, parecendo um tanto preocupado em escolher o par certo de abotoaduras para a ocasião. Jamie percebeu que o jovem estava preocupado demais.

Mas que coisa, pensou ele, notando com humor, enquanto vestia a cueca e amarrava o cadarço, o rosto corado de Seton, ainda de cabeça baixa. *Creio que o pobre rapaz está envergonhado.*

Se fosse o caso, era compreensível, refletiu Jamie, pegando a camiseta de baixo. Doente quando criança, educado em casa, Seton obviamente estaria acostumado a um nível de privacidade do qual nenhum menino que frequentasse escola pública jamais teria desfrutado. Os dormitórios de Harrow não tinham nada de privativo.

Jamie pôs a camisa de baixo e ele próprio a abotoou, depois vestiu as meias e pôs a calça. Mais ou menos vestido, Jamie decidiu que já tinha sido bem paciente.

— Seton, eu estou atrasado — lembrou ele. — Vamos andar logo, se possível, por favor.

— É claro.

O jovem se endireitou, com abotoaduras de prata com pedras pretas nas mãos, e olhou para ele com uma expressão tão angustiada que Jamie quase sorriu. Com pena, conteve qualquer sinal de humor.

— Meu caro companheiro — disse ele, delicadamente —, abotoaduras não me adiantam sem uma camisa.

Corando novamente, o rapaz pousou as abotoaduras de volta no estojo.

— Desculpe — murmurou ele, com o rosto vermelho, ao pegar a camisa social de Jamie. — Eu nunca... é... trajei... ninguém. Bem, nenhum homem.

— É mesmo? — Dessa vez, o ímpeto de provocar foi irresistível. — Mas já trajou algumas mulheres, é isso?

— Não foi o que quis dizer. — O rosto do pobre rapaz estava passando de rosado a vermelho-pimentão. — Eu quis dizer que só trajei os meninos. E... eu mesmo, c-claro. Nunca fui valete antes.

Ciente de que o tempo estava correndo, Jamie deixou a provocação de lado, pegou a camisa dos dedos estendidos de Seton e a vestiu, mas, depois de a enfiar para dentro da calça e abotoar, ele deixou o rapaz ajustar o colarinho, colocar as abotoaduras, prender seus suspensórios e amarrar sua gravata, pois essas tarefas eram feitas mais rapidamente por um valete. Ao menos, esse geralmente era o caso. Quando chegou a hora do laço da gravata, porém, Seton mais uma vez provou que não era um bom valete.

— Ainda está torto — disse Seton, puxando as pontas da gravata de Jamie para tentar de novo. — Perdão, milorde, mas isso... é... mais difícil de fazer em outra pessoa do que em si mesmo.

— É? — disse Jamie, contendo a impaciência, lembrando a si mesmo que a ausência de um valete era sua própria culpa. — De minha parte, acho que nós de gravata são a coisa mais irritante da face da Terra.

— Somos dois — murmurou Seton, ao recomeçar. — Tampouco levo jeito para isso. O senhor deveria pedir a Colin para fazê-lo.

— Colin sabe amarrar uma gravata-borboleta?

— Sabe, sim, e muito melhor que eu.

Espantado, Jamie inclinou o queixo para baixo para olhar o rosto de Seton. Ele abriu a boca para perguntar como o filho havia aprendido aquela habilidade específica, mas algo no semblante do rapaz a sua frente fez Jamie parar.

Os olhos de Seton estavam estreitos pela concentração, seu lábio inferior preso entre os dentes, o rosto corado, deixando-o ainda mais jovem que o habitual, mas, apesar disso, parecia exatamente o mesmo rosto do qual ele se lembrava, de duas semanas atrás — os mesmos olhos castanhos intensos, as sobrancelhas retas, o mesmo maxilar quadrado e o queixo pontudo, o mesmo cabelo emaranhado, sempre aparentando precisar um corte e brilhantina. No entanto, com o rosto do rapaz tão perto do seu, Jamie não conseguia evitar a sensação de que algo nele estava diferente. Ou errado. Ou... algo.

Ele se sentia como se olhasse uma daquelas pinturas modernas, em que o artista havia deliberadamente rabiscado em perspectiva, tornando impossível discernir, de perto, o que se via de fato. Teve o súbito desejo de recuar um ou dois passos, ficar a uma distância apropriada, como se faz nas galerias, para ter uma visão melhor, mas não podia, pois Seton estava segurando sua gravata.

Sem poder se mexer, Jamie desceu o olhar às mãos em seu pescoço. Estavam em sua visão periférica, mas, ainda assim, pareciam absurdamente pequenas. Ele notou os punhos finos, os traços delicados das veias, a pele lisa e clara.

Quando Seton puxou os laços da gravata para ajustá-la, os nós de seus dedos roçaram sob o queixo de Jamie e, com aquele contato na pele, Jamie teve uma sensação inesperada, uma onda de calor, algo que nenhum valete, nenhum homem, jamais lhe despertara.

Assustado, chocado com seu próprio corpo, ele deu um tranco para trás, tragando o ar conforme uma percepção insana surgia num ímpeto. As mãos de Seton recuaram, e Jamie soube, com uma clareza súbita e horrenda, exatamente o que havia de errado e o que ele de fato estava olhando.

— Meu bom Deus. — Ele deu um pulo para trás, encarando o rosto a sua frente como se nunca o tivesse visto, a verdade o atingindo com um banho de água gélida, mesmo com a excitação que percorria seu corpo. — Você é uma mulher!

— Bem, eu não posso fazer nada! — respondeu Seton, zangado. — Não tive escolha.

Foi uma resposta tão sem nexo que Jamie riu com incredulidade. Ele fechou os olhos, esfregando as mãos no rosto, tentando se situar. Talvez aquilo fosse um sonho, pensou ele, desesperado, um daqueles sonhos bizarros, como sonhar com a esposa do vigário usando seda vermelha na missa de domingo sem que ninguém perceba, ou com ursos de roupa de bailarina dando piruetas pela sala no meio de uma festa.

Mas, mesmo com sua mente tentando convencê-lo de que estava sonhando, ele temia que não estivesse, pois na resposta absurda de Seton e em sua voz defensiva não havia qualquer negação.

Seton era uma mulher? Vestida de homem, à la George Sand? Era ridículo demais para colocar em palavras. Ele saberia. Teria visto. Pelo amor de Deus, pensou, será que realmente fazia tanto tempo assim que não via uma mulher, a ponto de não conseguir mais reconhecer uma?

Jamie abriu os olhos e seu olhar percorreu a figura de porte esguio usando roupas masculinas a sua frente. Ele não via sinal de curvas femininas, mas, devido ao horrendo paletó transpassado no peito, era difícil dizer. E a silhueta era alta, quase tanto quanto Jamie, altura rara para uma mulher, pois ele tinha mais de um metro e oitenta.

Ele ergueu de leve o olhar, mas isso adiantou pouco, pois a gola alta de Seton escondia muito bem a falta do pomo de adão. Talvez, pensou Jamie, ainda procurando desesperadamente por uma explicação, seu fracasso em enxergar uma mulher por baixo daquelas roupas fosse compreensível.

Mas então ele olhou de novo o rosto de Seton — a pele clara e fina, o nariz delicadamente moldado, a ausência de barba — e suas tentativas de justificar sua deplorável falta de observação caíram por terra. A feminilidade do rosto a sua frente era dolorosamente óbvia, tão óbvia quanto o proverbial elefante na sala.

Seu corpo havia percebido a diferença antes de seu cérebro. Com um único toque, reconhecera que havia uma mulher naquelas roupas masculinas e reagira de acordo. Jamie, no entanto, achava pouco consolo nisso, pois a excitação ainda percorria seu corpo acalorado, constrangido e terrivelmente em desalinho.

Ele tinha de esclarecer as coisas. Deu outro passo para trás, balançando a cabeça, olhando aqueles olhos extraordinários e multicoloridos, olhos que agora pareciam tão profundamente femininos, e se sentiu um idiota completo.

— Uma mulher. — Ele riu de novo, dessa vez dele próprio. — Meu Deus.

— Milorde — Seton começou a dizer —, eu sinto muito, eu...

— Saia — ordenou Jamie. — Saia do meu quarto.

Seton hesitou um momento, depois assentiu, virou-se e seguiu para a saída. Quando chegou à porta, no entanto, a tutora parou e olhou para Jamie por cima do ombro.

— Pode me mandar embora, mas...

— Fique tranquilo, acabei de mandar.

— Isso não mudará nada. Contrate outro tutor, contrate uma babá, despache seus filhos para o colégio interno... Faça como quiser, mas nada vai mudar até que o senhor lhes dê a afeição e atenção de que precisam e merecem. O senhor é pai deles. Não se contente em olhar de sua janela seus filhos brincando.

As palavras dela foram como querosene nas labaredas, aglutinando o ódio, a frustração, a excitação e a dor de Jamie em estado febril. Quando ele falou, porém, sua voz estava controlada, calma e gélida.

— Fique longe dos meus filhos, arrume suas coisas e vá embora no primeiro horário da manhã. Agora, fora.

Seton saiu e, quando a porta fechou atrás dela, Jamie sentiu as palavras ditas por seu amigo Rex um mês antes ecoarem ruidosas em seus ouvidos.

Pode não precisar de uma esposa, mas claramente precisa de uma mulher, meu amigo. Depressa.

À época, Jamie descartara aquela opinião, mas agora era forçado a reconhecer a verdade brutal na afirmação do amigo.

Fora as roupas masculinas de Seton e seu cabelo curto, Jamie sabia que, se não podia reconhecer uma mulher no instante em que entrasse por sua porta, significava que ele havia passado tempo demais sem ter uma em sua cama. Talvez, pensou, soturno, talvez fosse bom procurar um bordel e consertar a situação.

Pena que ele não pudesse fazê-lo agora. Ainda estava inteiramente excitado, um lembrete doloroso do que vinha perdendo nos três últimos anos. Infelizmente, porém, não tinha tempo para bordéis e cortesãs, não naquela noite. Jamie chegou a abrir a calça, pensando em aliviar a tensão insuportável do modo como sempre fazia no passado, mas o relógio sobre a lareira começou a bater oito horas, e ele sabia que a rápida caminhada até Grosvenor Square, com o ar fresco noturno, era o único meio de alívio para o qual tinha tempo.

Xingando como um marujo, ele abotoou novamente a calça, pegou o paletó e saiu pela mesma porta que Seton.

Capítulo 10

De todas as coisas que Amanda esperava sentir ao ser descoberta, nunca tinha considerado alívio como uma possibilidade. No entanto, conforme descia pela escada de serviço, percebeu que, em meio à profunda decepção de ter perdido um emprego que adorava, à melancolia pela ideia de deixar os gêmeos a quem tanto se afeiçoara e ao medo do futuro sombrio que esperava por ela, havia uma ponta inegável de alívio.

Ela não estava surpresa por ter sido descoberta. De fato, sempre soubera que isso acabaria acontecendo. Mas, como havia explicado à sra. Finch, Amanda torcera para que tivesse levado mais tempo, tempo suficiente para que seu segundo plano entrasse em ação.

Infelizmente, o futuro que Amanda imaginara na América, onde ninguém sabia o que ela fizera, onde não seria mais objeto de difamação e vergonha, não aconteceria, ao menos, não por muito, muito tempo. Ela desceu até a cozinha e, ao tentar aceitar que seu futuro próximo era ser uma empregada na estalagem de sua ex-senhoria, seu alívio momentâneo evaporou, substituído por uma sensação de desesperança.

Não havia nada de errado em ser empregada, ela lembrou a si mesma, seriamente. Era um cargo respeitável em um lar e, dadas as circunstâncias, tinha sorte em ter recebido uma oferta como essa. Mas, ao aceitá-la, ela sabia que estaria dando as costas ao que sempre quisera fazer. Fora as lições semanais com a sra. Finch e o sr. Mackenzie, não poderia voltar a lecionar, não por muito, muito tempo. Talvez nunca.

Amanda parou no pé da escada. Ao menos não precisaria viver na rua, pensou ela, segurando o corrimão enquanto se esforçava para olhar pelo lado bom. Ela tinha que ser grata.

Sem aviso, uma lágrima correu pelo rosto, e os esforços para continuar otimista e grata foram por terra enquanto ela despencava no degrau com um soluço, tomada pelo desespero.

— Sr. Seton? É o senhor?

Com o som da voz da sra. Richmond ecoando pelo corredor, Amanda endireitou a postura, limpando as lágrimas com as pontas dos dedos. Abriu a boca para responder, mas não conseguia formar as palavras.

A sra. Richmond saiu da cozinha limpando as mãos no avental. Quando avançou pelo corredor, Amanda abaixou a cabeça, piscando com força.

— Sr. Seton? — a voz da cozinheira baixinha demonstrava franca surpresa ao vê-la. — O que está fazendo sentado nesses degraus duros?

Amanda rapidamente arranjou uma desculpa.

— Amarrando o sapato — disse ela, curvando-se sobre um dos sapatos e fazendo uma grande encenação com o cadarço, mas a sra. Richmond não parecia convencida.

— O que há de errado, rapaz? — perguntou a cozinheira, delicadamente.

Amanda respirou fundo e forçou-se a erguer os olhos.

— Estou indo embora amanhã. Fui demitido.

— De jeito algum! Não acredito.

— Mas é verdade.

— Ele não o demitiu porque você não se mostrou um bom valete, certamente?

— Partirei amanhã no primeiro horário. Minha dispensa foi imediata, então a senhora terá que me colocar num quarto de empregado já esta noite.

— É claro, mas...

— Quando Samuel voltar, ele vai precisar levar as coisas dele para as dependências das crianças e dormir lá, até que um novo tutor seja encontrado.

— Mas o que aconteceu, rapaz? Não pode me contar?

— Eu... ele... é... — Ela parou e deu uma tossida. — É complicado. Mas o lorde está com a razão. — Ao falar, Amanda não se deu ao trabalho de alterar a voz para fazê-la soar grave e masculina, como fora tão cautelosa em fazer durante o último mês. — Eu mereci a demissão, posso lhe garantir.

A sra. Richmond logo notou a mudança na voz de Amanda, mas suas palavras seguintes mostraram que ela ainda não tinha percebido a verdade por trás daquilo.

— Está falando engraçado, sr. Seton — disse ela, franzindo a testa. — Está doente, é isso? Mas o lorde jamais dispensaria alguém por doença...

— Não estou doente.

Bem, não fisicamente, ela acrescentou para si mesma, e sentiu uma súbita vontade de rir, pois sua estabilidade mental estava claramente em dúvida. Será que não era preciso ser meio maluco para achar que roupas diferentes e um novo emprego bastavam para apagar os erros do passado? Que substituir uma saia por uma calça poderia transformar alguém numa outra pessoa, com outra vida?

— Então o que é? — perguntou a cozinheira, o rosto redondo e rechonchudo todo retorcido de confusão e preocupação. — Diga-me agora mesmo, sr. Seton — ordenou, ranzinza. — Que diabo está acontecendo?

— É difícil explicar. — Amanda olhou para baixo, para suas roupas masculinas, pensou em seu cabelo cortado e lembrou que a farsa havia acabado. Era hora de Adam partir e Amanda voltar.

Ela se levantou.

— Talvez seja mais fácil de explicar se a senhora puder me arranjar um vestido — sugeriu. — E talvez um espartilho.

— Um vestido e um *espartilho*? — A sra. Richmond ficou olhando para ela, sua frustração superando a confusão. — Para quê? Por que motivo nesse mundo um homem precisaria de roupas femininas?

— Bem, essa a questão, entende? — Amanda mordeu o lábio, dando um olhar lamentoso a outra mulher. — Não sou um homem.

Durante a caminhada até Grosvenor Square, Jamie pôde colocar seu corpo genioso de volta na linha, mas sua mente ainda girava pelo choque de sua descoberta.

Seton, mulher?

Ele caminhava depressa, em meio à névoa noturna de outono, perplexo pela descoberta e por sua cegueira. Por que não vira a verdade imediatamente? Em sua defesa, ninguém esperava que uma mulher fosse ousada a ponto de se candidatar ao emprego de um homem, chegando ao ponto de decepar o cabelo, vestir roupas masculinas e fazer uma voz grave convincente para de fato parecer um homem — ou um menino, no caso.

As pessoas costumavam acreditar em tudo num primeiro momento, ele percebeu. Era assim que os pilantras exerciam seu ofício, convencendo pobres coitados de que podiam falar com parentes mortos ou fazer lucro de milhares de libras em um mês com um investimento de cem guinés. E ele não havia sido o único enganado. Todos os outros membros de seu lar haviam sido igualmente tapeados. Mas tudo isso era mero consolo no rastro da descoberta, e Jamie só conseguia se considerar um tolo de primeira classe.

Ele não teve tempo para mais considerações sobre o assunto, pois a caminhada até a casa de Weston, em Grosvenor Square, era curta e, por causa de seu atraso, seus passos eram apressados. Ainda assim, estava quinze minutos atrasado, o que fez com que a refeição atrasasse meia hora. Isso lhe rendeu uma boa porção de ressentimento de seu anfitrião e dos colegas, estragou o prato de peixe e colocou as discussões que viriam depois do licor em terreno duvidoso.

A refeição foi longa, no entanto, e até a hora em que os sete pratos haviam sido servidos e vários bons vinhos consumidos, o clima estava mais leve, os outros cavalheiros já haviam perdoado sua gafe e Jamie conseguira tirar o assunto de Seton da cabeça. Regadas à boa safra de vinho do Porto de Weston, as perguntas referentes ao seu projeto de educação e várias outras questões legislativas importantes para Jamie foram feitas, e as discussões acerca desses temas foram bem menos controversas do que ele havia imaginado.

Contudo, ainda existiam fortes divergências de opiniões entre os homens presentes, e eles levaram horas discutindo até acertar as coisas. Quando ele regressou à Upper Brook Street, já passava da meia-noite.

Jamie tinha sua chave, portanto não havia necessidade de tocar para que Samuel abrisse, mas ele encontrou o criado ainda acordado quando subiu ao quarto das crianças.

— Milorde — cumprimentou Samuel, deixando um livro de lado e se levantando quando Jamie entrou nas dependências das crianças.

— Samuel — disse ele, dando uma olhada no vão escuro da porta que conduzia aos quartos. — Os meninos conseguiram dormir?

O criado assentiu.

— Demorou um tempo para aquietá-los, depois que souberam que Seton... que a srta. Seton — ele logo corrigiu — está indo embora.

— Tinha que ser assim, Samuel.

— Suponho que sim — reconheceu o criado, ainda que seu rosto mostrasse dúvida. — Mas realmente parece uma pena, milorde, se não se importa que eu diga.

— Então os meninos ficaram muito empolgados com a notícia da partida de Seton? Tenho certeza de que eles devem estar exultantes em saber que outro tutor seguiu o caminho do sr. Partridge.

— Na verdade, não — negou Samuel, para a surpresa de Jamie. — Na verdade, pareceram um tanto aborrecidos por tudo.

— Eles tampouco gostaram de ser enganados, ouso dizer.

— Bem, eles ficaram impressionados por não terem descoberto o jogo dela antes, mas também ficaram admirados por ela ter conseguido enganar a todos nós. — O criado fez uma pausa e balançou a cabeça. — Eu ainda não consigo acreditar direito. Seton, uma mulher? Pensando agora, parece óbvio, mas isso faz com que eu me sinta um total idiota por não ter descoberto sozinho.

Jamie projetou o queixo, soturno.

— Não é só você.

— Sim, mas o senhor ao menos tem uma desculpa. Raramente a viu. E os meninos... bem... não era de se esperar que eles adivinhassem, não? Mas a sra. Richmond e eu a víamos todos os dias. Nós deveríamos saber. — Samuel parou de novo, dando um suspiro. — Agora o senhor terá de recomeçar toda a procura por um tutor.

— Ele não precisaria fazer isso — disse uma voz vinda da porta do quarto —, se deixasse Seton ficar.

Os dois homens se viraram e viram Colin, de pijama, com seu irmão gêmeo logo atrás.

— É mesmo, papai — prosseguiu Colin, franzindo o rosto para Jamie. — Finalmente encontramos alguém de quem gostamos, e você vai estragar tudo.

Por mais surpreso que estivesse em ouvir que seus filhos gostavam de Seton, Jamie se recusava a ser tragado por uma discussão sobre a partida dela.

— Vocês dois não deveriam estar dormindo?

— Como podemos dormir com vocês dois falando aqui? Vocês nos acordaram.

— Então, Seton é uma garota — disse Owen, empurrando o irmão para dentro da sala. — E daí? Por que ela tem que ir embora só por causa disso?

— Não é por isso que ela está indo embora, e vocês sabem bem. Ela está indo embora porque mentiu.

— Ela só nos pregou uma peça, e foi uma das boas — disse Colin, com óbvia admiração.

— Melhor que qualquer uma que nós já pregamos — acrescentou Owen, aparentando inveja. — É meio chato que nós tenhamos sido enganados por uma garota. — Virando-se para o irmão, ele acrescentou — Nós teremos de melhorar nosso jogo.

Colin assentiu, concordando, mas antes que Jamie pudesse dar sua opinião sobre aquela conversa assustadora, o menino virou-se para ele e disse:

— Samuel falou que uma garota não pode ser tutora. Isso é verdade?

— Mulheres que lecionam são chamadas governantas — explicou Jamie. — E só ensinam meninas.

— Mas qual é o problema? — disse Colin, impaciente. — *Nós* não ligamos.

Aquela certamente era uma noite cheia de surpresas.

— Não incomoda vocês que Seton seja mulher?

— Por que deveria? — respondeu Colin, dando de ombros. — Nós já tivemos babás de sobra, sabe.

— Sim, e vocês afugentaram todas elas.

— Seton é diferente. Ele... Ela — o menino logo se corrigiu — sabe coisas legais e não fica dando risadinhas. E o Oscar gosta dela.

— Fico feliz que ela tenha a aprovação do gato — disse Jamie.

Colin não notou o sarcasmo.

— Ela prometeu nos mostrar como andar sobre a água. Agora isso nunca vai acontecer — acrescentou ele, pesaroso.

Jamie piscou.

— Caminhar sobre a água?

— Ela disse que tinha um jeito de deixar a água de maneira que dê para caminhar sobre ela e prometeu nos mostrar como fazer.

Jamie não teve tempo para pensar como um milagre bíblico poderia ser alcançado com o uso da ciência, pois Colin, franzindo a testa para o pai, prosseguiu:

— Nós finalmente encontramos alguém decente para cuidar da gente, e o senhor vai mandá-la embora. Francamente, papai, você é impossível!

— Não posso acreditar que estou ouvindo isso — murmurou Jamie. — Vocês querem que ela fique mesmo depois que Seton os fez polir toda aquela prataria e esfregar os panelões? Por que ela e não nenhuma das outras?

— Ela demonstrou espírito esportivo ao ser amarrada e nem piscou com a água suja. Só deu um gritinho quando encontrou as lesmas — lembrou Colin —, mas ela é muito mais legal que qualquer outra babá que nós já tivemos.

— E ela é bondosa também — acrescentou Owen —, mesmo nos fazendo limpar as coisas. Ela não é malvada.

Jamie ficou tenso, sua atenção atraída por aquela declaração.

— Vocês tiveram babás malvadas?

— Hornsby — respondeu Colin de imediato. — Ela era horrível, sempre batendo em nossos dedos com uma régua.

Uma régua, pensou Jamie, tentando se consolar pelos erros passados de discernimento, até que não era tão ruim, era? A menos que...

Ele respirou fundo.

— Era só isso que ela fazia? Bater nos dedos de vocês com uma régua?

— Ela também beliscava. Com força. Uma vez, deixou uma marca em meu braço.

Jamie sentiu-se um patife.

— Eu sinto muito. Mas por que vocês não me contaram nada disso? Eu lhes disse para me contarem se as babás fossem cruéis. Eu a teria despedido na hora.

— Talvez tivesse — respondeu Owen. — Mas nós não somos dedos-duros, papai. Isso não é jogar. E, se alguma babá é malvada, nós cuidamos disso. — Ele subitamente sorriu. — É fácil nos livrarmos das que não gostamos.

Não havia argumento que contrariasse o sucesso de seus filhos naquele aspecto, mas Jamie sabia que a questão não era essa.

— Vocês deveriam ter me falado...

— Esqueça essa Hornsby, papai — interrompeu Colin, impaciente. — Ela já foi embora. E quanto a Seton?

— Ela partirá amanhã de manhã.

— Por quê? Porque nos pregou uma peça superlegal? Que bobagem!

— Não foi só uma peça — disse Jamie. — Ela mentiu.

— Mas, papai — insistiu Colin —, por que isso quer dizer que ela tem que ir embora? Nós mentimos... não sempre — emendou, diante das sobrancelhas erguidas do pai. — Mas você não nos chuta para a rua.

— É ligeiramente diferente.

— Você não pode só diminuir o salário dela, ou tirar seu dia de folga, ou algo assim? Sabia — acrescentou ele, quando Jamie balançou a cabeça — que ela não tem para onde ir? Ela não tem família. É sozinha no mundo.

Jamie se recusava a amolecer diante de uma história triste.

— E como vocês sabem disso? Ela lhes contou, suponho? Como descobriram? — perguntou ele, quando eles balançaram a cabeça em negativa. — Samuel?

Ele se virou para o criado, que ergueu as duas mãos, com as palmas para a frente, num gesto de negação.

— Não foi o Samuel — disse Colin. — Nós ouvimos a sra. Richmond conversando com ela sobre isso.

— Ouviram? — Jamie franziu o rosto. — Vocês querem dizer que estavam escondidos ouvindo uma conversa particular.

— Não! — negou Colin. — Nós estávamos tomando nosso chá noturno na cozinha e elas foram à despensa, que fica logo ao lado. Elas fecharam a porta, mas os basculantes estavam abertos, então nós ouvimos tudo sem sair de nossas cadeiras. E achamos extremamente cruel de sua parte jogá-la na rua quando ela não tem para onde ir.

— E sem pagamento, também — acrescentou Owen. — Nós nunca achamos que o senhor seria tão tirano, papai.

— Não sou tirano — negou Jamie, irritado pela acusação e pela ideia de que seus filhos pareciam adorar alguém que o fizera de tolo. — Ela...

— A sra. Richmond perguntou se ela tinha família, e Seton disse que não tinha ninguém que pudesse procurar. Então a sra. Richmond perguntou se você já tinha dado o pagamento dela pelo trabalho até agora, e uma carta de referência, e ela disse que não, mas que também não tinha pedido, e você não tinha oferecido. Ela não culpava você, ela falou.

— Que bondoso da parte dela.

Como o irmão, Owen ficou alheio ao sarcasmo do pai.

— A sra. Richmond ficou muito zangada e disse que você estava sendo insensível.

— Insensível? Eu? Mas é muita audácia!

— Ela disse que, se você não desse uma carta de referência a Seton, ninguém mais iria contratá-la. É verdade?

Jamie se remexeu.

— Possivelmente — admitiu ele, sentindo uma pontada de culpa —, mas...

— Se isso acontecer, ela vai virar uma desva... desva...Qual é a palavra?

— Desvalida — disse Samuel.

Jamie se recusava a se comover com a menção do futuro inevitável que aguardava a srta. Seton.

— O que ela vai fazer e para onde vai depois daqui não é mais problema nosso.

— Não é problema *nosso*, papai — disse Colin, como se o corrigisse. — É seu. Quando o tio Geoffrey morreu e você passou a ser o herdeiro do título do vovô, nos disse tudo que isso significava. Você se tornaria marquês um dia, você disse, e seria seu dever cuidar da nossa gente. Seton não é nossa gente?

— Não mais. Seton — disse Jamie, com ênfase — não é nossa gente. Seton é uma mentirosa. Não posso ter uma mentirosa lecionando para meus filhos. E, algum dia, Colin, quando você for o marquês e tiver seus próprios filhos, você vai entender.

— Mas nós gostamos dela, papai. Ela torna as lições divertidas.

— E não faz alvoroço com coisas tolas — disse Owen. — Nós queremos que ela fique. Queremos que ela seja nossa tutora.

Ele ignorou o coro de protestos e elogios.

— Ela não pode. Uma mulher não pode ser tutora. Isso não é apropriado.

— Coisas inapropriadas nem sempre estão erradas — disse Colin, inflexível.

Jamie se retesou.

— Quem lhe disse isso?

— A mamãe.

Aquilo parecia tanto algo que Pat diria que Jamie teve de parar e respirar antes de continuar.

— Quando foi isso? — ele conseguiu perguntar, depois de um momento.

— Quando nós roubamos panquecas — disse Owen, como se isso explicasse tudo.

— Panquecas? — Sem entender, Jamie olhou para Samuel, mas o criado também não parecia ter entendido. — Que panquecas?

— As que sobraram, depois da Terça-Feira Gorda.* Quatro anos atrás, não foi, Colin?

O irmão negou com a cabeça.

— Três anos e meio — corrigiu ele. — A Terça-Feira Gorda é no começo do ano, antes da Quaresma.

Pat estava grávida naquela época, Jamie refletiu e fechou os olhos. Ao final da estação...

— Certo — continuou Owen, interrompendo a direção desanimadora dos pensamentos de Jamie, o que o obrigou a abrir os olhos. — De qualquer forma, nós pegamos algumas panquecas que sobraram para dar ao sr. Leach.

Jamie ainda estava perdido.

— Quem?

— O sr. Leach. Ele dorme no banco perto do Mable Arch. Até que os guardas o acordam e o fazem ir embora, claro. Mas ele sempre volta.

— Vocês fizeram amizade com um indigente? — Jamie esfregou a mão na testa, murmurando baixinho. — Nós realmente precisamos conversar sobre o fato de vocês falarem com estranhos no parque.

— Foi só uma vez, e a mamãe estava conosco. Ela foi muito bondosa com ele, embora ele a tivesse chamado de Sally e dito que não voltaria para casa com ela nunca mais, o que não fez sentido...

— Homens sem teto frequentemente dizem coisas que não fazem sentido. São meio malucos. Motivo pelo qual vocês devem ficar longe deles — acrescentou Jamie, esperando deixar claro os riscos inerentes de fazer amizade com indigentes estranhos.

Foi o mesmo que falar com o vento.

— Foi por isso que nós resolvemos levar as panquecas para ele — disse Colin, voltando à história. — Ele estava com fome e perguntou se nós tínhamos alguma comida. A mamãe lhe deu os bombons que

---

* Terça-Feira Gorda, ou Dia das Panquecas, é a terça-feira que precede a Quarta-Feira de Cinzas. Em alguns países europeus, é tradição comer panquecas, como um último dia "de excessos" antes que comece o período da Quaresma. (N.E.)

tinha no bolso, mas não parecia ser o suficiente para matar a fome. E sempre sobram tantas panquecas depois da Terça-Feira Gorda! Então, pensamos em levar algumas para o sr. Leach.

Era tarde, Jamie estava cansado, os gêmeos deveriam ter ido para a cama havia horas, e ele realmente não queria ouvir histórias de panquecas nem os elogios dos meninos à srta. Seton, então tentou encurtar o assunto.

— Há algum sentido nisso tudo?

— Nós estamos tentando contar para você, papai, se nos deixar terminar.

Jamie desistiu da ideia de que alguém da família fosse deitar logo.

— Certo — disse ele, forçando-se a ser paciente. — Desculpe. Prossigam.

— Quando nós fomos pegos, a babá Olivet estava prestes a ser amarrada...

— E ela nos dedurou para a mamãe — Owen assumiu a história.

— Ela disse à mamãe que tirar comida da despensa era impróprio e perguntou qual seria nossa punição. Nós achamos que estávamos fritos.

— Mas a mamãe — disse Colin — fez a babá se calar e disse que a bondade não deveria ser punida. E que, às vezes, é importante fazer o que é certo, mesmo que não seja o apropriado. Querer ajudar alguém, ela disse, era a coisa certa a fazer.

— Ela disse que sempre se deve tentar ajudar os que estão em necessidade — acrescentou Owen, arregalando os olhos, inocente.

— Seton não está em necessidade, papai?

Jamie desviou de Owen para Colin e de novo, agora apreciando o talento que eles tinham para encontrar os pontos fracos alheios, inclusive os seus.

Antes que pudesse se recuperar o bastante para responder, ele ouviu o som da porta se abrindo e, ao se virar, Jamie viu a sra. Richmond em pé, na soleira.

— Eu dei a ela uma cama num dos quartos de empregada, a pobrezinha — disse a cozinheira, balançando a cabeça. — Ela está exausta.

— Mentir o tempo todo deve cansar muito, imagino — disse Jamie. — Queria alguma coisa, sra. Richmond?

— Eu o ouvi chegando mais cedo e vim ver se o senhor gostaria de alguma coisa, milorde.

— Não, nada.

Mesmo assim, a sra. Richmond não parecia inclinada a sair. Em vez disso, ela enfiou a mão no bolso e tirou várias notas de libras.

— Ela me pediu para lhe devolver esse dinheiro. Disse que não chegou a comprar as roupas. Não sei o que isso significa. Suas circunstâncias, pelo que sei, eram bem terríveis antes de vir até nós.

Jamie sentiu a culpa novamente o cutucando, um pouquinho mais forte dessa vez, e lançou um olhar ressentido para a cozinheira ao pegar o dinheiro da mão dela.

— Ah, estou certo de que sim — disse ele, irritado. — Não há dúvida de que ela estava ávida para lhe contar sua história tão triste, explicar suas circunstâncias desafortunadas e justificar seus atos.

— Não, milorde. Muito ao contrário. Ela nem uma vez justificou o que fez. Na verdade, tirar algo dela foi mais difícil que tirar leite de pedra.

Jamie deu uma risada, que soou terrivelmente cínica, até para seus próprios ouvidos.

— E, no entanto, parece que mesmo assim todos vocês ficaram sabendo de sua história triste.

A sra. Richmond o encarou, inabalada.

— Às vezes, uma mulher sabe coisas sobre a outra sem a necessidade de muita explicação. Pode chamar de intuição.

Ele enfiou o dinheiro no bolso.

— Isso não chega a ser motivo para deixar passar o que ela fez.

— Milorde — disse Samuel —, é óbvio que Seton estava desesperadamente precisando de um emprego, a ponto de chegar a tal extremo. Enquanto o senhor — acrescentou ele, quando Jamie abriu a boca para responder — também estava desesperadamente precisando de alguém que olhasse e ensinasse os meninos. Se ela partir, os dois ficarão mais uma vez em situação desesperadora, mas, se ela ficar, todos serão beneficiados. Não haverá mal algum, na verdade. O senhor não pode lhe dar outra chance?

Antes mesmo que o criado tivesse terminado de falar, Jamie estava balançando a cabeça.

— Mesmo que eu perdoasse a mentira dela, o que não tenho certeza de que estou preparado a fazer, os meninos precisam de um tutor, e uma mulher não pode fazer isso. Não é apropriado, como já expliquei.

A sra. Richmond fez um som engasgado, que pareceu uma risada.

— Tem algo a dizer, sra. Richmond? — perguntou Jamie, cruzando os braços para encará-la.

Ela tossiu.

— Bem, eu lhe peço perdão, milorde, mas eu fui a segunda cozinheira da sra. Mason por muito tempo, bem antes de o senhor se casar com lady Patricia, e, pelo que eu me lembre, o senhor não era muito dado ao que fosse apropriado. — Ela sorriu levemente. — Creio que esse seja um dos motivos para que lady Patricia tenha se apaixonado pelo senhor. O pai dela, como sabe, sempre foi muito severo. O irmão também.

Jamie se remexeu, desconfortável com as histórias sobre o que fizera Pat se apaixonar por ele e com as lembranças do vigarista que ele havia sido antes de conhecê-la.

— Sra. Richmond, eu agora sou pai e membro do Parlamento. Não posso permitir em minha casa coisas que causariam espanto. Uma mulher sendo tutora é algo inimaginável. E quanto a nossos amigos? Eles certamente perceberiam se o sr. Seton se transformasse em alguém do sexo oposto.

— Não temos visto nenhum de nossos amigos — disse Owen, antes que um dos criados pudesse responder. — Ainda estão todos no campo. Alguns voltarão quando o Parlamento abrir, mas ninguém foi apresentado a ela. Foi?

O menino se virou para os empregados e ambos balançaram a cabeça.

— Está vendo, papai? — acrescentou Colin. — Se alguém notar como ela se parece com nosso tutor, um vendedor de loja, um comerciante ou alguém assim... bem, podemos dizer que Adam era irmão dela, que a estava substituindo temporariamente.

Afastando quaisquer considerações pelo talento de Colin em inventar histórias tão críveis, Jamie tentou outro caminho.

— Mesmo que eu a perdoasse e seguisse adiante com isso, Torquil jamais aprovaria. Essa casa é dele, lembrem-se, e ele é totalmente adepto do que é apropriado. Uma mulher tutora está fora de questão.

— Então por que ela não pode ser babá? — perguntou Samuel.

— As babás dos meninos sempre lhes deram lições, portanto, não seria nada fora do comum para Seton fazê-lo. Por que não podemos simplesmente chamá-la de babá?

— Ela teria que usar um vestido preto e um chapéu horrendo? — Owen quis saber, depois deu uma estremecida. — Espero que não. Eu detestaria vê-la parecida com a babá Hornsby.

Jamie pensou na pele amarelada e feições de sapo da babá anterior dos meninos comparada à bela textura da pele da srta. Seton. Ele temia que, mesmo que ela usasse o mais horrendo dos chapéus, a srta. Seton era bonita demais para se parecer com a babá Hornsby.

— Como babá — prosseguiu Samuel, interrompendo o curso perigoso dos pensamentos de Jamie —, ela ainda poderia lecionar os meninos, exatamente como tem feito.

— É uma boa ideia — disse a sra. Richmond, ávida. — Ninguém precisa saber que antes ela se fez passar por homem, ou que foi contratada com tutor. Ela é simplesmente a nova babá.

— Ela não tem para onde ir, papai — disse Owen, quando Jamie não respondeu.

— Não tem família — acrescentou Colin, em tom aflito. — Nenhum amigo, a não ser a gente. Se você a expulsar, ela será como o pobre sr. Leach, morando no parque e aceitando bombons de estranhos.

O destino dela provavelmente seria pior. O que Pat acharia disso? Pela primeira vez, Jamie se sentiu oscilar.

— Vocês têm consciência de que todos vocês estarão de conluio com essa mentira, e eu também?

Ninguém respondeu. Todos permaneceram em silêncio, com o rosto esperançoso, fazendo Jamie sentir-se um grande boçal. Ainda assim, ele perseverou.

— O que significa que eu estaria ensinando a meus filhos a horrível lição de que a mentira compensa.

— Não seja absurdo, papai — interferiu Colin, antes que um dos empregados pudesse responder. — Nós já sabemos que mentir é errado. Sabemos que ela não deveria ter feito isso. Ela também sabe. O importante é que nós precisamos de alguém para cuidar da gente, ela precisa de um emprego e é alguém de quem *gostamos*, o que significa que não vamos mais nos comportar mal.

Jamie não acreditou nem um pouco com a última parte do discurso, mas prevalecia o fato de que Seton era a primeira pessoa encarregada por seus filhos que eles achavam aceitável. E o comportamento deles, segundo os empregados, havia melhorado imensamente sob os cuidados dela. A srta. Seton era uma professora muito boa, como ele já reconhecera.

A sra. Richmond deu uma pequena tossida.

— A Câmara dos Comuns retorna quando? Depois de amanhã, não é, milorde?

Com isso, Jamie sabia que havia perdido a batalha.

— Está certo, está certo — murmurou ele, passando a mão no cabelo. — Não tenho como lutar contra todos vocês. Ela pode ficar e ser babá. Mas — acrescentou, cortando os sons comemorativos dos meninos e os murmúrios aliviados dos criados — tenho algumas condições para o cargo, que discutirei com ela e com a sra. Richmond amanhã no primeiro horário. Quanto a vocês dois — continuou ele, assentindo para os filhos —, acho bom cumprirem a promessa de se comportarem. Se ela ou vocês me desapontarem, ela vai para rua e vocês para Harrow. Está entendido?

— Sim, papai — os gêmeos murmuraram juntos, parecendo tão sinceros que teria sido impossível para qualquer um que não os conhecesse questionar sua honestidade.

Jamie, no entanto, não era tolo.

Ainda assim, eles provavelmente se comportariam por um tempo. E, ao deixar os aposentos das crianças, Jamie achava que essa pequena paz doméstica, diferente do caos habitual, seria bem agradável, mesmo que temporária.

Capítulo 11

Ainda estava escuro quando Jamie acordou. Até que terminasse de se trocar, no entanto, o dia já ia amanhecendo e um leve vislumbre de luz iluminava seu caminho quando ele deixou o quarto e atravessou a residência até a ala oeste. Aquele lado da casa estava em silêncio absoluto, indicando que os meninos e talvez até Samuel ainda estivessem dormindo.

Jamie achou bom, pois não estava indo aos quartos dos filhos. Ele passou por aquele corredor, abriu a porta que dava para a escada de serviço e se sentou no degrau para esperar.

Não precisou esperar muito. Em quinze minutos, ouviu passos na escada acima dele e virou a cabeça, observando o lance de degraus ao seu lado, que levava aos quartos do sótão, no alto. Os passos foram ficando mais ruidosos e, um instante depois, ele viu um par de sapatos pretos e tornozelos finos, forrados de meias pretas, por baixo da bainha de uma saia preta curta demais.

Jamie sentiu uma ponta de surpresa. Ele esperava ver Seton naquele seu terno marrom horrendo e, quando ela desceu mais alguns degraus e o restante de seu corpo ficou visível, a visão dela de vestido o deixou profundamente fora de prumo. Era um uniforme de doméstica, provavelmente emprestado dos estoques das empregadas, austero e comum, sem nada de feminino, exceto a própria saia — uma saia inadequada para cobrir suas pernas excepcionalmente longas. E, no entanto, por mais comum e sem adornos, o vestido conseguia deixar evidente o que antes estivera oculto aos olhos de Jamie — as curvas de um corpo de mulher.

Ela estava carregando uma mala grande, algo desajeitado de se fazer numa escada tão estreita e, quando chegou ao patamar, trombou no mastro do corrimão. Parou e mudou a mala de mão para contornar melhor a curva da escada, mas, ao se virar, ela o avistou no piso abaixo e parou de novo. A mala escorregou de seus dedos e bateu nas tábuas do piso. Seton soltou um "Ah!", assustada.

Ela não era a única pessoa espantada.

Jamie baixou o olhar, parando na curva sutil de seus seios junto ao corpete do vestido, e percebeu que ela devia tê-los escondido com uma faixa todo aquele tempo, pois, embora não tivesse seios grandes, eles não poderiam ter sido tão bem ocultados sem um recurso do tipo.

Ela se remexeu, e Jamie ergueu os olhos de seu peito, sentindo-se um grosseirão.

— Desculpe — disse ele —, mas você não pode me culpar por olhar, pode? Ver você de vestido é bem desconcertante, Seton.

— Imagino que sim — admitiu ela, olhando para baixo e alisando as dobras do vestido preto de lã. — A sra. Richmond me emprestou. É da casa. Vou lavar e devolver, quando voltar para buscar meus livros.

— É claro — murmurou ele, educadamente. — Não há pressa, tenho certeza.

Apesar de sua tentativa de civilidade comum, ele não conseguiu resistir a outra espiada ao que lhe parecia extraordinário. Descendo o olhar novamente, notou que as curvas da cintura e dos quadris estavam óbvias, se por conta do vestido ou do espartilho que ela provavelmente usava por baixo, Jamie não tinha certeza. De qualquer forma, agora entendia por que jamais a vira sem aquele maldito paletó transpassado no peito. De vestido ou não, de espartilho ou não, a calça teriam marcado sua silhueta, moldando aqueles quadris e as pernas compridas de maneira que uma saia jamais poderia fazer.

Ao pensar nisso, Jamie sentiu um lampejo de calor por dentro, uma ponta do que sentira na noite anterior, quando os nós dos dedos dela roçaram embaixo de seu queixo. Os primeiros sinais de excitação.

Era uma sensação que, nas raras ocasiões em que acontecera nos últimos três anos, ele havia conseguido conter, sem jamais achar algo particularmente difícil de fazer. Sem Pat, a excitação não era bem--vinda, e sempre trazia uma leve sensação de traição. Contudo, ao sentir seus indícios naquele momento, ele se perguntou como seria ceder a isso, soltar as amarras desse controle, abraçar uma mulher e deixar que a cobiça o dominasse, sendo o antigo camarada endiabrado de sua juventude apenas por alguns minutos...

— Sempre fica escondido na escada dos fundos em seu tempo livre?

A pergunta dela, tanto divertida quanto confusa, bastou para tirar Jamie de seus devaneios. Graças à longa prática, ele afastou seus desejos mais instintivos e voltou a atenção ao motivo que o levara ali.

— Eu estava esperando por você.

— Por quê? Para se despedir e me desejar boa sorte? — Ela deu uma risadinha, puxando constrangida um dos cachos curtos de seu cabelo, o rosto corando. — Ou apenas para encarar meu verdadeiro eu?

Jamie se retesou, temendo que ela tivesse percebido como ele se sentia. Quão mortificante era pensar que ele estava ali em pé, excitado como um adolescente, principalmente por causa de alguém que nem sabia ser mulher até a noite anterior? Ele trocou o peso de perna, fazendo ranger as tábuas do piso sob seus pés.

— Sim, bem — murmurou ele, depois de um momento —, estou descobrindo que não há nada que faça um homem sentir-se mais tolo que o fracasso em reconhecer uma mulher quando ela está bem debaixo de seu nariz. Perdoe-me se ainda estou tentando entender e aceitar que tal coisa me aconteceu.

Ela engoliu em seco.

— Nunca foi minha intenção fazê-lo de tolo, milorde — disse ela, devagar.

— Alguma coisa do que você me disse é verdade? — perguntou ele. — Seu pai, sua educação, as aulas à sua senhoria e ao dono do pub... Alguma coisa é verdade ou foi tudo uma sequência de mentiras, do começo ao fim?

— Faz diferença?

— Responda à minha pergunta.

— O que vai fazer se eu não responder, me mandar embora?

— Você não está em posição de ser atrevida, srta. Seton. Se é que esse é realmente seu nome.

Se ela percebeu a pergunta no comentário, não demonstrou.

— Por isso ficou esperando por mim? — perguntou ela. — Para saber quantas mentiras eu lhe contei?

— Não exatamente. Bem, em parte — corrigiu ele, conforme uma das sobrancelhas dela se ergueu, formando um arco cético. Jamie se virou, empurrou a porta atrás dele e segurou-a aberta. — Quero falar com você. Venha comigo, por favor.

Ela hesitou, como se quisesse recusar, mas, depois de um instante, deu de ombros e desceu a escada atrás dele, deixando a mala para trás. Ela o seguiu pela galeria vazia e pelo corredor que levava aos quartos da família e de hóspedes, do outro lado da casa.

Jamie a conduziu até seu escritório particular, o mesmo onde a entrevistara, e, ao contornar a escrivaninha, a vista do parque fez com que ele se lembrasse de que havia sido uma mulher, *essa* mulher, que vira naquela tarde, um mês atrás, soltando pipas com seus meninos.

Não se contente em olhar de sua janela seus filhos brincando.

Ele se virou bruscamente e a encarou do outro lado da mesa, gesticulando para a cadeira ao lado dela.

— Sente-se, responda às minhas perguntas e, só para variar, tente não mentir.

— Muito bem. — Ela se sentou na cadeira ofertada, cruzou as mãos no colo e começou a falar. — Meu pai era americano, como eu disse. Ele foi educado em Harvard, lecionou lá e foi meu professor quando eu era pequena. Eu não fui adoentada. Isso era mentira, receio. Mas o resto era verdade. Foi meu pai quem me educou.

— Você não tinha uma governanta?

— Não. — Um leve sorriso surgiu nos lábios dela. — Papai não tinha um bom conceito de governantas. Ele quis uma educação de verdade para mim. Quis que eu lesse livros, não apenas andasse com eles na cabeça. Quis que eu aprendesse matemática, ciências, latim. Governantas não lecionam essas coisas, ou, se lecionam, geralmente não ensinam direito.

— Ele parecia exigir um padrão educacional incomum para mulheres.

— Bem, para mim, sim. Acho que o papai secretamente sempre quis um filho homem. Claro que ele nunca disse ter ficado decepcionado por eu ser menina, mas nunca me deixou achar, nem por um segundo, que meu gênero era desculpa para ser ignorante em algum assunto. Recebi uma formação tão boa quanto qualquer colégio preparatório poderia prover. Até melhor, na verdade. Meu conhecimento e minha educação, meu amor pelo aprendizado, meu desejo de ensinar os outros... Tudo que sou, devo a ele.

— E o desejo de seu pai, de ter um filho, permitiria que ele fechasse os olhos para você em trajes masculinos e se candidatando ao cargo de um homem?

O sorriso sumiu, ela se retesou e, por um instante, Jamie achou que Seton não fosse responder.

— Não — disse ela, enfim. — Ele não faria isso. Na verdade, se me visse agora, receio que ficaria muito decepcionado comigo. — Ela baixou a cabeça, olhando as mãos enlaçadas no colo, e acrescentou baixinho: — Por muitas coisas.

A curiosidade dele aumentou, mas, antes de poder perguntar a que coisas ela estava se referindo, ela levantou a cabeça.

— Foi errado, é claro, fazer o que fiz, mas eu precisava de um emprego e o senhor tinha um a oferecer. Um emprego de homem, sim, mas um emprego para o qual eu estava inteiramente qualificada. Então, eu me passei por homem para consegui-lo.

— Você parece uma pessoa ousada e confiante, srta. Seton. Como tal, nunca lhe ocorreu candidatar-se ao emprego sem recorrer a tal subterfúgio? Usar a fé em suas próprias habilidades e seus poderes de persuasão para me convencer de que uma mulher poderia perfeitamente ser uma tutora?

Ela balançou a cabeça.

— O senhor jamais pensaria em contratar uma mulher para o cargo.

Ela provavelmente estava certa, mas Jamie ficou um pouco ressentido por sua total convicção quanto ao que ele faria ou não.

— A senhorita nem me conhecia. Não poderia saber o que eu teria feito.

— Mas eu sabia. Eu o ouvi dizer.

— O quê? — Ele franziu a testa, surpreso. — Quando foi isso?

— No escritório do jornal. Eu estava lá quando o senhor chegou e falou com lorde Galbraith. Ele lhe disse que os gêmeos haviam escrito para a Lady Truelove e o senhor...

— Havia, sim, uma mulher lá, eu me lembro — ele a interrompeu, e sua mente formulou a vaga imagem de um chapéu de aba larga, um casaco preto simples, uma saia. Não se lembrava do rosto dela, no entanto. À época, estava preocupado com os meninos e não prestara atenção alguma à mulher sentada no escritório da *Gazette*. Ele certamente não a reconhecera quando ela apareceu para a entrevista vestida de homem.

— Era você?

— Sim. Eu o ouvi dizer que uma mulher não poderia preparar meninos para Harrow. Receio que aquele comentário tenha tocado meu ponto fraco.

— E sentiu-se compelida a provar que eu estava errado?

— Prefiro dizer que parece um tanto injusto e francamente tolo que uma mulher seja privada da chance de candidatar-se a um emprego apenas por ser mulher. E não gosto de ouvir que não posso fazer algo só porque sou mulher. Sou obstinada nesse sentido.

— De fato, estou descobrindo que sim — murmurou ele. — E quanto a sua senhoria e o dono do pub? — prosseguiu, observando-a atentamente. — Pediu a eles que fabricassem cartas de referência para você?

Ela o encarou sem hesitar.

— Eles não se importaram. Acharam até engraçado, se quer saber a verdade.

— Sim, sim — disse ele, ligeiramente irritado. — Parece que sou a única pessoa sem senso de humor em toda essa situação.

Ela pressionou os lábios, demonstrando que sentia ao menos uma pontinha de culpa por tê-lo feito de tolo.

— Tendo ouvido sua conversa com Galbraith, eu sabia que ele pretendia pôr um anúncio, em seu nome, para o cargo de tutor e, quando o vi publicado, no dia seguinte, eu lhe escrevi como Adam Seton. Consegui as cartas de referência de meus amigos usando esse nome e solicitei a entrevista. Aliás, meu verdadeiro nome é Amanda — acrescentou ela, despreocupada —, caso esteja se perguntando. E agora creio que já saiba da história toda.

— Ainda não. Não teve medo de que eu a reconhecesse?

— Eu torcia para que não o fizesse. — Ela parou e passou a língua nos lábios, como se estivessem secos. — Como eu disse, precisava do emprego.

— E por que sua necessidade era tão grande, a ponto de fazer tanto esforço? Porque seu pai morreu?

— Em parte. Ele não deixou quase nada.

— Com a formação superior que ele lhe deu, você não conseguiu um cargo lecionando?

— Antes de vir para cá, fui governanta. — Houve uma longa pausa e então ela olhou para ele sombriamente. — Mas perdi meu cargo.

— Por quê? — incitou ele, quando ela hesitou.

Ela se remexeu na cadeira e não disse nada, mas Jamie não estava disposto a aceitar reticência nesse assunto.

— Foi demitida? — perguntou ele.

Curiosamente, isso a fez sorrir um pouquinho.

— O senhor acreditaria se eu lhe dissesse que não tenho certeza?

— Que tipo de resposta é essa?

Ela deu de ombros.

— Não esperei pela notificação oficial de meu patrão, embora tenha certeza de que, se o senhor solicitar informações, dirão que fui dispensada de minhas funções. E lhe será dito que fui impertinente...

— Você? — Ele fingiu surpresa. — Estou chocado. Prossiga — disse, quando ela não respondeu.

— Qual é o sentido? O senhor não vai acreditar em minha versão, de qualquer forma.

— Provavelmente não — concordou ele. — Essa é uma das dificuldades que todos os mentirosos comprovados têm que enfrentar.

Ela abriu a boca, como se fosse disparar uma resposta defensiva, mas depois fechou, como se lembrasse de que não tinha defesa. Entretanto, quando cruzou os braços, tudo em sua postura deixava claro a Jamie que ele não saberia dos detalhes sem algum esforço.

— Quanto tempo ficou nesse cargo? — perguntou ele.

— Pouco menos de dois anos.

Ele ergueu uma sobrancelha.

— Foram necessários dois anos para que seu patrão descobrisse sua impertinência? Eu soube disso em menos de um minuto.

Ela desviou os olhos.

— Sim, bem — murmurou ela —, não foi o tipo de impertinência que o senhor está pensando.

— Não? Estou ficando cada vez mais curioso.

Jamie esperou. Depois de alguns momentos, o silêncio pareceu deixá-la constrangida, pois ela franziu o rosto para ele.

— Eu realmente preferiria não falar sobre isso.

— Lamento. Quero saber mesmo assim.

O rubor surgiu no rosto claro.

— Não vejo razão para dizer.

— Para manter seu emprego aqui. Isso é motivo suficiente?

— Manter? — Como era de se esperar, ela pareceu surpresa. Ficou olhando para ele, os braços caíram no colo e sua bravata perdeu ligeiramente a força. — Mas eu já o perdi. O senhor me despediu.

— Meus filhos me pediram para reconsiderar. — Ele recostou-se e uniu as mãos, apoiando os cotovelos nos braços da cadeira. — A senhorita possui a honra singular, srta. Seton, de ser a única pessoa a cuidar de meus filhos por quem eles expressaram algum vestígio de aprovação.

Isso pareceu agradá-la, pois um sorriso surgiu em seus lábios.

— É incrível o que um vulcão de bicarbonato e vinagre pode fazer.

— Isso e o fato de que você aparentemente consegue caminhar sobre a água.

Ela pestanejou.

— Perdão?

— Fiquei sabendo que você conhece alguma maneira de andar sobre a água. Meus filhos ficaram aborrecidos porque você não estaria aqui para ensinar-lhes esse truque. De minha parte, não sei como pode ter pensado que conseguiria fazê-lo.

— Química básica. Água e farinha de milho misturadas formam um fluido não newtoniano...

— É claro — exclamou ele, lembrando-se subitamente de suas lições sobre a matéria na infância. — Seria despejado como líquido, mas reagiria como sólido, sob pressão. Ainda assim... — Ele parou de falar, pensando. — Como poderia caminhar em cima?

Ela riu.

— É só usar bastante farinha de milho e andar bem depressa.

Jamie quase riu com ela, mas, quando se lembrou do motivo daquela conversa, sua diversão passou, e ele retomou o assunto.

— Por mais interessantes e divertidas que sejam as lições, srta. Seton, essa não é a base da impressão favorável que meus filhos têm de sua pessoa. A aprovação deles parece vir do exato motivo pelo qual eu a demiti. Seu truque os deixou impressionados. Eles viram que a senhorita enganou a todos, fazendo com que pensassem que era homem, e pensaram que essa foi uma pegadinha e tanto. Para meus filhos, uma peça bem pregada é o ápice da realização.

— Entendo. — Ela inclinou a cabeça, observando-o do outro lado da mesa. — De qualquer forma, não achei que a preferência deles poderia ter alguma influência sobre o senhor.

— Então achou errado. — Ele endireitou a postura na cadeira e debruçou para a frente, enlaçando as mãos sobre a mesa. — Assim como sou obrigado a levar em conta a opinião da sra. Richmond e de Samuel, que podem muito bem pedir demissão se você for embora. E, devido ao fato de que a Câmara voltará do recesso amanhã, sem que eu tenha tempo de encontrar um substituto apropriado, estou preparado para reconsiderar sua demissão. Se — acrescentou ele, olhando nos olhos dela — minhas perguntas forem inteiramente respondidas, sem mentiras ou esquivas.

— Está bem, então, se insiste. — Ela endireitou os ombros e o encarou. — Sem que eu tivesse conhecimento, meu ex-patrão, um viúvo, tinha expectativas de que a governanta da casa realizasse certas funções, além de educar suas filhas, funções que incluíam entretê-lo, se entende o que quero dizer.

Ele entendia. Jamie sentiu uma amarga repulsa. O cavalheirismo exigia que ele abandonasse o assunto, mas não podia fazê-lo. Ela já tinha provado ser uma mentirosa; não era tão difícil de imaginar que também pudesse tirar proveito de uma situação como aquela. Ele precisava ter certeza de que não era o caso.

— E você se opôs a esse acordo?

Ela ergueu o queixo, e os pontos dourados em seus olhos cor de mel reluziram como centelhas, respondendo à pergunta sem precisar termos exatos. Quando ela falou, porém, sua voz tinha um tom de deboche.

— Por que pergunta? Agora que sabe que sou mulher, está considerando um acordo semelhante?

Jamie se retesou.

— Eu não assedio meus funcionários, srta. Seton — disse ele, secamente. — Posso ter sido um canalha endiabrado e indisciplinado em minha juventude, mas não sou mais esse tipo de homem e, se duvida de mim, não há mais nada a discutirmos. Pode pegar sua mala e sair à procura de seu próximo emprego.

Ela relaxou a postura beligerante e seu deboche sumiu.

— Parece que eu o interpretei mal — murmurou ela.

— Sim — concordou ele suavemente. — De fato. Porém, dadas as circunstâncias, acho que não posso condená-la por isso.

— Então acredita em mim?

Ele ainda não estava pronto para ir tão longe, ainda não, e deu de ombros.

— Tendo ocasionalmente sido obrigado a sentar-me bebendo com homens que se gabam de tais investidas, sei bem que isso acontece. Então, de que forma lidou com essa proposta?

— Não foi uma proposta. — Ela se remexeu um pouco na cadeira. — A princípio, não exatamente. Havia sinais de que o vento soprava nessa direção, mas eu me recusava a vê-los, pois não podia me dar ao luxo de perder meu emprego. Eu disse a mim mesma que estava imaginando coisas... A mão dele roçando em meu braço quando conversávamos, ou pousada na base de minhas costas quando eu caminhava a sua frente, saindo de uma sala, era acidental, embora minha intuição dissesse o contrário. Eu me desdobrava para evitar transparecer quaisquer impressões erradas e desencorajava esse tipo de investida da melhor maneira que podia, na esperança de evitar um confronto direto sobre o assunto. Mas, com o passar do tempo, minhas tentativas de ignorar o problema e me esquivar dele deixaram de ser suficientes. Um dia, ele me cercou num canto da despensa e me beijou. Eu protestei, mas ele não aceitou bem minha objeção.

Quando ela caiu em silêncio, Jamie sentiu um nó nas vísceras, um misto de pavor e raiva. Seu comportamento como cavalheiro seria deixar para lá, mas ele não pôde fazê-lo. Foi impelido a descobrir exatamente o que acontecera com ela, por motivos que ele começou a temer estarem além do fato de ter reconsiderado sua demissão.

— Então sua impertinência foi a recusa em render-se a ele?

— Não. — Ela mordeu o lábio, com um olhar debochado de desculpas. — Minha impertinência foi quando eu o fiz cair, dando-lhe uma joelhada.

Uma risada escapou da boca de Jamie. Ele não pôde evitar; seu alívio e surpresa foram grandes demais para conter. Mas logo deu uma tossida e procurou um jeito de responder em tom sério.

— Eu não imaginava — disse ele, por fim — que você fosse tão atlética.

— Nem eu. — Inesperadamente, ela sorriu. — Nem ele, eu imagino.

— Não — concordou Jamie, contente por ela poder sorrir depois do que havia acontecido. — Você provavelmente lhe causou o maior choque da vida. — Ele inclinou a cabeça, observando-a pensativo, e perguntou: — Esse é o motivo por você ter se candidatado a um cargo de homem? Temia o que poderia lhe acontecer, como mulher, na casa de um viúvo?

— Em parte — admitiu ela. — Mas eu também sabia que podia dar conta do emprego. E, mais que isso... — Ela parou de falar e se inclinou para a frente, com uma súbita avidez na voz, querendo explicar. — Eu *queria* esse cargo. Depois de ouvi-lo conversar com lorde Galbraith, eu quis ser professora dos seus filhos. Eu queria esse desafio.

Diante disso, Jamie não pôde evitar dar outra risada.

— Bem, isso eles são, realmente. Mas receio que você não fazia ideia de onde estava se metendo.

— Ah, eu fazia, sim. O senhor e Galbraith falaram bem abertamente sobre as dificuldades.

— E não teve receios? Nenhuma dúvida?

— Sobre seus filhos? — Ela balançou a cabeça. — Não. Pode parecer presunção, eu sei, e não tenho essa intenção, mas eu sabia que poderia lidar com eles, sabia que seria boa com eles. Lecionar é o que faço, entende. E, ao ensinar seus filhos, eu sabia que teria a chance de lecionar matérias importantes, como ciência e matemática. Eu não seria uma governanta lecionando as tolices que as meninas devem aprender, mas matérias realmente relevantes, que podem ajudar meus pupilos a fazer grandes coisas no mundo. — Ela abanava as mãos impacientemente, como se achasse suas explicações inadequadas ao fervor de seus sentimentos. — Ah, o senhor consegue entender o que eu quero dizer?

Ele a observava sem responder, percebendo a alegria genuína com que ela falava sobre sua vocação, a centelha em seus olhos, o brilho radiante em seu rosto, e ficou abalado por sua própria idiotice.

Como Jamie pôde tê-la confundido com um rapaz? Naquele momento, apesar do cabelo picotado, tudo nela era de uma mulher. Não linda, talvez, mas igualmente arrebatadora, com as maçãs saltadas do rosto, o cabelo negro, a pele clara e resplandecente. Porém, havia algo mais nela, algo que ia além de porte, estrutura óssea e ou noções convencionais de beleza, algo que parecia penetrar no vazio da existência dele, algo semelhante a uma vela sendo acesa numa sala escura e vazia.

Ela tinha um coração de aventureira, um sorriso de pirata e um deleite pela vida. Fazia pouco caso das regras e convenções e tinha amor por aventuras. Havia dor no abismo de seus olhos, mas também havia feixes de luz e esperança. Jamie temia que qualquer luz em seus próprios olhos tivesse se apagado havia muito tempo.

Quando menino, passara dos limites e desafiara regras, não por qualquer paixão pela vocação, como a garota a sua frente, e nem mesmo para ganhar atenção, como seus próprios meninos tendiam a fazer. Não, ele era movido por uma carência mais sinistra e insidiosa: preencher uma vida vazia.

Então, ele conhecera Pat, e foi como se o amanhecer tivesse irrompido em sua alma. Pat havia preenchido todos os lugares vazios, frios e solitários dentro dele, como a luz do sol. Antes dela, ele era um jovem zangado, desafiador e amargo, infringindo regras, causando confusão e fazendo qualquer coisa para ir contra a maré. Depois de ficar sem ela, passou a ser um homem chamuscado, uma casca vazia, passando pelos dias, levantando da cama a cada manhã não porque acolhia o que o dia lhe traria, mas porque a existência de seus filhos não o deixava outra escolha.

Agora, olhando o rosto vívido e fervoroso da garota a sua frente, um anseio o tomou com uma força inesperada. Fazia três anos intermináveis que ele não via em seu próprio rosto o que agora via no rosto de Amanda, e Jamie desejou — Deus, como desejou — poder ver outra vez. Era a alegria de estar vivo.

— Milorde?

O som da voz dela o tirou de seu devaneio. A vida só seguia numa direção, e era em frente. Não era possível voltar. Algumas alegrias, uma vez perdidas, estavam perdidas para sempre. Algumas luzes, uma vez apagadas, jamais reluziriam novamente.

Ele se levantou num estalo.

— Muito bem — disse ele, enquanto ela também se levantava. — Algum conhecido de minha família a conheceu ou soube seu nome?

— Não, ninguém me foi apresentado, se é o que quer dizer. Quanto ao restante, o senhor terá de perguntar a sra. Richmond e a Samuel se eles mencionaram meu nome a alguém.

Jamie já havia lhes perguntado na madrugada anterior.

— E quanto ao pessoal do comércio? Lojas?

— Algumas pessoas me viram com os meninos, é claro, mas nenhuma delas sabe meu nome. Por que a pergunta?

Ele não respondeu à pergunta diretamente. Em vez disso, disse:

— Devemos começar de novo. Você será a nova babá dos meninos, mas suas verdadeiras funções permanecerão como têm sido.

Ela se agarrou à beirada da mesa de repente, como se seus joelhos ameaçassem dobrar. Ao vê-la, Jamie percebeu que ela devia realmente estar perto de se tornar uma desvalida, ou bem perto disso.

— Obrigada, milorde — disse ela, suficientemente recuperada para soltar a mesa. — Obrigada.

— Em nome de sua respeitabilidade, de agora em diante, será chamada de sra. Seton — acrescentou ele. — Uma viúva. E se alguém notar que se parece com o tutor que estava aqui antes... — Ele fez uma pausa e suspirou, rendendo-se a mais uma mentira. — Ele era seu irmão.

Ela deu um breve sorriso diante disso.

— Então devo dar a Adam outro sobrenome, já que agora sou uma viúva respeitável.

— Uma mulher requer certo nível de privacidade — prosseguiu ele — e meus filhos agora estão inteiramente cientes de que, se saírem escondidos à noite, ou se forem malcomportados de qualquer outra forma, você é que responderá por isso. Portanto, instruí a sra.

Richmond a transferi-la para o quarto da babá e voltar Colin ao quarto dele. Isso é tudo.

Ela assentiu, fez uma reverência e se virou para sair.

— Seton?

Ela parou, com a mão na maçaneta da porta do escritório, e olhou para trás, para ele.

— Sim?

— Volte a mentir para mim, sobre o que quer que seja, e não perdoarei. Você está entendendo?

Houve uma breve pausa, um ofego, então ela encarou-o nos olhos.

— Sim, milorde. Eu compreendo.

— E não precisa ter receios de que sua história se repita. Mesmo de vestido, você está bem segura comigo.

Ela assentiu, parecendo acatar suas palavras, mas, ao observá-la se afastando, Jamie ficou dolorosamente ciente de que essa mulher despertara mais que apenas seu anseio de voltar a desfrutar a vida. Ela também lançara um sopro de vida em sua cobiça, despertando carências masculinas que ele passara três anos tentando sepultar. Ao vê-la sair pela porta, com a silhueta esguia em movimento tão graciosamente, ele quase se arrependeu por não ser do tipo que se deita com a governanta.

⚬⚬⚬

Uma omissão não era realmente uma mentira.

Ao menos, era isso que Amanda tentava dizer a si mesma quando voltou à escada dos fundos para pegar sua mala. Afinal, ele não perguntara por seu histórico profissional completo. É claro, isso, em parte, deveu-se ao fato de que ela conseguira desviar a conversa habilmente para longe de seu passado. E, se ele ficou com a impressão de que ela viveu com o pai até a morte dele, assumindo o posto de governanta somente depois de seu falecimento, bem, não foi porque ela dissera.

Se Amanda contasse sobre seu emprego em Willowbank, ele jamais concordaria em lhe dar uma nova chance, mas quantas pessoas contavam tudo ao patrão? Ela apostava que nenhuma. Todos tinham passagens na vida que prefeririam não ter, e ela não era diferente.

Mesmo enquanto dizia tudo isso a si mesma, Amanda sabia que estava tentando justificar ações questionáveis. Lorde Kenyon certamente não ligaria para distinções assim, não quando se tratava da pessoa encarregada por seus filhos, e, se ele descobrisse a verdadeira história de seu passado, ela sabia que não haveria perdão ou uma terceira chance.

Ainda assim, só precisaria atravessar aquela ponte quando, e se, ela surgisse. Enquanto isso, não fazia sentido ficar matutando sobre o assunto. Amanda parou no andar onde havia deixado a mala, pegou-a e fez o caminho de volta, seguindo para a ala das crianças. Como de costume, tentou olhar pelo lado bom das coisas. Ainda tinha um emprego, ao menos por ora. Poderia continuar trabalhando com os gêmeos. E, o melhor de tudo, poderia voltar a ser ela mesma — uma mulher.

Sim, ainda tinha de guardar alguns segredos, mas o alívio de não ter que viver uma mentira a cada minuto do dia era como tirar um peso de dez toneladas dos ombros, e ela não podia deixar de ficar contente por isso.

Não precisaria mais falar com a voz grave. Nem ficar saindo escondida com paninhos menstruais, nem fingir ser Adam.

Ela poderia voltar a ser Amanda. Poderia deixar o cabelo crescer e voltar a usar vestidos, e parar de tentar aprender a fazer um nó em uma gravata-borboleta. E, ao voltar a usar um espartilho, suas costas parariam de doer, graças a Deus.

Ao pensar nisso, Amanda sorriu. Antes que tudo aquilo começasse, ela jamais pensou que um dia ficaria feliz em voltar a vestir um espartilho.

A vida era cheia de surpresas, refletiu ela.

Capítulo 12

Durante as duas semanas seguintes, Jamie teve pouco tempo para se preocupar com Amanda Seton ou com sua decisão de mantê-la no emprego. Desde o instante em que a Câmara regressou às atividades, ele se viu inundado com mais trabalho do que nunca. Mal tinha tempo de interromper as lições dos meninos, no fim da manhã, para rapidamente despedir-se antes de partir para Westminster e, como as votações raramente terminavam antes da meia-noite, os gêmeos e a professora estavam sempre dormindo quando Jamie chegava em casa.

Seu trabalho tampouco terminava quando chegava o fim de semana. Ele ia à missa da manhã de domingo com os meninos, Amanda e os criados, mas, fora isso, seu tempo em casa era ocupado redigindo cartas, fazendo esboços de projetos de lei e elaborando discursos.

Jamie não se importava com o trabalho duro. Na verdade, era até bem-vindo. Ele mantinha seu posto na Câmara não por algum ideal nobre de que pudesse mudar o mundo, mas simplesmente pela necessidade de preencher seus dias e, embora tivesse encontrado satisfação no trabalho, seu propósito primordial ainda era ocupar a mente e bloquear lembranças de tempos mais felizes.

Às vezes, no entanto, nenhuma quantidade de trabalho conseguia distraí-lo. Numa tarde de sábado, em meados de novembro, uma daquelas lindas tardes de outono tão raras na Inglaterra, com o sol brilhando, o ar fresco e uma brisa suficiente para soprar a névoa fétida que pairava sobre a cidade, Jamie não via nada nem remotamente satisfatório em ser um membro do Parlamento.

Ele olhava para seu discurso e, conforme lia as frases que passara horas compondo com tanto zelo, não conseguia fugir à sensação de que era tudo pura balela. Em sua terceira tentativa do dia, ele ainda não conseguia transmitir a importância da Lei da Educação com coerência, muito menos eloquência. Ninguém na Câmara jamais seria persuadido por aquela baboseira.

Exasperado, jogou longe a caneta-tinteiro, esfregou as mãos no rosto e se levantou. Depois de esticar seus músculos contraídos, foi até a janela, levantou a vidraça, apoiou os antebraços no parapeito e olhou o parque, inalando profundamente, torcendo para que o ar frio e revigorante também fortalecesse seus poderes de inspiração.

Do outro lado da rua, um guarda se aproximou de um homem deitado em um banco — o mesmo banco, ele se lembrou, onde Seton estava sentada, naquele primeiro dia, quando a pipa de Colin quase aterrissou em sua cabeça. Com seu cassetete, o guarda cutucou o homem adormecido — o sr. Leach, Jaime só podia imaginar. Despertado de seu sono, o homem se levantou e saiu com passos arrastados, o guarda prosseguiu em sua ronda e Jamie olhou além.

Depois do banco ficava um gramado, onde os meninos gostavam de soltar suas pipas e, ao lado, a quadra de críquete aonde Samuel ou, mais raramente, o próprio Jamie levava os meninos para aprimorar suas habilidades de arremesso e rebatida.

Os meninos estavam lá naquele dia, Jamie percebeu, e se esticou, estreitando os olhos para enxergar melhor. Amanda estava com eles, mas ela não estava assistindo de um lugar confortável na lateral. Não, estava jogando, na posição de batedora, com a brisa de outono revoando nas imensas mangas bufantes da blusa branca e no laço de seu chapéu de palha. Ela estava de pé, na frente dos pinos de críquete, taco em punho, esperando que Colin arremessasse a bola em sua direção.

Seu posicionamento não estava correto, Jamie logo percebeu, e, quando Colin mandou a bola — um arremesso bem decente, com bom equilíbrio, que deixou Jamie orgulhoso —, ela errou a bola por uma boa distância. Não que tivesse feito diferença, pois mesmo que tivesse rebatido de forma esplêndida, ela usou força demais. Levada pelo próprio impulso, girou excessivamente o taco e atingiu os pinos atrás dela. Eliminada.

— Deplorável — murmurou Jamie, balançando a cabeça. — Simplesmente deplorável, Amanda.

Era assim que ele agora pensava nela, por seu primeiro nome. Não conseguia mais pensar nela como Seton, pois, em sua cabeça, esse nome representava um homem. Sra. Seton era o nome que todos na casa usavam quando se dirigiam a Amanda, mas Jamie nunca pensou nela assim, embora não soubesse dizer o motivo. Em sua cabeça, ela era simplesmente Amanda.

Colin saiu da posição de arremesso, Owen deixou seu lugar na defesa e os dois meninos foram até Amanda explicar o que ela havia feito de errado, e Jamie se preparou para fechar janela, pensando que era melhor voltar ao trabalho.

Mas, quando viu a triste tentativa de discurso que o aguardava na mesa, ele concluiu que poderia dispor de mais alguns minutos. Pegou seus binóculos numa gaveta e voltou à janela, observando a aula de críquete do outro lado da rua.

Os meninos retomaram seus lugares, Colin arremessou de novo e Amanda girou o taco, mas, ao fazê-lo, ela pisou na linha de demarcação, o que foi uma pena, pois dessa vez conseguira acertar a bola. Segurando o taco numa das mãos, exatamente como o batedor deve fazer, ela ergueu a saia um pouquinho do chão com a outra e começou a correr, claramente sem saber que havia infringido a regra pela segunda vez. Owen, atuando como juiz e também como defensor, foi atrás dela, fazendo um x com os braços e provavelmente gritando também, para chamar sua atenção.

Amanda desacelerou, parou e se virou, enquanto Owen se aproximava e começava a explicar o que ela fizera de errado. Jamie riu com a expressão indignada no rosto dela. Podia não saber muito sobre críquete, mas certamente tinha uma veia competitiva.

Revirando os olhos de irritação, Amanda marchou de volta até onde ela havia começado e ergueu o taco, para tentar outra vez. Com os binóculos, Jamie tinha uma boa visão do rosto dela, os olhos estreitos sob a aba do chapéu, o queixo quadrado projetado, as sobrancelhas pretas franzidas de concentração.

Nada disso a ajudou, e ela errou de novo, deixando claro que precisava de instruções mais objetivas de como bater do que as que os meninos estavam dando.

Ele podia ajudá-la, claro, pois tinha sido um batedor e tanto em sua época. Ensinara os dois filhos a bater e arremessar. E os meninos ficariam encantados se Jamie abandonasse o trabalho e fosse ficar com eles. Infelizmente, porém, seu discurso não estava concluído, o que significava que ele não tinha tempo para jogar críquete no parque.

Jamie baixou os binóculos, mas, ao fechar a janela, as palavras que Amanda lhe dissera naquela noite ecoaram em sua cabeça e ele parou.

O senhor é pai deles. Não se contente em olhar de sua janela seus filhos brincando.

Jamie olhou a pilha de trabalho na mesa, trabalho que parecia chegar numa onda ininterrupta. Trabalhar era tudo que fazia, pois, quando um homem precisava preencher a vida com distrações, o trabalho era uma das melhores.

Ainda assim, havia outras distrações.

Ele olhou de novo pela janela e, quando viu Amanda brandir o taco, acertar a bola e a mandar pelo ar, diretamente acima de sua cabeça, o que fez os garotos caírem na gargalhada, decidiu que era hora de tirar a tarde de folga.

Críquete não era seu jogo, pensou Amanda, melancólica. Ela praticou algumas tacadas e furou todas, então foi impiedosamente desconsiderada e despachada para a lateral.

Impedida de participar do grupo de meninos que agora estavam formando times, Amanda pousou seu taco de críquete e se acomodou no cobertor que havia aberto mais cedo, conformada em assistir à partida à distância, ao lado de várias outras babás e tutores que haviam levado seus alunos para o parque. Ela vestiu o casaco, passou um cachecol de lã em volta do pescoço, para se proteger do ar frio de outono, e abriu o cesto de piquenique que a sra. Richmond havia preparado. Mas mal tinha tirado um sanduíche e uma garrafa de limonada quando uma voz surgiu ao seu lado.

— Já desistiu? Logo você?

Amanda olhou para cima, girando a cabeça para encontrar lorde Kenyon vindo pelo gramado, em sua direção.

— Eu poderia dizer o mesmo sobre o senhor — disse ela, surpresa. — Não deveria estar trabalhando em um discurso, ou algo assim?

Ele parou à margem do cobertor e deu um suspiro profundo.

— Não me lembre.

Ela olhou-o solidária quando ele tirou o chapéu e despencou no cobertor a seu lado, cruzando as pernas.

— Não está indo bem?

Inesperadamente, ele abriu um sorriso para ela.

— Tão bem quanto suas tacadas.

Amanda fez uma careta.

— Não é de admirar que seu discurso não esteja pronto, se estava na janela assistindo a minhas tentativas terríveis no críquete. Foi para isso que veio até aqui? Para caçoar de mim?

— Não. — Ele parou, o sorriso sumiu, substituído por uma expressão séria. — Estou aqui porque resolvi que era hora de seguir seu conselho.

— Meu conselho?

— Sim. — Ele assentiu na direção do campo de críquete. — Para brincar com meus filhos em lugar de ficar olhando da janela.

A felicidade brotou dentro dela, doce e dolorida, uma pressão tão forte no peito que tirou seu fôlego. Disse a si mesma que aquela explosão estonteante de felicidade era pela alegria que a atitude do pai traria aos meninos, mas, ao olhar de esguelha o perfil do lorde, soube que o que sentia não era só por causa de Colin e Owen.

— Fico contente.

Ele se virou para olhá-la de novo.

— Eu também, Amanda.

Ao som de seu nome, a felicidade aumentou e ela desviou o olhar. Precisou se forçar a falar.

— Os meninos vão dar piruetas de alegria — ela conseguiu dizer, apontando com a cabeça o campo de críquete. — A *sua* presença eles vão querer no time, tenho certeza.

— Eles terão que esperar um pouquinho. — Ele gesticulou para o cesto de piquenique, perto dos pés deles. — Não posso jogar críquete sem uma boa alimentação. A menos que não tenha comida suficiente.

— Ah, temos sanduíches de sobra — garantiu ela, feliz em falar sobre algo inofensivo como comida enquanto sua respiração voltava ao normal. — Também tem presunto, se preferir, e algumas maçãs. Talvez tenha até alguns bolinhos, a menos que os meninos tenham comido todos.

— Parece bom. — Ele se debruçou para a frente para remexer no cesto, depois tirou um sanduíche e uma garrafa de limonada. — Então, por que não está mais jogando? — perguntou, meneando a cabeça na direção do campo de críquete enquanto desembrulhava seu sanduíche, tirando o papel pardo. — Não parece muito com você, desistir de alguma coisa após somente uma tentativa.

— Eu não desisti! — disse ela, com indignação. — Um menino chamado Archie chegou, então tive que ceder meu lugar no time.

— Por quê? Porque você é uma garota? Ora, isso me surpreende.

— Não consigo imaginar o motivo — respondeu ela, franzindo o nariz. — Meninos excluem meninas dos jogos o tempo todo.

— Bem, sim, mas... — Ele parou para dar um gole da limonada, lançando um olhar constrangido. — Nós dois sabemos que você não é do tipo que se deixe deter por um mero detalhe como gênero.

Ela lhe deu um cutucão de reprovação com o pé.

— E ainda bem! Ou o senhor já teria passado por pelo menos mais meia dúzia de professores a essa altura.

— Nem tantos, certamente.

— Acha que estou exagerando? Os meninos me disseram que aquele primeiro, que o senhor contratou, um tal de sr. Partridge, só durou três dias. Faça os cálculos direito. — Ela riu quando ele fez uma careta. — E — acrescentou — o fato de ser mulher não foi o motivo para que eu tivesse sido posta para fora. Ao menos, não foi o motivo que os meninos me deram. Eles disseram que Archie "quebra tudo". — Ela deu uma bufada, com sua dignidade ferida, ainda ofendida pela dispensa. — Seja lá o que isso signifique.

Jamie riu.

— Quer dizer que ele é um batedor muito bom.

— Ao contrário de mim — admitiu ela, com a indignação passando a desânimo.

— Você só precisa de prática. E um pouquinho de instrução adequada.

— Aceito a instrução, se estiver oferecendo — disse ela imediatamente. — O que eu estava fazendo de errado?

— A pegada não estava boa, para começar. E sua postura também. O que me lembra... — acrescentou ele, gesticulando para a saia dela. — Deve-se sempre usar protetores quando vai bater. Para proteger suas pernas.

— Sim, os meninos me disseram, mas é muito difícil de saia. É claro — disse ela, rindo — que eu posso pôr a calça de novo.

Ele não riu com ela. Em vez disso, olhou para baixo.

— A damas usam por baixo da saia — murmurou ele, descendo o olhar para as pernas dela, com uma inspeção lenta que deixou Amanda subitamente acanhada. Quando ele subiu de novo o olhar, porém, seu rosto impassível não dizia nada. — Os protetores, eu quis dizer.

Ele desviou os olhos e Amanda sentiu uma pontada de decepção, sensação que imediatamente a deixou irritada consigo mesma. Pelo amor de Deus, ela não queria que ele ficasse olhando suas pernas e imaginando coisas. Queria?

A cabeça do sr. Bartlett havia claramente virado naquela direção, e olhe como tudo terminou de forma desastrosa. Mas, mesmo ao se lembrar da história passada, ela também estava bem ciente de que Jamie não era nada parecido com o sr. Bartlett. O olhar do patrão anterior parecia invadir sua privacidade e jamais despertara nela qualquer sentimento além de o desejo de dar-lhe uma bofetada na cara redonda e vermelha.

O olhar de Jamie inspirava um sentimento totalmente diferente, mas Amanda sabia que aquela não era a questão. Jamie era seu patrão e, por mais feminina e sedutora que ela se sentisse quando ele olhava suas pernas, nada poderia resultar disso.

Com aquilo em mente, Amanda voltou ao assunto do críquete, bem mais seguro que falar sobre o que ela deveria usar por baixo da saia.

— Disse que minha pegada estava errada? Como?

— Vou lhe mostrar. — Ele colocou o último pedaço do sanduíche na boca, pôs a limonada de lado e se virou na direção dela, estendendo a mão para pegar o taco entre eles, pousado no cobertor. Mas, antes que pudesse mostrar a ela como segurar direito, ele subitamente deu uma risada. — Não acredito — murmurou ele. — Esse é meu taco antigo, do tempo de colégio.

— É? Os meninos procuraram para que eu usasse. Disseram que os tacos deles não serviriam e que eu precisava de um mais comprido. Espero que não se importe.

— Não, de jeito nenhum — garantiu ele. — E os meninos estão certos. Você é alta demais para um taco infantil.

Amanda franziu o rosto, intrigada.

— Mas o senhor disse que era seu taco da época da escola. Ou quis dizer da universidade?

— Não, é certamente da época da Harrow. Mas eu era bem alto, mesmo naquele tempo. — Ele virou o taco e riu de novo. — Pelo amor de Deus, isso me traz boas lembranças. Onde foi que eles o encontraram?

— No sótão, eu acho. — Ela se debruçou para olhar mais de perto, meio duvidosa. — Tem certeza de que é seu?

— Absoluta. Por que a pergunta?

— Tem o nome de uma menina escrito aqui. — Ela apontou para o cabo do taco e o nome entalhado na madeira com uma precisão delicada. — Sarah.

— Ah, sim. — Ele sorriu um pouquinho, baixando os olhos para o taco. — Sarah Dunn. Ela era filha de um fazendeiro vizinho.

— Seu primeiro amor?

— Sim, embora eu não tenha certeza de que amor tinha muito a ver com isso, honestamente — respondeu ele, erguendo os olhos. — Afinal, nós só tínhamos 15 anos. Foi uma paixão passageira... violenta e fervorosa, é claro, mas nós éramos muito jovens para algo mais profundo.

Ela pensou na primeira vez que viu Kenneth Halsbury, preguiçosamente recostado numa carruagem, na entrada de Willowbank, fumando um cigarro, enquanto esperava pelo pai, que estava em reunião com a sra. Calloway, a diretora. Era uma noite quente, o segundo semestre letivo estava prestes a começar, e ela vinha caminhando na calçada. Ele se virou ao som de seus saltos no cascalho, e a visão do rosto dele fez a vida de Amanda toda girar rumo ao caos. A paixão dela por lecionar tinha dado lugar a uma paixão diferente e, três meses depois, ela se viu difamada e abandonada, de coração partido, com a carreira destruída e os sonhos arrasados.

Olhando para trás, Amanda não sabia exatamente o motivo pelo qual uma olhada para Kenneth, naquele dia fatídico, havia lhe causado um impacto tão forte. Talvez por ela ter 26 anos e não saber nada sobre os homens, ou talvez porque seu pai tivesse acabado de morrer e ela ainda estivesse imersa no luto, ou porque na Willowbank ela vivesse cercada de meninas, vinte e quatro horas por dia. Qualquer que fosse o motivo, no instante em que pôs os olhos nele, seu coração deu um pulo no peito com uma alegria tão forte que mais parecia dor. Um pouco como o momento em que Jamie olhara para suas pernas.

— Paixão — disse ela, emocionada — pode parecer amor. Não importa a idade.

— Só até que se conheça o amor verdadeiro.

— Talvez — disse ela, embora fosse meio cética quanto à existência do amor verdadeiro. — Partiu o coração dessa garota?

— Não. Não que eu não tenha partido minha cota de corações por aí, lamento dizer — ele logo acrescentou. — Fui um tanto endiabrado em minha juventude e, se uma garota ficasse próxima demais de mim, eu geralmente fugia como uma flecha, sem se importar com o seu coração. Mas Sarah era diferente. Ainda assim, não importava o que nós sentíamos.

— O que aconteceu?

— Eu estava em casa para passar as férias de verão, e nós nos encontrávamos em segredo. Um dia, meu pai nos pegou atrás da cerca viva, e a vaca foi para o brejo, como dizem. — Ele parou e olhou para baixo, para o taco de críquete, passando o polegar nas letras entalhadas. — Ele chamou Sarah de um nome que não vou repetir e partiu para cima de mim com uma bengala. E me acertou na cabeça. Deixou uma cicatriz e tanto. — Ele mudou o taco de mão e afastou uma mecha de cabelo da testa com a outra, revelando uma marca na têmpora esquerda, abaixo da linha do couro cabeludo. — Está vendo? Bem aqui. Também me causou uma concussão.

— Meu Deus, Jamie — sussurrou ela, com repulsa demais pela história para se preocupar com pronomes de tratamento.

— Foi uma bênção — garantiu ele. — Fico bem contente que tenha acontecido.

— Contente? — ela repetiu incrédula. — Como pode?

Os olhos dele brilharam subitamente, como vidro verde sob o sol.

— Porque foi nesse dia que revidei. Meu pai nunca mais encostou a mão em mim.

Amanda sentia-se enjoada.

— E quanto a seu irmão? Ele não poderia tê-lo protegido?

Ele balançou a cabeça.

— A saúde de Geoff sempre foi frágil, principalmente quando éramos meninos. Peito fraco. Ainda bem.

— Ainda bem?

— Sim. Quando ele tinha apenas 5 anos, os médicos recomendaram enviá-lo para retiros na França, para se fortalecer. Meu pai não queria um herdeiro adoentado, então concordou. Geoff e seu tutor estavam fora a maior parte do tempo, o que o manteve a salvo dos conceitos de disciplina do velho. Mais tarde, quando eu tinha idade e porte suficiente para desafiá-lo, deixei claro que, se algum dia ele encostasse a mão em Geoff, eu não apenas bateria nele com sua bengala, eu o mataria.

— Você não deveria precisar passar por isso. — Amanda sentiu um flash de ódio impotente. — Alguém deveria estar lá com você. Um tio, um primo, alguém deveria tê-lo protegido! A vocês dois.

Diante dessas palavras, a expressão de Jamie se abrandou.

— Não fique tão abalada, meu amor — disse ele, baixinho. — Naquele dia, quando o velho me pegou com Sarah, tudo acabou bem. E, mesmo que não tivesse acabado — acrescentou, com um sorriso malicioso —, o beijo valeu a pena.

Amanda ficou o observando, sua raiva se dissipando diante daquele sorriso e dando lugar a um sentimento totalmente diferente. Seu coração começou a disparar no peito, seus lábios começaram a formigar e, quando ele baixou o olhar para sua boca, Amanda sentiu-se desesperadamente compelida a dizer alguma coisa, qualquer coisa que desviasse a atenção dele.

— Meu primeiro amor foi um poeta — tagarelou ela. — Ele não era realmente um poeta, mas queria ser.

— Ele era bom?

— À época, eu achava que sim. — Amanda parou um momento. — Provavelmente, não — emendou ela, fazendo os dois rirem.

Jamie pegou sua garrafa de limonada e tomou um gole.

— Ele escreveu poemas sobre você? Deve ter escrito, se era apaixonado por você.

Será que Kenneth algum dia tinha estado apaixonado por ela? Amanda tendia a duvidar. Ele dissera amá-la, mas Kenneth dissera tantas coisas no calor da paixão, e, de qualquer maneira, agora não

fazia diferença. Quaisquer que tivessem sido seus verdadeiros sentimentos, os conceitos que Kenneth tinha sobre amor nunca incluíram
o casamento.

— Ele compôs um ou dois poemas sobre mim — admitiu ela.

— Uma vez, ele escreveu... — Ela parou de falar, estranhamente
envergonhada e bem ciente de que, se quisesse manter sua reputação
arruinada em segredo, provavelmente não deveria ter dito nada sobre
o homem responsável. — Deixa para lá.

— Não, conte-me. O que ele escreveu sobre você? Estou ansioso
para saber.

— Não vejo o motivo — disse ela, rindo um pouquinho, sentindo-
-se constrangida e praguejando sua língua impulsiva. Mas Jamie a
observava, esperando uma resposta, e Amanda prosseguiu, relutante:
— Muito bem. Ele uma vez escreveu que meus olhos eram como a
luz do sol capturada no abraço de uma floresta escura.

Ela forçou outra risada, uma risada desdenhosa.

— Soa bem tórrido, não é?

— Tórrido, talvez, mas... — Ele parou, olhando para ela. — É
uma descrição apropriada.

— É? — Isso a surpreendeu. Ela pensou um momento, ainda
duvidosa depois de todo aquele tempo. Balançou a cabeça, desviando
o olhar. — Nunca consegui enxergar isso. Ainda não consigo.

— Eu consigo.

A intensidade na voz dele a chocou e, quando Amanda o olhou,
sua respiração falhou, pois havia uma expressão em seus olhos, algo
que ela nunca vira nos olhos claros e frios. Ternura.

De repente, tudo em volta deles — as folhas das árvores, vivamente
coloridas pelo outono, o gramado salpicado de verde e dourado, o céu
azul topázio — tudo pareceu ofuscar e desaparecer. Os sons do tráfego
na Park Lane e as vozes das pessoas ao redor, tudo caiu em silêncio.
Ele era a única coisa que ela via. Tudo que Amanda ouvia era o furor
de empolgação percorrendo suas veias e tudo que sentia era anseio.

Jamie desceu o olhar aos lábios dela, seus olhos se enevoando num
tom mais escuro de verde e, loucamente, Amanda se perguntou se

ele iria beijá-la. Imaginou os lábios dele nos seus, os braços fortes ao redor de sua cintura, e o anseio por dentro foi aumentando e se espalhando, trazendo à tona algo que ela não se permitira enfrentar nem admitira existir: sua profunda e intensa solidão.

Ela queria o beijo de Jamie. Pela primeira vez em mais de dois anos, queria a boca de um homem na sua, braços ao redor dela, mãos sobre ela, e por todos os mesmos motivos: acabar com o isolamento emocional de sua existência, abrandar a dor de ser só, nem que por alguns poucos e gloriosos instantes.

Será que ele também queria isso? Ela ficou imaginando, olhando seus olhos embaçados, de um verde orvalhado num campo inglês. Ele só podia querer, pensou ela, olhando os traços de sofrimento e tristeza em seu rosto. Ele certamente devia querer.

Ele se aproximou mais um milímetro. E ela também, ansiando de corpo e alma.

— Papai? Você veio!

Jamie recuou num tranco, e o encanto se rompeu. Amanda deveria sentir-se aliviada, mas, quando ele se afastou, não era alívio que ela sentia. Em vez disso, o desapontamento penetrava seu peito e, quando ele se levantou e saiu andando, ela se repreendeu como uma tola.

Um beijo, por mais maravilhoso que fosse, não poderia mudar sua vida. Não poderia apagar o erro colossal de julgamento que a levara até ali. Só poderia tentá-la a cometer o mesmo erro pela segunda vez.

Não havia mais lugar para romance em sua vida. Amanda já tivera isso uma vez, e acabara. Agora, não lhe restavam ilusões românticas. Ela tinha apenas seu trabalho e seus pupilos. Ela olhou além de Jamie e, quando viu Colin e Owen atravessando o gramado, correndo na direção dele, soube que a felicidade deles teria de ser o seu consolo.

———— ∞∞∞ ————

Às vezes, tirar uma folga pode arejar a cabeça e facilitar as coisas, mas, se Jamie achou que aquela tarde de folga faria isso, ele estava fadado à decepção. E, se esperava que a retomada da elaboração de seu discurso seria uma distração do que quase acontecera no parque com Amanda naquela tarde, estava tristemente enganado.

Em seu escritório, horas depois, o cesto de lixo a seu lado transbordava com novas tentativas patéticas, e o discurso não avançara em nada. Amanda ainda estava nítida em sua mente e a excitação que ele sentia, embora contida, ainda estava ali, ardendo em fogo baixo, esperando uma chance para entrar em ebulição.

Ele quase a beijara. Apertou a caneta com força e a ponta espalhou tinta na folha de seu discurso, mas Jamie mal percebeu. Em um parque, rodeado de gente, ele quase beijara uma mulher que mal conhecia. Ele não beijava uma mulher, nem queria fazê-lo, havia mais de três anos. E agora quase beijara uma mulher que não era Pat. Uma mulher que, menos de três semanas antes, ele julgava ser um homem, pelo amor de Deus.

Só havia uma explicação para todo esse episódio desconcertante. Jamie largou a caneta com um som aflito, pousou os cotovelos na mesa e passou as mãos nos olhos cansados. Estava ficando maluco.

Talvez fosse o estresse do trabalho. Ou talvez seu corpo estivesse finalmente se rebelando com os três anos de celibato que ele se impusera. Qualquer que fosse o caso, sua sanidade estava com certeza se esvaindo.

A admissão não ajudava, pois, mesmo ao fazê-la, o desejo que sentira naquela tarde voltava a revolvê-lo por dentro, e ele simplesmente não conseguia reunir forças para lutar contra isso. Não dessa vez.

Ao fechar os olhos, o rosto de Amanda lhe vinha à lembrança, seus lábios entreabertos, os cílios negros meio caídos acima daqueles olhos extraordinários, o delicado tom rosado de seu rosto. Houvera desejo ali, no rosto dela, e, ao se lembrar, seu próprio corpo reagiu. Sua respiração acelerou, os músculos se retraíram e o desejo que ele tinha contido apenas horas antes irrompeu novamente. Em lugar de apagar o fogo, Jamie preferiu abanar as chamas.

Recostando na cadeira, começou a imaginar os seios pequenos e perfeitos, as pernas compridas e esguias. Ele se imaginou acariciando-a, deslizando as mãos por sua cintura e seus quadris, as mãos em concha nas nádegas, puxando-a para perto. Ele se imaginou beijando-a, a sensação sedosa de seus lábios, o sabor delicioso e doce de sua boca.

Alguma coisa, um vago sussurro de inquietação interrompeu o pensamento erótico. Jamie franziu o rosto, tentando afastar a sensação, o corpo se revoltando contra qualquer interrupção a uma fantasia contida e conquistada a duras penas, havia muito merecida.

Ele me cercou num canto da despensa e me beijou. Eu contestei, mas ele não aceitou bem minha objeção.

Maldição.

Jamie abriu os olhos e se endireitou na cadeira, odiando a si mesmo. Não por seus pensamentos inapropriados em relação a Amanda, infelizmente, mas pela dor na consciência que acabara de arruiná-los.

Praguejando, ele estendeu a mão para pegar o copo de uísque na mesa a seu lado, tomou tudo num gole só e pousou o copo outra vez. Então, com a determinação e o autocontrole havia muito adquiridos, afastou da cabeça os pensamentos eróticos sobre sua funcionária, pegou a caneta e tentou recomeçar seu trabalho.

Ele leu os parágrafos de abertura do discurso, procurando analisá-los de forma objetiva, mas, depois daqueles pensamentos ardentes, quaisquer palavras sobre a necessidade vital de elevar o orçamento para a educação das classes britânicas mais pobres pareciam terrivelmente entediantes.

Jamie mergulhou a caneta no tinteiro, riscou a introdução e corajosamente tentou de novo.

— Os britânicos sempre tiveram grande orgulho da educação das crianças de nossas classes mais altas — ele murmurava enquanto escrevia. — Certamente, o nascimento acidental não deveria privar os menos afortunados...

Ele parou, a concentração mais uma vez interrompida, mas, dessa vez, não devido a pensamentos eróticos. Não, achou ter ouvido um ruído bem acima. Olhou para o alto, franzindo o rosto para o teto, mas, mesmo depois de alguns instantes, o som não se repetiu, e Jamie concluiu que só podia ter sido um rato, ou talvez Oscar, o gato dos meninos. Baixou a cabeça e prosseguiu em sua tarefa.

— Tampouco devemos ser privados de fazer o que é correto por nosso povo. — Ele recomeçou a escrever enquanto falava. — Certamente, a imensa fortuna e a prosperidade de nossa nação só podem ser ressaltadas por uma população bem educada...

O barulho veio outra vez, agora mais alto, e ele percebeu que não era rato algum, nem o gato, que estava ouvindo. Era o som inequívoco de passos. Ele olhou de novo para cima, o olhar seguindo o som pelo piso de tábuas corridas do sótão conforme passava diretamente acima de sua cabeça.

As dependências das empregadas ficavam no sótão, porém, com a família toda em Ravenwood, não havia nenhuma criada na casa. Amanda estava no quarto da babá, ao lado da ala das crianças, e os quartos da sra. Richmond e de Samuel ficavam abaixo da escada. Portanto, não deveria haver ninguém no sótão, ainda mais no cômodo diretamente acima de seu escritório, um espaço usado só para armazenagem.

Os passos pararam, e Jamie ouviu o ruído de algo sendo arrastado, seguido por uma batida seca. Ele pousou a caneta, sabendo que só podiam ser os meninos. Deviam ter saído da cama sorrateiramente, deixado seus quartos e, por um motivo que sem dúvida envolvia alguma travessura, estavam remexendo no sótão.

Ele pegou a lamparina na escrivaninha e subiu para investigar.

No topo da escada do sótão, Jamie encontrou o corredor à esquerda completamente fechado, como deveria estar, mas a porta que conduzia à direita estava aberta e ele viu um facho da luz da lamparina no corredor, vindo do quarto no final da passagem, que ficava diretamente acima de seu escritório.

Imaginando o que neste mundo seus pestinhas estavam aprontando, ele seguiu pelo corredor. Quando chegou à porta, no entanto, viu que não eram Colin e Owen remexendo nos móveis quebrados, baús velhos e caixotes de armazenagem.

— Amanda?

Ela se virou com um arquejo, pousando a mão na frente da blusa.

— Minha nossa, que susto!

— Peço desculpas. Ouvi ruídos aqui em cima e achei melhor investigar.

— Eu estava tentando ser silenciosa. Não o acordei, acordei?

— Não, eu estava trabalhando.

— Ainda? — Ela olhou-o com compaixão. — Achei que a essa altura certamente já teria terminado.

— Não tive tanta sorte — murmurou ele, e decidiu mudar de assunto. — O que está fazendo aqui em cima?

— Eu estava procurando o jogo de croqué. Samuel mencionou que havia um nos baús aqui de cima. Se o tempo estiver bom amanhã à tarde, pensei que os meninos e eu poderíamos jogar croqué. Ou minigolfe. Ou badminton.

Ele sorriu.

— Já desistiu do críquete?

— Bem, os meninos me expulsaram do time — lembrou ela. — Meu orgulho exige que haja ao menos um esporte que eu possa jogar sem me sentir uma tola.

— Não seja tão dura consigo mesma. Mal começou a aprender o jogo hoje e, acredite, críquete não é tão fácil quanto parece. Com um pouquinho mais de treino, você se sairá bem.

Ela fez uma careta.

— Perdoe-me se eu duvidar — disse ela, voltando a atenção ao baú em que estava mexendo quando Jamie chegou.

Ele olhou os quadris bem moldados que se apresentavam diante de seus olhos com aparente inocência e, quando ela se contorceu, tentando puxar o baú ao lado, todas as fantasias que ele havia contido voltaram rugindo, com tanta ou mais cobiça que antes, imunes à repreensão de sua consciência.

— Francamente, milorde, onde estão seus modos?

— O quê? — Jamie piscou, tentando recuperar a compostura enquanto a pergunta de Amanda penetrava seus sentidos extremamente excitados e sem modos. — Perdão?

Sem se endireitar, ela virou de lado para olhá-lo.

— Um cavalheiro viria aqui me ajudar a puxar alguns desses baús.

— Certo. É claro. — Aliviado com a ideia de uma tarefa para distrair a atenção daqueles quadris atraentes, Jamie pousou a lamparina que estava segurando em cima de um caixote próximo e foi até ela. Ele a avisou: — É melhor você sair do caminho.

— Cuidado — alertou Amanda, dando um passo para trás. — Aquele ali está cheio de livros e é bem pesado.

Jamie não se incomodou em erguê-lo; só empurrou para o lado com o pé, depois tirou vários caixotes do caminho, para que ela pudesse chegar até os baús que estavam junto à parede dos fundos. Quando ela chegou ao seu lado e abriu um dos baús, ele concluiu que já havia flertado suficiente com o limite do apropriado.

— Bem, vou deixá-la — murmurou ele com uma reverência, e se virou para sair, mas, antes de dar três passos, ela deu uma risada que o fez parar.

— O que foi? — perguntou ele, virando-se.

— Parece que não consigo me livrar desse jogo.

Amanda se voltou para ele com um taco de críquete nas mãos, e, quando Jamie viu seu rosto sorridente, não resistiu em flertar mais um pouquinho.

Ela segurou o taco e o brandiu, depois olhou para Jamie.

— Então? — disse ela. — Melhorou alguma coisa? O quê? — perguntou, quando ele riu. — Por que você está rindo? O que estou fazendo de errado?

— Por onde devo começar?

— O senhor me ofereceu ajuda esta tarde — lembrou ela. — E rir — acrescentou, franzindo a testa — não ajuda muito.

— Desculpe — disse ele rapidamente. — Mas você está girando o taco como se estivesse jogando *rounders*.[*]

— E isso é ruim? — perguntou ela. — Eu consigo bater na bola quando jogo *rounders*.

— Críquete é um pouco diferente. Mas — acrescentou ele, quando os ombros dela penderam de desânimo —, se você consegue bater

---

[*] Jogo com bastão e bola que deu origem ao beisebol. (N.E.)

na bola num jogo de *rounders*, provavelmente também vai conseguir num de críquete. Só precisa aprender como fazer. Os gêmeos não lhe deram nenhuma instrução hoje à tarde?

Amanda balançou a cabeça.

— Só disseram que, se eu quisesse entrar para o time, teria que provar minha capacidade. Então, me deram o taco e disseram que eu tinha que bater na bola e correr na direção da base oposta.

Ele lançou um olhar duvidoso.

— Eles não a convenceram a apostar nada ao final desse teste, não é?

— Eles tentaram. Não caí nessa. Aprendi uma ou duas coisas desde a brincadeira de caubóis e índios.

Jamie riu e pegou o taco da mão dela.

— Vou lhe mostrar como bater direito. Então, você pode virar o jogo e enganá-los, para variar um pouco.

Dando uma olhada em volta, para ter certeza de que não havia nada no caminho, ele se posicionou e brandiu o taco, realizando o movimento lentamente para que ela pudesse observar com precisão o que ele fazia.

— Está vendo? — disse Jamie, e fez de novo. — Você gira para baixo, na direção do solo, depois para cima, mas não na horizontal. E mantém a metade inferior do seu corpo de lado, a parte superior de frente para o lançador. Agora, vamos colocá-la na posição correta.

Ele se abaixou, remexeu no baú onde ela havia achado o taco e tirou três pinos de críquete.

— Venha comigo.

Ele foi até o centro da sala, onde havia um pouco de espaço livre, e montou os pinos, depois se endireitou.

— Percebe como coloquei os pinos?

— Pinos? — Ela se aproximou e parou ao seu lado. — Você quer dizer esses três pauzinhos? Eu achei que eram chamados de *wicket*.

— Sim, são, mas a extensão de terra por onde você corre também se chama *wicket*, então, para evitar confusão, a maioria chama esses pauzinhos de pinos. Vê como eu os posicionei enfileirados, retos? — Quando ela assentiu, ele tirou o pino central e jogou de lado, depois deu alguns passos atrás e assumiu a posição da tacada. — Para treinar sua tacada, você terá que ficar de frente para os pinos, desse jeito.

— De frente para eles? Mas eles não têm que estar atrás quando se dá a tacada?

— Sim, mas estamos dentro de casa, então não podemos usar uma bola de críquete para treinar. Colocar os pinos na frente, sem o pino central, é a maneira de treinar a tacada quando não se tem uma bola. Você vai querer brandir o taco entre os dois outros pinos, sem tocá-los. Assim.

Ele fez o gesto de novo, demonstrando.

— Percebe como estou mantendo o lado plano do taco virado para a frente? — Quando ela assentiu, Jamie deu um passo para trás e bateu com a ponta do taco no chão, no local onde estava antes. — Venha, fique aqui.

Com Amanda posicionada no local exato em que ele estava um instante antes, com os pinos à esquerda, ele parou alguns palmos à frente dela.

— Está vendo como a beirada de uma tábua corrida segue direto por entre os pinos? — perguntou ele, gesticulando para o chão, com o taco na mão. — Essa marcação — prosseguiu, quando ela assentiu — pode servir como sua linha-guia e ajudá-la a posicionar seu corpo de maneira correta. Onde estão seus dedos dos pés?

Amanda ergueu a bainha da saia para olhar os pés e, quando viu seus tornozelos, Jamie tragou profundamente o ar. Mesmo com as meias pretas opacas, os tornozelos dela não o ajudavam em nada a manter o equilíbrio.

— Coloque as pontas dos dedos na linha-guia — murmurou ele, desviando o olhar, enquanto estendia o taco para ela. Quando Amanda o pegou, ele recuou, voltando para uma distância segura, lembrando a si mesmo de prestar atenção ao posicionamento dela, e não ficar imaginando a forma de suas pernas.

— Flexione ligeiramente os joelhos e suspenda um pouco mais o cotovelo direito. Bom — acrescentou ele, quando ela obedeceu. — Agora, pensando no que fiz, tente fazer igual.

Ela fez, mas, quando brandiu o taco, atingiu um dos pinos e o derrubou.

— Isso acontece por causa de sua pegada — disse ele. — O modo como você está segurando o taco a impede de manter o lado plano virado para a frente. Vou lhe mostrar.

Jamie então se aproximou e colocou as mãos sobre as dela, no taco, pensando em posicionar melhor os dedos de Amanda. No instante em que a tocou, porém, ele percebeu que tinha cometido um grave erro.

Ele ficou parado, olhando as próprias mãos, sentindo os dedos menores por baixo dos dele, macios e mornos, sua pele sedosa junto às palmas das mãos. Jamie deveria recuar enquanto podia, mas fazia tanto tempo que não tocava uma mulher que simplesmente não conseguia fazer seu corpo obedecer ao comando do cérebro.

Ela se remexeu, mas não removeu as mãos. Mesmo assim, ele abriu as dele, elevando-as de leve, para deixar de tocá-la, dando-lhe a clara opção de recuar, torcendo desesperadamente para que ela não o fizesse.

Amanda não se mexeu.

Jamie fechou os olhos. Devagar, bem lentamente, ele se aproximou e, quando sentiu o aroma de talco fresco e imaculado, compreendeu o motivo de imediato.

Ela devia ter se banhado.

A ideia era tão erótica que o deixou tonto. Parou de novo, as mãos suspensas acima das dela, os olhos fechados, o coração batendo tão forte que doía no peito. Ele não conseguia se mexer, só conseguia ficar ali parado, inalando o cheiro da pele de Amanda, ouvindo o som de sua respiração suave e veloz, o calor de seu corpo tão perto. Queria ficar ali para sempre.

— Jamie?

Ele ouviu seu nome e a pergunta embutida. Abriu os olhos, mas não conseguia responder. Só conseguia olhar para ela, sem ação, enquanto a cobiça o invadia em ondas.

Amanda dissera que ele sempre tinha o semblante inexpressivo, mas, conforme ele observava os olhos dela se arregalando, o rubor tomando seu rosto, soube que qualquer talento que tivera para esconder seus sentimentos acabara de abandoná-lo. Os lábios dela se entreabriram, atraindo seu olhar como um ímã e, quando ela passou a ponta da língua no lábio inferior, Jamie soube que precisava recuar antes que fizesse algo de que se arrependeria e acarretasse o desprezo dela.

— É melhor que eu vá. — Ele começou a dar um passo para trás, mas parou sem motivo algum. — Ou talvez você deva ir — acrescentou, odiando-se por estar tão desesperado para se agarrar a esse momento que estava transferindo para ela o fardo do comportamento apropriado, quando era ele quem deveria se comportar. Ele fez uma concessão. — Um de nós deve ir.

— Sim — concordou ela, mas não se mexeu.

— Eu não... — Ele parou e riu, uma risada curta e mordaz. — Não quero ir.

Os olhos de Amanda, arregalados e lindos, fitavam os de Jamie.

— Nem eu — sussurrou ela.

Então, de repente, ela estava nos braços dele. O taco de críquete caiu no chão ruidosamente e Jamie o chutou para fora do caminho. Ele a puxou mais para perto, inclinou a cabeça e tomou seus lábios.

Fazia tanto tempo que ele não beijava uma mulher que quase parecia nunca tê-lo feito. Os lábios dela pareciam veludo quente, e a sensação de tê-los junto aos seus desencadeou arrepios de prazer por todo corpo.

Ele pôs uma das mãos nas costas dela, puxando-a para ainda mais junto dele, e, quando ela se aproximou, passou o braço em volta de sua cintura, enquanto a outra mão segurava seu rosto. A pele sob a palma de sua mão era macia, as mechas de cabelo faziam cócegas nas pontas dos dedos dele, e, depois desse exílio imposto no deserto do celibato, o beijo dela era como água e alimento para o corpo de Jamie, um bálsamo de consolo para sua alma. Mas isso não bastava. Nem de longe.

Ele deslizou a mão até a nuca dela, mergulhando-a nos cachos curtos e sedosos, depois aumentou o aperto para inclinar sua cabeça para trás. Aprofundou o beijo, separando os lábios dela com os seus, arrancando-lhe um gemido baixinho que sentiu dentro da boca, incitando-o a continuar. Ele reagiu deixando a língua mergulhar em sua boca, saboreando-a profundamente, enquanto deslizava as mãos pelos contornos que já imaginara — o suave formato de seus seios, a cintura fina, as curvas mais generosas dos quadris. Como, pensava ele, havia sido possível negar a si mesmo os prazeres de uma mulher por tanto tempo? Naquele momento, uma autonegação do tipo parecia ridícula, absurda.

Ele apertou mais o abraço, enlaçando a cintura dela com um braço e o outro braço ao redor de suas costas, querendo-a mais junto a ele, precisando de mais.

Ela devia sentir o mesmo, pois seus braços enlaçaram o pescoço dele, trazendo aquele aroma delicado de talco e o calor feminino por trás dele até suas narinas, e Jamie deu um gemido agonizante, conforme seus instintos masculinos perceberam o desejo dela.

As mãos dele deslizaram pelas nádegas dela e Amanda fez um som de aprovação, com os lábios junto aos seus, enquanto ele segurava toda sua farta sensualidade nas mãos em concha. E quando a ergueu, pressionando os quadris dela colados a sua ereção petrificada, o prazer da sensação quase o fez cair de joelhos.

Ele queria isso. Queria ir ao chão com ela, erguer sua saia e lhe dar prazer com as mãos e a boca, e sentir aquelas pernas compridas em volta dele enquanto gozava dentro dela.

Mas sabia que aquilo não poderia acontecer. Amanda era sua funcionária, e ele lhe dissera — prometera-lhe — que não era do tipo que levava empregadas para a cama. Nessas circunstâncias, o jovem endiabrado e negligente que ele havia sido aos 20 anos talvez o fizesse, mas ele não era mais aquele rapaz.

Por causa de Pat.

Pensar na esposa falecida lhe deu a força para parar, mesmo que não a vontade. Ele lentamente pousou os pés de Amanda no chão, mas, quando ela deslizou por cima de seu sexo ereto, o prazer foi tão intenso e insuportável que ele gemeu junto aos lábios dela. Quando

Jamie por fim recuou um passo, foi como se estivesse se rasgando ao meio.

Por um longo momento, nenhum dos dois se mexeu. Sob a luz fraca e as sombras do sótão, eles se olharam, com a respiração ofegante dos dois como o único som.

Ela levou a mão aos lábios, ainda inchados pelos beijos, e Jamie soube que não poderia ficar ali mais nem um instante, ou não aguentaria.

— Perdoe-me — murmurou ele, ao pegar a lamparina e se virar.

Ele caminhou na direção da porta. Não se atreveu a olhar para trás, pois estava conturbado por dentro e, caso parasse, caso se virasse e olhasse mais uma vez para as pernas longas de Amanda, para seus olhos deslumbrantes e seus lábios avermelhados pelos beijos, a promessa que ele lhe fizera apenas duas semanas antes seria desfeita e qualquer integridade que ele achava possuir provaria ser uma piada, pondo a perder qualquer conceito de ser um homem responsável e honroso.

Com seu corpo em total rebelião contra o que acabara de fazer, ele deixou o sótão e voltou a seu escritório. Ao fechar a porta, caminhou até janela e abriu a vidraça, pensando apenas em refrescar o fogo que percorria seu sangue.

Ficou ali parado, com um ombro encostado à moldura da janela, respirando fundo e tentando não desejar ser aquele malandro audaz e mulherengo que era antigamente. Ficou ali por um bom tempo.

Capítulo 13

AMANDA FICOU OLHANDO A PORTA se fechar atrás de Jamie, mas mal ouviu o ranger das dobradiças, o clique do trinco ou os passos dele ao descer a escada.

Seu sangue rugia nos ouvidos, o coração retumbava no peito e ela não conseguia recuperar o fôlego. E, se tudo isso não fosse suficiente para confundir uma mulher, seus joelhos pareciam não funcionar direito.

Amanda despencou em cima de um baú com uma batida, conforme as pernas bambas finalmente desistiam.

— Minha nossa — murmurou ela, e deu uma risadinha maluca, imaginando se estava tendo algum tipo de sonho erótico glorioso.

Pousou a mão na boca e fez uma careta, pois seus lábios estavam sensíveis, como se tivessem sido lixados. Não, nada de sonho, ela se deu conta, e sua empolgação sumiu. Amanda baixou a mão ao colo, tentando se situar.

Foi apenas um beijo, ela lembrou a si mesma, nada demais para uma mulher difamada como ela. Afinal, Kenneth a beijara muitas vezes. Ele também a seduzira e a levara para a cama. Graças a ele, nada sobre o amor físico seria qualquer tipo de surpresa para ela e, no entanto, a boca de Jamie sobre a sua tinha sido diferente de tudo que já vivenciara.

Ao contrário do beijo de Kenneth, o de Jamie não havia sido doce e carinhoso, um caminho lento para a sedução de uma virgem. E certamente não havia sido como o beijo do sr. Bartlett, forçado, em uma despensa, obrigando-a a usar a força para fugir.

Não, o beijo de Jamie havia sido empolgante, e voraz, e ardente, e a deixara com uma sensação estranha e bizarra de que ela nunca havia sido beijada de verdade na vida.

Ainda assim, apesar da sensação, de uma coisa ela estava certa. Havia sido um erro. Jamie era seu patrão, e deixar que ele a beijasse havia sido inapropriado e tolo, sem falar em possivelmente desastroso.

Não que ela o tivesse deixado beijá-la, para ser exata. Na verdade, em retrospectiva, Amanda não tinha certeza de quem beijara quem. Num momento, ele a ensinava a segurar o taco de críquete, no outro, os lábios dele estavam nos seus, os braços dela enlaçavam avidamente o pescoço dele, e tudo no mundo passara a girar de maneira descontrolada.

Independentemente de quem dera o primeiro passo naquela noite, o fato que prevalecia era que jamais lhe ocorrera parar. Bem ao contrário, pois foi Jamie quem parou, foi Jamie que recuou e saiu.

Na realidade, se a decisão de parar tivesse cabido a ela, Amanda desconfiava que ela e Jamie ainda estariam ali de pé, os lábios grudados, os braços enlaçados ao redor um do outro, num abraço fervoroso.

Humilhada por sua própria idiotice, Amanda gemeu e mergulhou o rosto quente nas mãos. Será que, àquela altura, ela ainda não havia aprendido sua lição? Kenneth não lhe ensinara que os desejos carnais significavam a ruína para uma mulher solteira? Será que não aprendera com o sr. Bartlett que cabia às mulheres impor os limites, firme e claramente, pois os homens não eram confiáveis para fazê-lo?

De qualquer forma, a questão que permanecia era: o que ela deveria fazer agora?

Amanda levantou a cabeça com a pergunta e se forçou a parar de se recriminar. Os arrependimentos eram desperdício de tempo. O importante era o que ela faria a seguir.

Seu primeiro pensamento foi fugir, para não ter que enfrentar Jamie no dia seguinte. Mas ela não possuía o luxo de tal covardia, pois não tinha para onde ir e dinheiro para se manter. E, além disso, pensou, perturbada, por que deveria fugir? Por que deveria abrir mão de um emprego que adorava por *um* erro?

E os meninos tinham que ser levados em consideração. Eles estavam indo tão bem. Se ela partisse, o que aconteceria com eles? Voltariam a ser desobedientes e isso seria uma grande pena, dado o progresso que já haviam feito. Eram bons meninos, os dois, e não mereciam ser abandonados por Amanda só porque ela e o pai deles haviam cometido um erro imbecil.

Não, partir não era a resposta. Talvez ela e Jamie pudessem fingir que aquele beijo jamais acontecera. Talvez pudessem ignorar isso e seguir adiante.

No instante em que Amanda considerou aquele caminho, soube que não teria como segui-lo. Ela ignorara o problema entre ela e seu patrão em seu emprego anterior e, embora a situação e seus sentimentos a respeito fossem bem diferentes, nada seria resolvido se ela enterrasse a cabeça na areia. Jamie não era o sr. Bartlett, nem de longe. Mas ele era homem, e o que acontecera naquela noite poderia levá-lo a acreditar que Amanda tinha uma integridade questionável.

Ela precisava confrontá-lo, encarar a situação e deixar claro que ambos eram igualmente culpados pelo que acontecera e que ela não queria que aquilo se repetisse. Então, talvez, os dois pudessem esquecer tudo.

Amanda se levantou e deixou o sótão, aliviada por ter um plano para lidar com a situação. Mas o alívio durou pouco, pois, ao se deitar na cama, mais tarde, tentando pegar no sono, seus lábios ainda ardiam pelos beijos de Jamie, seu corpo ainda fervia nos lugares onde ele a tocara e ela sabia que, pelo menos para ela, esquecer aquele beijo extraordinário era algo mais fácil de dizer do que fazer.

⸎

Jamie levou três dias para recuperar o equilíbrio.

Beijar Amanda havia destruído o estado de torpor de corpo e mente que o impedira de enlouquecer nos três últimos anos. Despertara os mais profundos desejos físicos dentro dele, desejos que quase esquecera, e três dias de banhos frios e trabalho incessante, dormindo no clube, foram necessários até que Jamie conseguisse reorganizar suas prioridades.

Ele devia um pedido de desculpas a Amanda pelo que acontecera. Mesmo agora, ainda não tinha certeza se dera o primeiro passo naquela noite ou se havia sido ela, mas também sabia que esse tipo de distinção não importava. Ele tinha posição e riqueza, e o poder inerente àquela condição. Ela não tinha nada dessas coisas. Por mais tentador que fosse arranjar justificativas, Jamie sabia que sua conduta não tinha desculpa.

Ele também tinha um dever com seus filhos, um dever que passara tempo demais negligenciando e que Amanda o forçara a encarar. Ela era uma excelente tutora e a primeira pessoa que ele julgara ser capaz de cuidar de seus filhos com algum grau de sucesso, e Jamie não tinha intenção de perdê-la.

Quando a manhã de terça-feira chegou, ele conseguira expulsar da cabeça quaisquer ideias eróticas sobre ela e sentia-se suficientemente em domínio de si mesmo para lhe pedir desculpas. O momento era ideal, pois terça era a folga dela, e Samuel levara os meninos para um passeio, dando a Jamie a oportunidade perfeita de conversar com Amanda a sós, antes que ela saísse para desfrutar o dia livre.

Ele a encontrou na mesa dela, na ala das crianças, com Oscar, o gato de estimação dos meninos, dormindo em seu colo. Estava escrevendo uma carta e parecia tão preocupada com a tarefa que nem notou quando ele chegou.

O sol entrando pela janela banhava o lugar em que ela estava, fazendo seu cabelo curto e negro brilhar num tom quase azulado sob o esplendor matinal, mas não foi isso que o fez parar na porta. Sob o sol, sua silhueta ficava levemente visível através da blusa branca, e a curva sombreada dos seios dela quase fez a compostura de Jamie, duramente conquistada, cair em esquecimento.

De repente, Oscar acordou, erguendo a cabeça e dando um chiado de alerta para Jamie. Interrompida em sua escrita, Amanda olhou para o animal, depois virou a cabeça para a porta e, quando viu Jamie ali em pé, espiando, ela logo desviou o olhar, com o rosto corando. Aquilo o forçou a se lembrar do motivo por estar ali.

Ele a observou colocar a carta no mata-borrão forçosamente e, temendo o pior, amaldiçoou-se por ter esperado três dias.

— Bom dia — cumprimentou ele.

Amanda logo se remexeu para se levantar, fazendo Oscar saltar de seu colo com um miado indignado e depois sair marchando aborrecido.

— Milorde — cumprimentou ela, sem olhá-lo direito. — Os meninos não estão aqui esta manhã, eu receio. Eles foram com Samuel ao zoológico. Queriam ver o aquário.

— Sim, eu sei. Samuel me disse onde passariam o dia, quando me ajudou a me vestir, esta manhã.

Isso chamou a atenção dela.

— Dormiu aqui essa noite? Então, decidiu parar de... — Ela se interrompeu, mas sua pergunta incompleta ficou no ar tão claramente que ele quase ouviu o final.

Decidiu parar de me evitar?

Ele deu uma tossida.

— A propósito, eu formalmente promovi Samuel à função de valete. Escrevi para Torquil a respeito, na semana passada, e ele concordou com a mudança e prometeu enviar outro criado de Ravenwood. Portanto, agora haverá três criados para olharem os meninos em seu dia de folga, ou para ajudá-la quando eles estiverem impossíveis.

— Sim, a sra. Richmond me disse esta manhã. Esse é... — Ela parou, remexeu-se, nervosa, e prosseguiu: — É por isso que veio até aqui? Para me contar a novidade?

— Não. Mas eu queria falar-lhe a sós e, quando soube que ainda não tinha saído para seu dia de folga, pareceu uma boa oportunidade. — Ele gesticulou para o espaço entre os dois. — Posso?

O rubor no rosto dela aumentou, e Jamie se apressou a se explicar, antes que ela pudesse recusar.

— Não interferiria em seu tempo livre se não fosse importante. Espero que possa me conceder um momento.

— É claro. — Ela gesticulou para a cadeira de madeira perto de sua mesa. — Por favor, sente-se, milorde.

Ele atravessou a sala, puxou a cadeira de encosto reto, de modo a se sentar diretamente de frente para a mesa dela e, quando Amanda retomou seu lugar, ele também se sentou.

O sol que entrava pela janela se escondera por trás de uma nuvem, ainda bem, pois Jamie temia que do contrário a tarefa seria ainda mais difícil do que já estava provando ser.

— Espero não estar atrapalhando. A senhorita parecia um tanto preocupada, quando entrei.

— Não, não. Eu só estava lhe escrevendo uma carta.

— Para mim? — Suas apreensões aumentaram, o desalento o tirou de prumo e ele tentou se preparar para o pior. — Uma carta de demissão?

Os olhos dela se arregalaram ligeiramente, por espanto ou alarme, ele não soube identificar, mas, quando Amanda falou, sua voz saiu baixinha e composta.

— Deveria ser?

Percebendo o que ela queria dizer, ele apressou-se a falar:

— Não, Deus, não. Eu só estou perguntando porque não poderia culpá-la, se de fato se demitisse. Deus sabe, a maioria das mulheres o faria, depois...

Ele parou, praguejando. Mas que droga, o que estava fazendo? Tentando empurrá-la porta afora? Jamie sabia o que precisava dizer e era melhor andar logo com aquilo, antes que dissesse qualquer outra coisa que piorasse a situação. Mas, quando abriu a boca para expressar o arrependimento por sua conduta e suas desculpas, não conseguiu dizer as palavras.

O motivo, percebeu, constrangido, era que ele não sentia nem um pingo de arrependimento por aquele beijo. Mesmo agora, o desejo de repetir a experiência irrompia por dentro, e ele temia que apenas uma minúscula desculpa já fosse suficiente para fazê-lo agir. Ora, se não houvesse uma escrivaninha entre eles naquele exato momento, Jamie temia estar mais inclinado a repetir seu erro do que desculpar-se por isso.

Felizmente, o gato desistiu de ficar emburrado e pulou no colo de Amanda, provendo a Jamie um assunto mais neutro tão necessário.

— Oscar parece muito afeiçoado a você.

— Ele é sim, ainda bem. Se não fosse, acho que a opinião dos meninos sobre mim seria bem menos positiva.

— Eles realmente adoram esse gato. Infelizmente, ninguém mais adora.

Isso a surpreendeu.

— Mas por quê? — perguntou ela, afagando o pelo cinzento da cabeça do bichano. — Ele é tão bonzinho.

— Com você, talvez — respondeu ele, seco. — E ele adora os meninos. Eu, no entanto, estou abaixo de seu desprezo.

— Talvez porque você simplesmente não demonstra afeição por ele. — Ela sorriu, erguendo o gato para encará-lo, e Oscar imediatamente começou a chiar para Jamie. — Quer segurá-lo?

— Sem chance.

Os dois riram e Oscar, claramente avesso àquela demonstração de camaradagem entre os dois humanos, se soltou das mãos de Amanda e deu uma última chiada para Jamie antes de pular da mesa.

— Está vendo? — disse Jamie, observando Oscar enquanto ele saía da ala dos meninos zangado, balançando o rabo com indignação. — Ele me odeia. Fora os meninos, detesta a todos da casa, incluindo os criados. Sempre detestou.

— Se é assim, por que deixou que os gêmeos ficassem com ele?

Jamie lhe deu uma olhada de esguelha.

— Negar àqueles meninos um gatinho faminto, chiando pateticamente, que eles salvaram de uma árvore? Eu queria ter visto você tentar.

— Entendo seu argumento. — Ela se acomodou na cadeira e gesticulou para a mesa. — Mas, para responder sua pergunta, eu estava lhe escrevendo um relatório sobre o progresso dos meninos até hoje. Vendo quão ocupado tem estado, eu não tinha certeza de quando teríamos tempo de falar sobre isso pessoalmente. É por isso... — Ela parou e deu uma tossida. — Por isso que veio aqui? Para falar dos meninos?

Jamie se agarrou à desculpa, embora soubesse estar apenas adiando o inevitável.

— De fato, preciso me manter atualizado de como eles estão evoluindo — disse ele.

— É claro — concordou ela, de imediato. — Ficará feliz em saber que eles parecem estar se aquietando um pouquinho.

— Nada de trotes ultimamente?

— Bem, houve uma urticária nas mãos de Colin — ela começou a contar.

— Urticária? — Ele se retesou em sua cadeira. — Que tipo de urticária?

— Não fique alarmado, milorde. Não foi nada. Passei um pouco de pomada e o fiz usar luvas nos últimos dias, e já melhorou bastante.

— Mas o que causou isso, você sabe?

— Ah, sim. Reconheci a urticária na hora. Ele tinha arrancado alguns ramos de arruda da horta da cozinha, com as mãos desprotegidas, e, como fazia uma tarde ensolarada, claro que teve uma reação. Sob a luz do sol, o óleo de arruda tem um efeito danoso à pele.

— Alergia a arruda? — Jamie franziu o rosto, ainda intrigado. — Mas como isso poderia ser um trote?

— Porque ele fez de propósito. Deve estar lembrando de que estou fazendo os dois polirem toda a prataria do duque, uma hora por dia, como punição pelas lesmas que puseram na minha cama? Bem — acrescentou ela, quando ele assentiu —, no dia do incidente com a arruda, eles estavam polindo a prataria como de costume. Naquela tarde, quando a urticária surgiu, Colin tentou alegar que era o polidor de prata que estava causando a alergia e declarou que eu não poderia ser tão cruel a ponto de fazê-lo continuar.

Jamie sorriu abertamente.

— Meu filho é tão esperto.

— Não tão esperto quanto ele pensa ser — respondeu ela, seca. — Sua pequena manobra não me enganou nem por um segundo. Conheço alergia a arruda.

— Ainda assim, precisa admitir, foi um tanto engenhoso — disse ele, ainda sorrindo. — Com a urticária nas mãos, Colin certamente teve uma folga da prataria.

— Temporária, eu lhe garanto. Ele vai voltar à sua tarefa em um ou dois dias. Aqueles meninos não vão ter permissão para parar até que tenham polido a última peça.

Ele parou de sorrir.

— Você é durona na delegação de tarefas, Amanda — disse ele, esforçando-se para soar apropriadamente solene.

— Talvez, mas duvido que algum dia eu torne a encontrar lesmas em minha cama. E a arruda forneceu a oportunidade perfeita para explicar os princípios científicos por trás da fototoxicidade.

— Você gosta mesmo de usar exemplos do mundo real em suas lições, não é?

— O máximo possível. É mais eficaz e muito mais interessante do que simplesmente estudar textos acadêmicos. Aliás, há algo que quero lhe perguntar. Pelo fato de seu trabalho tomar tanto seu tempo, sinto que os meninos devem entender o que o senhor faz e a importância disso, então estamos iniciando lições sobre os trabalhos do Parlamento. Eu estava torcendo para que o senhor pudesse dedicar algum tempo para nos dar uma aula expositiva sobre o assunto, é possível?

— Eu ficaria feliz em fazê-lo, mas acho que talvez tenha uma ideia ainda melhor que uma simples aula. Já que você é tão afeiçoada a lecionar pelo exemplo, por que não leva os meninos até Westminster, um dia? Eu posso levá-los, e a você também, por um tour e explicar o que faço...

Ele parou diante da visão do sorriso dela, um sorriso repleto de puro prazer que fez escapar-lhe a própria sugestão... e qualquer outro pensamento coerente.

— Oh, mas que ideia maravilhosa! — exclamou ela. — Isso será muito melhor que uma aula formal, obrigada, milorde. Dada sua agenda tão ocupada nas sessões do Parlamento, isso é muita gentileza sua.

Jamie se inquietou na cadeira, constrangido, ciente de que gentileza não tinha nada a ver com o que sentia no momento. Remexendo-se ligeiramente, ele prosseguiu, apressado:

— Bem, você disse que eu deveria passar mais tempo com meus filhos, e, nesse quesito, tenho decepcionado. E seria bom que eles próprios vissem como funciona nosso governo. Poderão ter uma perspectiva melhor do que estão aprendendo se virem os salões e as câmaras.

— Ah, que bom que conversamos sobre isso! — disse Amanda empolgada. — Os meninos vão adorar.

Ele quis perguntar se ela também ia adorar, mas se conteve.

— Eu preciso estar na Câmara antes do Período de Perguntas — disse ele —, portanto, se vocês chegarem por volta das duas da tarde, isso nos dará tempo de sobra para uma excursão e também para um chá.

— Podemos assistir aos debates?

— É claro. A vista da Galeria das Damas não é uma das melhores, receio, mas mesmo assim vocês conseguirão ver e ouvir tudo que se passa.

— Que dia devemos ir? Talvez — acrescentou ela, antes que ele pudesse responder, com um sorriso já meio provocador — possamos marcar nossa visita para o dia em que fizer seu discurso, que tal?

Ele gemeu.

— Acha mesmo?

— Os meninos adorariam ouvi-lo.

— Duvido muito, pois é tudo baboseira.

O sorriso provocador desapareceu de imediato, e ela o olhou com compaixão.

— Não pode estar tão ruim assim.

— Honestamente, não sei dizer. — Ele suspirou. — O que sei é que, toda vez que ensaio, parece terrivelmente entediante... tão entediante, na verdade, que me faz querer pegar no sono. Duvido que eu consiga persuadir alguém a votar pelo envio do projeto de lei ao comitê, muito menos convencê-los a concordar em mandar de volta para uma segunda leitura.

— Quer alguma ajuda? Afinal, eu sou professora. Posso ler o que já está pronto, dar minha opinião, talvez auxiliá-lo na edição?

Jamie desviou o olhar para baixo, seu corpo começou a ferver, e ele se forçou a erguer novamente os olhos.

— Acho que isso não seria prudente, Amanda.

Ela baixou os olhos, remexendo ansiosa no mata-borrão.

— Não — murmurou ela. — Talvez, não.

— Não quero que me interprete mal — disse ele rapidamente.
— Aprecio sua oferta, de verdade, mas... — Ele parou e olhou para ela, sabendo que talvez a tivesse ofendido, mas sem conseguir fazer a admissão humilhante de que não confiava em si mesmo no que dizia respeito a ela e precisava de mais tempo e distância antes que se atrevesse a arriscar. — Não seria prudente — repetiu.

— É claro — ela logo concordou, assentindo fervorosamente, mas sem encará-lo.

Jamie se deu conta de que era hora de parar de enrolar.

— Acho que chegamos ao ponto ideal para que eu diga o que vim aqui dizer. — Ele parou, depois prosseguiu — Amanda, eu lhe devo um pedido de desculpas. Portei-me de maneira abominável na outra noite. Não, por favor — acrescentou, quando ela tentou falar. — O que aconteceu não deveria ter acontecido, e é culpa minha. É que fazia tanto tempo que eu queria...

Ele parou de falar, percebendo que quase estragara sua retratação ao tentar justificar o injustificável. Pior, quase confessara, em voz alta, que mal conseguia conter o desejo que sentia por ela. Que humilhante.

Respirando fundo, Jamie tentou outra vez.

— Eu não cumpri com minha palavra de que você estaria a salvo comigo e não tenho explicação ou desculpa a dar. Tenho certeza de que isso serve pouco como consolo, mas, por favor, acredite que eu me repreendo constantemente por minhas ações, ainda mais sabendo como seu patrão anterior a submeteu à mesma situação...

— Ah, mas não foi... — protestou ela, interrompendo a sequência de recriminações pessoais que ele fazia e, mesmo enquanto ela falava, o rubor surgia novamente em seu rosto. — Não foi... isso não... quer dizer, eu não senti... quer dizer...

A voz dela foi sumindo, e Amanda passou a língua nos lábios, como se estivessem muito secos, incitando a atenção dele e fazendo sua imaginação adentrar um território bem mais perigoso.

— Não foi a mesma coisa, de jeito nenhum, Jamie — sussurrou ela.

— Não foi? — Era uma notícia tão gratificante que ele não pôde evitar sorrir. — Verdade?

Na hora, as sobrancelhas severas e escuras dela se uniram, em reprovação, e ele rapidamente tirou o sorriso do rosto.

— Mas, ainda assim — continuou ela —, foi um equívoco.

Ele deveria manifestar sua concordância sincera, mas então olhou abaixo e, ao imaginar as curvas das quais tivera um vislumbre mais cedo e lembrar-se da sensação dela em seus braços naquela noite, aquele beijo começou a parecer menos um equívoco, e sim a coisa mais formidável que Jamie já fizera.

— Um equívoco que nós jamais poderíamos ter cometido.

Ao som da voz dela, ele ergueu novamente o olhar.

— Sim, é claro — concordou, com a voz firme, vigorosa e tão evidentemente insincera que quase o fez retrair-se. — Pode ter certeza de que não voltará a acontecer — acrescentou, rezando para que fosse um homem forte o bastante para tornar essa garantia verdadeira.

Ela concordou com a cabeça, mas não falou mais nada. O objetivo dele havia sido alcançado, eles pareciam em total acordo e seria uma boa ideia partir agora, antes que Jamie ficasse tentado a agir segundo os pensamentos e impulsos eróticos que ainda o atormentavam. Demorar-se ali, ele sabia, era como acender fósforos dentro de um paiol de pólvora e, no entanto, ele não se mexeu.

Em vez disso, olhava nos olhos dela, com todas aquelas cores profundas e, subitamente, sentiu-se à beira de um abismo. Tentava pensar nos filhos, em Pat, no homem honrado e responsável que passara uma década tentando se tornar. Mas, ao encarar os olhos de Amanda, Jamie não queria ser aquele homem. Não queria pensar em Pat. Não queria se entristecer de luto. Não queria ser bom e responsável e manter suas promessas e ser um exemplo honroso para seus filhos. Ele queria... Deus, o que ele queria...

O anseio que o tomou foi tão forte que parecia uma mão entrando em seu peito e arrancando seu coração. Um anseio por algo que ele não conseguia expressar, mas era uma dor muito mais profunda que uma luxúria não saciada.

Jamie inalou, sentiu o aroma de talco, e se forçou a recuar da beirada do abismo. Foi quase como se tivesse que se rasgar ao meio.

— Eu realmente preciso ir andando, ou vou me atrasar — disse ele, e se levantou. — Mais uma vez, por favor, aceite meu pedido de desculpas por meu comportamento. Quanto a Westminster — continuou quando ela já estava de pé —, se acha que os meninos realmente gostariam de me ouvir falar, então, vá na terça-feira, daqui uma semana. Sei que terça é seu dia de folga, mas é o primeiro dia de debates sobre o Projeto de Lei da Educação e está programado para ser o primeiro assunto da pauta, portanto, será quando terei a melhor chance de fazer meu discurso. Não posso garantir que serei chamado pelo presidente da Câmara, é claro, já que não sou ministro, apenas um membro comum do Parlamento. Mas Peel gosta de mim, de modo que há uma boa possibilidade de que ele me chame, quando eu me levantar. Se assim for, espero que isso ocorra antes do sinal de intervalo de jantar. Meu palpite é que seja entre as cinco da tarde e as sete da noite.

Ela assentiu.

— Nós devemos chegar pela entrada de visitantes?

— Sim, perto da Torre do Relógio. Vá até Westminster Hall, e eu os encontrarei na entrada da igreja St. Stephen's às catorze horas. — Ele fez uma reverência. — Aproveite seu dia de folga.

Com isso, ele deixou a ala das crianças e desceu as escadas, pois sua carruagem o aguardava junto à calçada. Ele inalou profundamente o ar fresco para eliminar o cheiro suave e feminino das narinas. Quando ia entrar no veículo, Jamie subitamente mudou de ideia.

— Vou caminhar um pouco — disse ele ao condutor —, e depois pegarei um coche de aluguel. Leve a carruagem para os estábulos, sim? E não se preocupe em ir me buscar hoje à noite. Vou sair bem tarde, e posso pegar outro coche para voltar de Westminster também.

— Está bem frio hoje, milorde. Tem certeza?

— Tenho certeza. Estou com um pouquinho de dor de cabeça — mentiu ele, quando seu condutor lhe lançou um olhar duvidoso. — O ar frio me fará bem.

Jamie começou a se afastar.

— Só espero que esfrie a minha maldita imaginação — murmurou ele baixinho, ao seguir pela calçada.

Capítulo 14

Os gêmeos ficaram tão empolgados com o passeio a Westminster que, na semana após a oferta de Jamie para levá-los por um tour pelo Parlamento, os dois foram verdadeiros anjos. Fizeram suas lições, não passaram nenhum trote em Amanda ou nos outros empregados e poliram o restante da prataria sem qualquer reclamação.

William, o novo criado da casa, chegou de Ravenwood, como planejado, e ficou tão impressionado pela melhora no comportamento dos meninos que declarou que Amanda tinha a paciência de uma santa.

Amanda, no entanto, sabia que não tinha nada de santa.

Ela pensava no beijo de Jamie ao menos dez vezes por dia e, sempre que se lembrava, era tomada por uma alegria insensata. Às vezes, à noite, o sabor dos lábios dele e o fervor de suas carícias invadiam seus sonhos, e Amanda despertava ardendo de desejo. Sabia, no entanto, que não havia futuro em anseios do tipo.

Ela imaginava que a maioria das jovens poderia presumir que um beijo tão fervoroso e íntimo como aquele que compartilhara com Jamie pudesse significar um pedido de casamento, mas Amanda era vivida demais para tais expectativas. Paixão, ela sabia bem, não era amor, tampouco um prelúdio para o casamento.

E, embora Jamie claramente a desejasse, ela não poderia se iludir em acreditar que seu beijo havia sido inspirado por um sentimento mais profundo. Para ele, houvera apenas um grande amor e, embora a mulher a inspirá-lo estivesse morta, ele deixara bem claro que jamais haveria outro.

De qualquer forma, de sua parte, Amanda não tinha certeza se queria se casar com homem algum. Já havia sonhado com isso — casamento, filhos, um futuro compartilhado com seu único e verdadeiro amor —, mas Kenneth matara esse sonho, e ela passara a aceitar sua vida de solteirona. Era casada com seu trabalho, seus pupilos eram seus filhos e preferia cuidar de si mesma por meio da profissão que amava a depender de um homem para fazer isso por ela.

Porém, embora já não sonhasse mais com casamento, depois do beijo de Jamie havia momentos, tarde da noite, no escuro de seu quarto, em que ela sonhava com ele, com seus lábios nos dela, seus braços enlaçando-a. Quando acordava, seu corpo ardia de desejo, e a solidão de sua vida de celibato parecia quase insuportável. O beijo dele a lembrara dos prazeres físicos do amor, o alívio da solidão que aquilo poderia proporcionar, e Amanda precisava se conter para não correr ao outro lado da casa, entrar no quarto de Jamie e se atirar descaradamente sobre ele, em total abandono. Afinal de contas, ela já tinha fama de vagabunda, e quando despertava desses sonhos eróticos fervorosos, sentia-se tentada, até quase o limite de seu autocontrole, a fazer jus à fama.

O principal motivo para que não o fizesse eram os meninos. Ela adorava os gêmeos, amava-os com um sentimento tão profundo e tão voraz que isso ocasionalmente chegava a chocá-la. Nos quase dois meses em que ela estava naquela casa, Colin e Owen haviam roubado seu coração, e Amanda não suportava a ideia de arriscar seu emprego e perdê-los. Algum dia teria que deixá-los, claro, em alguns anos eles partiriam para a escola, mas ela não queria antecipar aquela tristeza tendo um caso com o pai deles, que só lhe renderia um futuro ainda mais solitário do que aquele que já a esperava.

Jamie havia parado de dormir no clube, mas, por meio de um acordo silencioso, eles se esforçavam para evitar estar juntos a sós. Todas as manhãs, Amanda mandava os meninos para baixo, para tomar café da manhã com o pai, e depois, quando Jamie os levava de volta, ele era tão contido e formal que ninguém que estivesse observando sonharia que algo acontecera entre os dois. Amanda fazia o melhor para espelhar seu comportamento, mas ela achava insuportavelmente difícil. Uma mulher simplesmente não conseguia ser rija e formal com a lembrança do beijo de um homem invadindo sua mente toda vez que ela olhava para o homem em questão. Ela não conseguia falar de modo austero quando seus lábios estavam formigando. Não tinha como fingir que a presença dele não tinha importância, quando sua pele corava de calor e sua pulsação disparava toda vez que ele adentrava o ambiente.

Como resultado, quando chegou o dia do passeio a Westminster, Amanda estava tão empolgada quanto os meninos, tão empolgada que eles até chegaram adiantados. Passaram pela Torre do Relógio e atravessaram o pátio do palácio sete minutos antes da hora.

Apesar da chegada antecipada, Jamie já os esperava, e, quando eles viraram a esquina no fim de Westminster Hall e Amanda o viu nos degraus que levavam à igreja St. Stephen's, seu coração pulou tanto que seu peito chegou a doer.

Os meninos também o viram, e só não saíram correndo porque Amanda os segurou pela mão enquanto o pai descia os degraus para cumprimentá-los.

— Nada de correr — ordenou ela, mas, embora tivesse pretendido que a ordem saísse firme como a de uma babá apropriada, a aproximação de Jamie e seu próprio coração disparado fizeram sua voz soar como um sussurro ofegante, obrigando-a a apertar firme as mãos dos meninos para contê-los. — Nós conversamos sobre isso antes de vir aqui hoje, vocês se lembram? — acrescentou, conseguindo, como muita força de vontade, manter um tom de voz firme. — Nada de correr dentro de Westminster.

Jamie desceu o último degrau e, quando parou diante deles, tirou sua cartola preta e fez uma reverência, Amanda sentiu-se tão alvoroçada como um gato no telhado quente.

— Chegamos — disse ela, e quase gemeu diante da futilidade de sua observação.

Tampouco passou despercebido por Jamie, que, para constrangimento dela, curvou os lábios num sorriso enquanto colocava o chapéu de volta na cabeça.

— Sim — concordou Jamie, com a voz propositalmente solene.
— Estou vendo.

— Podemos primeiro ver a Câmara dos Comuns, papai? — perguntou Colin. — E podemos ver onde você se senta? E quanto à Galeria Real? Podemos ver?

— Devagar, devagar — disse Jamie, rindo. — Não, receio que vocês não possam ver a Galeria Real. A rainha não está lá e, mesmo que estivesse, eu não sou importante a ponto de conseguir um convite para estar na presença dela, lamentavelmente. Mas, quanto ao restante, sim. Iremos primeiro à Câmara dos Comuns.

Jamie se virou para Owen, e seu sorriso deu lugar a uma expressão intrigada.

— Você está muito quieto, Owen — disse ele. — Há algo errado?

— Não, papai. Eu só não esperava ver você de cartola.

— Você já me viu de cartola. Todos os dias, na verdade.

— Eu sei, mas você não tem que usar uma peruca no Parlamento?

— Não, só o presidente e os oficiais têm que usar perucas, graças a Deus. A maioria de nós mantém a cartola, embora nem sempre usemos. Uma cartola é importante, pois, se algum membro quiser apresentar um ponto de ordem durante uma divisão de opiniões, ele tem que estar com o chapéu na cabeça.

— Por quê? — Colin quis saber.

— Ah, é tradição. Mas, a qualquer momento que um membro se levante, ele tem que tirar o chapéu. Para falar, por exemplo, ou deixar a Câmara. Isso também é tradição.

— Mas você usava uma peruca, não é? — perguntou Owen. — Quando era advogado?

— Usava. Por isso que eu desisti de advogar e me tornei membro do Parlamento. Um chapéu é bem mais confortável que uma peruca.

— Está nos enganando, papai — acusou Colin, claramente cético. — Esse parece um motivo tolo para concorrer às eleições.

— Você só diz isso porque nunca precisou usar uma peruca — respondeu Jamie. — Eu já, e elas dão uma coceira danada, principalmente quando está calor. Então — acrescentou, gesticulando para as imensas portas em arco atrás dele. — Vamos passar pelo saguão da St. Stephen's e seguir para a Câmara dos Comuns, depois veremos as galerias e a Câmara dos Lordes, e todo o restante.

Ele se virou, estendendo as mãos, e, quando Amanda soltou os meninos, ele pegou a mão de cada um e os conduziu pelos degraus acima, passando pelas portas de madeira e vidro sob o arco gótico e adentrando o corredor principal da St. Stephen's. Amanda seguiu logo atrás, contente em ficar na retaguarda, enquanto Jamie levava os filhos pelo lobby dos membros, deixando que eles espiassem pelas janelas ao lado da porta para ver o Salão dos Membros da Câmara dos Comuns, onde a sessão já havia iniciado, e os levou até a galeria onde se sentariam depois para assistir aos debates.

— Por que nós temos que nos sentar na Galeria das Damas? — Owen quis saber, quando eles desceram a escada novamente. — Não somos damas.

— Mas a sra. Seton é — lembrou Jamie. — E vocês não têm idade suficiente para se sentar sozinhos nas galerias dos homens, portanto, terão que se sentar com ela.

— Mas todas aquelas grades de bronze vão atrapalhar. — Owen parecia um tanto aflito. — Não vamos conseguir enxergar direito.

— Essa é a intenção — murmurou Amanda. E, embora os meninos não tivessem notado a aspereza da observação, Jamie notou e lhe lançou um olhar lamentoso.

— Ouso dizer que está certa — disse ele, quando deixaram a Câmara e seguiram pelo Salão Central até a Câmara dos Lordes, passando por entre a multidão. — Aquela grade é ridícula.

— É mais que ridícula. É injusta. É errada. E qual é a finalidade? Dificultar tanto que as mulheres enxerguem lá embaixo a ponto de deixarmos de vir?

— Você pode ficar em pé, junto às janelas perto da porta da Câmara, se preferir — disse ele, embora isso não fosse um grande consolo. — As damas podem fazer isso, e a visão é melhor.

— Sim, mas não tem lugar para sentar. E não sabemos quando ou se seu nome será chamado, então podemos ficar ali em pé durante horas. Fato que prova meu ponto.

— Acredite, não está me dizendo nada que eu já não tenha ouvido — garantiu Jamie. — Todas as mulheres da minha família odeiam a Galeria das Damas.

Owen falou antes que Amanda pudesse sugerir que ele fizesse algo sobre aquele problema.

— Por que os bancos da Câmara dos Comuns são verdes, papai? — perguntou ele, por cima do ombro, enquanto andavam pelo corredor que conduzia à Câmara dos Lordes.

— Porque é a cor favorita da rainha — disse Jamie.

— É mesmo? — perguntou Owen.

Colin deu uma fungada.

— O papai está brincando — disse ele ao irmão mais novo. — Os assentos já eram verdes muito antes da rainha Vitória.

— Mas *por que* são verdes?

— Ninguém sabe, na verdade — confessou Jamie. — É outra tradição.

— Mas as poltronas da Câmara dos Lordes são vermelhas, não são papai?

— Francamente, Owen — cortou Colin, impaciente. — Quem se importa com a cor das poltronas? O que quero saber é quando vai nos mostrar o porão onde Guy Fawkes se escondeu com a pólvora.

— Acho uma ótima ideia — endossou Owen, já se esquecendo das cores das poltronas. — Vamos lá embaixo.

— Receio que não possamos — Jamie lhes disse. — Aquele porão foi destruído com o incêndio de 1834.

Com a notícia, os dois meninos gemeram de decepção, mas não pararam de fazer perguntas.

— Você tem um escritório, papai? — perguntou Colin. — Podemos ver?

— Não tenho escritório, lamento. Os membros do Parlamento só têm um armário e um gancho de casaco.

— Podemos ver a Sala de Vestimenta?

— E o Gabinete do Príncipe?

Os meninos continuaram disparando perguntas ao pai conforme eles passavam pela Câmara dos Lordes e, enquanto Amanda ouvia, ela foi tomada por sentimentos pungentes e controversos. Estava contente, muito contente, que Jamie estivesse passando mais tempo com os filhos, e era gratificante saber que sua influência resultara naquela feliz circunstância. Mas vê-los assim também trazia uma sensação de melancolia, pois sabia que, para ela, isso era apenas temporário. Em dois anos e pouco, Colin e Owen partiriam para Harrow, e ela teria que se despedir deles e do pai.

Aquela era a natureza de sua ocupação, um ciclo perpétuo de idas e vindas. Entrar na vida das crianças, influenciá-las de todas as formas positivas que pudesse, depois se separar delas, conforme seguissem sua jornada pelo futuro. Era um ciclo ao qual ela já se acostumara, mas, ao ver Jamie com os filhos, ao ouvi-los conversando e rindo juntos, ela sentia tanto o prazer quanto a dor de sua vida de professora de modo mais intenso que nunca.

Jamie os levou até as galerias com vista para a Câmara dos Lordes, para que os meninos pudessem ver, pessoalmente, as poltronas vermelhas. Depois eles desceram de novo, para conhecer as bibliotecas e passear pelo terraço ao lado do rio Tâmisa. Por fim, deram meia-volta, refazendo o caminho até o corredor principal da St. Stephen's.

— Pronto, vimos tudo — disse Jamie, quando eles pararam onde haviam começado, na entrada da igreja. — Vocês viram tudo que um visitante tem permissão para ver. E, como agora só faltam quinze minutos para as três da tarde, sugiro que tomemos algo. Os salões de chá de visitantes dentro de Westminster são sempre abafados e cheios, mas tem um bem agradável virando a esquina. — Ele gesticulou ao Westminster Hall e à saída, mais além. — Vamos?

Owen e Amanda ficaram contentes com a programação. Colin, no entanto, não ficou tão entusiasmado.

— Mas, papai, nosso tour ainda não pode ter acabado — protestou ele, soltando a mão de Jamie, o que fez o pai parar, assim como o irmão e Amanda. — Não nos mostrou o armário da tia Irene.

Ficou claro que Jamie sabia a que o menino estava se referindo, pois jogou a cabeça para trás e deu uma risada.

— Não acredito que a tia Irene tivesse um armário específico em mente — disse ele ao filho.

Colin pareceu satisfeito com a resposta, mas Amanda estava confusa.

— Que armário da tia Irene? — perguntou ela, quando eles pararam na chapelaria e ela entregou o tíquete para pegar de volta os cachecóis e agasalhos. — Nunca ouvi falar nisso.

— Porque não existe. Bem, ainda não. Irene, tia dos meninos, duquesa de Torquil, sempre declarou que, quando o governo realizar o próximo censo, ela pretende vir à Câmara dos Comuns, se esconder num dos armários de vassouras e passar a noite aqui.

Amanda não via motivo para que uma duquesa, ou qualquer outra pessoa, querer fazer algo tão desconfortável e insensato.

— Com que propósito?

— Não sei se devo lhe dizer. — Ele lançou um olhar lastimoso. — Conhecendo você, Amanda, é provável que quisesse se juntar a ela.

Antes que Amanda pudesse responder, o oficial que os atendia interrompeu e entregou uma braçada de roupas, e só depois que ela e Jamie ajudaram os meninos a vestirem seus casacos, luvas e cachecóis e eles saíram no ar frio de outono ela pôde retornar ao assunto.

— Não posso imaginar nenhum motivo para passar a noite dentro de um armário em Westminster — disse ela a Jamie enquanto eles atravessavam o New Palace Yard lado a lado, cada um segurando a mão de um dos gêmeos. — Qual seria o sentido disso?

— Minha cunhada é uma sufragista convicta. Sua principal ambição na vida é ganhar o direito de voto para as mulheres. Se ela conseguisse passar uma noite dentro de Westminster enquanto estivessem conduzindo o censo do governo, poderia alegar legitimamente a Câmara dos Comuns como seu endereço válido, podendo depois reivindicar os mesmos direitos políticos que os homens, incluindo o direito ao voto.

Foi a vez de Amanda rir.

— Entendo. Mas isso daria certo?

— Bem, existe uma brecha na lei, mas, se quer minha opinião, como alguém que estudou Direito, ela não teria chance.

— Você provavelmente está certo — disse Amanda, fazendo uma careta. — Vocês, homens, são muito obstinados em se manter no poder.

Ele sorriu para ela.

— O que é compreensível.

— Eu serei da Câmara dos Comuns, um dia — disse Owen, antes que Amanda pudesse censurar Jamie pela observação provocadora.

— E darei o direito de voto às mulheres, se elas ainda não o tiverem.

— Ora, ora — disse Amanda, enquanto Jamie gemia.

— Não comece — ralhou ele. — Eu já piso em ovos com muitos de meus colegas por causa do trabalho sufragista de Irene. Meu eleitorado também, pois ganhei minha cadeira por pouco. A margem foi de menos de cem votos.

Ele esticou a cabeça, desviando de Amanda, para olhar o filho caçula, que estava caminhando do outro lado dela.

— Então, você concordaria em conceder o direto de voto às mulheres, Owen? Por quê?

— A mamãe queria votar — disse ele, simplesmente. — Eu faria isso por ela.

Amanda olhou imediatamente para Jamie e, apesar de o perfil dele não transparecer nada, de alguma forma era doloroso olhá-lo.

Eles tiveram uma mãe. E ela morreu. Qualquer madrasta não passaria de uma substituta de segunda categoria. Eles não precisam disso.

As palavras ditas por Jamie naquele primeiro dia, no jornal, ecoavam na cabeça de Amanda como um lembrete severo da realidade. Jamie jamais amaria outra mulher como amara a esposa. Ela sempre soubera disso. Então por que faria diferença agora? Por que deveria doer agora?

Porque ela estava se apaixonando por ele.

Ah, não, pensou, desviando o olhar, tentando negar a noção desesperadamente. *Não, não, não.* Ela não cometeria o mesmo erro duas vezes. Não se permitiria se apaixonar por um homem incapaz de retribuir seu amor.

Mas, mesmo ao fazer aquela promessa, ela teve a terrível sensação de que já era tarde demais.

O chá foi bem corrido, pois Jamie precisava estar na Câmara antes do fim do Período de Perguntas. Depois, ele acompanhou Amanda e os meninos até a Galeria das Damas e desceu correndo a escada para assumir seu lugar.

Quando Jamie se acomodou, Asquith estava sendo questionado sobre a ineficiência das ferrovias britânicas, o que lhe deu tempo para rever o seu discurso. Jamie já sabia o maldito discurso de cor, mas não estava nem um pouco confiante a respeito dele e, quando o tirou do bolso do paletó para o reler, sua opinião desanimada só se reforçou, pois suas palavras pareciam mais entediantes do que nunca, e ele ficou imaginando se deveria ter aceitado a oferta de Amanda para ajudá-lo.

Mas Jamie sabia que aquilo não teria sido prudente. Depois do beijo, ficar em qualquer lugar perto dela era arriscado. Ele já havia rompido sua promessa de que ela estava segura em sua companhia e não tinha intenção de fazer isso outra vez, por mais deliciosamente tentador que fosse.

Asquith parou de falar sobre os empenhos do governo em melhorar a eficiência das ferrovias, desviando os pensamentos de Jamie do caminho precário que tinham tomado. Ele se endireitou na poltrona, preparando-se, quando Asquith se sentou novamente. Quando o presidente Peel anunciou que começaria o debate para o Projeto de Lei da Educação, Jamie se levantou, mas o olhar de Peel desviou para além dele. E, quando Peel chamou seu colega, o coronel Forrester, Jamie se sentou.

Ele voltou a olhar suas anotações. Porém, conforme Forrester começava a falar sobre demografia, necessidades orçamentárias havia muito ignoradas e quão pouco havia sido gasto no passado com a educação das classes inferiores — palavras bem semelhantes, de fato, às que ele próprio havia composto —, Jamie viu por que seu discurso não o agradava. Era pedante, enfadonho, não tinha coração. Que sentido faria?

Maldição, pensou ele, quando Forrester se sentou e Jamie se levantou novamente, e Peel chamou um membro da oposição, *que sentido tinha a sua presença ali?*

Jamie voltou a se sentar, olhando para a Galeria das Damas acima dele. Logo avistou Amanda, pois o tom de azul de seu vestido era claramente visível através da grade. Ele notou que ela estava na primeira fileira, com um menino de cada lado. Estreitando os olhos, pôde identificar o rosto dela — uma visão parcial, mas isso não importava, pois seus traços e os olhos escuros estavam sempre nítidos em sua cabeça.

Havia mistérios naqueles olhos, mistérios que um homem precisaria de uma vida inteira para desvendar.

Uma vida inteira, pensou ele, e a expressão acertou seu peito como uma flecha. *A vida inteira dele.*

Subitamente, Jamie sentiu o mundo todo desmoronar, tomando uma nova forma, transformando-se em algo diferente, algo novo e inesperado.

A vida que tivera com Pat tinha passado e não voltaria mais. Ele havia negado aquela verdade brutal, enfurecendo-se e chorando, até que, por fim, passou a aceitar. Resignado, seguiu a passos arrastados rumo ao futuro, em nome dos filhos, mas era um futuro que, para seu coração e mente, parecia sombrio, sem cor ou alegria.

Agora, de repente, conseguia enxergar um futuro diferente. Pela primeira vez em três anos, conseguia ver cor e luz. Ele via esperança. Ele via amor.

Como se estivesse a uma grande distância, ouviu o membro liberal do Parlamento, no lado oposto do salão, cair em silêncio. Desviando seu olhar da galeria, Jamie olhou para a cadeira do presidente e voltou a se levantar.

Estranhamente, ele sabia que Peel o chamaria mesmo antes que o homem o fizesse. Assentindo, Jamie se virou rapidamente para deixar as anotações na poltrona. Anotações não eram mais necessárias, pois sabia exatamente o que falaria, e não eram as palavras que ele havia escrito. Jamie ia falar sobre o futuro.

Capítulo 15

AMANDA CONCLUIU QUE JAMIE ESTAVA ruim da cabeça. Ele dissera que seu discurso era uma baboseira, mas não era. De jeito nenhum.

Quando ele falou do dever dos membros do Parlamento para com as crianças da Bretanha, até o coração metade americano de Amanda rugiu de orgulho. Quando ele falou da obrigação dos membros com a posteridade, os olhos dela ficaram marejados. E, quando ele expressou seus votos por um futuro seguro e protegido, ela também rezou por isso.

Foi um discurso inspirador, eloquente e tocante, e ela sabia que não era a única a achar isso. Quando olhou em volta, notou que ninguém no salão falava nada. Não havia cabeças unidas para comentários sussurrados nem o riso zombeteiro da oposição. O ambiente estava num silêncio absoluto. Cabeças assentiam silenciosamente de seu lado da câmara, e em reconhecimento tácito do lado da oposição. Quando Jamie se sentou, nem um único membro se levantou para rebater suas observações. E, no momento em que o presidente da Câmara passou à votação, o projeto foi encaminhado ao comitê com uma base substancial.

— Papai é muito bom nisso, não é, sra. Seton? — sussurrou Colin, quando o presidente seguiu ao próximo tópico de legislação.

— Sim, ele é. — Ela se levantou e gesticulou para a porta atrás deles. — É melhor nós o deixarmos e seguirmos para casa. Já está quase na hora do jantar.

— Podemos voltar para ver o papai falar de novo? — perguntou Owen enquanto desciam a escada.

— Se seu pai concordar, é claro que sim.

Eles pararam novamente perto da chapelaria para pegar os casacos.

— Vamos pegar um coche para casa? — perguntou ela, enquanto abotoava o casaco de Colin. — Ou pegamos um trem?

— Um trem? — os meninos perguntaram juntos.

Amanda se ergueu, desviando o olhar de Colin para Owen e de volta para Colin.

— O que foi? — perguntou ela, rindo dos rostos surpresos. — Vocês nunca andaram de trem?

Os dois balançaram a cabeça, os olhos azuis arregalados, mas foi Colin quem respondeu.

— Em Londres, não — disse ele, e Amanda riu de novo.

— Ora — disse ela, ao colocar o casaco em Owen —, então temos que pegar o trem, não acham?

Amanda vestiu sua capa, depois pegou cada menino pela mão e os levou pelo Westminster Hall, rumo à saída. Mas, antes que rumassem na direção de Charing Cross, a estação mais próxima, ela ouviu uma voz chamando seu nome.

— Amanda? Amanda, é você?

Ela desacelerou, virando a cabeça para um homem esguio, de cabelo escuro, que vinha apressado pelo New Palace Yard. Ao ver o rosto dele, Amanda parou bruscamente, fazendo os meninos pararem também.

— Kenneth? — Ela soltou os meninos e se virou, olhando estarrecida para o homem que chamara seu nome e estava parado diante dela.

Seis milhões de pessoas moravam em Londres, pensou Amanda, e ela tinha que encontrar exatamente a que havia estragado sua vida, que a envergonhara, partira seu coração. Como a vida era estranha.

Quando ele puxou a ponta do chapéu e se curvou, Amanda teve uma estranha sensação de irrealidade, como se estivesse vendo um daqueles novos filmes de quadros em movimento. Kenneth parecia plano e unidimensional, nem um pouco real. Quando ele se endireitou, o sorriso por baixo de seu bigode pequeno e perfeitamente bem-cuidado era tão agradável e charmoso que Amanda se perguntou se ele teria simplesmente se esquecido de como a arruinara ou se apenas achava que ela o teria perdoado. Ou talvez achasse que não havia nada para perdoar.

— Que agradável ver você, Amanda. Você está mais linda que nunca. — A voz dele tinha toda a ternura daqueles tempos em Kent, tempos alegres para ela, à época, e, no entanto, o que sentia agora era tão diferente de antes que até ela estava perplexa.

Como ele é bonito, pensou Amanda, *e como isso é indiferente para mim.*

— O que está fazendo em Westminster? — perguntou ela. — Você nunca foi da política.

— Agora sou. É um negócio desagradável, mas assumi minha cadeira na Câmara dos Lordes. Meu pai morreu na última primavera. Você certamente soube.

Ela não ficara sabendo, não andava acompanhando nada. A vida de Kenneth Halsbury deixara de lhe interessar havia séculos. Contendo seu desejo de dizer isso, Amanda respirou fundo e se ateve ao esperado, ao convencional.

— Lamento muito.

Ele deu uma olhada nos meninos, agora atrás dela, e de volta para Amanda, ainda sorrindo.

— Estou vendo que você tem um campeão de cada lado.

O sorriso dela era igualmente agradável.

— Mas nenhum a minha frente.

Um rubor surgiu no rosto dele, única indicação que havia entendido o recado.

— Como conhece a sra. Seton? — perguntou Colin, com um tom voraz e protetor, mostrando que, mesmo aos 10 anos, ele era bem mais perceptivo em discernir o caráter de alguém do que ela havia sido aos 26. Que noção humilhante.

— *Senhora* Seton? — repetiu ele, erguendo as sobrancelhas com deboche ao notar o título de mulher casada.

Ela abriu a boca para dar uma desculpa e partir, mas, antes que tivesse a chance, Kenneth se virou para Colin.

— A sra. Seton e eu somos velhos amigos. — Ele olhou para ela de novo. — Não somos, Amanda?

— Amigos? — Ela deu uma risadinha de incredulidade. — Nem tanto.

— Bem, conhecidos, então, se preferir. Falando em conhecidos, você não vai me apresentar?

Amanda não queria fazer aquilo, mas Kenneth a deixara numa situação constrangedora e seria incivilizado recusar. Para evitar uma apresentação, ela teria que cortá-lo e dar-lhe as costas e, por ele saber quem ela realmente era, Amanda lembrou a si mesma que era mais prudente não o hostilizar, principalmente porque não adiantaria em nada. Então, relutante, fez as apresentações.

— Meninos, esse é lorde Halsbury. Perdão — ela logo corrigiu, esforçando-se para se lembrar do título de seu falecido pai. — Lorde Notting. Milorde, apresento-lhe o Barão Knaresborough e o sr. Owen St. Clair.

— Knaresborough? St. Clair? Ah, sim, é claro. — Kenneth riu. — Os famosos garotos do conde Kenyon. — Ele fez uma reverência. — Como têm passado?

— Conhece nosso pai? — perguntou Owen.

— É claro. Nós nos conhecemos em Cambridge. Ele era bem malandro naqueles tempos, pelo que me lembro. Sempre envolvido em confusão. — Kenneth se virou para Amanda. Embora seu sorriso fosse agradável, algo nele fez com que ela se retesasse. — Mas parece que ele mudou um bocado. Bem esperto da parte dele se casar com a irmã de um duque, não? Isso salvou sua respeitabilidade, fez com que voltasse às graças do pai, abriu todas as portas para ele.

— Tenho certeza que sim — disse Amanda, educadamente, olhando além dele, torcendo para que Kenneth notasse a indireta. — Bem — começou ela, preparando-se para dar uma desculpa e partir —, nós realmente precisamos...

— E agora ele é um dos membros mais promissores do partido, com potencial para uma carreira brilhante pela frente.

Kenneth encarava Amanda enquanto falava. Sua expressão ainda era agradável e sorridente, no entanto, por trás das palavras lisonjeiras, ela sentia uma malícia evidente. Mas por que ele teria alguma malícia em relação a Jamie? Ou a ela? Afinal, dois anos haviam se passado.

E, de qualquer forma, quando tudo fora feito e dito, ele não a quis. E deixara isso dolorosamente claro para ela e todo mundo.

— Seria uma pena — prosseguiu ele devagar, abrindo ainda mais o sorriso —, se ele manchasse a carreira de alguma forma. Não seria, *sra. Seton?*

Amanda tragou o ar. A malícia nos olhos de Kenneth agora estava óbvia, mas ela ainda não conseguia identificar o motivo. Talvez ele estivesse pensando que houvesse algo a mais entre ela e Jamie, algo além de um relacionamento entre patrão e babá, mas e daí? Por que ele ligaria? Depois que ele rira da ideia de se casar com ela, Amanda recusara sua sugestão mais sórdida, mas isso não seria motivo sufi-ciente para ele causar problemas a um colega. Nem mesmo Kenneth faria algo assim.

Mesmo tentando se tranquilizar pensando nisso, Amanda sentiu uma pontada de medo, pois a expressão nos olhos de Kenneth desa-fiava a tranquilidade.

Ela engoliu em seco e se forçou a responder.

— É uma pena quando um escândalo prejudica qualquer pessoa — disse ela, com o olhar firme, a voz educadamente gélida. — Agora, se nos dá licença, lorde Notting, está ficando tarde e temos que seguir nosso caminho.

— É claro. Mas — acrescentou ele, antes que ela pudesse partir —, nós realmente temos que pôr o assunto em dia, minha querida. Vou procurá-la amanhã — disse ele, quando ela abriu a boca para recusar. — Poderemos falar dos velhos tempos. Talvez possamos até... — Ele parou, seu leve sorriso decididamente se transformando em um riso malicioso. — Discutir a possibilidade de novos tempos? O cargo que eu lhe ofereci talvez ainda esteja em aberto, se você estiver interessada.

— Ela não está! — disse Colin, antes que Amanda pudesse res-ponder. — Ela já tem um cargo, como nossa babá.

— Babá? — Kenneth repetiu e olhou para ela, sem se esforçar para esconder seu deleite. — Você poderia ser muito mais, Amanda.

Ela deu uma risada de deboche e incredulidade.

— Eu já recusei sua *oferta* uma vez. Por que a aceitaria agora?

— Bem, agora que o velho se foi, posso ser bem mais generoso do que naquela época. E você em breve pode precisar de emprego. É incrível como a fofoca se espalha depressa, minha querida.

Ela tragou o ar, percebendo a ameaça.

— É muita bondade sua estar tão preocupado com meu bem--estar — disse ela, com sarcasmo pingando. — Porém, mais uma vez, tenho que declinar.

— Os membros da Câmara de Comuns são eleitos, você sabe — prosseguiu ele, numa voz aveludada, fazendo o estômago de Amanda se revirar de pavor. — Não é como a Câmara dos Lordes. Com os comuns, um sopro de escândalo pode arruinar toda a carreira de um membro do Parlamento.

Ah, meu Deus, pensou Amanda, enojada. *Ah, meu Deus.*

— Pode destruir tudo que ele deseja alcançar — continuou Kenneth, enquanto Amanda procurava manter a calma. — Pode prejudicar seu bom nome, sua família...

— Que escândalo? — interrompeu Colin. — Nosso pai não está envolvido em escândalo nenhum!

Amanda apertou a mão do menino.

— Lorde Notting está falando de maneira geral, Colin — explicou ela, com o olhar fixo em Kenneth. — Ele não está se referindo a nenhum escândalo envolvendo seu pai.

Kenneth se aproximou mais dela.

— Pelo menos ainda não — murmurou ele, num tom de voz para que só ela ouvisse, então se afastou e continuou, mais alto. — Depois de dar uma virada tão admirável na vida, tenho certeza que lorde Kenyon não gostaria de ver todo o seu bom trabalho desfeito agora.

— Tenho certeza que não — Amanda conseguiu dizer. — Mas, como eu disse, nós temos que ir andando.

— É claro. — Kenneth fez uma mesura. — Perdoe-me por atrasá--la e, por favor, mantenha minha oferta em mente.

Antes que ela pudesse responder que preferia engolir ácido corrosivo, ele novamente puxou a ponta do chapéu e seguiu em frente.

Amanda se virou para olhá-lo, os sentimentos fortes revolvendo--a por dentro. Sentia raiva por ele ter tido a coragem de ameaçá-la, principalmente na frente dos meninos. Arrependimento por ter desperdiçado sua vida com um homem como ele. Perplexidade por algum dia ter se permitido gostar dele. Repulsa ao pensar o que ele queria dela. E espanto por ele ainda parecer querê-la.

Apesar do turbilhão de emoções, uma coisa estava clara. Amanda não permitiria que Jamie e as crianças acabassem maculados por causa dos erros dela.

Seu coração estava pesado, revirando-se de dor diante do que sabia que teria que fazer. Sua alma se rebelava, frenética para achar outro jeito. Sua mente, no entanto, sabia com clareza brutal que não havia outro jeito. Ela teria que partir.

— Não gosto daquele homem.

A voz de Colin interrompeu os pensamentos conturbados de Amanda, lembrando-a que ela estava ali em pé, como se tivesse se transformado num pilar de pedra.

— Sua intuição é perfeita, Colin — disse ela ao menino. — Lorde Notting é um patife.

— Ele disse que era seu amigo.

— Ele não é e jamais será. — Ela deu uma olhada para trás, mas, felizmente, Kenneth já tinha virado a esquina e desaparecido. — Eu preferia ser amiga de Lúcifer.

A sessão no Parlamento foi suspensa um pouco depois da meia-noite, mas, por causa do êxito de Jamie em persuadir a Câmara a tramitar o projeto de lei, membros do seu partido insistiram em pagar-lhe uma bebida, e era perto de uma da manhã quando ele entrou em casa, na Upper Brook Street.

A casa estava escura e quieta, e parecia que todos já tinham ido para a cama, incluindo o novo criado. Depois que Jamie acendeu uma lamparina e subiu a escada, no entanto, percebeu que estava enganado, ao menos em relação a um membro da residência.

— Amanda? — perguntou ele ao parar, surpreso, quando ela se levantou de uma das poltronas que mobiliavam o amplo hall no topo da escada e veio até ele, saindo da sombra. — O que está fazendo aí no escuro? Na verdade, o que está fazendo acordada? Sabe que horas são?

— Eu estava esperando por você.

— A essa hora? — Ele sentiu um tranco de alarme. — Por quê? Aconteceu alguma coisa? Um dos meninos está doente?

— Não, não — respondeu ela imediatamente. — Eu só... Eu queria... Eu precisava vê-lo. — Ela parou na frente dele e ergueu o rosto, os olhos escuros como ébano contornados pela luz da lamparina. — Foi um belo discurso, o de hoje. Não posso acreditar que tenha achado baboseira.

Ela o havia esperado acordada até uma da madrugada para dizer que gostara de seu discurso?

— Não era o que eu pretendia falar — murmurou ele, sem ter certeza do que dizer. — No último minuto, joguei fora o que tinha escrito e fiz um discurso de improviso.

— Quer dizer que tirou aquelas lindas palavras do nada?

— Bem... — Ele fez uma pausa, pensando em como explicar. — Digamos apenas que foi um discurso que veio do coração.

— Isso o torna uma raridade na política. Acho que vai longe em sua carreira. Eu não... — Ela parou novamente e respirou fundo. — Não sou a única a achar isso.

— É bom ouvir isso, mas não posso acreditar que tenha ficado acordada me esperando todo esse tempo só para podermos discutir meu futuro político.

— Eu disse que queria vê-lo.

Algo na voz dela fez o coração de Jamie dar um salto. Quando Amanda chegou mais perto, tirou a lamparina da mão dele e a pousou na mesa ao lado da escada, ele sentiu o coração disparar. No momento em que ela voltou a falar, uma centelha de esperança ganhou vida dentro dele.

— Eu não disse que queria conversar.

Ele mal se atrevia a acreditar no que estava ouvindo, mas então ela ficou nas pontas dos pés e o beijou na boca, e o desejo que Jamie vinha contendo havia semanas se acendeu como uma labareda. Porém, sabendo o que acontecera a ela no emprego anterior, esforçou-se para conter o que sentia, pois não queria entender nada errado.

— Se é assim que você pretende reagir toda vez que eu fizer um discurso de sucesso na Câmara — murmurou ele, passando os lábios levemente nos dela, enquanto falava —, estou vendo que preciso incrementar minha oratória.

Ela riu baixinho, o hálito morno junto aos lábios dele e, quando ela passou os braços em volta de seu pescoço, colou o corpo junto ao dele e o beijou novamente, o prazer foi tão grande que quase o derrubou. Apesar disso, Jamie não estava pronto para ceder.

— O que você está dizendo, Amanda?

— Não consegue adivinhar? — disse ela, dando beijos em seu queixo, seu maxilar, ao redor de sua boca. — Não estou me atirando descaradamente em você porque quero conversar.

Ele começou a tremer por dentro, pois o esforço de se conter estava se tornando insuportável.

— Tomara que eu não esteja sonhando — murmurou ele. — Porque quero tanto você que mal consigo respirar.

— Então por que ainda estamos aqui em pé?

— Eu só preciso ter certeza do que você está pedindo.

— Por quê? — perguntou ela, sorrindo junto aos lábios dele. — Está com medo de levar uma joelhada num momento inoportuno?

Apesar da incerteza agonizante de seu corpo, isso o fez rir.

— Nessas circunstâncias, particularmente, estou disposto a correr o risco. Mas... — Ele parou de falar, decidindo ser direto. Segurando-a pelos punhos, ele puxou os braços dela para baixo. — Estamos falando de sua pureza, Amanda. Acho que você conhece o suficiente do mundo para saber o que isso significa.

Ela inclinou a cabeça, estudando o rosto dele por um instante, depois disse:

— Vejo que terei de desiludi-lo um pouquinho em relação a mim. Lembra-se daquele dia no parque, quando eu lhe disse que já tinha me apaixonado uma vez?

— Sim.

— Não foi um amor puro, Jamie.

A notícia o surpreendeu.

— Você não é virgem? É isso que quer dizer?

Amanda assentiu.

— Foi um erro — continuou ela. — Um erro do qual me arrependo amargamente, mas quando percebi que ele não era digno de mim já era tarde demais. Espero... — Ela parou, olhando para Jamie, hesitante. — Espero que não me julgue inferior agora.

— Deus, não. — Ele segurou as mãos dela, entrelaçando os dedos nos dele. — Eu já lhe disse como fui um canalha em minha época. Eu ia atrás de qualquer coisa que vestisse uma saia. Não tenho direito de julgar.

Ela deu uma risadinha.

— Isso não impede que a maioria das pessoas o faça — sussurrou ela. — Espera-se que as mulheres sejam castas até o dia do casamento. Mas achei que estivesse apaixonada por ele, entende. E, à época, eu estava muito, muito sozinha.

Jamie sabia tudo sobre solidão, principalmente agora, sabendo que ela havia passado. Soltando as mãos de Amanda, ele segurou seu rosto.

— Você não é mais apaixonada por esse homem, é?

— Deus, não.

— Então isso é tudo que preciso saber sobre ele.

Ela sorriu, um sorriso largo e radiante que o deixou sem fôlego, fazendo perder mais um pouco de seu controle.

— Então vamos? — perguntou ela. — Ou eu terei de me jogar em você outra vez?

Ele não precisou de mais persuasão. Passou um braço por trás das costas dela e o outro atrás dos joelhos.

— Terá que ser no meu quarto — murmurou ele, ao erguê-la nos braços. — O seu é perto demais do dos meninos. Eles podem nos ouvir.

Amanda concordou e ele se virou, gesticulando com a cabeça para a lamparina que ela antes havia tirado da mão dele.

— Pegue a lamparina — instruiu ele.

Depois que ela obedeceu, Jamie foi seguindo pelo corredor escuro até seu quarto. Lá, fechou a porta com o pé e colocou Amanda no chão, virando-se para trancar a porta.

As mechas de Amanda reluziam negras sob a luz suave da lamparina, e Jamie ergueu as mãos para passar os dedos por elas, sorrindo um pouquinho.

— Por que está sorrindo? — perguntou ela.

— Estou pensando naquele primeiro dia, quando você entrou se gabando em meu escritório.

— Eu não me gabei!

— Ah, se gabou, sim. — Ele girou uma mecha de seu cabelo nos dedos e inclinou a cabeça dela para trás. — Como se fosse a melhor pessoa para o cargo e soubesse disso.

Jamie a beijou antes que ela pudesse responder. Quando Amanda abriu os lábios sob os dele, foi um beijo tão delicioso, tão profundo e ardente que o deixou com todos os sentidos vacilantes. Mas ele queria olhar para ela, ver seu rosto quando a despisse, por isso recuou, deslizando as mãos até o laço no pescoço.

Encarando aqueles olhos incríveis, Jamie desfez o laço e a fita caiu no chão. Ele começou a desabotoar a blusa dela, guiando-a para trás, na direção da cama, mas o último botão abriu antes que chegassem lá. Sem conseguir esperar mais para ver o corpo de Amanda, ele parou ao lado da cômoda, puxou as beiradas da blusa, desceu-a pelos ombros dela, desprendendo-a da saia, e deixou cair no chão. A pele de Amanda brilhava como alabastro sob a luz da lamparina, e Jamie se aproximou, pressionando os lábios na pele nua da clavícula, deleitando-se com a maneira como ela estremecia em resposta.

O cheiro suave e imaculado de talco era quase o de uma donzela virgem e, no entanto, parecia só aumentar o desejo de Jamie, despertando seu lado mais selvagem. Ele inalou profundamente, deleitando-se com a fragrância enquanto deixava uma trilha de beijos pelo ombro dela e continuava a despi-la.

Esforçando-se para manter o controle de seu desejo, foi tirando devagar as roupas dela, com esmero, pois queria aumentar sua expectativa ao máximo possível, e, ao deixá-la somente de combinação e calcinha, soube que estava conseguindo.

A pele de Amanda ganhara um tom rosado delicado e sua respiração se acelerara. Enquanto Jamie traçava pequenos círculos na pele dos ombros e no centro do peito dela, ele sentia os tremores delicados que a percorriam. Quando baixou o olhar, viu os mamilos rijos marcando o tecido fino da combinação, e o fogo que sentia foi ficando mais intenso. Ele decidiu ainda não a despir completamente, pois vê-la totalmente nua o faria perder o pouco de controle que ainda lhe restava. Em vez disso, ele abriu os braços.

— Acho que é sua vez.

Ela olhou-o, de olhos arregalados, a respiração ofegante como a dele.

— Quer que eu tire sua roupa?

— Acho justo, não acha, querida? A menos — acrescentou ele, quando ela hesitou — que não queira.

Inesperadamente, Amanda deu uma risada.

— A pergunta é se *você* quer que eu faça. A última vez que atuei como valete, se é que se lembra, fui um desastre.

— Ao contrário. — Apesar de seu estado um tanto vulnerável naquele momento, Jamie não pôde deixar de sorrir. — Colocando as coisas em perspectiva, tenho que admitir que descobrir que você era mulher pode ser considerada uma das descobertas mais incríveis que já fiz.

Isso a satisfez, ele notou, pois ela sorriu e começou a desabotoar os botões do colete dele. Depois de aberto, ela o tirou de seus ombros, assim como o paletó, e os soltou no chão atrás dele. Enquanto Jamie abria o colarinho e soltava a gravata, Amanda começou a tirar as abotoaduras. Mas devia estar nervosa, pois quando seus dedos remexiam na segunda, ambas escaparam de sua mão, caindo no chão.

— Ai, não — murmurou ela, rindo um pouquinho, quando uma das peças quicou no tapete e a outra rolou para debaixo da cômoda. — Receio que eu não seja um valete muito bom.

— Deixe que eu faço — disse ele, pondo os pinos das abotoaduras na mesa, perto da lamparina.

Ele puxou a camisa para fora da calça e a tirou, mas, quando foi puxar a camiseta de baixo, ela o impediu.

— Não, eu quero fazer.

— Está bem. Só... — Ele se interrompeu quando ela puxou a camiseta, esperando até a peça cair junto com as outras no chão antes de continuar. — Só não demore muito. Não sei quanto tempo vou aguentar, para ser honesto.

— É mesmo? — Ela lhe lançou um olhar travesso e levou as mãos ao cós da calça dele. — O que foi? Não tem força de vontade?

— Não muita — admitiu ele abertamente. — Não com você por perto.

— Vou me lembrar disso.

Ela começou a abrir os botões da calça e, enquanto fazia, suas mãos roçavam nele, provocando-o. Jamie puxou o ar com força, inclinou a cabeça para trás e suportou a tortura deliciosa, mas aquilo pareceu durar uma eternidade, e ele percebeu o que ela estava fazendo.

— Mas que garota insolente — murmurou ele, dando uma risada agonizante. — É esse jogo que você quer jogar?

Antes que ela pudesse responder, Jamie a segurou pelos punhos, e Amanda deu um gritinho, rindo, quando ele ergueu os braços dela no alto e a levou em direção à parede.

— Quem planta vento, meu bem — disse ele, baixando a cabeça, enquanto a pressionava junto à parede, segurando seus punhos ao alto com uma das mãos —, colhe tempestade.

O riso dela parou com um arquejo de choque quando ele baixou ainda mais a cabeça e passou a língua por um de seus mamilos rijos, molhando o tecido da combinação.

Ela gemeu enquanto ele a lambia por cima do tecido, para excitá-la. Ela arqueou o corpo junto ao dele com um gemido que pedia mais, e Jamie atendeu, feliz. Ainda segurando os punhos dela no alto, continuou chupando um dos seios enquanto deslizava a mão livre por baixo da combinação. Quando segurou o outro seio de Amanda na palma da mão, foi Jamie quem gemeu pelo prazer de sentir aquela perfeição, pequena e macia.

Ele brincou com ela, segurando um seio e chupando o outro, até ela estar toda trêmula e sua respiração sair em arquejos rápidos.

Amanda nunca tinha sonhado com uma tortura deliciosa como aquela. Ela recuava, remexendo-se junto a Jamie, querendo passar os braços em volta dele livremente, mas ele não deixava. Em vez disso, ele segurava seus punhos e chupava seus seios com mais vontade, arrancando gemidos de prazer de sua garganta. Desesperada, ela fez a única coisa que podia: começou a mover os quadris.

Ele gemeu, e ela também. A sensação dele junto a ela, tão rijo e excitado, era deliciosa, mas também agoniante, pois cada vez que Amanda lançava os quadris para a frente, ele recuava.

— Jamie! — gritou ela, projetando os quadris, querendo mais.

Ele riu, o canalha, mas não cedeu. Em vez disso, ainda segurando seus punhos, a chupou com mais força e levou a mão livre, em concha, ao meio das coxas dela.

Uma sensação irrompeu como um raio e Amanda gritou, os joelhos querendo ceder. Jamie soltou os punhos dela e passou o braço em volta de seu corpo, para evitar que ela caísse. Ele a virou de lado e Amanda pensou, inebriada, que ele talvez fosse pegá-la no colo e carregá-la até a cama, como fizera escada acima, mas ele parou e ela percebeu que estava enganada.

Virando-se, Jamie ficou atrás dela e, quando ela sentiu sua ereção passar em suas nádegas, houve uma pitada de decepção. Será que ele pretendia tomá-la por trás, bem ali, em cima da cômoda?

Ela se remexeu, inquieta, querendo se virar.

— Jamie?

— Está tudo bem, prometo — murmurou ele, passando a mão em suas costelas, num carinho lento, e baixando a cabeça para beijar seu ombro nu. — Abra os olhos.

Ela obedeceu e, quando viu seu próprio reflexo e o dele no espelho, suspirou, percebendo a verdadeira intenção dele. Ele segurou seus seios, e aquela visão pareceu a Amanda tão excitante quanto seu toque.

A luz de penumbra lançava nuanças douradas no castanho do cabelo dele e parecia realçar os músculos de seu peito e de seus ombros, esculpindo-os com sombra e luz. A visão do peito dele nu a surpreendeu, pois, embora Amanda não fosse uma mulher inocente, poucas vezes tinha visto um homem desnudo. Kenneth, ela se lembrou, vagamente, preferia fazer amor com ela no escuro.

Jamie não tinha tal reticência.

— Você é linda — murmurou ele, parecendo deleitar-se tanto quanto ela diante da visão deles daquela forma. — Tão, tão linda.

Perdida naquele torpor sensual, Amanda observava enquanto ele a acariciava e brincava com ela, e quando ele beliscou levemente os seus mamilos, uma sensação aguda percorreu seu corpo, de forma tão esmagadora que ela gritou, seus joelhos dobraram novamente, e ela entendeu por que ele a virara para a cômoda. Amanda se arqueou para a frente, pousando os antebraços no tampo de madeira, um gesto que pressionou suas nádegas de encontro aos quadris dele. Mesmo através do tecido da calcinha dela e da calça dele, a sensação da ereção maciça foi tão deliciosa que ela gemeu e agradeceu por ter onde se apoiar. Se o tampo da cômoda não estivesse ali para ampará-la, Amanda talvez tivesse se dissolvido no chão.

Ela mexia os quadris para cima e para baixo, saboreando a sensação de ter Jamie junto a ela, e, em vez de desapontamento por ele tomá-la naquela posição, Amanda começou a ansiar por isso.

Mas ele não satisfez essa vontade. Em vez disso, quando ela lançou novamente os quadris, ele recuou, gemendo e afastando as mãos.

— Jamie — gemeu ela, frustrada, fechando os punhos sobre a cômoda, tomada pelo desejo ardente.

As palmas das mãos dele, incandescentes, deslizaram pelos quadris dela e subiram até a cintura, e, quando pousaram entre a barriga de Amanda e a cômoda, ele começou a baixar sua calcinha.

— Sim — resfolegou ela, remexendo os quadris para incitá-lo a continuar, acolhendo avidamente o que antes parecia desapontador. — Sim, sim.

Mas, novamente, foi negada. Em vez de descer a calcinha dela e desabotoar a própria calça, Jamie se ajoelhou atrás dela, recuando as mãos.

Como pode? Ela virou a cabeça, mas não conseguia vê-lo. Suas mãos não estavam mais nela.

— Jamie?

— Levante o pé — disse ele. — Preciso tirar seus sapatos.

Ela não queria esperar por isso.

— Que se danem meus sapatos — murmurou ela, ofegante.

Por algum motivo, ele riu.

— Tenha paciência, meu bem.

Paciência? Ela não tinha paciência. Só tinha desejo, um desejo impetuoso e desesperado.

Felizmente, ele foi rápido e tirou os sapatos, as meias e a calcinha em poucos segundos. Jamie se ergueu novamente, e Amanda abriu as pernas, segurando-se na cômoda, certa de que agora ele a tomaria.

Mas ele não o fez. Em vez disso, passou a mão por baixo de suas nádegas e por entre as coxas, e quando a ponta do dedo dele tocou o sexo dela, o prazer foi tão grande que Amanda gritou, projetando os quadris.

Ele mudou de posição, pousando a mão livre na cômoda para apoiar seu peso e encostando os quadris nos dela, para deixá-la presa no lugar.

Com a outra mão no meio das coxas de Amanda, Jamie começou a acariciá-la, deslizando lentamente a ponta do dedo em seu sexo. Desesperada, faminta de desejo, ela tentava mover os quadris, mas seu movimento estava limitado pelo peso dele, e só podia ficar ali, presa, imóvel, gemendo de vontade, enquanto os dedos experientes dele a incitavam, atormentando-a.

Era uma agonia deliciosa, essa sensação de prazer fora de alcance. Ela mexia os quadris para a frente e para trás, em movimentos curtos, mas ele não aumentava o ritmo, e logo a tensão foi ficando insuportável. Um soluço de frustração escapou de sua garganta.

Ele se inclinou, o peito nu febril roçando as costas dela, a respiração morna em seu ouvido fazendo-a estremecer.

— Tem algo que você queira? — murmurou ele. — Diga para mim.

Dizer-lhe o que ela queria? Impossível. Amanda não conseguia falar. Mal conseguia respirar. Ela tentou mexer novamente os quadris, insistente, esperando que isso bastasse para incitá-lo a continuar, mas, em vez de aumentar a carícia, ele fez o contrário e recuou um pouquinho, contornando seu ponto de prazer com o dedo, lenta e suavemente, quase sem encostar.

— Diga.

— Mais — gemeu ela, projetando os quadris novamente, o rosto quente colado ao mogno liso do tampo da cômoda. — Mais, Jamie, mais.

Ele cedeu, passando os dedos no clitóris molhado, mergulhando só na entrada de seu sexo quando começou a acariciá-la. Piedosamente, recuou o corpo um pouquinho, dando espaço para que ela se movesse, desfrutando por completo. A excitação dela aumentava a cada movimento dos dedos dele. Amanda mexia os quadris, o desejo aumentando cada vez mais, até que, finalmente, ela gozou numa onda explosiva de prazer e desmoronou sobre a cômoda, ofegante.

Sorrindo de leve, Jamie se curvou para dar um beijo no canto dos lábios dela, sentindo o sorriso dela junto ao seu. Então ele recuou, deleitando-se em vê-la naquele momento, linda, arrebatadora, mesmo de perfil, a pele corada pelo orgasmo. Ele queria poder continuar ali, proporcionar-lhe mais prazer, mas os anos de celibato autoimposto estavam cobrando seu preço, e seu corpo simplesmente não conseguia mais esperar.

— Quero você — disse ele, beijando-lhe o rosto, a orelha. — Quero estar dentro de você.

— Sim — resfolegou ela, assentindo com a cabeça. — Ah, sim, Jamie, sim.

Ele pensara vagamente em seguir com ela para a cama, mas quando Amanda abriu as pernas, se posicionando para que ele a tomasse, Jamie simplesmente não pôde resistir. Ele se endireitou, tirando a mão do meio de suas coxas para desabotoar a calça. Desceu a calça e a cueca, liberando seu membro rijo, e ficou atrás dela, segurando seus quadris.

— Quero ver seu rosto, Amanda. Abra os olhos, meu amor.

Ela o fez, erguendo a cabeça, e, quando seu olhar se fixou ao dele pelo espelho, Jamie começou a mergulhar. Queria ir devagar, mas ela estava tão molhada, tão quente e convidativa, que quando a pontinha do membro entrou em seu sexo quente e escorregadio, ele simplesmente não conseguiu se conter e mergulhou fundo, com força.

Amanda gozou quase de imediato. Jamie sentiu os músculos dela se contraindo em volta dele, repetidamente, conforme ela inclinava a cabeça para trás, de olhos fechados, e seu corpo estremecia de prazer. As sensações do orgasmo dela foram simplesmente demais para o corpo faminto dele. Com uma força que ele já não podia conter, Jamie começou a se mexer dentro dela, a cômoda batendo na parede enquanto ele a segurava pelos quadris e mergulhava com força, sem parar, perdendo-se em seu calor, no cheiro de seu corpo.

Mesmo no meio de um redemoinho, manteve os olhos abertos, pois a visão do rosto dela no espelho, enquanto a penetrava por trás, era uma das coisas mais lindas e eróticas que já vira na vida. Ele sentia o orgasmo chegando, mas segurou o máximo que pôde, esperando por ela. E, quando Amanda gozou novamente, repetindo o nome dele, Jamie também explodiu num orgasmo que quase o cegou, um flash branco e quente.

Ele finalmente fechou os olhos, saboreando os tremores de prazer que sacudiam seu corpo e o dela. Por fim saciado, despencou junto a ela, os antebraços apoiados nas laterais do corpo de Amanda, o peito colado em suas costas, a respiração ofegante dos dois gloriosamente misturada. Ele beijou seu rosto, seu cabelo, a lateral de seu pescoço, murmurando seu nome.

Ela não respondeu, e Jamie a olhou pelo espelho, o corpo ainda unido ao dela.

— Amanda, você está bem?

— Meu Deus — sussurrou ela, abrindo os olhos maravilhados, cruzando o olhar com o dele pelo espelho. — Nunca imaginei que pudesse ser assim, Jamie.

Com essas palavras, ele sentiu uma onda de satisfação melhor que qualquer orgasmo que já tivera. A alegria encheu seu peito, apertou-lhe o coração, inundou suas veias, e ele saboreou aquela sensação maravilhosa.

Jamie nunca poderia imaginar que voltaria a se apaixonar. Mas ao tomar Amanda nos braços, enlaçando sua cintura e vendo seu lindo rosto pelo espelho, seu amor por ela o esmagou e o deslumbrou. Pela primeira vez em três longos e solitários anos, ele sentia que valia a pena viver.

Capítulo 16

O BARULHO PARECEU UMA EXPLOSÃO, um estampido alto que acordou Jamie de seu sono feliz e profundo.

— Mas que diabo? — murmurou ele, erguendo a cabeça do travesseiro quando a porta do quarto voltou da parede na qual tinha batido e dois tufões ruivos correram em sua direção.

— Acorde, papai! — gritou Colin, subindo na cama e aterrissando em cima de Jamie com os cotovelos plantados em sua barriga antes que pudesse rolar para o lado.

Ele gemeu com o impacto.

— Estou acordado, Colin — murmurou ele. — Graças a você.

— Você precisa descer, papai. — Owen juntou-se ao irmão na cama, subindo por cima das pernas de Jamie, quase acertando sua virilha. — É uma tragédia, e você tem que impedir.

Graças ao tratamento nada delicado dos meninos, Jamie estava acordado o suficiente para se lembrar dos acontecimentos da noite anterior. Com um tranco de susto, virou a cabeça, mas felizmente o lugar a seu lado estava vazio. Teria sido no mínimo constrangedor se seus filhos tivessem encontrado Amanda em sua cama.

— O que vocês estão aprontando, pulando em cima de mim a essa hora? — perguntou ele. — Na verdade, que horas são?

— Oito e meia, mas quem se importa com a hora? Você precisa se levantar agora. — Colin bateu o punho fechado no peito dele. — Ela está indo. Você precisa impedir.

— Indo? — Ele se retesou. — Como assim?

— Foi o que nós dissemos. — Owen cutucou suas costelas várias vezes. — É uma tragédia, e você precisa impedir.

— Pelo amor de Deus, Owen — murmurou Jamie, esfregando os olhos embaçados, tentando pensar. — Pare de me cutucar como se eu fosse uma ovelha empacada e me diga o que está havendo.

Colin, claramente aflito pelo pai ainda não ter voado para fora da cama, agarrou seu cabelo e puxou com força. Jamie soltou um gemido angustiado.

— Ai!

Colin não ligou.

— Ela está nos abandonando — disse ele, com outro puxão no cabelo de Jamie. — Está se demitindo. Indo embora para sempre. Está levando a mala e tudo!

Agora totalmente desperto e realmente assustado, Jamie empurrou os filhos de lado e sentou-se na cama.

— Vocês estão brincando — disse ele, ouvindo a dúvida na própria voz assim que falou. — Só podem estar.

— Não é brincadeira, milorde.

Jamie ergueu os olhos e encontrou Samuel na porta.

— Ela está com o baú no hall de entrada — disse o criado. — E está esperando que William lhe arranje um coche de aluguel. — Samuel tirou um envelope do bolso do paletó e mostrou. — Ela me pediu para lhe entregar sua carta de demissão.

Jamie estava fora da cama antes que o valete terminasse de falar.

— Não deixe que ela saia — ordenou ele a Samuel, agarrando a carta e a jogando sobre a cômoda, abaixando-se em seguida para pegar a calça no chão, onde ele a deixara na noite anterior. — Segure-a até que eu desça.

— Muito bem, milorde.

Sem se incomodar com a roupa de baixo, Jamie pôs a calça e começou fechar os botões enquanto o valete saía.

— Por que ela está indo embora? — perguntou ele aos meninos, abrindo o armário para pegar seu roupão. — Vocês fizeram alguma coisa para afugentá-la?

Era uma pergunta lógica, mas, mesmo ao fazê-la, Jamie ficou se perguntando se ele seria o culpado, e não seus filhos. Ele não havia cumprido sua palavra. Ainda que a noite anterior tivesse sido uma decisão consensual. Ao menos, era isso que ele achara. E se ela estivesse partindo por arrependimento? Ou vergonha?

— Nós não fizemos nada, papai! — respondeu Colin, indignado, interrompendo suas especulações. — Faz séculos que não pregamos nenhuma peça.

— Não mesmo, papai — Owen acrescentou. — Não é divertido pregar peças na sra. Seton, porque ela não fica aborrecida, nem zangada, nem nada do tipo. Ela só fica toda animada e feliz com qualquer trote que a gente passe. E depois ainda nos obriga a fazer tarefas — disse ele, angustiado.

— Nós perguntamos se ela estava indo embora por nossa causa — disse Colin —, e ela disse que não.

— Ela disse que não tinha nada a ver conosco — acrescentou Owen, franzindo o rosto para o pai. — Talvez ela esteja indo embora por sua causa, papai.

— Por minha causa? — Jamie desviou o olhar, culpado, enquanto vestia o robe. — Ela disse isso?

— Não, mas por que outro motivo seria?

Jamie não tinha a menor ideia, mas ele ia descobrir, ora se ia. Pegou a carta e a enfiou no bolso, depois saiu do quarto, amarrando o robe pelo corredor e descendo as escadas com os filhos em sua cola.

Quando chegou lá embaixo, ele viu Samuel em pé, como um sentinela irredutível, perto da porta da frente. A sra. Richmond também estava lá e, na poltrona diante dela, ao lado da bandeja de correspondências, estava Amanda.

Ela estava vestida para sair, já com a capa nos ombros e o chapéu na cabeça, um baú ao lado e uma maleta de couro junto aos pés. Chocado, Jamie parou ao chegar à virada da escada, e ela ergueu os olhos.

— Milorde — disse ela.

O som de sua voz o colocou em movimento e, ao descer o restante dos degraus, os meninos ainda grudados atrás dele, Jamie viu Amanda se levantar.

— Ouvi dizer que está indo embora — disse ele, como se estivessem lhe arrancando as palavras. — Mas esperava que fosse apenas um boato infundado.

— Não — disse ela, inclinando a cabeça para trás para encará-lo melhor. A dor que Jamie viu em seus olhos foi como uma flecha no coração. — Não é boato.

Ele engoliu em seco.

— Posso perguntar o motivo? É... — Ele hesitou, deu uma olhada para os meninos e os criados e continuou: — Só posso pensar num motivo para que esteja partindo e se... se for isso, então...

— Não é — cortou ela. — Eu sei o que está pensando e não é isso, de jeito algum.

— Então o que é?

Amanda hesitou, e foi sua vez de dar uma olhada nos que estavam presentes.

— Eu lhe escrevi uma carta de demissão dando os meus motivos — murmurou ela, mudando o peso de um pé para o outro. — Não leu? Talvez devesse ler — acrescentou, quando ele balançou a cabeça. — Facilitaria as coisas.

Jamie não estava com cabeça para facilitar qualquer coisa.

— Facilitaria para mim? — perguntou ele. — Ou para você?

Ela se retraiu, mas não desviou o olhar.

— Para todos.

Ele projetou o maxilar.

— Com ou sem carta, sempre prefiro saber das coisas cara a cara. Acho — disse ele, vendo o olhar triste dela e sentindo igual tristeza — que mereço ao menos isso. Não acha?

Eles ficaram se olhando por alguns segundos, então ela concordou com a cabeça.

— Muito bem — disse ela —, se é assim que prefere, mas não acho que devemos discutir isso na frente dos meninos.

Ele franziu a testa, mais aturdido que nunca.

— Então, é sobre o que pensei — disse ele. — Se não — disse ele, quando ela balançou a cabeça —, acho que os meninos merecem saber o motivo tanto quanto eu. — Ele se inclinou, pegou os meninos pelas mãos e olhou para ela de novo. — Mais que eu, na verdade.

O rosto dela, já claro, empalideceu ainda mais.

— Não posso, Jamie — disse ela, engasgada. — Não posso explicar na frente deles. Acredite, você entenderá quando ouvir meus motivos.

— Eu sei o motivo — disse Colin bruscamente. — É aquele homem, não é? O que lhe ofereceu um cargo, ontem? Você vai aceitar, não vai? Disse que não ia, mas vai. Por isso está nos deixando.

— Homem? — Jamie franziu a testa, desviando o olhar dos filhos para Amanda e de volta para eles. — Que homem?

— Não importa — disse Amanda, antes que Colin pudesse responder. — Ele não é o motivo de minha partida, e eu certamente não vou aceitar nenhum cargo dele. — Ela se virou para o menino. — Eu juro pela minha vida, Colin. Prefiro pular de um abismo a aceitar a oferta daquele homem.

— Que homem? — repetiu Jamie.

— Ele estava em Westminster, ontem — disse Colin. — Ele...

— Samuel — Amanda interrompeu, com a voz mais afiada do que Jamie jamais ouvira, cortando as palavras de Colin como uma lâmina —, você poderia levar os meninos lá para cima, por favor?

— Não! — gritou Colin. Soltando a mão de Jamie, ele se aproximou de Amanda e passou os braços em volta dela. — Não pode nos abandonar. Não pode!

Owen tentou seguir o gesto do irmão, mas Jamie segurou firme na mão do caçula.

— Colin — começou Amanda, mas então seu rosto se contorceu, sua calma sumiu e ela deu um soluço de choro, cobrindo a boca com a mão enluvada.

Jamie não suportava mais.

— Samuel, faça como a sra. Seton pediu e leve os meninos lá para cima...

Uma torrente de protestos angustiados dos filhos o interrompeu, mas Jamie falou mais alto que eles.

— Agora, Samuel — disse ele, com a voz áspera até para seus próprios ouvidos. — Por gentileza.

Jamie soltou a mão do filho mais novo e, quando Samuel pegou a mão de Owen, o menino foi sem reclamar. Colin, no entanto, foi outra história, e Jamie teve que afastá-lo de Amanda à força. Foi tão doído que parecia que Jamie estava se partindo em dois, e pareceu levar horas até que o criado conseguisse levar os gêmeos para o andar de cima, fora do alcance de suas vozes.

Depois de concluída a tarefa excruciante, Jamie virou para a sra. Richmond.

— Os meninos tomaram café da manhã? — perguntou ele à cozinheira.

— Não, milorde. Ainda não. Com tudo que aconteceu...

— Poderia então fazer a gentileza de descer e preparar?

— Sim, milorde.

Ela fez uma reverência e lançou um olhar confuso para Amanda antes de sumir por trás da porta na outra ponta do hall.

Depois que a porta foi fechada, Jamie voltou sua atenção para Amanda.

— Agora, pelo amor de Deus, diga-me o que está acontecendo. Quem é esse homem que os meninos estão mencionando?

— Isso não importa. Ele... é um velho conhecido. Ofereceu-me um cargo, mas eu recusei. Como disse, ele não é o motivo de minha partida daqui.

— Então qual é o motivo? — Ele se aproximou, baixando o tom de voz. — É por causa de ontem à noite? Se estiver preocupada em perder seu emprego pelo que aconteceu entre nós...

— Não é isso! — exclamou ela. — Não é esse o motivo.

— Então o que diabo está acontecendo?

Ela respirou fundo, como se estivesse se preparando.

— Venho mentindo para você, Jamie. Menti o tempo todo.

Ele ficou tenso, subitamente alerta.

— Mentindo sobre o quê?

— Sobre quem realmente sou. Meu pai era americano, sim. Ele se formou em Harvard. Com honras, na verdade, e também lecionou lá. Foi um matemático brilhante e muito admirado por todos os seus colegas. Mas se você tivesse escrito para Harvard para pedir informações sobre o professor Seton, teria descoberto que nenhum homem com esse nome jamais frequentou a universidade ou ensinou lá.

— Mas isso não faz sentido...

— Faz, sim, porque seu nome não era Seton. Meu pai — ela se apressou em dizer, antes que ele tivesse chance de perguntar por que ela mentira sobre seu nome — não via motivo para que a filha não recebesse a mesma excelente educação que lhe foi dada, a mesma educação que ele dispensaria a um filho homem. Seu sonho era que eu frequentasse Radcliffe e fosse lecionar lá. Quando minha mãe adoeceu e nós regressamos à Inglaterra, porém, isso se tornou impossível, então, em vez disso, fui para Girton.

— Girton? — Ele ficou perplexo. — Você estudou em Girton?

— Sim. — Ela sorriu ligeiramente. — Naquele dia, no escritório do jornal, quando você disse que nenhuma mulher poderia preparar um menino para Cambridge, foi como se você estivesse me desafiando, pois sou mulher, estudei em Cambridge e sabia que poderia preparar seus filhos para uma educação na instituição tão bem quanto qualquer tutor homem. Eu queria provar que você estava errado.

— Mas por que não me contou tudo isso quando descobri que você estava se passando por homem? Sei que você não teria como adivinhar, mas eu ficaria encantado em saber que os meninos receberiam lições de uma graduada por Girton. Por que manter isso em segredo e mentir sobre seu nome?

Ela o encarava impotente.

— Porque meu verdadeiro nome é Leighton. Eu sou Amanda Leighton. Entende agora?

Ele não entendeu. Ela o olhava como se isso explicasse tudo, mas, apesar de o nome lhe parecer familiar, Jamie não conseguia identificar o contexto.

— Quem?

Por algum motivo, ela deu uma risada, mas Jamie teve uma sensação horrível de que ela não estava rindo por ele ter dito algo divertido.

— Você obviamente não lê as páginas de fofocas.

— Geralmente, não. Qualquer político que lê as páginas de fofocas está pedindo punição. O que os disparates de baixo nível têm a ver com você?

No instante em que ele fez a pergunta, porém, a confissão de Amanda de que usara um nome falso e a menção de um escândalo começaram a fazer sentido, e Jamie sentiu um nó de medo no estômago.

— Você está dizendo... — Ele parou de falar, dizendo a si mesmo para não tirar conclusões precipitadas. Foi a vez dele de respirar fundo. — O que você está dizendo, Amanda?

— Meu pai foi um homem brilhante, mas também impetuoso e determinado, e depois da morte da minha mãe, minha vida inteira passou a ser a minha formação. Isso era a obsessão dele. Festas, danças, conhecer rapazes... Eu não tinha tempo para essas coisas. Só tinha tempo para meus estudos. E não me incomodava, realmente. Mas, por outro lado, nunca conheci mais nada. Eu queria as mesmas coisas que meu pai queria para mim, ser bem educada, ser brilhante, publicada, poder lecionar, dar aulas. Mas uma vida assim, uma vida composta inteiramente de aspectos acadêmicos, tem seu preço.

O suspense o estava matando, mas, embora ele quisesse perguntar que preço aquela vida lhe custara, a pergunta ficou presa na garganta. Talvez por temer a resposta. Em vez disso, ele disse:

— Prossiga.

— Eu cresci — disse ela — com um círculo muito restrito de conhecidos, e a maioria eram professores da idade do meu pai. Mais tarde, em Girton, fiquei cercada de mulheres tão isoladas quanto eu. Eu tinha conhecimento suficiente para preencher a *Enciclopédia Britânica*, mas não sabia nada da vida. Não sabia nada dos homens.

Jamie se retesou, começando a ver o rumo que isso estava tomando, subitamente receoso. Não queria saber mais nada. Queria dizer-lhe que parasse, que nada disso que ela estava dizendo fazia diferença, não para ele.

Em vez disso, ele falou:

— Continue.

— Quando me formei em Girton, decidi que não queria lecionar lá. Eu queria dar aulas para crianças, não para adultos. Olhando para trás, acho que escolhi esse caminho porque sabia que uma carreira acadêmica jamais me permitiria ter filhos. Professoras não podem se casar. Meu pai não gostou, pois ele preferia que eu ingressasse no ensino universitário, mas acabei fazendo conforme a minha vontade e aceitei um cargo na Academia Willowbank.

— Willowbank? — A menção da escola famosa foi outra centelha em sua memória, porém fraca. — Sim, prossiga.

— Eu já estava lá havia vários anos. Ainda rodeada de mulheres e garotas, o tempo todo. Achei que estivesse feliz em Willowbank, mas, no fundo, agora sei que estava desesperadamente solitária. Então, em meu sexto ano lá, meu pai morreu, e acho que algo dentro de mim... simplesmente se partiu.

Amanda estava olhando para Jamie, mas não o via. Ela olhava além dele, para o passado, e ele soube por que achava seus olhos tão assombrosamente belos. A solidão dentro deles invocava sua própria solidão, sua alma solitária.

Jamie deu um passo na direção dela.

— Amanda — começou ele, mas, quando ela deu um passo para trás, ele parou.

— Algo acontece com uma mulher quando ela é isolada do mundo por tempo demais — disse ela, numa voz pensativa, como se estivesse conversando sobre outra pessoa, e, curiosamente, seu desprendimento tornava o que ela dizia ainda mais comovente. — Não é natural, sabe, esse tipo de repressão. Criada sob uma disciplina tão rigorosa, com o fardo de expectativas tão pesadas do pai, qualquer garota tende a quebrar, a se rebelar um dia. Eu tinha visto isso acontecer várias vezes entre minhas pupilas. — Ela parou, depois balançou a cabeça, rindo um pouquinho. — Eu tinha 26 anos. Jamais sonhei que isso fosse acontecer comigo. Ou o preço que eu teria que pagar.

Subitamente, num lampejo, ele entendeu quem ela era. Todas as peças foram se encaixando — Willowbank, Amanda Leighton, as publicações de fofoca, como num quebra-cabeça, formando um quadro claro e devastador.

— Amanda Leighton? Meu bom Deus.

A voz de Jamie deve ter transparecido seu choque, porque Amanda percebeu e seu olhar voltou ao presente, enxergando-o mais uma vez.

— Sim, Jamie — disse ela, simplesmente. — Eu sou Amanda Leighton. Sou a professora afamada e libertina, flagrada fornicando com o filho de um conde nas dependências da escola. Sim, eu estava nua como no dia em que nasci. Sim, foi no meio da tarde. Sim, a própria diretora da escola, com várias outras colegas e pupilas, deparam comigo e meu amante ao saírem para dar um passeio na natureza. — Ela deu uma risada, um som áspero que o fez se encolher. — Elas encontraram muito mais natureza do que imaginaram.

Jamie não sabia o que dizer nem o que pensar. Sua cabeça estava girando, mas, infelizmente, sua memória agora estava totalmente clara. Dois anos antes, Amanda Leighton tinha sido o escândalo mais comentado da Inglaterra, seu nome tornara-se manchete nas colunas de fofoca durante semanas, seu passado fora investigado, sua carreira arrasada, suas colegas e ex-pupilas entrevistadas, e tudo isso foi servido para o consumo ávido e ganancioso do público.

Seu amante, o visconde Halsbury, filho do conde de Notting, se recusara a se casar com ela, jogando mais combustível no escândalo ao declarar que a srta. Leighton o seduzira. Ele havia sido pintado pelos jornalistas como uma vítima inocente de uma prostituta astuciosa.

Mas Jamie, que conhecera Halsbury ligeiramente em Cambridge, agora conhecia Amanda e que tivera seu tempo de farrista na juventude, desconfiava ter um entendimento melhor sobre o que acontecera e quem havia seduzido quem do que a imprensa sensacionalista ou o público leitor. Ele sabia tudo sobre sedução, pois houve um tempo em que tinha sido muito bom nisso.

— Naquele dia, no parque, quando você mencionou o homem que amou, o que escrevia poesia, era ele, não era? Era o visconde de Halsbury.

— Sim. Desnecessário dizer que meu amor não foi correspondido. Ao menos... — Ela parou de falar, dando uma risadinha árida. — Ao menos não da forma que eu esperava. Eu me apaixonei em um mês, perdi minha virgindade em dois e fui abandonada em três. — Seu rosto se contorceu, e ela olhou para o chão. — Não é exatamente o sonho romântico de uma solteirona — murmurou ela.

Jamie observou sua cabeça baixa e sentiu um aperto no peito. Conhecia a dor; entendia-a bem, pois ela tinha sido sua companheira a maior parte da vida. Mas o que Amanda havia passado estava além da dor, e ele nem podia imaginar a agonia e a humilhação que ela havia suportado. Jamie estivera atrás de uma cerca viva com uma garota nua uma ou duas vezes, mas, se tivesse sido pego, ele nunca precisaria sofrer a humilhação que Amanda sofrera, e saber disso o envergonhava — como um ex-libertino, como homem e como ser humano.

Durante anos, arrependera-se por seu jeito negligente da juventude, inteiramente consciente de que havia sido muito sortudo por não ter estragado a vida de nenhuma das garotas com quem esteve. Ao contrário de Halsbury, ele teria feito a coisa honrável exigida de um cavalheiro, mas ele era grato que o destino nunca o tivesse obrigado a seguir esse caminho. Também teve sorte em não ter tido um filho, por seus hábitos luxuriosos e insensatos. E subitamente lhe ocorreu que sua sorte em relação a isso poderia ter se esgotado, por causa da noite anterior.

— Case comigo — disse ele.

Ela ergueu a cabeça e o encarou, chocada.

— O quê? — sussurrou ela.

Ele desceu o olhar até a barriga dela, depois subiu.

— Case comigo — repetiu ele. — Deixe-me agir corretamente com você, ao contrário de Halsbury.

O choque abrandou no rosto de Amanda e em seguida foi substituído por um sorriso terno, triste.

— Ah, Jamie — disse ela, suspirando —, você não quer se casar comigo. Não quer se casar com ninguém. Ninguém jamais poderá substituir Pat em seu coração, e isso ficou claro para mim desde o início. E, de qualquer forma, eu não suportaria ser uma substituta de segunda categoria.

Ele fez uma careta ao ouvir suas próprias palavras, ditas naquele dia no jornal, citadas num momento como esse.

— Eu disse isso antes de conhecer você. Você não é de segunda categoria em nada, Amanda. Não para mim.

— Não? Você diz isso, e pode ser até que o faça com sinceridade, mas e quanto ao restante do mundo? Para eles, sou bem pior que uma substituta de segunda classe. Sou uma puta de primeira classe.

Ele se retraiu diante daquela linguagem chula, mas isso não o deteve.

— Quem se importa com o que o mundo pensa?

— Você se importa, Jamie.

— Não me importo, não. Nunca dei a mínima para o que as pessoas pensam de mim.

— Talvez não em seus dias de farra. Mas agora? — O sorriso dela aumentou um pouquinho, enternecendo, e sua beleza ficou tão evidente que ele perdeu o ar. — Você está na política, Jamie. Precisa se importar com o que as pessoas pensam. E eu estou desonrada, sem conserto. Acha que seus eleitores votariam novamente em você se você se casasse comigo? Acha que seu partido político, ou qualquer outro partido, o apoiaria se você tivesse uma mulher difamada como eu como esposa? Você tem uma carreira brilhante pela frente. Casar comigo estragaria isso. Não posso deixar que isso lhe aconteça.

— Dane-se a minha carreira.

— E os meninos? — acrescentou ela baixinho. — Você mancharia o futuro deles com uma madrasta como eu?

Ele tragou o ar, sentindo o impacto da pergunta como um soco no peito. Foi uma dor tão grande que não conseguia pensar, e ele disse a primeira coisa que lhe ocorreu:

— Então seja minha amante. — As palavras mal tinham saído de sua boca, mas Jamie viu a mágoa nos olhos dela. No entanto, estava desesperado demais para ligar, determinado demais a mantê-la ali, com ele. — Vou lhe dar uma casa, uma renda. Ninguém me julgará por ter uma amante, e os meninos não sofrerão por isso. Nem meus eleitores ligariam.

— Mas eu ligaria — disse ela. E aquela declaração suave, simples, o derrotou totalmente. — Eu ligaria, Jamie.

A porta se abriu e William entrou, um tanto sem fôlego.

— Consegui um coche, sra. Seton. Tive que ir até a New Oxford Street, mas consegui. Está na calçada.

— Obrigada, William. Você poderia levar meu baú e a maleta, por favor?

O criado obedeceu. Abriu a porta e ergueu o baú nas costas, equilibrando-se para que não caísse. Depois pegou a maleta com a mão livre e carregou as duas peças de bagagem até o coche de aluguel, fechando a porta com o pé.

Amanda virou-se para Jamie e seus lábios se abriram para o que ele sabia ser uma despedida, mas ele não podia deixá-la ir, ainda não, não daquela forma.

— Fique. Mantenha seu cargo aqui. Eu não...

Ele parou, incapaz de fazer a mesma promessa que já havia quebrado duas vezes. O que acontecera na noite anterior aconteceria de novo se ela ficasse. Ele sabia, porque, mesmo agora, enquanto ela o deixava, Jamie a queria.

Amanda também parecia saber, pois ergueu a mão e segurou seu rosto, e em sua expressão havia uma ternura que quase acabou com ele.

— Os meses que passei aqui foram os mais felizes da minha vida — sussurrou ela —, mas não posso ficar. Nós dois sabemos o que aconteceria, se eu ficasse. E, mesmo que ontem à noite não tivesse acontecido, ou se nós dois nos empenhássemos para que não acontecesse uma segunda vez, sua família e conhecidos acabarão descobrindo sobre mim, sobre o que sou, e isso só vai machucar você e os meninos.

Ela ficou nas pontas dos pés e o beijou. Com aquele leve toque de lábios, Jamie sentiu como se sua última chance para o paraíso tivesse sido roubada e despedaçada.

Ela estava abrindo a porta e indo embora, e ele não podia suportar.

— Amanda, espere.

Ela parou, mas apenas para puxar o capuz da capa por cima da cabeça a fim de proteger seu chapéu da chuva. Ela seguiu andando, descendo os degraus até o coche que a aguardava sem olhar para trás.

Ele começou a ir atrás dela, mas depois parou, lembrando-se de que nem estava adequadamente vestido. Não dava para perseguir um coche numa das ruas mais elegantes e prestigiadas de Londres só de calça e roupão. E de que adiantaria, de qualquer forma? Amanda estava certa em tudo que dissera. Ir atrás dela só prolongaria a dor para ambos.

O coche arrancou e Jamie fechou a porta de casa, sem conseguir fazer nada. Então, correu até o escritório de Torquil, abriu a janela mais próxima e pôs a cabeça para fora. Ignorando a chuva torrencial que caía, ele olhou, com aflição, enquanto o coche ia se afastando pela Upper Brook Street, levando-a embora de sua vida.

Só depois que a carruagem virou na Park Lane e sumiu de vista que Jamie saiu da janela. Fechou a vidraça, virou e se recostou no vidro. Lentamente, mergulhou o rosto nas mãos.

O ruído da correria escada acima o despertou antes que ele pudesse se entregar ao sentimentalismo da autopiedade. Endireitou-se, passou as mãos no cabelo agora molhado e voltou ao hall.

— Espero que não tenha problema por eu ter trazido os meninos aqui para baixo — disse Samuel, quando eles pararam ao pé da escada. — Nós a vimos partir, da janela do quarto dos meninos.

— Você não impediu ela — disse Colin, e, quando Jamie olhou para o filho e viu as lágrimas em seu rosto e a condenação em seus olhos, quase desmoronou.

— Não — disse ele, tão suavemente quanto pôde. — Não a impedi.

— Por que você não impediu? — disse o menino, furioso, fechando a mão em punhos. — Deveria ter impedido.

Colin deu meia-volta e, sem esperar resposta, correu escada acima, com o irmão atrás dele.

— Então, ela se foi de vez? — perguntou Samuel, e, quando Jamie assentiu, ele deu um suspiro profundo. — O que faremos agora, milorde?

Jamie olhou para o alto da escada, vendo os filhos terminando de subir os degraus e sumindo de vista.

— Nós seguiremos em frente — disse ele, melancólico. — Passaremos pelos dias, um de cada vez.

Enquanto falava, Jamie sentiu o coração despedaçando-se em seu peito, virando pó, deixando o vazio que ele conhecia tão bem.

— O que mais se pode fazer?

Capítulo 17

COMO OCORRIA COM A MAIORIA dos jornais, as instalações da Deverill Publishing Ltda. ficavam na Fleet Street. Cercada pelos prédios opulentos com fachadas de granito e mármore dos gigantes da mídia como o *London Times* e o *Daily Telegraph*, a nova sede da Deverill Publishing era bem mais modesta, com frente de calcário, dois andares, quatro prensas e vinte e quatro funcionários.

No térreo, várias moças vestidas com blusas brancas austeras e gravatas ficavam atrás de escrivaninhas, incessantemente datilografando em suas máquinas, e atendentes com punhos manchados de tinta e óculos na ponta do nariz escreviam em seus livros-caixa. Um jovem de aparência agitada passava por eles com uma bandeja lotada, deixando xícaras de chá morno e pães quentes para o pessoal do turno da noite que não tinha tempo de intervalos apropriados para o chá da tarde.

Atrás deles, uma passagem levava à sala de produção, onde as prensas trabalhavam a todo vapor, cuspindo as edições noturnas do *London Daily Standard*, e homens fortes, com mãos sujas de tinta, amarravam os blocos de jornais com barbante e empilhavam perto dos fundos para os meninos da entrega, que em meia hora começariam a levá-los aos vários pontos de venda espalhados pela cidade.

Uma recepcionista altiva, vestida com um conjunto cinza-escuro bem cortado e blusa branca com babados, ficava sentada à frente desse caos controlado, o cabelo louro preso com capricho num coque baixo.

Como recepcionista, a função primordial da srta. Pitman era cumprimentar qualquer um que passasse pelas portas altas de vidro, discernir sua intenção e para onde ele ou ela deveria ser mandado. Clientes que quisessem colocar um anúncio eram logo conduzidos por uma porta forrada, à direita, que levava a uma sala agradável e silenciosa, onde secretárias educadas anotavam o texto e recebiam o pagamento. Qualquer pessoa que tivesse uma história a relatar era direcionada à sala de imprensa no andar superior, onde ficavam os jornalistas. Quaisquer vendedores que cometessem a temeridade de passar por aquelas portas da frente eram sumariamente dirigidos de volta para a rua pela entrada de serviço da lateral esquerda.

Os recém-chegados ao escritório da Deverill Publishing, no entanto, não se encaixavam em nenhuma dessas categorias. A srta. Pitman, que havia sido contratada pela empresa havia apenas seis semanas, olhou surpresa para o par de garotos idênticos, com rostos sardentos, cabelos ruivos e calças curtas, que estavam diante dela.

— Pois não? — perguntou ela, parecendo duvidosa, pensando que eles talvez fizessem parte de alguma turma escolar a passeio e tivessem se separado do grupo. Não estavam de uniforme, mas ainda assim...

— Queremos falar com a Lady Truelove — disse um deles, com a voz surpreendentemente decidida para alguém tão jovem. — Poderia nos levar até ela, por favor?

A srta. Pitman relaxou um pouco, agora mais certa do assunto. A Lady Truelove era uma febre em Londres, sendo a colunista mais popular da cidade havia mais de dois anos. Gente de todo tipo lhe escrevia, e a srta. Pitman já estava um tanto acostumada a lidar com aquele tipo de coisa.

— Lamento, mas a Lady Truelove não se encontra. — Suas mãos elegantes pegaram papel e lápis. — Posso anotar o recado para ela?

Os dois meninos se olharam, claramente desapontados com aquela informação.

— Não — disse o segundo menino depois de um instante, com a voz ligeiramente menos assertiva que a de seu irmão gêmeo. — Podemos falar com lady Galbraith?

— Lady Galbraith também está fora, receio.

Ela olhou além das crianças, imaginando o que fazer. Como lidar com estudantes perdidos? Ligar para a polícia? A mente burguesa da srta. Pitman se apavorava com essa perspectiva. Certamente nada tão escandaloso quanto a polícia.

— Então com lorde Galbraith — sugeriu o segundo menino, interrompendo as especulações da srta. Pitman.

— Lorde Galbraith não recebe ninguém que não esteja agendado.

— Ele vai nos receber — disse o primeiro menino, com uma determinação que abalou ligeiramente a autoconfiança da srta. Pitman. — Somos sobrinhos dele.

— Ah. — Aquela informação colocava o quadro sob uma ótica totalmente nova, e a recepcionista se levantou, contente por ter encontrado um jeito apropriado para conduzir a situação. — Vou levá-los até a secretária de lorde e lady Galbraith, a srta. Huish.

Ela os levou até um elevador elétrico e subiu com eles ao primeiro andar, onde os deixou nas mãos capazes da srta. Evelyn Huish e logo saiu, profundamente aliviada.

Os meninos descobriram que a srta. Huish era bem mais amistosa que sua antecessora. Mais bonita também, com cabelo ruivo mais escuro que o deles e belos olhos castanhos.

— Então vocês dois são sobrinhos de lady Galbraith? — Ela sorriu. — Prazer em conhecê-los.

Ela olhou além deles e seu sorriso sumiu, franzindo um pouco o rosto.

— Não tem ninguém com vocês?

Os meninos se olharam, incertos do que poderiam dizer que não lhes causasse problemas. Temendo ser tarde demais para considerações do tipo, olharam para a srta. Huish e balançaram a cabeça, decidindo sabiamente por não dar explicações. Afinal, na maioria das vezes, quanto mais você se explica, mais encrencado fica.

A srta. Huish se levantou.

— Bem, então — disse ela, depressa — é claro que devem ver seu tio imediatamente. Esperem aqui. Já volto.

Ela se virou, foi até uma das duas portas atrás dela, bateu e abriu, depois entrou. Sua voz ecoou até os meninos pelo vão aberto.

— Milorde, seus sobrinhos estão aqui e gostariam de vê-lo.

— Os gêmeos estão aqui? — Tio Rex pareceu compreensivelmente surpreso. — O pai deles está junto? Ou o tutor?

— Nenhum dos dois. Eles estão sozinhos.

— Sozinhos? Meu bom Deus. — Ele gemeu. — Eles atravessaram Londres sozinhos?

Os dois meninos trocaram um sorriso, orgulhosos do feito. Que bom que a sra. Seton havia lhes mostrado como usar os trens, durante a jornada de volta para casa, quando retornaram de Westminster.

— Mande-os entrar.

— Sim, milorde.

A srta. Huish ressurgiu, abrindo inteiramente a porta, convidativa.

— Podem entrar, cavalheiros.

Os meninos passaram correndo por ela e se enfiaram no escritório particular do tio Rex. Ele se levantou atrás da escrivaninha e assentiu com a cabeça para a srta. Huish, que saiu e fechou a porta.

— Boa tarde, meninos — ele os cumprimentou. — O que vocês pensam que estão fazendo aqui sozinhos? Onde está seu tutor?

— Babá — corrigiu Owen automaticamente. — A sra. Seton é nossa babá. Ou era. — Ele deu um suspiro pesaroso. — Ela nos deixou.

— Deixou vocês? — Rex olhou os dois com profunda preocupação. — O que querem dizer? Ela os deixou onde?

— Ela se demitiu faz dois dias.

— Vocês afugentaram outra babá? O que fizeram?

— Nada! — gritou Colin. — Não fizemos nada. Pelo menos — corrigiu ele, quando o tio ergueu as sobrancelhas —, achamos que não. Ela disse que não fizemos. Disse que não foi por nossa causa.

— Mas a gente deve ter feito alguma coisa — disse Owen. — Por que outro motivo ela iria embora?

— Talvez tenha sido por causa daquele homem, no fim das contas, e ela tenha mentido para nós.

— Homem? — perguntou Rex, mas os meninos, ocupados com suas próprias especulações, não lhe deram atenção.

— Não acho que ela tenha mentido — disse Owen, lentamente.

— Pelo menos não sobre isso. Ficou bem claro que ela não gosta dele. Por que iria trabalhar com ele se tinha um cargo tão legal conosco?

— Então acho que foi o papai. Do contrário, por que ela insistiria em conversar com ele sobre seus motivos para partir sem a gente? Ou — Colin acrescentou — por que ela simplesmente não deixou um bilhete e saiu, escondida, antes de amanhecer, como a maioria das pessoas faz quando vai embora?

— Isso é fácil — disse o irmão. — Ela gosta da gente e não quis nos deixar sem se despedir. Mas…

— Onde está seu pai? — perguntou o tio Rex, interferindo nas especulações.

Os dois olharam para ele surpresos.

— Em Westminster, é claro — disse Colin. — Onde mais ele estaria?

— Não tem ninguém tomando conta de vocês?

— Samuel. Ele agora é valete do papai.

— E, ainda assim, aparentemente, ele não veio junto.

Os meninos se olharam, depois olharam para o tio.

— Nós saímos escondidos — disse Owen, relutante. — Sem que ele visse.

— Deixamos um bilhete para ele — acrescentou Colin, quando tio Rex deu um gemido. — Dissemos para ele não se preocupar e que voltaríamos logo.

— O bilhete foi ideia minha — disse Owen, orgulhoso.

Porém, para decepção dos dois meninos, o tio não pareceu muito impressionado com aquela demonstração de consideração e responsabilidade por parte deles.

— Se o Samuel supostamente está tomando conta de vocês — disse o tio, franzindo profundamente o rosto —, então como conseguiram sair às escondidas? E por que atravessaram a cidade, sozinhos, para me ver?

— Não viemos ver você, tio Rex — disse Colin.

— Sua tia Clara? Então quem? — perguntou ele, quando os gêmeos fizeram que não com a cabeça.

Os meninos se olharam, depois olharam para ele e, com o talento misterioso de estar em total acordo que gêmeos costumam ter, eles disseram, simultaneamente:

— Nós viemos ver a Lady Truelove.

Jamie estava na Câmara, tentando ao máximo prestar atenção ao sr. Fortescue, representante de Welsham, pois estava desesperado por uma distração. Infelizmente, seu colega não tinha talento algum para oratória e, enquanto seu discurso se arrastava eternamente, Jamie às vezes conseguia sair de seu torpor para imaginar como alguém em Welsham conseguira sequer se manter acordado para ouvir as ideias daquele homem, que dirá ser inspirado por elas a ponto de o eleger para o serviço público.

Ainda assim, mesmo que o sr. Fortescue fosse o maior palestrante desde Péricles, Jamie desconfiava que não faria diferença em seu estado de espírito. Desde que Amanda saíra por sua porta, dois dias antes, ele se sentia como se andasse em meio a um nevoeiro. Não conseguia enxergar nada, nem presente, nem futuro. Tudo a sua volta parecia insípido, cinzento e curiosamente insubstancial.

Apesar do amortecimento de seus outros sentidos, Jamie não se sentia anestesiado, muito pelo contrário. Ele sentia uma dor profunda. Estranhamente, gostava dessa dor, pois significava que estava vivo e, se estava vivo, certamente poderia encontrar uma solução para aquela charada. Não poderia?

Sou a professora afamada e libertina que foi flagrada fornicando com o filho de um conde...

Ele imaginava que alguns homens se sentiriam repelidos por tal confissão. Por outro lado, alguns homens eram totalmente hipócritas em relação a esse tipo de coisa.

Eu estou desonrada, sem conserto. Acha que seus eleitores votariam novamente em você se você se casasse comigo?

Jamie fora sincero com ela. Não se importava. Mas aquilo com que ele se importava ou deixava de se importar não era a única coisa que contava.

E os meninos? Você mancharia o futuro deles com uma madrasta como eu?

Ele sabia que preferia sofrer mil anos no inferno em vez de causar um momento de dor a seus filhos. Ao se recostar na cadeira, foi tomado de desânimo. Não havia solução. Como poderia haver?

Subitamente, a seu redor, todos os cavalheiros estavam se levantando e, assustado, Jamie saiu de seu devaneio, percebendo que era hora do intervalo do jantar.

O coronel Forrester, sentado a seu lado, se levantou e pôs a mão em suas costas.

— Vamos ao restaurante dos membros do Parlamento? — sugeriu ele, enquanto Jamie se levantava. — Ou talvez possamos escapar juntos para uma refeição decente, para variar? O Criterion, talvez? Toda essa conversa sobre revisão estatutária é tão trivial... Certamente podemos deixar os debates de lado. Eles são de matar de tédio.

Jamie concordou, aliviado por não ser o único com aquela opinião. Ele não estava com um pingo de fome, mas, mesmo assim, o Criterion tinha mais chance de distrair seus pensamentos de Amanda do que discussões sobre revisão estatutária.

No instante em que os dois deixaram a Câmara e entraram no Salão dos Membros, no entanto, os planos de Jamie para o jantar foram interrompidos por um tapinha em seu ombro. Ele se virou e encontrou um oficial a seu lado, segurando uma carta.

— Lorde Kenyon? Isso chegou para o senhor há uma hora. É de lorde Galbraith.

— Galbraith? — ecoou Jamie, surpreso, pegando a carta.

— Sim, milorde. O mensageiro que trouxe a carta disse que é sobre seus filhos.

Alarmado e arrancado de seu estado de torpor, já tendo esquecido seus próprios problemas, Jamie rasgou a carta para abri-la, arrancou o lacre de Galbraith e desdobrou o papel, depois olhou o conteúdo e murmurou um xingamento, tanto de exasperação quanto de alívio.

— Ah, mas pelo amor de Deus!

— Nada de errado, espero? — perguntou Forrester, enquanto Jamie voltava a dobrar a carta.

— Só o habitual — murmurou ele, seco. — Você conhece meus filhos.

Forrester riu.

— Os danadinhos arranjaram confusão de novo, hein?

— Chegaram ao escritório de Galbraith, na Fleet Street, desacompanhados. Mas ele já cuidou da situação e vai levá-los para jantar, depois os trará até aqui.

Forrester deu uma risada.

— Colocaram outra babá para correr? Mas estão bem, espero. Ora, ora — prosseguiu ele, enquanto Jamie sacudia a cabeça —, se esse bilhete chegou faz uma hora, eles já podem ter chegado.

— Provavelmente — concordou Jamie, e enfiou a carta no bolso do peito do paletó. — Terei de declinar o jantar com você, meu amigo.

— É claro. — O coronel Forrester gesticulou para o corredor próximo. — Vou acompanhá-lo até lá fora. Se estiverem aqui, eu poderia compartilhar um coche com vocês, de volta para casa? O Criterion fica no seu caminho para a Upper Brook Street.

— Certamente.

Quando chegaram ao lobby de entrada, no entanto, Jamie percebeu que encontrar seus filhos e pegar um coche não seria tarefa fácil, pois o local estava lotado de homens seguindo rumo às saídas. Alguns eram membros do Parlamento, evidentemente entediados pelas discussões acerca da revisão estatutária assim como Jamie e seu companheiro, outros eram colegas que passavam, membros da Câmara dos Lordes, que havia acabado de suspender a sessão. Examinando o salão, ele não localizou nem seus filhos nem Galbraith em meio à multidão.

— Você os vê? — perguntou Jamie ao companheiro.

O coronel balançou a cabeça.

— Talvez seja melhor esperar ali, perto do balcão da recepção, e deixar que eles nos encontrem.

Os dois assim o fizeram. Após aguardarem apenas alguns minutos, Rex e os meninos surgiram em meio à turba.

Os gêmeos sabiam que estavam encrencados, pois, no instante em que o viram, baixaram a cabeça, ao melhor estilo pesaroso, aproximando-se com passos arrastados, um de cada lado de Rex, como se seguissem rumo a um pelotão de fuzilamento.

— Bem, cavalheiros — disse Jamie, desencostando da parede ao lado do balcão da recepção quando eles pararam em sua frente —, vocês devem realmente gostar de polir prata. Pela maneira como estão se comportando, receio que o farão todas as manhãs, pelo resto de suas vidas.

Os garotos não responderam, uma decisão prudente da parte deles.

— Tenho certeza de que quase mataram Samuel de preocupação — continuou Jamie. — Vocês desapareceram sob os cuidados dele, como sabem.

— Nós deixamos um bilhete — Colin murmurou.

— Quanto a isso — disse Rex —, Samuel sabe que os meninos estão comigo. Mandei uma mensagem para sua casa antes de deixarmos o escritório do jornal.

Jamie olhou para o cunhado.

— Estou vendo que já voltou da França. Obrigado por trazer os meninos até mim. Por acaso pediu que seu coche aguardasse?

O outro homem fez que não com a cabeça.

— Deixei que fosse embora. Não sabia quanto tempo você iria demorar. Se precisar ficar, posso levar os meninos para casa.

— Não, vou levá-los. Você pode vir conosco, no coche.

— Se conseguirmos encontrar um. A fila estava quilométrica quando chegamos.

— Os lordes acabaram de ser liberados. Deve ser fácil conseguirmos um, se esperarmos um pouquinho.

Rex concordou e Jamie voltou sua atenção aos meninos.

— Enquanto isso — disse ele, sério —, vocês dois podem me contar o que achavam que estavam fazendo, indo até o outro lado da cidade, sozinhos. Se queriam dar um passeio para conhecer o novo escritório, tenho certeza de que o tio Rex ficaria contente em levá-los. Bastava pedirem.

— Não foi por isso que nós fomos até lá — disse Colin. — Queríamos ver a Lady Truelove.

Jamie gemeu.

— Esse negócio de novo, não.

— Ela não respondeu nossa carta, então, dessa vez, pensamos em ir pessoalmente, para pedir um conselho para ela.

— Eu gostaria que vocês dois parassem de tentar me arranjar uma esposa — disse ele, com um suspiro, desejando poder dizer que ele próprio já tinha encontrado uma. Mas Amanda não compactuara com seu plano. Talvez ela fosse mais sábia que ele.

— Não nos importamos com isso, papai — disse Owen.

Jamie piscou.

— Não? Então por que foram ver Rex? Quer dizer... — ele se corrigiu quando o cunhado deu uma tossida —, por que foram ver a Lady Truelove?

— Quanto a isso, Jamie — interveio Rex, rapidamente —, você ficará aliviado em saber que a intenção deles não era encontrar-lhe uma esposa.

— Não era?

— Não. Numa inversão de papéis surpreendente, os meninos decidiram que, na verdade, querem... prepare-se para essa notícia feliz... uma babá.

— Não uma babá qualquer, tio Rex — disse Colin. — Queremos a babá que nós tínhamos.

— Sim, está correto — disse Rex, e sorriu para Jamie. — Para mim, parece haver uma solução simples para isso. Por que simplesmente não se casa com a babá? Dessa forma, os meninos ganham uma nova mãe e você ganha uma babá que nunca pedirá demissão. E ainda ganha uma esposa, de lambuja. Totalmente perfeito, eu diria.

— Não diga isso — disse Jamie, num tom tão voraz que eliminou o brilho provocador nos olhos do cunhado. — Não tem ideia do que está falando, portanto não interfira.

— Parece que toquei num ponto fraco. Desculpe, Jamie, eu só estava brincando.

Jamie suspirou, esfregando a testa.

— Deixa para lá — disse ele, erguendo a cabeça. — É só que...

Ele parou, pois, vindo em sua direção, com os passos oscilantes de um homem embriagado, estava lorde Notting, flanqueado por dois companheiros.

Conforme ele observava a aproximação do homem, uma imagem dos olhos sofridos de Amanda surgiu, num lampejo, em sua mente.

Subitamente, a névoa que o envolvera durante os dois últimos dias se dissipou, dando lugar a uma fúria fria e cegante. Era uma sensação semelhante à que tivera dezessete anos antes, quando seu pai chamara Sarah Dunn de vagabunda e batera nele pela última vez. Só que agora era mais forte e profunda, pois ele não era mais o jovem franzino de 15 anos. Jamie também sabia que, naquele momento, o conde de Notting estava passando por águas muito perigosas.

Afaste-se, ele disse a si mesmo. *Afaste-se, agora.*

— Ah, lorde Kenyon — o outro homem o cumprimentou, e Jamie, perversamente, ficou satisfeito por ser tarde demais para se afastar. — Lorde Galbraith. E barão Knaresborough e sr. St. Clair também? Ora, ora, uma verdadeira reunião familiar.

— Notting — disse Jamie, cumprimentando os companheiros do conde com um aceno curto de cabeça.

— Acho que temos uma amiga em comum — disse Notting, sorrindo.

— Temos? — respondeu Jamie, com a voz tão gélida quanto seu ódio, grato por sua "cara inexpressiva", como Amanda chamara. — Eu não sabia que meus amigos tinham tanto mau gosto.

O sorriso do outro homem hesitou, mas só por um instante. Então ele riu como se Jamie tivesse contado uma piada.

— De fato, temos, sim. Amanda Leighton.

Em sua visão periférica, ele viu Rex se retesar, reconhecendo o nome. Quem, afinal, não reconheceria?

— Mal pude acreditar, no outro dia, quando a vi — continuou Notting, claramente se divertindo ao provocar Jamie, sem saber quão precário era o autocontrole de Jamie naquele momento. — Ela estava aqui em Westminster com seus filhos e me concedeu a grande honra de apresentá-los.

O tom de Notting fazia soar como se a honra tivesse sido dos meninos e, involuntariamente, o lábio de Jamie se curvou de aversão. Ele nem se deu ao trabalho de contê-lo.

— Amanda Leighton, babá? — Notting balançou a cabeça. — Minha nossa, quem poderia imaginar?

— O nome dela não é esse — disse Colin. — Está enganado. Não é Leighton. É Seton. Sra. Seton.

Notting não argumentou. Em vez disso, lançou um olhar de pena ao menino.

— Foi isso que ela lhe disse?

Colin começou a falar de novo, mas Jamie pôs a mão em seu ombro para calá-lo e, no silêncio constrangedor que veio a seguir, o coronel Forrester deu uma tossida.

— Ora, ora — começou ele, mas Notting o interrompeu.

— Claro que foi um choque e tanto, quando a vi, depois de todo esse tempo. Mais chocante ainda foi saber que ela é sua... babá.

— Vá para casa, Notting — disse Jamie, sorrindo suavemente. — Você está bêbado, e eu estou cansado.

Era um alerta, mas foi ignorado.

— Mas, por outro lado — continuou Notting —, talvez nem seja tão chocante, afinal. Se ela está usando outro nome, talvez você nem soubesse quem estava contratando. Ou, quem sabe — acrescentou, rindo —, soubesse. Amanda ainda é uma mulher bonita. O frescor da juventude se foi, é claro, mas...

Jamie se retesou, seu controle por um fio, e, como se sentisse isso, Rex pousou a mão em seu braço.

— Nós realmente temos que ir, meu velho.

Jamie girou os ombros, sentindo a mão de Rex soltá-lo.

— Quem lhe disse que ela era minha babá? — perguntou ele a Notting.

— Ora, Amanda disse, é claro.

— Isso não é verdade — gritou Colin. — Eu que disse isso, seu nojento. — Virando a cabeça para o pai, ele continuou: — Ele é o homem de quem falei, papai. O que ofereceu um emprego a ela.

— Culpado — admitiu Notting. — Ofereci, sim, um emprego a Amanda. Mas não — acrescentou, rindo — como babá.

— Chega — cortou Jamie, antes que Colin resolvesse perguntar que emprego Notting estava oferecendo.

O canalha poderia de fato dizer, e Jamie não sabia se conseguiria se controlar caso isso acontecesse. Ele não se surpreendia em nada em descobrir que lorde Notting era o mesmo homem daquele dia. Na verdade, Jamie agora percebia, aquela vaga noção estava em sua cabeça desde o momento em que Amanda explicara o ocorrido. Havia, no entanto, algo que precisava esclarecer.

Ele se aproximou de Notting ao mesmo tempo que empurrava delicadamente Colin para trás dele, para tirá-lo do caminho e garantir que ele não se machucasse, caso alguma coisa acontecesse.

Ainda bem que Rex o conhecia havia muito tempo. Ele percebeu e ficou na frente de Owen.

Adotando uma postura de confidente, Jamie chegou perto de Notting até que pudesse falar diretamente em seu ouvido.

— Entenda uma coisa, seu patético exemplo de homem — murmurou ele. — Se você abordá-la ou se vier a se aproximar dela novamente, eu lhe darei uma surra que o deixará a um fio da morte. Toque nela, e eu *vou* matá-lo.

— Tocar nela? — murmurou Notting em resposta, parecendo entretido. — Eu já tive esse prazer. — Ele riu, dando um passo para trás. — E até ofereci a ela uma reprise, outro dia, admito, mas não sabia que você agora era o dono. Aproveite, Kenyon — acrescentou ele, sorrindo e dando um tapinha no ombro de Jamie. — Deus sabe que eu aproveitei.

As palavras mal tinham saído de sua boca quando o punho de Jamie o acertou no rosto com uma força brutal. As testemunhas sem dúvida veriam aquilo como um ato precipitado e destemperado, mas, para Jamie, foi deliberado, com intenção e propósito. Quando a dor do impacto reverberou braço acima, ele aceitou alegremente todas as consequências que sabia que viriam a seguir.

Com o golpe, a cabeça de Notting girou de lado, ele cambaleou e caiu, mas não ficou desacordado, infelizmente, pois, com a ajuda de um dos companheiros, conseguiu ficar de pé. Seu lábio sangrava, Jamie percebeu satisfeito, e em um ou dois dias ele provavelmente teria um olho bem roxo.

Notting levou os dedos ao lábio, olhou o sangue na mão, depois fez uma cara feia para Jamie.

— Você vai se arrepender disso.

— Vou me arrepender? — Jamie sorriu. — Isso foi um *prazer*, Notting. Agora vá, ou terei de repetir tal prazer.

Um brilho de medo surgiu nos olhos do outro homem, e Jamie abriu mais o sorriso, torcendo por uma desculpa para continuar a briga, mas, no momento de hesitação do outro, seus companheiros rapidamente intervieram e o privaram da chance. O coronel Forrester entrou no meio dos dois e Rex passou o braço em volta dos ombros de Jamie, contendo-o. Notting, o covarde, recuou e se virou para ir embora, seguindo rumo à saída o mais depressa possível, quase correndo.

— Deus, homem, o que você fez? — murmurou o coronel Forrester, horrorizado, virando-se para olhar para Jamie quando Rex o soltou e deu um passo para trás.

A voz espantada de Colin interrompeu antes que Jamie pudesse responder.

— Papai, você bateu nele. Tirou sangue do lábio dele e tudo.

— Sim — concordou ele, flexionando a mão, saboreando a dor. *E foi uma satisfação danada.*

— Jamie, espero que saiba o que isso significa. — O coronel Forrester pousou a mão em seu braço. — Agrediu um colega, um membro da Câmara dos Lordes, em um ataque sem provocação.

Jamie não descreveria aquilo como sem provocação, mas não discutiu. Em vez disso, arrumou os punhos da camisa, olhando as costas de Notting, conforme o porco saía pela porta de St. Stephen's e desaparecia, com os companheiros atrás de si.

— Eu fiz justiça.

— Justiça? — gaguejou o coronel Forrester. — Brigando dentro do Parlamento? Meu bom Deus, homem. Você acaba de jogar toda a sua carreira política no lixo e arruinar seu futuro.

— Sim — disse ele, flexionando novamente a mão. — Acredite, sei exatamente o que acabo de fazer.

Alheio à expressão perplexa do amigo, indiferente aos olhares e murmúrios dos homens em volta, Jamie se virou para os filhos, que o encaravam, compreensivelmente chocados.

— Por que, papai? — perguntou Owen. — Por que fez isso?

— Foi pelo que ele falou, não foi? — perguntou Colin, antes que Jamie pudesse responder. — Sobre a sra. Seton.

— Sim.

Para Jamie, era doloroso olhar o rosto dos meninos, pois ele sabia que tinha acabado de tomar uma decisão irrevogável, cujas consequências os afetariam por toda a vida. Na escola e na universidade, até além, os colegas iriam provocá-los, dizer palavras obscenas, palavras que agora, tão jovens e inocentes, eles não compreendiam. Quando isso acontecesse, talvez se sentissem obrigados a reagir fazendo o que ele acabara de fazer. Mas, embora Jamie detestasse que seus filhos tivessem que enfrentar aquele tipo de dor e violência por sua causa, também sabia da coragem e fortaleza que vinham com o enfrentamento dessas coisas. Ele sabia que algumas coisas na vida eram dignas da dor, do sacrifício, eram dignas da luta. Ele queria que seus filhos também soubessem disso.

— Mas, papai — disse Owen —, você sempre nos disse que é errado bater nos outros.

Jamie se agachou na frente dos gêmeos.

— Geralmente é errado, mas nem sempre. Há exceções. Essa foi uma delas. Mas vocês têm que se lembrar de que é, sim, uma exceção. Não é a regra. Estão entendendo?

— Sim, papai — eles disseram juntos.

— Bom.

Ele pegou a cartola do chão, onde tinha caído, e começou a se levantar.

— Mas, papai — disse Colin, puxando a manga de sua camisa para segurá-lo — como saber quando é uma exceção e quando não é?

— Você saberá, filho — disse ele e pôs a cartola. — Confie em mim, você saberá.

— É verdade o que o coronel Forrester disse? — perguntou Owen. — Que você acabou de arruinar seu futuro?

— Provavelmente. Mas... — Jamie parou, pousando as mãos nos ombros dos meninos. — A honra de uma mulher é mais importante que o futuro de um homem. Lembrem-se disso, meus filhos. Lembrem-se sempre disso.

Capítulo 18

Amanda tentava dizer a si mesma que ser uma empregada doméstica na hospedaria não era tão ruim. Em termos puramente físicos, tirar pó de estantes de livros, fazer as camas, ajudar na lavanderia e servir chá era mais fácil que cuidar de dois meninos travessos e vigorosos o dia todo. Porém, ela sempre preferiu algo que desafiasse seu cérebro e, antes do fim de seu terceiro dia como empregada, soube que o trabalho doméstico seria terrivelmente tedioso.

Ela, no entanto, estava determinada a fazer o melhor, pois era verdadeiramente grata à sra. Finch pelo cargo e bem ciente de que sua situação poderia ser muito, muito pior.

Deixar Jamie e os meninos havia sido a decisão mais difícil de sua vida, mas era igualmente inevitável. Pelos dois últimos meses, Amanda tinha desfrutado da ilusão de que estava protegida das pedras e flechas da difamação e desgraça. Como uma cidade reluzente à beira de um deserto, porém, aquilo havia sido uma miragem.

Jamie e os meninos haviam ajudado a afastar sua solidão insuportável. Fizeram-na sentir que tinha uma família, uma pedra onde se agarrar, um porto seguro.

A noite que ela havia passado com Jamie fora a experiência mais gloriosa de sua vida. O toque e o carinho dele foram um bálsamo para sua alma ferida. Os braços dele a seu redor a fizeram sentir-se estimada e protegida. E, por aquelas poucas horas extraordinárias, ela havia se sentido imaculada, sem desonra ou arrependimentos.

Aquela noite havia sido um sonho, um sonho lindo e feliz. Mas, como acontece com todos os sonhos, é preciso acordar e, de manhãzinha, quando abriu os olhos e o viu dormindo a seu lado, ela sabia que o sonho tinha chegado ao fim.

Ela o amava, mas Jamie não estava apaixonado por ela. Ele ainda estava apaixonado pela esposa, e Amanda jamais poderia lhe dar a perfeição feliz de seu primeiro casamento. E, mesmo que aquele não fosse o caso, mesmo que ele algum dia se apaixonasse por ela, Amanda sabia que amor jamais seria o bastante.

Nem mesmo os braços fortes de Jamie poderiam conter a condenação do mundo. Nem sua posição, seu dinheiro, sua influência, nem sequer seu afeto e carinho, poderiam purificar o que havia sido maculado.

Mas ela tampouco esperava isso. Desde o começo, soubera que seu lugar no mundo de Jamie era temporário. Passando-se por homem, torcera para manter seu passado distante pelo tempo necessário para economizar o dinheiro para um novo começo, na América. Esse era o limite que ela dera a suas expectativas.

Quando Jamie descobriu que ela era mulher, Amanda se permitiu pensar que nada havia mudado, que seu plano ainda era viável. Mas, a cada dia que se passava, ela ia se apaixonando um pouquinho mais por ele e por seus dois lindos e esplêndidos filhos. Sem perceber, começara a alimentar a esperança ridícula de que, de alguma forma, pudesse ficar com eles para sempre, que algum dia seu passado pudesse permanecer encoberto, mas seu encontro com Kenneth, em Westminster, trouxera a realidade de volta com uma clareza dolorosa. Não havia como apagar seu passado ou evitar que ele ferisse e envergonhasse Jamie e seus filhos.

Quando decidiu partir, Amanda não esperava que ele lhe propusesse casamento, e, embora ela enxergasse a oferta como a fantasia que era, naquele momento ela quis desesperadamente aceitar, optar, de maneira egoísta, por sua própria segurança e proteção, acima do que era certo. Mas ela não podia impor a Jamie e sua família o fardo das escolhas que fizera, estragar a carreira política dele ou dar a seus filhos uma madrasta difamada.

Deixar a casa, na Upper Brook Street, tinha sido a coisa certa a fazer, mas foi como arrancar um pedaço de si mesma. E, embora tivesse conseguido conter a dor até chegar em Holborn, no minuto em que entrou na estalagem, ela desmoronou.

A sra. Finch deu uma olhada em seu rosto e sua bagagem e abriu os braços. Amanda correu para ela, aos prantos, como se fosse uma garotinha, e não uma mulher madura e experiente. Depois de meia dúzia de lenços e três xícaras de chá indiano, sua bagagem estava no sótão das empregadas e ela trajava um vestido preto, avental e gorro brancos, aprendendo tudo sobre ser uma empregada doméstica.

Desde sua chegada, Betsy e Ellen zombavam de seu vestido curto demais e implicavam com ela, dizendo que era menos atraente como mulher do que havia sido como homem. Elas riram de suas primeiras tentativas de fazer as camas e Betsy, como empregada-chefe, tinha sido obrigada a ensiná-la, passo a passo, a remover os pingos secos de cera com o ferro quente e papel absorvente, e como limpar os tapetes com a pá e a escova, como se ela fosse a mais novata das novatas. Mas o acréscimo de Amanda à equipe significava menos trabalho para elas e, embora frequentemente ficassem confusas por sua profunda ignorância com as tarefas mais simples do lar, elas alegremente se dispuseram a lhe ensinar o caminho das pedras do serviço doméstico.

As atribuições de Amanda incluíam fazer a cama de todos os hóspedes e limpar seus quartos. Depois, suas tarefas pareciam consistir principalmente em lutar contra o pó — batê-lo das cortinas, expulsá-lo das almofadas, espaná-lo de todos os enfeites e recolhê-lo com escovas e pás. No fim da terceira tarde fazendo isso, Amanda já decidira que tinha que haver uma ferramenta mais eficiente para tirar pó das prateleiras do que um pedaço de pau com penas na ponta. Estava pensando em como o seu conhecimento de engenharia poderia ajudá-la a elaborar tal dispositivo quando a campainha tocou.

Além de tirar o pó, abrir a porta para quem chegasse também era parte de seu trabalho, então, quando o toque da campainha ecoou pela hospedaria, Amanda pôs o espanador atrás de um vaso de samambaia, deixou o salão e seguiu até o hall de entrada, mas viu sua imagem no espelho e parou, dando um gemido de desânimo ao perceber que estava coberta de pó no rosto, no avental e na touca.

Não havia tempo para melhorar a aparência, pois a campainha tocou de novo, e ela só podia torcer para que não fosse ninguém importante.

Aquela esperança desapareceu no instante em que ela abriu a porta, porque, diante dos olhos de Amanda, paradas no degrau da frente, estavam as três pessoas mais importantes do mundo.

— Jamie? — sussurrou ela, encarando-os incrédula. — Colin? Owen? O que estão fazendo aqui?

— Nós viemos para levá-la de volta — Colin começou a falar, mas foi imediatamente silenciado com um chute na canela dado pelo irmão.

— O papai disse que só poderíamos vir com ele se ficássemos quietos e o deixássemos falar — disse Owen. — Nós prometemos.

Confusa, Amanda ergueu os olhos dos meninos para o pai, que tirou o chapéu e fez uma mesura.

— Jamie, não posso voltar — murmurou ela. — Nós conversamos sobre isso.

Ele deu um sorrisinho.

— Pelo que me lembro, praticamente só você falou.

Ela balançou a cabeça, dando um passo para trás.

— De qualquer forma — disse ela, engasgada —, nós concordamos que eu teria que partir.

— Eu não diria que nós concordamos, precisamente. Seria mais correto dizer que sua decisão de partir me pegou desprevenido. A notícia sobre seu passado me deixou um tanto arrasado, e você se foi antes que eu pudesse pensar em formas de me opor a seus argumentos.

— Formas de se opor? — Ela suspirou. — Jamie, não há como fazer isso. Você sabe das circunstâncias.

— Sim, bem... — Ele parou e deu uma tossida. — As circunstâncias mudaram ligeiramente desde a última vez que nos falamos. Eu as modifiquei.

— O quê? — Ela sentiu uma fagulha de esperança, mas logo a deixou de lado. — Isso não é possível. Você não pode mudar as coisas assim.

O sorriso dele aumentou.

— Não posso?

Amanda deu uma olhada para os meninos, depois se aproximou do pai deles, com a curiosidade a cutucando como uma criança levada.

— Jamie, o que você fez? — sussurrou ela.

— É meio complicado. — Com o chapéu, ele gesticulou para o hall atrás dela. — Podemos entrar?

Ela hesitou, morrendo de vontade de ouvir o que ele tinha a dizer, mesmo sabendo que não adiantaria. Deixá-lo ficar só prolongaria sua dor e não faria qualquer diferença e, no entanto... no entanto...

Antes que ela pudesse decidir, passos soaram na escada.

— Amanda? — chamou a sra. Finch. — Foi a campainha? Se for um daqueles comerciantes de coisas usadas, pode mandá-lo... Ah!

Ela parou na metade do último lance de escada, olhando Jamie e os meninos diante da porta aberta.

— Milorde.

— Bom dia, sra. Finch. — Ele fez mais uma mesura. — Posso lhe apresentar meus filhos? Barão Knaresborough e sr. Owen St. Clair, essa é a sra. Finch.

— Como têm passado? — murmurou ela, terminando de descer a escada enquanto os meninos faziam uma mesura. — Gostariam de entrar, cavalheiros?

— Não — disse Amanda secamente, depois corou, lembrando que a escolha não era dela. A sra. Finch olhava para ela com expectativa, e ela cedeu, fazendo um som exasperado ao abrir mais a porta para que Jamie e os meninos entrassem na casa.

Eles seguiram a sra. Finch até a sala, com Amanda atrás.

— Gostariam de um chá? — perguntou a senhoria.

— Adoraríamos um chá — disse Jamie. — Obrigado.

— Vou buscar — disse Amanda, contente por ter a desculpa perfeita para se recompor.

Ela ia saindo, mas a sra. Finch a deteve.

— Não, não, minha querida. Não posso deixar que você vá buscar chá quando seus amigos vieram lhe fazer uma visita surpresa. Fique um pouco com eles. Pode deixar que eu mesma providenciarei o chá.

Amanda fez um som de protesto, mas a sra. Finch a ignorou. Ao passar por Amanda rumo à cozinha, ela também ignorou seu olhar suplicante. E, quando Amanda disse, bem irritada, "Temos uma campainha, sabe", a sra. Finch ignorou isso também.

Sem escolha e sem ter como escapar, Amanda foi forçada a dar atenção a Jamie e aos meninos, e a visão deles era ao mesmo tempo tão doce e angustiante e terrível que ela sabia que teria que acabar com aquilo o mais depressa possível, ou desmoronaria na frente deles. O chá poderia esperar.

— Independentemente do que tenha acontecido — disse ela —, não vejo como possa fazer diferença. Eu parti porque... — Ela hesitou, dando uma olhada para Colin e Owen. — Parti por motivos muito bons. E, Jamie, como nós dois sabemos — lembrou ela —, são motivos que não podemos mudar.

— Quer dizer nós — disse Colin, fazendo um som de escárnio, como se em referência à idiotice dos adultos.

— Colin! — repreendeu Owen, angustiado. — Cale a boca. Eu não quero ter que esperar no coche.

— Mas nós somos o motivo para ela ter ido embora — disse Colin, virando-se para o irmão, o queixo projetado demonstrando a teimosia que Amanda conhecia tão bem. — Temos pelo menos que poder dizer a ela que sabemos de tudo e não ligamos.

— O que quer dizer com sabem de tudo? — perguntou Amanda, assombrada. — Vocês não sabem. Não podem saber. E certamente não entenderiam. São jovens demais.

— Expliquei a eles as circunstâncias — disse Jamie, antes que os filhos pudessem responder. — Disse-lhes o que aconteceu com você.

— Ah, não — gemeu ela, perplexa e mortificada, o rosto corando. — O que você disse? Por que disse a eles algo a respeito disso?

— Ele precisou nos contar por causa daquele homem, o Notting — disse Colin. — E o que aconteceu em Westminster, outro dia. Nós vimos acontecer, então ele não teve escolha.

O constrangimento e a angústia de Amanda aumentaram dez vezes diante da menção do nome de Kenneth, e ela não conseguia entender nada do que Colin estava dizendo sobre Westminster. Ela balançou a cabeça, aturdida, e olhou para Jamie.

— Westminster? Outro dia? Não entendo. O que aconteceu?

Jamie virou-se para os filhos.

— Meninos, sentem-se ali — disse ele, apontando para um sofá de veludo vermelho próximo. — E fiquem quietos, como prometeram. Vou cuidar disso.

Com uma docilidade incomum, os gêmeos obedeceram, e Jamie voltou-se para Amanda.

— Eu tive que explicar certas coisas a eles, por causa disto. — Ele enfiou a mão no bolso do peito do paletó e tirou uma folha de papel dobrado, um pedaço de jornal, e entregou a ela. — Isto estava em um dos jornais de hoje.

Amanda abriu e ficou encarando a manchete, estarrecida.

— Ah, meu Deus.

Ela leu a história — as observações insultuosas que Kenneth fizera em relação a ela, a presença dos meninos, a multidão que se aglomerou, o golpe duro de direita que Jamie desferiu no rosto de Kenneth, a convicção de todas as testemunhas de que o ataque sem motivo de lorde Kenyon a um colega havia arruinado seu futuro político para sempre —, leu cada detalhe sensacionalista e, quando terminou, seu rosto estava em chamas.

— Ah, Jamie — gemeu ela, finalmente erguendo os olhos, infeliz e enjoada por ele ter estragado o futuro político por causa dela. — O que você fez?

— Como eu disse aos meus amigos, fiz um pouquinho de justiça. — Ele sorriu, aproximou-se dela e disse, num sussurro: — Foi uma das coisas mais satisfatórias que já fiz.

O carinho no sorriso dele quase foi a perdição de Amanda, mas ela se forçou a resistir, tentando endurecer sua determinação, mesmo ao sentir que estava começando a ruir.

— Brigar nunca é satisfatório — disse ela num tom que os meninos ouvissem, percebendo que soava como a mais rígida professora de Willowbank. — E, de qualquer forma, não vejo como isso muda a questão fundamental.

Estendeu o recorte de jornal para Jamie, e, quando ele se recusou a pegar, ela o enfiou no bolso da frente dele, amassando seu lenço.

— Se eu voltar, esse será apenas o primeiro de muitos incidentes. Você sabe disso tanto quanto eu. O que vai fazer, Jamie? Arranjar uma briga toda vez que alguém me insultar?

— Espero que não chegue a isso.

— Vai chegar. Você vai enfrentar o mundo inteiro para defender a minha honra?

— Se for necessário, sim.

Ela foi tomada pelo medo. Medo e esperança, alegria e desespero. Começou a tremer por dentro.

— E os meninos? Você os faria lutar pela minha honra, também?

— Ele não teria que fazer! — exclamou Colin, ficando de pé num pulo. — Somos cavalheiros — acrescentou, quando Owen se levantou também. — Nós sabemos o que é certo.

Amanda pôs as mãos no rosto corado, enquanto eles voltavam para o lado do pai, certa de que eles não entendiam o que estavam dizendo.

— Não é tão simples assim — disse ela, triste.

— É, sim — retrucou Jamie, com um tom conclusivo que a deixou desesperada.

Respirando fundo, ela tentou de novo.

— Vocês não sabem como seria.

— Sim, nós sabemos — disse Owen a ela. — Nós vimos, naquele dia. E depois o papai falou conosco sobre o assunto e nos disse que queria que você ficasse com a gente para sempre e fosse nossa madrasta, mas que nós precisávamos decidir se também queríamos isso, agora que sabemos o que vamos enfrentar.

— E é claro que nós dissemos que sim — acrescentou Colin.

— Mas depois — Owen retomou o relato — o papai explicou por que Notting tinha falado as coisas que falou. O papai explicou que você tinha sido de... de... droga, Colin, qual é a palavra?

— *Derosnada*, eu acho.

— Desonrada — corrigiu Amanda baixinho, sem saber se ria ou chorava.

298

— É isso — disse Owen, grato. — De qualquer maneira, o papai nos disse que outras pessoas podem falar coisas sobre você, para ele e para nós, e que aquilo que ele fez com Notting poderia acontecer de novo. E ele também disse que tentaria evitar mais brigas, mas talvez tivesse que brigar às vezes.

— Ele ainda disse que, se nós quiséssemos que você ficasse conosco para sempre — acrescentou Colin —, talvez também precisássemos brigar.

— Mas é isso que eu não quero! — exclamou Amanda. — Não quero seus nomes arrastados na lama. Não quero que vocês briguem, nem que tenham que me defender, ou que sejam provocados e envergonhados.

— Mas essa escolha é nossa — disse Owen, com seu tom calmo e estoico de sempre. — Não é?

Amanda abriu a boca, mas sua garganta estava se fechando, e ela não conseguiu responder.

— Então — acrescentou Colin, diante do silêncio dela —, nós três conversamos e decidimos que não ligamos se formos provocados ou xingados nem nada disso. Tudo tolice, sabe? E, se xingarem você, bem, terão que lidar com nós três, não é?

— Mais que três — disse Jamie, enfiando novamente a mão no bolso e tirando outro papel. — Mandei um telegrama a Torquil, explicando a situação. Senti que precisava fazê-lo, pois o que aconteceu em Westminster estará nos jornais de Hampshire em um ou dois dias. Essa foi a resposta dele.

Ele limpou a garganta.

— *O escândalo não é novidade para nós. Faremos o que pudermos para ajudar, é claro. Diga à srta. Leighton bem-vinda à família. Torquil.*

— Família? — Amanda repetiu, sentindo todas as suas defesas ruindo.

Ela mordeu o lábio, desviando o olhar de Jamie para os meninos e de volta a ele, amando-os com tanta intensidade, querendo tanto protegê-los do que poderia ser o destino deles com ela, temendo não ter mais forças para poupá-los disso.

— Deixe-nos fazer isso — disse Jamie, ternamente. — Nós somos seus campeões. Deixe-nos lutar por você. Deixe-nos amá-la e protegê-la e defendê-la.

— Você faria isso? — sussurrou ela, olhando para ele. — Lutaria contra o mundo? Por mim?

— Sim — disse ele, simplesmente.

— Talvez tenha que fazê-lo todos os dias — disse ela, com a voz embargada.

— Por um tempo, sim.

— Pelo resto de sua vida.

— Duvido. O furor vai passar, depois de um tempinho.

— Tempinho? — Amanda fungou. — Depois de uma década, talvez.

Ele deu de ombros, como se o tempo não importasse.

— Por quê? — sussurrou ela, receosa e feliz ao mesmo tempo. — Por que faria isso?

Ele olhou para baixo, encarando o chapéu que segurava por um bom tempo, depois recuou, colocou o chapéu numa cadeira e voltou a ficar de frente para ela.

— Você se lembra daquele dia no parque, quando os meninos jogavam críquete?

— É claro.

— Lembra-se do que eu lhe disse? Que quando a coisa de verdade aparece, você sabe?

Amanda tentou falar, mas a única resposta que conseguiu dar foi um som engasgado, meio soluçado. Ela pousou a mão na boca e assentiu com a cabeça.

— Bem, aí está. — Ele estendeu a mão e puxou a dela, afastando-a do rosto. — Eu te amo, Amanda. Eu te amo e sei disso. A primeira vez que temi que você fosse roubar meu coração foi naquela manhã em que conversamos no meu escritório.

Ela ficou olhando.

— Na manhã depois que me despediu?

— Sim.

— Mas... mas... isso não é possível! Doze horas antes você pensava que eu fosse homem!

Ele sorriu.

— Eu lhe disse que me apaixono depressa.

Ela balançou a cabeça, sem acreditar. Como podia?

— Você estava falando sobre lecionar para crianças — disse ele —, e por que ama fazer isso, e a felicidade que isso lhe traz, e eu invejei aquele sentimento. Aquele propósito e aquela paixão. Aquele gosto pela vida.

Ele parou, hesitando, depois prosseguiu:

— Antes de conhecer a Pat, eu nunca tinha tido isso. Acho que nasci e cresci cético, e continuei assim. Fui endiabrado e inconsequente e fiz todo o tipo de loucura e, à época, eu não percebia que o motivo era por estar buscando essa alegria interior pela vida. Acho que sempre procurei por isso, mas nunca encontrei. Foi com a Pat que comecei a entender o que era a verdadeira felicidade, mas, quando ela morreu, senti como se toda a alegria tivesse desaparecido do mundo e nunca mais fosse voltar. — Ele fez uma pausa, ergueu a mão livre até o rosto dela. — Então você apareceu.

Amanda estava perplexa e desarmada e orgulhosa. Ela não sabia o que dizer em resposta a algo tão bonito.

— E quando olhei em seu rosto, naquela manhã, em meu escritório — continuou ele —, eu a vi sob uma luz inteiramente distinta, é claro, mas também vi aquela centelha, aquela alegria que havia dentro de você. E conforme você falava, senti que aquilo estava ganhando vida dentro de mim. Pela primeira vez em três anos, eu quis viver de novo. Amar de novo. Foi ali que comecei a me apaixonar por você.

Ela sabia exatamente o que ele queria dizer, porque a alegria que ele mencionava estava apertando o peito dela naquele exato momento, apertando seu coração, tornando impossível falar, até mesmo respirar.

— Então — prosseguiu ele — no outro dia, em Westminster, quando eu estava prestes a fazer meu discurso, olhei para cima e vi você na galeria. Não conseguia ver seu rosto, mas sabia que você estava lá e soube, com certeza absoluta, que você faria parte do meu futuro, que você era a mulher com quem eu queria compartilhar a minha vida e a vida dos meus filhos. Foi você quem inspirou meu discurso, naquele dia. Eu te amo, Amanda, e não me importo com o seu passado. Não me importo com o que os outros pensam ou com o que dizem. E certamente não me importo em ter uma carreira política, pois não há carreira política que valha nada sem você. E, afinal de contas, nem preciso dessa carreira, pois sou o herdeiro de um marquês. O que estou querendo dizer é que, se você não voltar, a centelha de alegria que você me trouxe vai morrer novamente, e eu serei o que era antes de você chegar. Um homem vazio, oco.

Subitamente, os olhos dela embaçaram, e ela sentiu uma lágrima escorrer pelo rosto. Ele a pegou com o polegar, acariciando sua pele.

— E então, Amanda? — perguntou ele. — Você vai me salvar desse destino terrível, se casar comigo e passar o resto de sua vida ao meu lado?

Antes que ela pudesse responder, uma voz interrompeu a conversa.

— Você tem que se ajoelhar, papai — disse Colin, puxando seu casaco. — A sra. Richmond disse que não conta a menos que você se ajoelhe.

Amanda riu em meio às lágrimas, enquanto Jamie se abaixava sobre um dos joelhos a sua frente, ainda segurando sua mão. Ele abriu a boca para continuar, mas foi novamente interrompido.

— O anel, papai — sussurrou Owen, ao cutucá-lo no ombro. — Mostre o anel para ela.

— Você comprou um anel? — disse Amanda, com a voz embargada.

— É claro. — Jamie soltou a mão dela, apalpou os bolsos e tirou uma caixinha de veludo branco. Quando abriu, o anel de platina com uma safira ovalada contornada de diamantes tirou o fôlego dela. — Escolhi esse — disse ele, ao tirá-lo da caixa, que entregou a Colin — porque acho que se parece um pouquinho com uma pipa. Lembra-se da pipa? — perguntou ele, pegando a mão dela.

— É claro que me lembro! Tinha esse formato e esse tom exato de azul.

— Sim. Eu escolhi esse para lembrá-la, todos os dias, de sua responsabilidade primordial como minha esposa e mãe dos meus filhos.

— Soltar pipa? — disse ela, rindo em meio às lágrimas. — Essa é minha responsabilidade primordial?

— Não, minha querida. É me repreender sempre que me pegar observando meus filhos brincando pela janela, em vez de estar com eles. Pode fazer isso?

— Sim. — Ela chorou, profundamente rendida. — Ah, Jamie, eu te amo tanto.

O anel foi posto em seu dedo e então os braços dele a enlaçaram, seus lábios pousaram nos dela, e ela soube, em meio àquele torpor de alegria, que nunca mais teria que enfrentar o mundo sozinha.

Depois de um momento, uma tosse os interrompeu, e eles se separaram.

— Achei que as pessoas não deveriam se beijar até se casarem — disse Owen em um tom reprovador. — Vocês dois ainda não são casados.

Jamie encostou a testa na de Amanda.

— Já não é hora de mandá-los para a escola?

— Não — três vozes responderam juntas.

— Eles ainda não estão prontos para a escola — acrescentou Amanda, passando os braços em volta do pescoço dele, rindo quando os gêmeos começaram a vibrar. — Mas ao menos terminaram de polir a prataria.

— Sim, bem... — a voz de Jamie foi sumindo, e ele suspirou. — Quanto a isso...

Ela gemeu.

— O que eles fizeram agora?

— Dê logo um beijo nela, papai — disse Colin, antes que o pai pudesse responder. — Talvez ela se esqueça disso e você não precise dizer nada.

— Agora — murmurou o pai —, esse sim é um ótimo conselho. Quem precisa da Lady Truelove com esses dois para nos aconselhar? Amanda, acho que vou empregar a estratégia do Colin sempre que eu e você tivermos uma discussão.

— Se eu beijá-lo primeiro, não haverá discussão — disse ela, colando os lábios nos dele, antes que ele pudesse dizer outra palavra.

Este livro foi impresso pela Edigráfica, em 2021, para a Harlequin. A fonte do miolo é Adobe Caslon Pro. O papel do miolo é pólen soft 70g/m2, e o da capa é cartão 250g/m².